SOBO SWOBODNIK

Fallers Held

IN GEDENKEN AN GEORG ELSER Am 9. April 1945, wenige Tage vor dessen Befreiung, wird im Konzentrationslager Dachau Georg Elser auf höchsten Befehl hingerichtet. Jahrzehnte später versucht der junge Wissenschaftler Johannes Faller, seinem Held näherzukommen. Georg Elser und Johannes Faller, zwei Einzelkämpfer von der schwäbischen Alb: Beide scheitern, der eine mit seinem Attentat auf Hitler, der andere mit dem Versuch, die Bedeutung Elsers für unsere Gegenwart zu rekonstruieren.

Sobo Swobodnik erzählt nicht nur sensibel die Biografie Georg Elsers, sondern auch, wie Geschichte in Geschichten zerfällt, in denen man die Orientierung verlieren kann. So entsteht das Portrait einer Landschaft und ihrer Menschen, ein Roman über die Aktualität des Geschehenen und die Unmöglichkeit des Verdrängens.

Foto © Pantea Lachin

Sobo Swobodnik ist aufgewachsen auf der Schwäbischen Alb, unweit von Georg Elsers Heimatort, absolvierte sein Abitur in Aalen, studierte anschließend Schauspiel in München und arbeitete als Regisseur an mehreren deutschen Theatern sowie als Rundfunk-Redakteur bei verschiedenen Hörfunkanstalten. Er hat mittlerweile über fünfundzwanzig Bücher veröffentlicht, darunter eine mehrteilige Krimireihe. Dafür erhielt er zahlreiche Preise und Auszeichnungen u. a. den Mimi-Krimi Publikumspreis des deutschen Buchhandels. Als Filmemacher hat er verschiedene Dokumentarfilme fürs Kino gedreht und erhielt hierfür u.a. den Max-Ophüls-Preis für den besten Dokumentarfilm sowie den BR-Publikumspreis beim Filmfest München.

SOBO SWOBODNIK

Fallers Held

(vielleicht) ein zeitgeschichtlicher Kriminalfall

GMEINER SPANNUNG

Personen und Handlung sind frei erfunden.
Ähnlichkeiten mit lebenden oder toten Personen
sind rein zufällig und nicht beabsichtigt.

Besuchen Sie uns im Internet:
www.gmeiner-verlag.de

Im Ehnried 5, 88605 Meßkirch
Telefon 07575/2095-0
info@gmeiner-verlag.de

1. Auflage 2015

Lektorat: Claudia Senghaas, Kirchardt
Herstellung: Mirjam Hecht
Das Umschlagmotiv zeigt Georg Elser um 1938
Umschlaggestaltung: U.O.R.G. Lutz Eberle, Stuttgart
nach einem Entwurf von Philippa Walz, Stuttgart
Druck: GGP Media GmbH, Pößneck
Printed in Germany
ISBN 978-3-8392-1802-0

»Ich wollte ja auch durch meine Tat
noch größeres Blutvergießen verhindern.«
Johann Georg Elser

Er war da. Die ganze Nacht durch war er gefahren. Jetzt saß er in seinem alten VW Golf im Hof und schaltete den Motor aus. Die Lichter auf der Armaturenanzeige erloschen. Draußen war es noch immer dunkel und ruhig. Leise hallte der Motor in Fallers Kopf nach, die Lüftung blies keine warme Luft mehr ins Wageninnere. Das Auto schien mit Schaumstoff ausgestopft zu sein. Faller dachte an Juri Gagarin und das Foto aus dem sechs Kilo schweren 100-Jahre-Buch, in dem das vergangene Jahrhundert in 1000 Abbildungen festgehalten war. Er hatte sich das Foto herauskopiert und über den Schreibtisch gehängt. Der sowjetische Kosmonaut wartete halb liegend in seinem roten Raumfahrtanzug, den weißen Helm über dem Kopf, auf den Start zur ersten bemannten Raumfahrt. Die Augen halb geschlossen, die Gesichtszüge völlig entspannt. Er sah aus, als würde er schlafen oder wäre tot; nur noch von den breiten Gurten an den Sitz gebunden. Wenige Minuten später würde er durch den Weltraum fliegen und die Erde als erster Mensch in 300 Kilometer Entfernung umkreisen. Beim Blick aus dem Fenster funkt er an die Bodenstation: »Dunkel, Genossen, ist der Weltraum, sehr dunkel.«

Langsam ging die Sonne auf. Faller hätte jetzt aussteigen, den Schlüssel unter der Gartenbank vor dem Haus nehmen und die Tür aufsperren können. Statt dessen blieb er sitzen. Er sah durch die sich langsam beschlagende Windschutzscheibe in den Hof und kurbelte das Seitenfenster herunter. Kühle Morgenluft strömte zwischen Glas und Dachholm ins Wageninnere. Es roch nach Jauche, nach Bauernhof und Dorf. Es roch nach Herbst und dem lange nicht mehr wahrgenommenen Geruch, mit dem er früher einmal *Heimat* assoziiert hatte. Die Kälte legte sich auf die Polyestersitze, auf die Armatur und auf Faller. Es fröstelte ihn. Die Härchen auf den Armen richteten sich auf. Seine Haut zwischen

Wangenknochen und Kinn juckte. Nicht kratzen, dachte er, sonst wird es nur noch schlimmer.

Faller öffnete die Wagentür und stieg aus. Der terracottafarbene Anzug mit dem leichten Seidenglanz war zerknittert, an den Armen und am Kragen glänzte er speckig. Es fröstelte ihn noch mehr. Womöglich war er für die Jahreszeit zu sommerlich gekleidet, hatte nach all den Jahren der Abwesenheit das rauhe Klima hier oben unterschätzt. Er knöpfte sich das Jackett zu. Der oberste Knopf fehlte. Es gab bei Faller keine Jacke, an der nicht mindestens ein Knopf fehlte. Meistens waren es mehr. »Du solltest Jacken mit Reißverschluß tragen«, sagte Annkathrin, wenn sich Faller über die fehlenden Knöpfe beschwerte. Er haßte Reißverschlüsse.

Er stand im Hof vor dem Wagen und drehte sich einmal um sich selbst. Das hatte er schon als Kind immer getan. Wenn er irgendwo ankam, drehte er sich einmal ganz langsam um sich selbst. Er war schon lange nicht mehr hier gewesen. Er sah das Wohnhaus, die Scheune, Holzscheite, aufeinandergestapelt zu kleinen Mauern. Daneben die Garagen, davor Regenpfützen. Apfelbäume, der Holzschuppen, die Hundehütte.

Alles schien auf den ersten Blick wie früher zu sein. Erst als er sich aus seiner Erinnerung löste, aus dem Kreis trat und alles genau betrachtete, entdeckte er kleine Unterschiede zu damals. Er sah die Spuren, die die Zeit hinterlassen hatte. Die Hausfassade war grau und hatte wohl seit seinem Wegzug keine Farbe mehr gesehen. Der Putz war an einigen Stellen abgefallen, roter Ziegel schaute hervor. Die Dachrinnen waren verrostet und an manchen Stellen löchrig. Die Hundehütte war leer. Die Eisenkette, an der früher der Schäferhund gezerrt hatte, lag verrostet davor. Im Garten wucherte Unkraut und Gras so hoch, daß ein Durchkommen nur im Storchenschritt möglich war. Gemeines Hirtentäschelkraut, Engelwurz, Pfefferknöterich, Brennessel. Die Büsche standen ungestutzt und wild in alle Richtungen. Der Kuhstall stand leer, die Scheune auch. Alle landwirtschaftlichen Geräte waren verschwunden. Keine Egge, keine Sämaschine. Auch der alte Ladewagen stand nicht mehr dort, der Traktor nicht mehr in der Garage. Auf dem Scheunenboden lagen nur noch ein paar SchubkarrenladungenStroh. Alles, was früher unverzichtbar gewesen war, fehlte. Nur noch das Gemäuer, die Fassade, die Außenhaut waren da. Nicht einmal eine Katze streifte herum. Eine eigenartige Stille lag über dem Hof. Ein Dornröschenschloß im Bauernhofformat, dachte Faller. Bei dem Gedanken an den Erweckungskuß ekelte er sich. Auf der Stelle hätte er wieder in den Wagen steigen und zurückfahren sollen. Zurück nach Berlin, zurück ans Institut, zurück zu Annkathrin.

Unter der Gartenbank vor dem Haus lag kein Schlüssel. Auf der Fensterbank hinter dem Blumenstock auch nicht. Er hätte klingeln können und dann, wenn die Klingel nicht ginge, was er eigentlich erwartete, klopfen oder Steinchen ans Schlafzimmerfenster seiner Mutter werfen. Er setzte sich zurück ins Auto und drehte den Schlüssel im Zündschloß. Die Anzeigen auf der Armatur leuchteten gelb und rot. Lauwarme Luft blies mit einem gleichmäßigen Dröhnen in das Wageninnere. Seine Haut juckte wieder. Immer wenn er größeren Temperaturschwankungen ausgesetzt war, fing seine Haut, vor allem im Gesicht, zu kribbeln an. Es bildeten sich rötliche Ekzeme, die langsam anschwollen, vereiterten und glänzten. Nur mit großer Selbstbeherrschung konnte er das Kratzen unterdrücken. Er wußte, wenn er einmal damit beginnen würde, würde er nicht mehr aufhören können, bis seine Fingernägel sich rot färbten.

Eine Krähe landete auf dem First der Scheune. Dann hob sie wieder ab, flog zweimal unter den beobachtenden Blicken Fallers über den Hof und setzte sich auf den Lenker des Klapprads, das an der Scheune lehnte. Sie sah in Fallers Richtung. Bei Krähen mußte er immer an Annkathrin denken. Er drückte auf die Lichthupe. Die Krähe erschrak, schrie, hob ab und flog davon.

Faller wurde müde. Immer wieder fielen ihm die Augen zu, während es draußen heller wurde. Schließlich konnte er sie nicht mehr öffnen. Eine riesige Krähe setzte sich in seinen Schoß. Nicht bewegen, hörte er eine Stimme sagen. Sie klang wie die von Annkathrin. Er bewegte sich nicht, saß in der Ecke und schaute. Menschen tanzten in einem engen, schwülen Raum, unterhielten sich und lachten. Faller verstand nichts. Annkathrin kam auf ihn zu, nackt, schwitzend, mit Flügeln an den Armen und schwarz im Gesicht. Sie sagte: »Du Schwein!« und ging. Er erschrak.

Es klopfte am Seitenfenster. Vor der Scheibe sah er ein Gesicht – verschwommen. Er wischte mit der Hand über das Glas. Kondenstropfen liefen die Scheibe entlang. Das Gesicht war faltig und sah erstaunt aus. Wer ist das, dachte Faller. Dann: Mein Gott, ist die alt geworden. Die Haut fahl, die Wangen eingefallen, der Blick trüb. Er kurbelte die Scheibe herunter.

»Was machsch du denn da?«

Faller zuckte mit den Schultern.

»Du stenksch nach Bier«, sagte die Mutter.

Er grinste.

Eines der seltenen Wintergewitter tobt bei der Geburt Johann Georg Elsers am 3. Januar 1903 über der Ortschaft Hermaringen auf der Schwäbischen Alb. Blitz und Donner fallen zusammen, als die Hebamme den ersten Sohn von Maria Müller und Ludwig Elser in eine enge Welt zerrt. Eine Welt, die rauh und kalt ist, von Armut und Hunger geprägt.

Schon als kleiner Junge muß Georg der Mutter in der Landwirtschaft zur Hand gehen. Er robbt auf den Knien in den Ackerfurchen herum, um die Kartoffeln aus der Erde zu graben. Oder er hackt mit einer schweren Axt die Äste von den gefällten Bäumen, raspelt die Rinde von den Stangen, die sein Vater, Fuhrunternehmer und Holzhändler, dann als Brenn- und Bauholz verkauft. Blasen an den Händen, Muskelkater und körperliche Erschöpfung sind seine Begleiter. Ausgemergelt ist der Junge, klein und für sein Alter zu dünn.

»Achtung!« flüstert Georg unter der Bettdecke seinen Geschwistern zu, als er durch den Krach an der Tür aus seinem Schlaf aufgeschreckt wird.

Es rumpelt, es kracht – die Tür fällt donnernd ins Schloß. Georg zuckt bei jedem Geräusch zusammen, hält den Bettzipfel fest umschlossen in der Hand. Vor der Tür keucht der Vater, schlägt mit der Faust mehrmals auf den Tisch, flucht laut, aber kaum verständlich: »Herrgott Sakrament!« Die Tür des Kinderzimmers geht mit einem Ruck auf, ein Licht an. Der Vater poltert mit schweren Schritten ins Zimmer. Georg spürt eine grobe Hand an den Haaren, die Hand reißt ihn ruppig vom Bett hoch; der Vater schleift ihn hinter sich in die Küche.

»Komm mit, du Saukrüppel!«

Er stößt ihn auf den kalten Steinboden.

»Zieh mir die Stiefel aus!« nuschelt der Vater.

»Und du hängst meinen Kittel an den Haken!« brüllt er Georgs Schwester an, die barfuß und im Nachthemd, zitternd und verschlafen vor ihm steht. Die Schwester nimmt die nach Bier und Rauch stinkende Jacke und hängt sie an die Garderobe. Georg zerrt an den verdreckten, übel riechenden Stiefeln. Wie angegossen sitzt das nasse Leder am Fuß.

»Geh her, da!« schreit der Vater zur Mutter, die ihn zu beschwichtigen versucht: »Ludwig, nicht vor den Kindern!«

Zusammengekauert sitzt Georg, den Schuh wie eine häßliche Puppe im Arm, an der Wand und schließt die Augen. Er denkt an etwas Schönes, das hilft manchmal. An den Zeppelin denkt er, vom Grafen vor kurzem erst erfunden, der am blauen Himmel kreist. Weit weg, über der Erde, von wo aus die Menschen nur ganz klein erscheinen, auch der Vater. Seine Hand ist nicht zu sehen. »Aua!« – Der Schlag trifft Georg mitten im Gesicht; er reißt die Augen auf sieht das glänzende Antlitz des Vaters, die bösen, rot umränderten Augen.

»Los, geh ins Bett!« brüllt er. Georg spürt den Schmerz der groben, kalten Hand auf seiner Wange. Er riecht den säuerlichen Schnapsgeruch aus dem Mund des Vaters. Auf allen Vieren kriecht er zurück ins Kinderzimmer und versteckt sich unter der Decke im Bett, wo der Vater zwar gedämpft, aber noch immer zeternd aus der Küche zu hören ist: »Verfluchte Brut!« schimpft er. »Fressen mir noch die Läuse vom Schädel.«

Anfänglich greint er, wenn der Vater zuschlägt und die Wangen sich unter den Ohrfeigen rot färben. Mit der Zeit erträgt er stumm, die Zähne zusammengebissen, den Schmerz.

Auch die Mutter leidet unter dem jähzornigen Vater und droht, ihn zu verlassen. Georg hofft, betet heimlich, daß der liebe Gott sie an die Hand nehme und ihn und die Geschwister mit ihr von hier wegführe.

Nach solchen Nächten bleibt der Vater fast bis zum Nachmittag im Bett. Aus der Kammer ist nur gelegentliches Husten zu hören, Schnarchen und hin und wieder auch

Rülpsen, wenn er aus der Waschkanne Wasser trinkt. Die Kinder schleichen durch das Haus, immer in der Angst, den Vater bloß nicht zu wecken. Wenn der Vater den Rausch ausgeschlafen hat und wieder wach ist, macht er da weiter, wo er in der Nacht zuvor aufgehört hat.

»Schnell, Kinder, packt alles zusammen!« sagt die Mutter eines Tages schließlich aufgeregt, nachdem der Vater das Haus verlassen hat. Der siebenjährige Georg fegt durch die Wohnung, erleichtert sucht er das Nötigste zusammen und steckt es in zwei Koffer für den hastigen Umzug zu den Großeltern.

»Die Puppe!« schreit die Schwester, als alle schon am Gartentor sind.

»Die brauchst du jetzt doch nicht!« sagt die Mutter.

»Ich hol sie!« – Georg rennt zurück. Er weiß, daß die Schwester sie auf keinen Fall dem Vater überlassen will.

Nur eine Woche hält der Rückzug in die großelterliche Bleibe. Dann kehren sie wegen der vollmundigen Versprechungen und Beteuerungen des Vaters wieder zu ihm zurück. Alles bleibt beim alten; das Leid beginnt von neuem.

Je älter Georg Elser wird, desto mehr verlangen Vater und Mutter von ihm. Immer öfter muß er die Arbeitskraft des Vaters ersetzen. Körperlich schwere Arbeit erwartet den Jungen im Wald. Wenn die Baumstämme geschlagen sind und das Holz bearbeitet ist, hilft er der Mutter auf dem Feld und im Stall. Oder er kümmert sich um seine vier Geschwister. Froh ist er nur, wenn er am Morgen dem Zuhause den Rücken zukehren kann und in der Schule für ein paar Stunden Zuflucht findet. Da wird zwar auch geschlagen, meist aber nur, wenn die Schüler unartig, frech oder nicht aufmerksam sind. Elser ist ein guter Schüler.

»Heute habe ich eine Belobigung bekommen!« sagt Georg und zeigt das ausgezeichnete Heft den Eltern. Die

Mutter zuckt gleichgültig mit den Schultern, der Vater fegt das Heft mürrisch vom Küchentisch.

»Arbeiten sollst du«, herrscht er ihn an, »nicht zeichnen und rechnen!«

Faller hätte am liebsten gleich angefangen. Er hatte sich viel vorgenommen. Mit ein paar Terminen am Tag war alles in einer Woche zu schaffen. Die Gedenkstätte war das Wichtigste. Für sie würde er drei Tage benötigen, vielleicht vier, um die ausgestellten Exponate zu sichten und die Dokumente im Original zu studieren. Er wollte die Punkte auf seiner Liste möglichst schnell abarbeiten, um möglichst bald wieder nach Berlin zurückzukehren. Er vermißte Annkathrin. Immer wenn sie im Streit auseinandergegangen waren, vermißte er sie noch mehr. Sie hatten sich gestritten, sehr oft sogar. Wenn sie schlecht gelaunt war, war sie streitsüchtig. Fallers Entschluß, auf die Schwäbische Alb zu fahren, empfand Annkathrin als persönliche Beleidigung.

»Du kannst mich jetzt nicht einfach alleine lassen«, sagte sie.

»Ich bin doch bald wieder zurück.«

»Fahr später, nächstes Jahr, oder irgendwann. Aber nicht jetzt.«

»Das ist zu spät«, sagte Faller.

»Blödsinn. Du arbeitest seit Jahren daran, dann kommt es auf ein paar Wochen auch nicht mehr an.«

»Darf ich das selber entscheiden?«

»Nein!«

»Du spinnst doch!«

»Geh nicht.«

Faller saß in der Küche. Die Mutter stand daneben am Herd und setzte einen Topf Wasser auf.

»Du magsch beschtimmt einen Kaffee«, sagte sie.

Faller nickte.

»I hab aber nur einen löslichen.«

Auch das hat sich nicht verändert, dachte Faller. Er betrachtete das alte, abgegriffene Nescafé-Glas. Wie lange ist Kaffee haltbar?

»I drink ja kein, und seit der Vater tot isch …« Die Mutter verstummte.

Sie preßte die Lippen aufeinander, bis die Mundwinkel zuckten. Sie schaufelte zwei gehäufte Löffel Nescafé in eine Tasse. Ihre Augen bekamen einen wäßrigen Glanz.

Der Vater war schon lange tot. Kurz nachdem Faller Ochsenfurt verlassen hatte, war er gestorben. Herzversagen, stand im Totenschein, ausgestellt von Doktor Krombach. In allen Totenscheinen, die Doktor Krombach ausstellte, stand Herzversagen. Bei Doktor Krombach hockte der Tod im Herzen. Die Mutter wußte, daß es nicht stimmte, Faller wußte es auch. Der Vater hatte sich systematisch zu Tode gesoffen. Als klar war, daß der Sohn nicht den elterlichen Bauernhof übernehmen würde, hatte er die Menge erhöht. Letztendlich war es dann wohl eine Alkoholvergiftung. Vielleicht ist er aber auch erstickt. Einen Tag vor seinem Tod war er in den Stall gegangen und hatte mit seinem alten Wehrmachtsgewehr alle Schweine, Kühe und Hühner erschossen. Auch Rolf, seinem geliebten Schäferhund – immerhin der einzige, mit dem er am Ende noch sprach – schoß er eine Kugel in den Kopf. Anschließend schloß er sich in sein Arbeitszimmer ein. Die Mutter fand ihn am nächsten Tag in Erbrochenem liegend auf dem Sofa neben drei leeren Schnapsflaschen.

»Hätsch was gsagt, daß kommsch, dann hätt i auf dich gewartet«, sagte die Mutter zu dem sprudelnden Wassertopf.

Deswegen hatte Faller nichts gesagt. Er wollte nicht, daß sie die ganze Nacht über aufblieb. Er wollte nicht, daß sie wartete und sich Sorgen machte, wenn er nicht zur vereinbarten Zeit eingetroffen wäre. Und dann Vorwürfe, wenn er doch noch, später, gekommen wäre. Er wollte sie nicht beunruhigen und sich nicht belasten.

»Ich habe es mir ganz kurzfristig überlegt«, sagte er.

Die Mutter goß das Wasser in die Tasse mit dem Nescafé. Die braune Brühe schäumte.

»Was isch des denn für ein Anzug?«

»Gefällt er dir?«

Sie zuckte mit den Schultern. Faller wußte ganz genau, daß er ihr nicht gefiel. Ihm hatte er auch noch nie gefallen. Dafür war Annkathrin hellauf begeistert. »Geil sieht der aus«, sagte sie, »richtig geil!«

»Der ghört mal wieder gereinigt!« sagte die Mutter und stellte das Wasser zurück auf den Herd. »Wie lang bleibsch?«

»Ein paar Tage, höchstens eine Woche.«

»Schön, daß mal wieder da bisch.«

Faller nickte und rührte in der Tasse. Er zerdrückte die Pulverklumpen mit dem Löffel am Rand.

»Mager siehsch aus.«

»Viel Arbeit. Deswegen bin ich ja auch hier.«

»Ach so«, kam enttäuscht von der Mutter.

Faller nippte an der Tasse. Der Nescafé schmeckte wie immer.

»Nein, nicht nur«, sagte er. Er pustete in den dampfenden Kaffee. »Aber auch.«

Sie treffen sich im Wald, wo die abgeraspelten Holzstücke des Vaters aufeinandergeschichtet sind. Manchmal spielen sie Verstecken oder Fangen. Oder sie klettern hoch auf die Stöße und balancieren auf den runden Stämmen. Aufgeschlagene Knie sind an der Regel. Dann beißen sie die Zähne zusammen, muntern sich gegenseitig auf und machen weiter. Dort, im Wald und am Holzlagerplatz, spielen sich die wenigen unbeschwerten Momente im Leben Georg Elsers und seines Freundes Eugen Rau ab.

»Möchtest du gern fliegen?« fragt Georg einmal ganz unvermittelt und blickt hoch in den Himmel, wo die Wolken hintereinander herjagen, als hätten sie Streit. Eugen lacht.

»Schorsch, spinnst du, fliegen, das geht doch nicht!«

»Darum geht's doch auch gar nicht, ob es geht oder nicht. Es geht darum, ob du willst!«

Von Georgs Argumentation beeindruckt, denkt Eugen lange nach und sagt dann schließlich nur: »Hm, weiß nicht – und du?«

Elser braucht nicht nachzudenken: »Klar!«

Dann erst denkt er nach, schaut wieder in den Himmel und fügt hinzu: »Da oben sein und heruntergucken, wie alles ganz klein ist, winzig, wie Ameisen, Mensch Eugen, das wär's!«

»Ich weiß nicht.«

»Ich aber – wie der Graf mit seinem Luftschiff!«

Eugen lacht. »Der ist abgestürzt.«

»Na und«, sagt Georg, »wenn man's nicht versucht, schafft man's auch nicht«, balanciert wieder auf einem der Holzstämme, rutscht ab und fällt auf die Nase. Eugen lacht.

Vier Kilometer von Ochsenfurt entfernt lag Königsbronn, eine Kleinstadt mit 5000 Einwohnern. Es gab eine Einkaufsstraße, aber keine Fußgängerzone, dafür ein altes

Rathaus aus dem 18. Jahrhundert mit Rokokofassade, eine Skisprungschanze und eine Klosterkirche. In der Umgebung entsprangen vier Quellen: die Brenz, direkt neben dem Rathaus, der Pfeffer-, der Ziegel- und der Leerausbach. Es gab eine Grundschule, eine Realschule, aber kein Gymnasium, weshalb Faller neun Jahre in Heidenheim aufs Schiller-Gymnasium gegangen war. Dort begegnete er dem Namen Georg Elser zum ersten Mal in der zehnten Klasse. Sein damaliger Lehrer Simon Schwarz sprach ausschweifend über die Geschwister Scholl, dann über den Graf von Stauffenberg und Pfarrer Bonhoeffer. Faller saß in der vorletzten Reihe. Er trug die Haare bis zu den Schultern und interessierte sich nicht für den Nationalsozialismus, auch nicht für die Widerstandsbewegung. Er interessierte sich nur für Claudia Tetzlaff aus der ersten Reihe. Er schrieb … *ich möchte der Knopf an deiner Bluse sein…* und dergleichen auf kleine, weiße Zettel und schickte sie als stille Post nach vorne. Claudia Tetzlaff las sie und schrieb *Leck mich am Arsch!* zurück. Für Faller war sie das schönste Mädchen in der Klasse. In der Schule. Auf der ganzen Welt. Und hatte mit fünfzehn schon Brüste, wie die meisten Mädchen niemals in ihrem Leben welche haben würden. Wenn Claudia Tetzlaff es gewollt hätte, hätte er sich sogar für den Nationalsozialismus interessiert – einschließlich der Widerstandsbewegung. Aber Claudia Tetzlaff wollte mit Faller nichts zu tun haben. Sie war ein Industriellentöchterchen, Präzisionswerkzeuge mit Familientradition, Königsbronner Schickeria. Für sie war Faller ein Bauerntölpel. Sie verachtete ihn und zeigte das offen.

»Ist der Faller auch bei der Sache?« raunzte der Lehrer Schwarz.

Faller nickte. Die vor ihm Sitzenden drehten sich um und grinsten. Am gemeinsten Claudia Tetzlaff.

»Dann weiß er auch bestimmt, worum es gerade geht.«

Es ging bei Faller wie immer um Claudia Tetzlaff im Allgemeinen und jetzt ganz speziell um ihre Brüste.

»Elstner!« zischte es in seinem Rücken. »Georg Elstner, Attentäter aus Königsbronn«, hörte Faller Hermann Bottich hinter sich flüstern. Immer wenn Faller sich zu sehr in die Gedanken an Claudia Tetzlaff verstrickt hatte, kam ihm der dicke Hermann Bottich zu Hilfe.

»Also, Faller! Worum geht es?!« wiederholte der Lehrer in Erwartung von Fallers Schmach.

»Um Elstner.«

»Aha, um Elstner also.«

Faller nickte.

»Du meinst ›Elstner‹, den Showmaster, was?«

Faller war irritiert. Er nickte jetzt nur noch halbherzig.

»Pech gehabt!«

Alle lachten. Am lautesten lachte Claudia Tetzlaff. Von dem Tag an wollte Faller nicht mehr der Knopf an Claudia Tetzlaffs Bluse sein.

Als der erste Weltkrieg das Land heimsucht, wird das Leben in Königsbronn, wo die Elsers kurz nach der Geburt des ersten Sohnes hingezogen sind, noch schlimmer. Georg wird zwar nicht eingezogen, aber der Krieg bricht eine furchtbare Schneise in sein Leben.

»Wann gibt's denn wieder mal einen Braten?« fragt Georgs Schwester beim Mittagessen am Tisch und guckt mit zusammengekniffenen Augen auf die dünne Suppe in ihrem Teller.

»Wenn der Krieg vorbei ist!« antwortet die Mutter fast nebenbei. »Und wenn wir die Ernte nicht mehr abgeben müssen.«

Sie seufzt und führt einen Löffel mit der wäßrigen Suppe zum Mund.

Und wenn der Vater den Rest nicht mehr vertrinkt, denkt Georg und will wissen, wann der Krieg endlich zu Ende ist. Die Mutter zuckt mit den Schultern: »Iß!«

1917 schließt Georg die Volksschule ab. Er arbeitet von nun an ganztägig beim Vater im Holzhandel und bei der Mutter in der Landwirtschaft. Dafür erhält er aber keinen Lohn, nicht einmal ein Taschengeld.

»Kost und Logis, das reicht«, sagt der Vater. Die Mutter widerspricht nicht, denn zu Hause herrscht ein strenges Regiment. Der langsam erwachsen werdende Georg spürt, daß das nicht mehr lange weitergehen kann. Dieses Leben hat keine Zukunft, an der Seite des Vaters, Schutz suchend am Rockzipfel der strengen Mutter.

»Ich mache eine Lehre wie der Eugen!« sagt er am Küchentisch nach dem Essen, als der Sommer vorbei ist.

»Spinnst du! Wer soll dann die Stangen raspeln, das Holz machen?« widerspricht der Vater zornig, steht auf und stampft aufgebracht in der Küche auf und ab. Du, denkt Elser und antwortet standhaft: »Ich habe schon unterschrieben, im gleichen Betrieb wie der Eugen.«

»Na, dann kann man nichts mehr machen« sagt die Mutter, gar nicht so unglücklich.

»Aber den Lohn lieferst du daheim ab, das das klar ist?!« Unwirsch gibt sich der Vater geschlagen, beugt sich über den Tisch hinweg bedrohlich zu Georg herüber, so nahe, dass der das aufgeplatzte Äderchen in seinem linken Auge erkennen kann. Elser nickt. Er hat sich, trotz dieses Eingeständnisses, das erste Mal gegen den übermächtigen Vater durchgesetzt.

Im Herbst 1917 beginnt Elser die Ausbildung zum Eisendreher in den Hüttenwerken Königsbronn. Er lernt gut und schnell. Anfänglich bereitet ihm das Schleifen, Bohren, die Arbeit mit Eisen und Metall Freude, auch Genugtuung. Er lernt Grundfertigkeiten, die ihm Jahrzehnte später noch nützlich sein werden. Das erste Mal in seinem Leben scheint er unbeschwert.

»Was ist mir dir los, Schorsch?« fragt sein Lehrmeister, als Elser, bleich im Gesicht und am ganzen Körper zitternd, an der Werkbank, am Schraubstock aufgestützt, lautstark röchelnd nach Luft ringt.

»Mein Kopf!« er greift sich an die erhitzte, nasse Stirn. »Es fühlt sich an, als ob lauter Ameisen unter der Schädeldecke leben würden«, sagt Elser mit kränklicher Stimme.

»Ameisen?«

Elser nickt. »Vielleicht wegen dem Lärm hier drin, die lauten Maschinen. Mein Kopf surrt wie der Bohrer da.« Er zeigt auf eine Maschine an einer der Drehbänke. Die Gesellen lachen.

»Eugen, bring den Schorsch heim,« sagt der Lehrmeister. »Wenn's wieder besser geht, kannst wieder kommen.«

Elser geht es nicht besser. Er bekommt Fieber und Schüttelfrost, schweißgebadet liegt er im Bett. »Was ist?«, fragt die Mutter besorgt und bringt eine Schüssel mit kaltem Wasser an sein Bett. Sie legt einen feuchten Lappen auf seine Stirn, sitzt an der Bettkante und hält seine Hand.

»Was soll denn sein?!«, sagt der Vater, schüttelt immer wieder unwirsch den Kopf. »Der markiert doch bloß.«

»Ich fühle mich an wie eine Wasserpfütze, die in alle Richtungen zerläuft«, antwortet Elser leise mit roten Backen und glänzenden Augen, vor denen alles verschwimmt. »Oder wie auf einer Wolke. Ich schwebe über der Welt und guck' auf alle runter, wie der Zeppelin.«

Der Vater lacht gehässig: »Dann paß bloß auf, daß du nicht abstürzt!«

Die Mutter stellt sich ihm energisch entgegen: »Ludwig, der Bub ist krank!«

Mit Sorgenfalten im Gesicht verständigt sie den Arzt. Der stellt, neben einer schweren Grippe, eine quälende Migräne fest. »Wahrscheinlich von den Arbeitsbedingungen in der Dreherei, dem Lärm, dem Dreck«, vermutet der Doktor, verschreibt Ruhe, kalte Wickel und eine Handvoll Medikamente.

»Verweichlicht ist der, sonst nichts!« stößt der Vater hervor.

Nach ein paar Wochen zu Hause ist Elser auf dem Weg der Besserung.

»Jetzt kannst du bald wieder arbeiten«, sagt die Mutter erleichtert und stellt eine Kanne Kamillentee auf den Nachttisch.

Elser nickt. »Aber nicht in der Dreherei.«

»Aber wo dann?«, fragt die Mutter überrascht.

»Ha, im Wald gibt's immer was zu tun«, schlägt der Vater hämisch vor. Eine billige Arbeitskraft kann er immer brauchen.

Elser geht ab März 1919 in der Schreinerwerkstatt Sapper in Königsbronn in die Lehre. Er hobelt, bohrt, schmirgelt und sägt mit Leidenschaft. Er macht Hocker, Kisten, Schemel. Der Geruch von Sägemehl, Leim und Holz ist ihm lieber als der von Eisen; mit seiner Gesundheit geht es wieder bergauf. Ab und an schreinert er auch Möbelstücke für den gehobenen Geschmack. Vitrinen, Schränke, Nähkästchen, Geigenkoffer. Er ist geschickt, schnell und kann mit dem Holz besser umgehen als die meisten anderen Lehrlinge. Darauf ist er auch ein wenig stolz. Auf der Gewerbeschule in Heidenheim schließt er im Frühjahr 1922 die Gesellenprüfung als Bester seines Jahrgangs ab. Für ihn ist der Beruf nicht nur Handwerk, bei ihm wird das Basteln, Bauen, Fertigen und Herstellen von Möbeln zur Kunst.

»Ab jetzt bin ich ein Kunstschreiner!«, sagt Elser selbstbewußt, als er den Gesellenbrief in der Hand hält.

»Kunstschreiner?«, fragt die Mutter und zuckt mit den Schultern. Der Vater tippt sich an die Stirn. Auch der Meister im Königsbronner Lehrbetrieb schert sich wenig um Elsers neues Arbeitsverständnis, ebensowenig wie um einen angemessenen Lohn.

»Ich hätte gern ein wenig mehr, jetzt, wo ich Geselle bin«, fordert Elser forsch, weil er weiß, daß seine Fähigkeiten besser honoriert werden müßten.

»Und ich hätte gern meine Ruhe!«, entgegnet der Meister und fügt mürrisch hinzu: »Du kriegst genug! Der Betrieb wirft nicht mehr ab«.

»Dann geh ich!«, sagt Elser ganz spontan. Der Meister verharrt, sagt ein paar Sekunden nichts, als müßte er über diese Ungeheuerlichkeit erst nachdenken. Dann poltert er los: »Einen Scheißdreck gehst du! Du bleibst, damit das klar ist!«

Elser läßt sich vom Wutanfall seines Meisters nicht beeindrucken. Ruhig und gefaßt sagt er: »Das kann ich doch selber frei entscheiden.«

»Nichts kannst du, gar nichts!«, quittiert der Meister das mit spöttischem Blick. Sein Lachen vergeht ihm erst, als Elser kurze Zeit später auch schriftlich seine Kündigung einreicht. Vor seinen Augen zerreißt der Meister das Papier. Von da an bleibt Elser der Arbeit fern und wechselt im Februar 1923 nach Aalen in eine Möbelfabrik.

Faller lag in seinem alten Kinderzimmer. Die dicke Daunendecke hatte er bis zum Kinn hochgezogen. Unter der Decke war es wohlig warm. Das Zimmer war noch immer so wie zu seiner Gymnasialzeit; nichts hatte sich verändert.

An den Wänden hingen Poster. Die Rolling Stones, *Frieden schaffen ohne Waffen* und Bob Dylan. Über dem Schreibtisch und am Schrank Aufkleber: *Atomkraft? Nein danke!*, *Wir müssen leider draußen bleiben*! und *Stoppt Strauß!* Aus Zeitschriften ausgeschnittene Konterfeis. Heinrich Böll, Hermann Hesse, Diego Maradona. Die explodierende Challenger. Mick Jagger und Jerry Hall in einem Auto in Paris. Daneben klebten vier Tesafilmstreifen; das Bild dazu fehlte. Faller hatte es damals aus der Heidenheimer Zeitung herauskopiert und vergrößert. Es war die Vorankündigung einer Theaterveranstaltung der Heidenheimer Volksschauspiele. Das Stück hieß *Johann Georg Elser – ein deutsches Drama*, der Autor Peter Paul Zahl. Das Bild hatte den jugendlichen Elser mit dichtem schwarzen Haar und abstehenden Ohren gezeigt. An den vier Tesafilmstreifen klebten noch Papierfetzen, die im Laufe der Zeit vergilbt waren.

Hinter den zugezogenen Vorhängen schimmerte es hell. Faller hörte einen Traktor die Straße entlang und am Haus vorbeifahren. Irgendwo schrien Kinder, vermutlich auf dem Weg zur Schule. Die erste und zweite Klasse wurde im alten Schulhaus am Ortsende unterrichtet. Die dritte und vierte Klasse mußte bereits nach Königsbronn. So war es früher, dachte Faller, und heute wird es nicht anders sein. Er versuchte die Kinderstimmen zu verstehen; außer kreischendem Lachen und Geschrei war nichts Verständliches auszumachen. Nur einmal hörte er »Depp!« oder »Sepp« heraus. Dann zog er sich die Decke über den Kopf.

Annkathrin tanzte. Faller stand am Tresen und trank Bier aus der Flasche. Er mochte Bier nicht. Wein schon. In den Kantinen der Schauspielhäuser gab es nur Fusel. Faller dachte an seinen Kopf, die zu erwartenden Schmerzen und trank das lauwarme Bier. Besonders viel trank er nur, wenn er sich ärgerte. Er nahm einen großen Schluck und stellte die leere Flasche auf den Tresen.

»Noch eins!«

Annkathrin tanzte noch immer. Sie legte ihren Kopf an die Schulter eines zwei Köpfe größeren Mannes. Es war der Oberspielleiter Schulz. Er hatte eine seiner dicken Hände an ihrer Taille. Sein Zeigefinger strich an ihrem Unterhosenbund, der sich durch den dünnen Stoff abzeichnete, entlang. Die andere Hand war auf ihren Po gerutscht. Seine Finger gruben sich sachte ins Fleisch. Annkathrin grinste. Sie bewegte ihren schlanken Körper im Rhythmus der Musik. Sie tänzelte, in den Hüften wiegend, ohne sich von der Stelle zu bewegen. Ihr langes schwarzes Haar glänzte im Lichtkegel des 500-Watt-Scheinwerfers, der am Rande der Tanzfläche dreibeinig auf einem Stativ stand. Es war die letzte Premierenfeier vor ihrer eigenen Premiere. Der Abend, an dem sie sich vor der Theatervorstellung gestritten hatten. Sie hatte geschrien, die Tür zugeknallt und war alleine ins Theater gefahren. Er war mit dem Taxi nachgekommen und hatte wortlos zwei Stunden lang neben ihr gesessen. Auch Annkathrin hatte nichts gesagt. Einmal hatte Faller ihr linkes Knie berührt. Sie zog es schnell zur Seite und warf das Bein über das andere. Danach auf der Feier sprachen sie überhaupt nicht miteinander. Faller stand am Tresen und trank.

Sie hatte ihre Arme um den Hals des Oberspielleiters Schulz gelegt. Ihre Augen waren zu schmalen Schlitzen verengt und fast geschlossen. Hin und wieder flüsterte ihr Schulz etwas ins Ohr. Sie lachte dann laut auf und boxte ihn in die Seite, sodass auch er lachte.

»Eifersüchtig?«

Eine kleine, dicke Frau stellte sich neben Faller an den Tresen.

»Ne.«

»Ich auch nicht.«

Es war die Frau des Oberspielleiters, Dramaturgin am Theater. Sie hatte einen feinen, dunklen Haarflaum auf der Oberlippe und eine tiefe Stimme. Sie bestellte sich ein Bier und stieß mit Faller an.

»Natürlich würde er am liebsten alle diese jungen Schauspielerinnen ficken«, sagte sie und zeigte mit der Flasche auf ihren tanzenden Ehemann. Sie nahm einen Schluck und rülpste fast lautlos.

»Aber wenn es dann soweit ist, kann er nicht.«

»Wie wollen Sie das wissen?«

»Er kann nie. Glauben Sie mir, ich weiß es.«

Sie stießen die Flaschen wieder aneinander.

»Alles Show!«, sagte sie und trank die Flasche leer.

Der Flaum auf ihrer Oberlippe schimmerte feucht.

»Und Sie?«

»Was ich?«

Die Dramaturgin schaute ihn ernst an. Faller wurde rot.

Faller zuckte mit den Achseln.

»Sie gefallen mir! – haben so was … unscheinbar Scheinbares«, sagte sie und lachte. Ihre kleinen, schiefen Zähne leuchteten. Ihr Atem roch säuerlich.

»Stehen am Rand und scheinen doch mittendrin zu sein. Sie wirken völlig ruhig, sind aber hypernervös, nicht wahr?!«

Faller dachte, die spinnt doch.

»Kommen Sie mit zu mir, in den zweiten Stock, Zimmer 24?«, sagte sie und beugte sich dabei noch näher zu Faller. »Überlegen Sie sich's.«

Sie strich ihm unauffällig über den Handrücken. »In einer halben Stunde?«

Er blickte über seine Schulter und sah sie leicht schwankend mit der Bierflasche auf hohen Stöckelschuhen davongehen. Sie hatte einen riesigen Hintern, der in ein enges, rostbraunes Kostüm gezwängt war.

Annkathrin tanzte noch immer. Der Zeigefinger des Oberspielleiters hatte sich unter den Höschenbund geschoben. Drei Finger der anderen Hand versuchten, sich in ihrer Poritze zu verstecken. Annkathrin lachte lautlos vor sich hin.

Faller trank seine Flasche aus. Er verließ die Kantine, blieb im Treppenhaus stehen und sah am Geländer entlang nach oben. Dann ging er nach Hause. Er packte den Koffer und fuhr los.

Über Georg Elser stand nichts in den Geschichtsschulbüchern. Auch im Brockhaus und in Meyers Enzyklopädischem Lexikon hatte Faller ihn nicht finden können. In ganz Königsbronn erinnerte nichts an ihn. Der Vater winkte ab, die Mutter schüttelte nur den Kopf. Das war schließlich Fallers Initialzündung gewesen. Wenn der Vater beim Namen *Elser* das Gesicht verzog, als hätte er in eine Zitrone gebissen, dachte er, dann mußte an diesem Menschen etwas ungeheuer Spannendes sein.

Auch der sonst so gesprächige Geschichtslehrer wußte nicht viel über ihn zu berichten. »Elser war ein Einzelgänger, ein Sonderling. Dass er 1939 in München Adolf Hitler mit einer Bombe ganz alleine umbringen wollte, das ist immer umstritten gewesen. So eine Bombe, so eine komplizierte Höllenmaschine, wie es damals hieß, ganz alleine zu bauen, ohne Vorkenntnisse – ausgeschlossen. Das haben ihm damals nicht nur die Nazis nicht geglaubt, das hat auch nach dem Krieg kaum einer für möglich gehalten. Hier in Königsbronn ohnehin nicht.«

»Nirgends in Königsbronn gibt es ein Denkmal!«, sagte Faller.

Der Geschichtslehrer lachte.

»Und so schnell wird es auch keines geben! Der Elser hat hier noch nie einen guten Stand gehabt. Früher nicht und heute auch nicht. Früher hat er sich nicht für die Königsbronner interessiert, und heute interessieren sich die Königsbronner nicht für ihn. Außerdem hat er den Leuten hier genügend Unannehmlichkeiten beschert. ›Attentatshausen‹ hieß es damals in ganz Deutschland. Das verzeihen die ihm nie! Für die war und bleibt er ein Verrückter, ein Spinner.«

Erst im sechs Kilometer entfernten Schnaitheim – einem Vorort von Heidenheim – zeugte dann doch eine unscheinbare bronzene Platte von Elsers Existenz. Ein paar Monate vor dem Abitur war Faller mit dem Fahrrad von Königsbronn nach Schnaitheim gefahren, an einem heißen Frühlingstag. Lange mußte er suchen, bis er in einem Park die erste konkrete Spur von Elser fand. *Mahnmal für die Opfer des Nationalsozialismus,* stand da, und *Georg Elser * 4. 1. 1903 + 26.4. 1945 – für alle ermordeten Widerstandskämpfer.* Es war eine an einem Stein befestigte Metallplatte mit Elsers Konterfei und falschem Todesdatum.

Von da an konnte er von diesem schwäbischen Einzelgänger nicht mehr lassen. Alles, was er an Informationen über ihn bekommen konnte, hatte er verschlungen. Es war nicht viel. Ein paar Zeitungsartikel, ein Theaterstück, ein Programmheft.

Wie konnte es sein, daß jemand, der auf eigene Faust bereits 1939, kurz nach Ausbruch des Zweiten Weltkriegs, einen Anschlag auf Hitler durchgeführt hatte, nach dem Krieg völlig in Vergessenheit geraten war? Wie kam es, daß ein einfacher Mann aus dem Volk, mit wenig Bildung und ohne ausgeprägten Intellekt, so fest entschlossen war, Hitler auszuschalten? Und wie war es möglich, daß er im

Nachkriegsdeutschland nicht geehrt wurde? Wie konnte es sein, dass niemand in Königsbronn diesem Königsbronner gedachte?

Faller verstand es nicht.

»**Kannsch du des** Dach vom Schuppen reparieren?«, fragte die Mutter am nächsten Morgen beim Frühstück.

»Der Sturm letzte Woch hat Löcher hineingrissen. Und wenn's net gmacht wird, regnets rein und z'Holz wird feucht ond älles.«

Es war keine Frage des Könnens. Es war eine Frage des Wollens. Faller wollte nicht. Er wollte hier seine Dissertation fertigstellen. Er wollte die letzten Mosaiksteinchen für seine *Geschichte des Widerstandskämpfers Johann Georg Elser und die Geschichtsrezeption im Nachkriegsdeutschland* zusammensuchen. Er wollte die Elser-Gedenkstätte in Königsbronn besuchen. Er wollte mit dem Elser-Arbeitskreis Heidenheim sprechen. Und, wenn die Zeit noch reichen würde, wollte er auch nach München fahren, um mit Elsers letzter Vermieterin zu reden, solange die noch lebte. Und nach Dachau, die erst kürzlich rekonstruierte Zelle Elsers besuchen. Vielleicht konnte er auch noch an den Bodensee reisen, um dort Elsers Verhaftungsort aufzusuchen. Dann weiter in die Schweiz, um seine Aufenthaltsorte vor dem Attentat zu besichtigen. Deswegen war er hier in Ochsenfurt. Und nicht, um das Dach des Schuppens zu reparieren.

»Werkzeug isch da, Dachpappe auch.«

Am Nachmittag stieg Faller auf den Holzschuppen.

»Aber doch net mit dem Anzug!«, schrie die Mutter.

Faller wischte mit einer abweisenden Handbewegung in der Luft herum und grinste.

»Du spennsch doch!«

Er legte Dachpappe auf die Löcher und nagelte sie fest. Er schlug sich auf den Daumen, ließ den Hammer fallen und fluchte. Er hatte keine Erfahrung im Löcherflicken. Jahre war es her, dass er das letzte Mal einen Hammer in der Hand gehalten hatte.

»Der Bua hat zwei linke Händ!«, hatte der Vater bei allem gesagt, was Faller je tat.

Die Mutter stand auf der Leiter und reichte an. Dachpappe, Holzlatten, Nägel. Faller schwitzte. Ein kalter Wind aus Südost pfiff um seine Ohren. Es fing an zu regnen. Fallers Jackett wurde naß. Er nagelte schneller, schlug sich noch zweimal auf die Finger, biss die Zähne zusammen und klopfte die Dachpappe mit wenigen Nägeln fest.

»Komm runter, a Wetter kommt!«, rief die Mutter.

»Gleich! Ich mach das hier noch fertig.«

Der Himmel verdunkelte sich. Der Wind blies heftiger, schwarze Wolken zogen über den Schuppen hinweg. Die Tropfen wurden größer, es regnete jetzt in Strömen. Es blitzte und donnerte in der Ferne.

»Komm runter!«, schrie die Mutter. »Du wirsch ja noch krank!«

Faller stieg vom Dach.

»Das wird hoffentlich halten.«

»Beschtimmt!«

Faller hustete. Die Hose und die Jacke hingen jetzt völlig durchnäßt an ihm. Der Donner kam näher, der Wind wurde stärker. Die Leiter wurde vom Sturm umgeworfen. Die Dachpappe flatterte auf dem Dach wie Schiffssegel im Sturm.

»Komm i mach dir an Tee.«

Ungewohnt ist es. Alles ist fremd für ihn, die Menschen, die Straßen, die Häuser, die Stadt – und ebenso aufregend. Elser freut sich jeden Tag, wenn er im Zug sitzt und nach Aalen fährt zur Arbeit. Er kann sich dabei ein wenig von zu Hause lösen, sich dem bestimmenden Vater und seinen Forderungen entziehen. Und der strengen Mutter, die auf Georg – je älter er wird – ein immer wachsameres Auge wirft. Im selben Zug, in der dritten Klasse, sitzt jeden Morgen ein Mädchen, vielleicht so alt wie Elser, und schaut verträumt aus dem Fenster. Lange traut er sich nicht, sie anzusprechen. Zuerst sitzt er noch, ebenso verträumt, am anderen Ende des Waggons und sieht ihr – heimlich an den Köpfen vorbei – beim Hinausschauen zu. Dann kommt er ihr, Sitzreihe für Sitzreihe, immer näher; zuletzt setzt er sich ihr direkt gegenüber und guckt wie sie auch aus dem Fenster.

»Schön, wie die Landschaft so vorbeifliegt«, sagt das Mädchen plötzlich.

Elser möchte am liebsten sagen, schön, wie du so dasitzt und hinausguckst aus dem Fenster, sagt es aber dann doch nicht, sondern nickt nur stumm.

»Als hinge sie an Schnüren oder wäre aufgemalt und irgendwer zieht ganz schnell daran«, fügt das Mädchen hinzu und blickt zurück.

»Wer?«, fragt Elser und folgt dem Blick des Mädchens.

»Hm, weiß nicht, vielleicht ein großer Mann mit einem langen, weißen Bart?!«

Elser lacht, das Mädchen auch. Sie hat schöne, kleine Zähne, Augen in der Farbe des Himmels, heißt Traudl und macht eine Lehre zur Schneiderin.

Von nun an sieht Elser sie jeden Morgen im Zug nach Aalen; sie schauen gemeinsam aus dem Fenster, unterhalten sich über fliegende Landschaften oder Gott und die Welt. Schon am Abend freut er sich auf den nächsten Morgen und hätte am liebsten, dass Aalen am Ende der Welt läge und die Fahrt dorthin nie mehr zu Ende ginge. Nur neben ihr sitzen, denkt er, ein Leben lang, und mit ihr reden, über den Mann mit dem Bart und den Zeppelin.

Faller lag in eine Wolldecke eingewickelt auf dem Sofa in der Wohnstube. Eine Wärmflasche auf der Brust, in der Hand eine Tasse Kamillentee. Auf der Tasse stand *Mutti hat die Hosen an*. Das *u* von Mutti und das *o* von Hosen waren kaum mehr zu lesen. Der Henkel war abgebrochen, die Tasse uralt. Sie war ein Geburtstagsgeschenk von ihm gewesen. Seine Mutter hatte sich damals sehr darüber gefreut. Noch mehr gefreut hatte sich der Vater.

»Da isch was Wahres dran!«, hatte er lachend gesagt.

Die Mutter hatte ihm einen Vogel gezeigt, sehr zu Fallers Zufriedenheit.

Über ihm hing eingerahmt hinter Glas der Vater, er selbst daneben als Kind. Dann Makrameegirlanden und Sinnsprüche auf bemalten Holztellern. *Der Krug geht so lange zum Brunnen, bis er bricht* stand auf einem. Wenn Faller früher aus der Reihe getanzt war, wenn er den Erwartungen der Mutter nicht gerecht wurde oder mit »frevelhaftem Benehmen« – wie die Mutter das immer nannte – provozierte, sprach sie mit mahnender Stimme auswendig den Spruch auf dem Teller. Anlässe gab es genug. Anfänglich sagte Faller nur: »Du wiederholst dich!« Dann war ihm einmal, als er schon älter war, »Leck mich!« herausgerutscht. Von da an war der Spruch passé. Der Krug ging nicht mehr zum Brunnen; in den Augen der Mutter war er bereits zerbrochen.

Faller lächelte.

»Geht's scho wieder besser?«, fragte die Mutter.

Sie saß im Sessel am Tisch. Vor ihr brannte eine Wetterkerze und tauchte die Wohnstube in diffuses Licht. Sie hielt die Hände gefaltet und einen Rosenkranz zwischen Daumen und Zeigefinger.

»Glaubst du, das hilft?« fragte Faller.

»Bisher hat's immer.«

Es blitzte. In die Stube drang ein heller Lichtstrahl, zeitgleich donnerte es direkt über ihnen. Die Mutter zuckte zusammen.

»Der Herrgott isch keine Rechenschaft schuldig, niemandem, er macht was'r will.«

Die Mutter betete lautlos vor sich hin. Ihre Lippen bewegten sich schnell. Der Daumen schob sich von einer Perle zur anderen. Als der Donner dem Blitz nicht mehr nachkam, das Gewitter sich über dem Dorf verzogen hatte und schon in Königsbronn war, blickte sie vom Rosenkranz auf und sagte: »Herbschtgewitter, des sind die schlemschde.«

Am Abend rief die Mutter den Arzt an. Faller hatte Fieber. Er schwitzte und fröstelte. Seine Wangen juckten, und obwohl er genau wußte, daß es nichts half, kratzte er, bis das Kopfkissen blutig war. Er lag im Kinderzimmer, die dicke Daunendecke wieder bis unter das Kinn hochgezogen. Der Elektroradiator brummte leise vor sich hin und blies warme, trockene Luft in das Zimmer. Sein Mund fühlte sich sandig an, die Nase war verstopft. Manchmal schloß er die Augen. Dann zuckten helle Blitze hinter den Lidern und verschwommene bunte Punkte zogen vorüber. Er hörte ein Brummen, dann die Mutter leise von weit entfernt sprechen. Er verstand nichts, wollte was sagen und konnte nicht. Dann hörte er ein Lachen. Es klang wie das von Annkathrin. So lachte sie manchmal, wenn sie außer sich war.

Wenn sie eigentlich vor Empörung schreien wollte, dann aber doch lachte. Grausam lachte. Es war ein helles, ein hohes Lachen, das sich höhnisch anhörte. Faller erschrak. Er dachte, warum die Verachtung, warum der ganze Hass? Wie aufs Stichwort tauchte Annkathrin auf, übergroß, ganz schwarz, mit Flügeln auf dem Rücken. An der Hand ein dicker, schwitzender Mann mit riesigen Händen. Annkathrin lachte. Der Mann spuckte Speichel wie ein Rasensprinkler. Faller wurde naß, immer nasser. Der Speichel sammelte sich zu einer Pfütze, dann zu einem See. Der See stieg an und verschlang Faller. Annkathrin verschwamm. Das Lachen wurde leiser und verschwand. Der Mann mit den dicken Händen strich über ihre schwarzen Haare. Dann über ihren Körper. Die Farbe löste sich, das Wasser wurde dunkel, drang in Fallers Mund. Er bekam keine Luft mehr, er hustete. Hustete immer mehr, immer lauter.

»Das sieht nicht gut aus.«

»Annkathrin?«, Faller schlug die Augen auf.

»Was? Nein, die bin ich nicht!«, sagte eine dunkle Stimme.

»Des isch der Doktor Krombach aus Königsbronn, den kennsch doch noch?!«

Er sah das feiste Gesicht mit dem Konrad-Lorenz-Bart über sich. Der Bart war grau, das Haar auch, das Gesicht etwas dicker. Sonst sah er genauso aus, wie er ihn in Erinnerung hatte. Selbst wenn er ihn nicht erkannt hätte, sein Geruch war unverwechselbar. Er stank wie immer aus dem Mund. Magensäureüberproduktion, dachte Faller und nickte.

»Acne vulgaris!«, sagte Doktor Krombach. »Ungesunde Ernährung, Streß, Psyche, vor allem im Pubertätsalter!«

Er schmunzelte.

»Schwachsinn! Acne conglobata, wenn schon!«

Der Doktor lachte: »Ganz der alte, nur die langen Haare

sind ab, ansonsten wie immer aufmüpfig, rechthaberisch und dickköpfig!«

»Ebenso – und wie immer diagnoseschwach«, erwiderte Faller erschöpft.

Der Doktor guckte feindselig und rang sich dann zu einem breiten Grinsen durch.

»Schau an, der verlorene Sohn ist wieder zurück.«

Faller schwieg.

»Lange hat man dich hier nicht mehr gesehen.«

Faller beschloß, weiter zu schweigen. Doktor Krombach packte das Stethoskop aus und schob Fallers T-Shirt hoch bis zum Kinn. »Tief einatmen.«

Faller hörte das Brodeln in der Brust – auch ohne Stethoskop. Es wurde ihm schwindlig.

»Mund auf.«

Der Doktor sah ihm in den Mund; er dem Doktor ins Gesicht. Er erkannte eine Warze auf seinem linken Nasenflügel, aus dem drei schwarze, dicke Haare herauslugten. Alle drei waren exakt gleich lang. Ob die früher auch schon da waren, dachte er und hörte den Doktor leise sagen: »Es geht mich ja nichts an, aber deine Mutter hätte hin und wieder schon ein wenig Unterstützung gebraucht.«

Krombach war jetzt ganz nahe bei ihm. Die Worte fielen Faller direkt in den Mund. Es kam ihm vor, als ob die Warze spräche. Ihm wurde übel.

»Wenn es Sie nichts angeht, dann halten Sie sich einfach raus.«

»Ich mein' ja nur.«

»Ich auch.«

Die Mutter stand am Bettende. »Was isch?«

»Nichts, Frau Faller. Ich verschreibe ihm ein Antibiotikum und eine Tube gegen die Akne. Und dann hilft nur noch Bettruhe.«

»Wie lange?«, fragte Faller.

Er zog die Bettdecke wieder bis zum Kinn.

»Eine Woche, mindestens.«

»Das geht nicht.«

»Es muß. Du willst doch nicht für immer hier bleiben, oder?«

Der Konrad-Lorenz-Bart verzog sich heimtückisch. »Auf dem Ochsenfurter Friedhof ist noch genügend Platz frei.«

Der Doktor lachte sein sattes, selbstgefälliges Lachen. Die Mutter erschrak.

»Was willst du eigentlich hier? Wegen deiner Mutter bist du ja bestimmt nicht da.«

Er packte alles wieder zurück in seine Arzttasche.

»Der Johannes isch wegen seiner Doktorarbeit da«, sagte nach einer Pause Fallers Mutter.

»So, so, sieh mal einer an. Und worum geht's, wenn man fragen darf?«

»Um Elser«, sagte Faller.

Krombach verstummte. Er sah zur Mutter. Die blickte zu Boden.

»Was? Um den Häusleschleicher?«

»Genau um den.«

Wieder sah Krombach zur Mutter. Die Mutter hielt ihren Blick noch immer auf den Boden gesenkt.

»Dein Vater würde sich im Grab umdrehen!«, sagte der Doktor und ging zur Tür. »Wenn's schlechter wird, rufen Sie mich an, Frau Faller.«

»Danke, Herr Doktor.«

Ohne sich zu verabschieden verließ Doktor Krombach das Kinderzimmer. Faller hörte seinen Wagen im Hof starten und davonfahren.

Elser weiß genau, daß es überall besser ist als zuhause, wo ihm der trunksüchtige Vater und die strenge Mutter das Leben zur Hölle machen. Er ist froh, als er im Herbst 1923 in Aalen bei der Firma Riederer als Schreinergeselle angestellt wird, zu einem Lohn, den er angemessen findet. Er merkt, daß es sich auszahlt, nicht alles einfach hinzunehmen.

»Du bist ganz schön schlau, und so energisch!«, sagt Eugen, der noch immer in der Eisendreherei arbeitet; in seiner Stimme schwingt deutlich Bewunderung mit.

»Man darf sich eben nicht alles bieten lassen«, entgegnet Elser, »sonst tanzen die einem auf der Nase rum.«

»Hast schon recht, aber einfach ist das auch nicht.«

»Einfach ist nichts.«

»Doch, der Walzer!«, sagt Eugen. »Zwei vor, zwei zurück!«

Er lacht und macht es Elser zum hundertsten Mal vor. Der schüttelt nur den Kopf: »Das lern' ich nie!«

Eugen kurbelt am Grammophon, sagt: »Ach was, das kann jeder.«

Seit einiger Zeit treffen sie sich fast jeden Abend, um sich gegenseitig die Standardtänze beizubringen.

»Was machst denn du da immer jeden Abend bei dem Eugen?«, fragt die Mutter mißtrauisch.

»Tanzen!«, sagt Elser. »Walzer, Foxtrott!«

»Und dann vielleicht auch noch nach den Mädchen schauen, ha?!«

Elser zuckt verlegen mit den Schultern und denkt an Traudl aus dem Zug.

»Dafür bist du noch zu jung!«

Elser fühlt sich keineswegs zu jung.

Es sind zwar nur ein paar Kilometer vom kleinen Königsbronn in die Kreisstadt nach Aalen, aber für Elser sind es Welten. Knapp zwanzigjährig, kann er sich dem Einfluß der

Eltern etwas mehr entziehen. In Aalen fühlt er sich wohl, tagsüber in der Schreinerei, und auf dem Heimweg neben Traudl im Zug.

Der Krieg ist zwar schon ein paar Jahre zu Ende, noch immer hat das Volk aber mit den Folgen zu kämpfen. Wenn er durch die Aalener Straßen nach Feierabend zum Bahnhof geht, kommt er immer wieder an versehrten Kriegsheimkehrern vorbei. Bein- und Armlose, Verstümmelte und Blinde sitzen zerlumpt am Straßenrand und betteln um Almosen. Hin und wieder wirft er ihnen ein paar Münzen in den aufgestellten Hut. Nur wenigen geht es richtig gut. Elser gehört nicht dazu.

»Schon wieder ist alles teurer geworden!«, klagt er eines Tages, als er neben der Traudl sitzt und aus dem Zugfenster schaut.

»Das Geld ist einfach nichts mehr wert«, sagt sie.

»Dafür werden die Scheine immer größer!«, ergänzt Elser.

»Stimmt!«, sagt Traudl. »Stell dir vor, ich hab' gehört, gestern hat eine Schachtel Zigaretten noch ein Zehntel von dem gekostet, was sie heute kostet.«

»Und morgen mußt du so viel hinlegen wie früher für eine ganze Tabakwarenfabrik«, seufztzt Elser. Dann fragt er sie, leise, weil es niemand anderes im Abteil hören soll: »Rauchst du?«

Traudl schüttelt den Kopf.

»Und du?«

»Manchmal, heimlich!«

Beide grinsen und schauen wieder aus dem Fenster.

Plötzlich wird Elser wieder ernst: »Du, Traudl, ich habe heute übrigens gekündigt!«

»Was?!«

»Ich will nicht arbeiten, ohne dafür was zu bekommen. Die Schreinerei kann nichts mehr bezahlen …«

»Dann ist das heute das letzte Mal, daß wir beide hier gemeinsam im Zug sitzen?!«

»Ja.«

»Schön war's, die ganze Zeit neben dir«, sagt Elser traurig, während der Zug in Königsbronn einfährt.

»Schön war's, mit dir zusammen aus dem Fenster zu gucken«, entgegnet Traudl mit erstickter Stimme. Beide nicken und sehen zu den immer langsamer vorbeischwebenden Häusern; bis der Zug schließlich am Königsbronner Bahnhof quietschend anhält. Elser steht auf.

»Schorsch.«

»Ja!«

Traudl beugt sich zu ihm, dann küßt sie ihn schnell auf die Wange. Elser wird rot. »Ade!«

»Ade.«

Elser kehrt zu Vater und Mutter zurück, in die Welt, die er längst hinter sich gewähnt hat. Der Vater fühlt sich bestätigt; bei seiner Rückkehr grinst er argwöhnisch vor sich hin. Die Mutter ist froh, den Ältesten wieder an der Seite zu haben, als Unterstützung gegen den Vater.

Wieder arbeitet er im Holzhandel des Vaters und in der Landwirtschaft der Mutter. Wieder ohne Lohn und Taschengeld, nur gegen Kost und Logis. Immer mit dem Gedanken, wieder weg zu kommen.

»Raus will ich, in die Welt, was erleben!«, sagt er zu Eugen, mit dem er noch immer beharrlich Schrittfolgen für Walzer und Foxtrott übt. Eugen schüttelt amüsiert den Kopf und nennt das »Flausen«, verständnislos, aber auch ein bißchen bewundernd.

»Wie der Zeppelin, was?«, sagt Eugen und lacht.

Elser lacht auch: »Genau, davonfliegen, wie der Zeppelin oder ein Vogel, besser heute als morgen!«

Nachts stand Faller auf und rief Annkathrin an. Es tutete fünfmal, dann sprang der Anrufbeantworter an.

»Tja, hier ist niemand. Wir haben Besseres zu tun, als vor dem Telefon zu sitzen und auf euren Anruf zu warten. Was? Tja, das wird nicht verraten, nur soviel: Schön ist's. Also, hinterlaßt 'ne Nachricht, vielleicht rufen wir zurück.«

Den Text hatte Annkathrin wie einen Bühnenauftritt inszeniert. Zuerst schnippisch und schadenfroh. Dann geschäftig und mit einem Schuß Arroganz. Ohne ein Tschüß piepste es.

Faller legte auf. Dann rief er noch einmal an.

»Hier ist Johannes. Wo bist du? Annkathrin, bist du da? Geh hin, es ist spät, ich weiß, aber ich muß mit dir reden, bitte. Hallo, bist du da? Annkathrin .... Scheiße.«

Er legte wieder auf. Er wählte noch einmal die Nummer. Es war noch immer das alte, beige Telefon von früher, ohne Wahlwiederholung und mit Wählscheibe. Wieder Annkathrins Stimme mit dieser Mischung aus Arroganz und Verführung, die ihn einerseits anzog, andererseits aber auch ärgerlich stimmte. Weder die Arroganz war echt, noch die Verführung. Sie spielte mit dem Anrufer. Jetzt mit ihm. Es piepste.

»Ich bin's noch mal. Ich bin auf der Schwäbischen Alb, in Ochsenfurt, es tut mir leid. Verzeih mir. Ich konnte nicht anders.«

Er hustete. Dann lauschte er in den kalten, stillen Hörer hinein, als ob das mitlaufende Band zu hören wäre. Er glaubte, ein leises Knacken zu vernehmen.

»Bist du da?«

Er horchte wieder. Nichts, nicht einmal mehr ein Knacken. Es kam ihm vor, als ob jemand am anderen Ende der Leitung ebenfalls der Stille lauschen würde.

»Annkathrin?«

Als ob beide über die Stille miteinander verbunden wären.

»Ich habe heute das Dach vom Schuppen repariert. Der Sturm hatte Löcher reingerissen. Als ich fertig war, kam schon wieder ein Sturm. Komisch, früher gab es kaum welche. Zumindest kann ich mich nicht daran erinnern. Dafür gab's Schnee, meterhoch, daran kann ich mich noch gut erinnern. Einmal war das Dorf sogar eingeschneit. Alle Zufahrtsstraßen waren wegen Schneewehen unpassierbar, so dass nicht mal die Räumfahrzeuge durchkamen. Einen ganzen Tag lang nicht. Stell dir das vor. Die Schule fiel aus und das ganze Dorf schippte Schnee, von einem Haufen auf den anderen. Das ist vorbei. Jetzt gibt es hier nur noch Stürme.«

Er hustete wieder. Noch ehe eine Pause eintreten konnte, sprach er weiter.

»Ich bin krank. Nichts Schlimmes. Eine Erkältung. Der Arzt sagt, ich muß mindestens eine Woche im Bett bleiben. Der spinnt doch, dieses Arschloch. Außerdem hat er keine Ahnung. Der hat noch nie was von Medizin verstanden. Seine Fehldiagnosen sind legendär. Einmal hat er einem Alten, der über Bauchschmerzen geklagt hat, eine Magenschleimhautentzündung angedichtet. Zwei Tage später war der Mann tot. *Herzversagen* hat der Idiot in den Totenschein geschrieben. An Blinddarmdurchbruch ist der Alte aber wirklich gestorben. Herausgefunden hat man es erst bei der Obduktion, weil der Schwager den Bruder des Toten verdächtigt hatte, er habe den Alten um die Ecke gebracht, wegen der Erbschaft. Da sieht man mal wieder. Wenn der Krombach sagt, eine Woche im Bett bleiben, dann heißt das, du bist in zwei Tagen tot.«

Er versuchte zu lachen. Das Lachen ging in Husten über. Ein Schleimbatzen löste sich und war jetzt in seiner Mundhöhle. Er schob ihn mit der Zunge hin und her und sprach dabei, als ob der Mund voll wäre. »Ich bin spätestens in einer Woche wieder bei dir.«

Er schluckte den Schleimbatzen hinunter.

»Ich vermisse dich. Wenn du Lust hast, könntest du ja…« Er stockte. Wieder entstand eine kurze Pause. »Ach so, stimmt, deine Premiere. Ich bin bis dahin wieder zurück. Es dauert nicht lange. Nur ein paar Termine. Sobald ich gesund bin, fahre ich nach Königsbronn, schaue mir die Gedenkstätte an. Eigentlich erwarte ich keine großen Erkenntnisse – darum geht es auch gar nicht. Man muß aber auch mal hin zu den Orten, die Orte wirklich sehen. Wenn man vor dem mickrigen Elser-Denkmal in diesem Schnaitheimer Pfarrgarten steht, nachdem man stundenlang danach gesucht hat, wird einem einiges klarer. Da geht es nicht um Gedenken, da geht es um Ignoranz, um Mißachtung. Konsequenter wäre es, den verschissenen Park den Hunden zu überlassen. Verstehst du?«

Faller war erregt, die Stimme war jetzt lauter als zuvor. Seine Stirn glühte wieder. Er schwitzte am ganzen Körper. Jetzt erschien die Stille noch stiller, noch unheimlicher. Schnell sprach er wieder in normaler Lautstärke weiter.

»Ich wäre schon längst hier gewesen, wenn Königsbronn an der Ostsee liegen würde oder im Hunsrück oder weiß der Teufel wo, nur nicht hier. Aber mir bleibt keine andere Wahl. Ende des Jahres muß ich abgeben – nein, müssen natürlich nicht, aber, aber ich will, ich will endlich fertig werden. Das mußt du doch verstehen. Das ist, wie wenn man jahrelang probt – immer wieder dasselbe Stück, mit immer denselben Figuren – da will man auch irgendwann mal, dass die Premiere kommt. Das mußt du verstehen, Annkathrin.«

Er machte wieder eine kurze Pause, als ob er eine Antwort erwartete.

»Bis zu deiner Premiere bin ich zurück. Ich versprech's dir.«

Wieder eine Pause.

»Ich vermisse dich.«

Pause.

»Tschüß.«

Er legte auf. Eine Weile stand er noch neben dem Telefon in der Dunkelheit. Er starrte durch die Gardine hinaus auf die Straße. Der Teer glänzte naß.

»Was isch?«

Faller erschrak. Er drehte sich um und sah die Mutter im langen, weißen Morgenmantel mit offenen Haaren in der Tür stehen. Sie sah aus wie ein Gespenst.

»Nichts!«

Er ging an ihr vorbei, zurück ins Kinderzimmer. Die Mutter roch nach Rheumasalbe und Franzbranntwein. Es war kurz nach vier. Er legte sich ins Bett, zog die Decke wieder bis zum Kinn und versuchte einzuschlafen.

Nach drei Tagen im Bett, von der Mutter gepflegt und mit Tee und Zwieback versorgt, stand er wieder auf.

»Denk dran, was der Krombach gsagt hat«, sagte die Mutter.

»Der kann mich mal!«

»Johannes!!!«

Er fühlte sich schwach. Am vierten Tag ging er im Haus herum. Die Mutter war einkaufen. In Ochsenfurt gab es einen Metzger, einen Bäcker und einen Edeka, in dem man alles bekam, was man brauchte. Vom Schnürsenkel bis zum Staubsaugerbeutel. Alles war ein wenig teurer als in den großen Supermärkten in Königbronn oder den noch größeren in Heidenheim. Deshalb fuhren die Ochsenfurter, die Autos besaßen, einmal die Woche zum Großeinkauf in die Stadt. Die Mutter hatte kein Auto; sie besaß nicht einmal den Führerschein. Den Wagen ihres Mannes, einen gut gepflegten VW Variant, hatte sie verkauft, nachdem er über ein Jahr mit Wolldecken eingehüllt in der Garage gestanden hatte. Als der Wagen noch nagelneu war, hatte die Familie einmal einen Ausflug nach Ulm gemacht. Der Fahrstil des Vaters war gewöhnungsbedürftig. Faller gewöhnte sich nie daran. Der Vater fuhr schnell in die Kurven und bremste abrupt ab, sodass Faller auf der Rückbank hin und her geschleudert wurde. Ihm wurde jedesmal schlecht. Bei dem denkwürdigen Ausflug übergab er sich schon auf der Hinfahrt auf Höhe der Charlottenhöhle in die Polster. Danach roch es im Variant noch Jahre später immer ein wenig säuerlich nach Kotze. Daran änderten auch die Duftbäume am Rückspiegel und die Fichtennadel-Spraydosen nichts, mit denen der Vater den Polstern auf den Leib rückte.

Jeden Samstag wurde das Auto eingeseift und gewaschen, anschließend trockengerieben und mit einem Lederfetzen »abgelädert«. Die Sitzpolster wurden mit einem Staubsauger gesaugt, die Armatur mit einem Poliertuch poliert. Die Gummimatten hingen über dem Gartentor wie tote Tiere und wurden mit Bürste und Kernseife geschrubbt.

Das erste Mal seit seiner Ankunft besah sich Faller das Haus näher. Er ging durch alle Zimmer und schaute in die Schränke und Schubladen. Er stand im Schlafzimmer der Mutter und blickte auf das Doppelbett. Die aufgetürmten Daunendecken sahen aus wie gleichmäßig hohe Schneehaufen. Der Teppichboden war abgetretener, als er ihn in Erinnerung hatte. Der Schrank und die Kommode standen noch an derselben Stelle. Ähnlich war es im Gästezimmer. Auch das Schlaf- und Wohnzimmer der Großeltern im Erdgeschoß hatte sich kaum verändert. Das Arbeitszimmer des Vaters war abgeschlossen. Der Schlüssel steckte nicht. Komisch, dachte Faller. Früher wurde nie abgeschlossen, keine Tür, nicht einmal die Haustüre, auch nicht in der Nacht. Er fing an, den Schlüssel zu suchen. Zuerst in der Küche, dann im Wohnzimmer. Er öffnete noch einmal die Schubladen und Schränke. Er sah in Vasen und Makrameegondeln nach. Er suchte im Besteckkasten und in den Zinnkrügen, die auf dem Fernseher standen. Auf den Deckeln waren ebenfalls Sinnsprüche eingraviert. *Gottes Mühlen mahlen langsam, mahlen aber furchtbar klein*, stand auf einem. Der Schlüssel war nirgends zu finden.

Der Schlüssel hing am Schlüsselbrett im Flur neben allen anderen Schlüsseln. Faller schloss auf. Die Tür ließ sich nur schwer öffnen. Seit fast fünfzehn Jahren hat sich hier beinahe nichts verändert, dachte Faller. Außer dem Geruch. Es roch abgestanden, muffig. Überall lag zentimeterdick der Staub und es gab dicke schwarze Spinnweben. Die Vorhänge waren zugezogen. Urkunden hingen an der Wand: *Silber-Medaille der Tierzuchtvereinigung* stand auf einer. *30 Jahre Freiwillige Feuerwehr Ochsenfurt* auf einer anderen. Daneben hing das Feuerwehrhorn. Neben dem Stuhl standen die schweren Stiefel, über dem Sofa lag die Uniform samt Bügel. Auch das Wehrmachtsgewehr war noch da. Es lag auf dem Sofa, verdeckt unter einer Wolldecke. Patronenhülsen lagen verstreut auf dem Boden herum. An einem Rehgeweih an der Wand hing ein verschlissener Morgenmantel.

Als er von unten das Öffnen der Haustür hörte, schloß er das Zimmer wieder ab und hängte den Schlüssel zurück ans Brett.

»Der Sturm hat schon wiedr Löcher ins Dach gerissen«, rief die Mutter hustend beim Hereinkommen die Treppe herauf.

Als Faller Mitte der achtziger Jahre nach Berlin gezogen war, versetzte ihm das einen Schock. Zum ersten Mal war er auf sich selbst gestellt. Das erste Mal weg von zu Hause. Alles, was in Ochsenfurt und Königsbronn fehlte, gab es hier. Alles, was er von Ochsenfurt und Königsbronn kannte, vermißte er. U-Bahnfahren war ein Abenteuer, der Waschsalon eine Herausforderung. Ohne die Hilfsbereitschaft einer resoluten Alten würde er vermutlich noch immer vor der Maschine stehen, um zu überlegen, welcher Knopf zu drücken war. Wenn irgendwo ein Martinshorn ertönte, rannte er zum Fenster. Jedem »Haste mal 'ne Mark?« gab er nach, wenn er keine hatte, wurde er rot. Rot wurde er auch, als ihn eine leicht bekleidete Frau ansprach und fragte, ob er nicht mitkommen wolle. Er sagte zögerlich: »Wohin?« Sie lachte, und er lief davon. Irgendwann hatte er dann nicht mehr gefragt und war mitgegangen. Das einzige, woran er sich dabei noch erinnern konnte, war, dass die Frau, als sie seine Unterhose sah, lachte und sagte: »Von Mami jekooft, wa?«

Damals gab es noch die DDR. Um sich der Bundeswehr zu entziehen, war er in West-Berlin. Als sein Musterungsbefehl ein halbes Jahr nach dem Abitur im Briefkasten lag, hatte er das Nötigste zusammengepackt. Die Mutter weinte, der Vater bekam einen Tobsuchtsanfall. Er schrie: »Du bleibsch da!« und schloß sich ins Arbeitszimmer ein. Als er wieder herauskam, war er völlig betrunken, torkelte und schrie erneut: »Du bleibsch da!«

So hatte Faller den Vater noch nie erlebt. Als er nur stumm den Kopf schüttelte, hob der Vater die Arme und wollte nach Faller greifen. Die Mutter ging dazwischen und schrie: »Net! Hannes! Lass des!«

Doch Hannes schob die Mutter umständlich zur Seite und stand mit rotem Gesicht schwer atmend vor Faller.

Es war lächerlich. Er war so betrunken, dass ein kleiner Schubs ausgereicht hätte, ihn außer Gefecht zu setzen. Der Schubs war nicht einmal nötig, denn noch ehe der Vater noch einmal die Hand erheben konnte, taumelte er vor und zurück, versuchte sich irgendwo festzuhalten und stürzte zu Boden. Mit blutender Stirn lag er wie ein Käfer auf dem Rücken. Die zur Hilfe eilende Mutter wies er mit einem genuschelten »Lass mich!« zurück. Dann brüllte er in Richtung seines Sohnes: »Lass dich hier bloß nicht mehr blicken!«

Faller packte seine Sachen zu Ende und ging. Draußen schneite es. Seit Tagen schon fiel Schnee. An den Straßenrändern türmten sich die Schneehaufen. Die Straße war matschig und nur langsam zu befahren. Faller fuhr per Anhalter nach Königsbronn. Von dort mit dem Zug nach Aalen, dann nach Stuttgart und von Stuttgart mit dem D-Zug durch das nächtliche Schneetreiben nach Berlin.

Am nächsten Morgen kam er am Bahnhof Zoologischer Garten in Berlin an. Zuerst suchte er sich ein Zimmer, dann einen Job. Als er beides hatte, schrieb er der Mutter, dass es ihm gut gehe und sie sich keine Sorgen machen brauche. Von da an bekam er zweimal im Jahr einen Brief von ihr. Im ersten stand, dass der Vater tot sei. In den anderen stand immer dasselbe – dass das Alleinsein sehr schwer sei, dass er zurückkommen solle, das Haus haben könne und herzlich willkommen sei.

Als die Mauer fiel, wollte er sofort auf die Schwäbische Alb fahren. Irgendwie kam immer etwas dazwischen. Einmal wurde er krank, dann wieder war das Auto kaputt, ein anderes Mal hatte er einen Prüfungstermin. Irgendwie war ihm das ganz recht.

Die Jahre gingen dahin. Er fing an zu studieren, verweigerte erfolgreich den Dienst mit der Waffe und konnte den Zivildienst soweit hinauszögern, bis er schließlich zu alt war, um dem Vaterland zu dienen. Die Erinnerung an Ochsenfurt verblasste mit der Zeit immer mehr.

Während des Studiums war er mehr zufällig als aus Interesse wieder auf den Widerstandskämpfer Johann Georg Elser gestoßen. Er las mehrere Bücher über ihn, studierte die Vernehmungsprotokolle und überlegte sich, über Elser und vor allem darüber, wie man seit Ende des Zweiten Weltkriegs mit ihm umgegangen war, zu promovieren.

Seither waren vier Jahre vergangen.

Im Frühjahr 1925 werden Elsers »Flausen« konkreter und der Gedanke an ein Ausbrechen schließlich Wirklichkeit. Rettung ist in Sicht, zumindest vorübergehend. In der Möbelschreinerei Mathias Müller in Heidenheim kommt Elser unter.

»Weit bist du aber nicht gekommen!«, spottet Eugen.

»Immerhin, wenigstens tagsüber weg von daheim.«

In der Möbelschreinerei sind vor allem planerisches Talent und selbständiges Arbeiten gefragt. Völlig auf sich gestellt und eigenverantwortlich stellt Elser Wohnungseinrichtungen her. Es sind vorwiegend Küchen und Kleiderschränke, die er baut.

Das eigenständige Planen und Handeln wird ihm über ein Jahrzehnt später noch zugute kommen. Jetzt erfüllt ihn diese Tätigkeit in erster Linie mit Genugtuung. Elser schuftet, macht Überstunden und bekommt trotzdem nicht mehr Lohn als die anderen. Wieder hat er, wie schon in Aalen, das Gefühl ausgenutzt zu werden.

»Ich reiß mir hier den Arsch auf und bekomme genauso viel, als wenn ich viel weniger machen würde!«, sagt er immer wieder in den Vesperpausen, auch in Gegenwart des Meisters – aber ohne Folgen.

Seinem Gerechtigkeitsempfinden passt sich niemand an; im Gegenteil, immer mehr Arbeit wird im aufgebürdet. Wieder kündigt er, wohl wissend, dass zu Hause nichts Besseres auf ihn wartet als der argwöhnisch lächelnde Vater. Elser kann nicht anders. Nachdem auch dieses Mal der Meister Elser nicht ziehen lassen will, bleibt er erneut der Arbeit einfach fern.

»Das ging aber schnell!«, sagt Eugen stichelnd. »Kaum weg, schon wieder zurück!«

»Und bald wieder weg!«, antwortet Elser trotzig.

Eugen lacht.

Von da an kreisen die Fluchtgedanken unentwegt in ihm. Es muß einen Ausweg geben, eine Möglichkeit, den ausgetretenen Weg zu verlassen, denkt er. Er träumt in der Nacht wieder vom Zeppelin. Davon, dass einem jungen Mann die Welt offen stehen muß. Es gilt nur den Mut aufzubringen hinauszutreten, entschlossen, entschieden, ohne zurückzublicken.

»In Bernried suchen sie einen Schreiner!«, sagt an einem Sonntag beim Frühschoppen in einer Königsbronner Gaststätte ein vielgereister Handwerksbursche zu Elser.

»Bernried? Wo ist denn das?«, fragt Elser interessiert.

»Bestimmt am Arsch der Welt!«, sagt Eugen und grinst.

»Am Bodensee ist das!«, entgegnet der Handwerksbursche. Er schreibt mit seinem Zimmermannsblei eine Adresse auf den Bierdeckel. »Da! Schreib hin, vielleicht nehmen sie dich.«

Elser schreibt einen Brief, fragt nach und erhält Antwort: Mitte März 1925 kann er in Bernried in der Schreinerei Wachter anfangen. Gut gelaunt verläßt er unter dem Protest des Vaters – »Du bleibst da!« – und trotz der Bitte der

Mutter nicht zu gehen –»Überleg's dir gut, mein Bub!« – das Elternhaus. Eugen steht am Bahnhof und winkt ihm nach. Nur mit seinen Fähigkeiten im Gepäck, schüttelt er das, was war, ab und macht sich auf den Weg.

»Bis bald!«, schreit ihm Eugen wehmütig hinterher.

»Hoffentlich nicht!«, ruft Elser aus dem offenen Zugfenster heraus.

Auf der Reise fragt ihn ein älterer Mann, der ihm im Abteil direkt gegenübersitzt und immer wieder an einer Zigarre pafft, warum er in solch unsicherer Zeit einen so radikalen Entschluß treffe und die Heimat verlasse. Elser denkt kurz nach und antwortet: »Ich habe eben ein Verlangen in die Fremde zu gehen.«

Annkathrin hatte sich nicht gemeldet. Nicht auf seinem Handy, von dem sie aber auch annehmen musste, dass es wie immer ausgeschaltet wäre. Auch nicht auf dem Festnetzanschluß. Die Telefonnummer hatte sie. Faller hatte sie für alle Fälle auf den Notizblock auf ihrem Schreibtisch geschrieben. Sie rief nicht an. Schon seit vier Tagen nicht. Sie schrieb auch nicht. Sie hätte schreiben können, wenn sie nicht mit mir reden möchte, dachte Faller. Vielleicht brauchte sie Zeit? Die Enttäuschung verarbeiten, die Wut abklingen lassen. Das waren Fallers Gedanken, als er im Kinderzimmer lag und darauf wartete, dass es hinter den Vorhängen dunkel wurde.

Er wälzte sich schlaflos im Bett. Er stand auf, ging ins Wohnzimmer und rief wieder Annkathrin an.

»Bist du mir noch böse? Warum meldest du dich nicht? Ich kann verstehen, dass du sauer bist. Aber ich finde, das ist kein Grund sich einfach totzustellen. Das ist nicht fair. Ich mache mir Sorgen. Was soll das? Vielleicht hast du ja recht, vielleicht hätte ich es verschieben können, meinetwegen um vier Wochen, ja vielleicht – aber jetzt ist es nun mal so. Ich erwarte einfach, daß du das akzeptierst.«

Er schwieg. Draußen fuhr ein Auto vorbei.

»Ja, ich weiß, dass du vor der Premiere Halt brauchst, dass du deine Zweifel auffangen musst. Ich weiß das alles. Aber die Premiere ist in zwei Wochen. Nächste Woche bin ich zurück, dann bin ich für dich da. Ich bitte dich, so schlimm ist es nun auch wieder nicht.«

Wieder schwieg er. Er horchte in den Hörer. Nichts war zu hören. Draußen hupte es. Ein Motor knatterte leise vor sich hin.

»Morgen fahre ich nach Königsbronn in die Gedenkstätte. Das Fieber ist zurückgegangen. Das Antibiotikum hilft. Ich bin zwar noch ein wenig schwach, aber für die Sichtung der Verhörprotokolle reicht es. Vermutlich komme ich am Sonntag zurück, vielleicht auch am Montag. Bis dahin.«

Er legte den Hörer auf die Gabel und ging zum Fenster. Draußen war es dunkel, aber die Straßenlaternen brannten noch. Nebel hing zwischen den Häusern. Auf der gegenüberliegenden Straßenseite stand ein Auto. Der Motor lief, Musik war zu hören. Zwei junge Männer und eine Frau standen davor und rauchten. Eine weitere Person saß im Wagen. Jemand schrie. Er sah eine junge Frau mit blonden Haaren auf das Auto zueilen. Es wurde geredet, dann stiegen alle ein, und der Wagen fuhr davon.

Faller setzte sich in den Sessel und richtete den Blick aufs Telefon. Irgendwann schlief er ein.

Am nächsten Morgen wollte Faller nach Königsbronn fahren. Er stieg in seinen VW Golf, legte den Rückwärtsgang ein und fuhr bis zum Gartentor. Der Wagen holperte eigenartig. Er stieg aus und ging um das Auto herum. Der rechte hintere Reifen war platt. Unter dem Scheunenvordach bockte er den Wagen auf und wechselte den Reifen. Wieder fiel ihm der Vater und sein: »Der Bua hat zwei linke Händ!« ein.

Es dauerte ewig. Ein eisiger Wind pfiff um die Scheune. Die Mutter stand daneben und gab Ratschläge. Sie hustete ständig.

»Geh rein«, sagte Faller, »du wirst noch krank.«

»Du musch nach zwanzig Kilometer die Schrauba noch a mal nachziehen.«

Mit über zweistündiger Verspätung fuhr er los.

Die Georg-Elser-Gedenkstätte befand sich gegenüber dem Rathaus. Das Rathaus war das Schmuckstück von Königsbronn, 1775 erbaut und 1985 saniert. Als Faller das Rathaus das letzte Mal gesehen hatte, war es bis zum Dach eingerüstet. Jetzt sah es aus wie aus dem Ei gepellt, wie ein Fremdkörper: pompös, verschnörkelt, viel zu schön für das schlichte, kleinbürgerliche Stadtbild. Auch hier hat sich nichts verändert, dachte Faller. Alles ist so, als ob ich gar nicht weg gewesen wäre.

Er stellte sich beim Hauptamtsleiter der Stadtverwaltung vor.

»Sie sind aber nicht von hier, oder?«

Faller schüttelte den Kopf. »Aus Berlin!«

»Ah, des sieht man gleich!« Der Hauptamtsleiter lachte. Faller rätselte, was er damit meinte.

Der Hauptamtsleiter war verantwortlich für die Gedenkstätte. Er war ein freundlicher, hagerer Mann mit schwäbischem Dialekt, der versuchte, mit Faller Hochdeutsch zu sprechen. Er freute sich sichtlich darüber, daß sich jemand für Elser interessierte.

»Viel gibt's ja net. Der letzte, der bei uns war und was drüber gschrieben hat, war a Student aus Marburg.«

Faller war überrascht. Er glaubte alles zu kennen, was es über Elser gab. Von einem Studenten aus Marburg, der über Elser geschrieben hatte, war ihm nichts bekannt.

»Wann war das?«

»Lasset Sie mich nachdenken«, sagte der Hauptamtsleiter und dachte nach. Er legte die Stirn in Falten.

»I glaub vor ungefähr einem Jahr. Ja, im Oktober war's, kurz vorm Jahrestag.«

»Woran hat er gearbeitet?«

»Soviel ich weiß an einer Diplomarbeit. Aber am besten wäre es, Sie fragen den Herrn Schwarz. Der isch auch Ihr Ansprechpartner. Alles, was mit der Gedenkstätte zu tun hat, macht der Herr Schwarz. Auch Führunga für Schulklassa und so Sacha. Der isch auch jeden Tag da.«

»Danke!«

»Ich steh Ihnen auch jederzeit zur Verfügung, wenn Sie was brauchet.«

»Danke!«

»Ich sag gleich dem Herrn Schwarz Bescheid, dass Sie rüberkommen.«

»Danke.«

»Wie war ihr Name noch mal?«

»Faller, Johannes Faller.«

Er schrieb sich den Namen auf einen kleinen Block.

»Älles Gute.«

»Ja, Ihnen auch. Und nochmals vielen Dank.«

»A wa, mir müssen doch zusammenhalten«, sagte er und lächelte.

Ein freundlicher Mensch, dachte Faller und nickte.

Faller stand vor einer der Schautafeln in der Gedenkstätte. Niemand war zu sehen. Er ging an dem Regal vorbei, in dem die Bücher und Broschüren mit den Publikationen über Elser lagen, dann weiter in einen der Ausstellungsräume. Neben einer Büste von Elser standen einige Schreinerarbeiten von ihm. Eine Kinderhobelbank für seinen Bruder Leonhard. Eine Standuhr für seine Schwester. An der Wand Original-Rechnungen, ausgestellt von Elser. In einer Vitrine Elsers Zither, sein Akkordeon und ein von ihm für eine Freundin gefertigtes Schmuckkästchen. Daneben Hobel und Stechbeitel. Auf einem Tisch lag in zwei Ordnern Archivmaterial. Ausschnitte aus Zeitungen und Zeitschriften. Daneben fünf dicke, schwarze Ordner, in denen die Original-Verhörprotokolle Elsers eingeordnet waren.

Faller blickte sich um. Es war noch immer niemand zu sehen. Alle Details, die im Zusammenhang mit der Tat Elsers irgendwann ermittelt worden waren, waren ihm bekannt. Alle Vermutungen, die man über Absichten und Motivation angestellt hatte, ebenso. Auch hier also nichts Neues. Selbst diese und die anderen Schautafeln der Gedenkstätte Königsbronn hatte er schon einmal gesehen.

»Hallo?«

Nichts rührte sich. Er las laut: »8. November 1939 – Attentat im Münchner Bürgerbräukeller und Festnahme Elsers in Konstanz. 1940 bis 1945 – Einzelhaft in den Zellenbauten der KZ Sachsenhausen und Dachau. 9. April 1945 – Ermordung von Johann Georg Elser im KZ Dachau.«

»Interessant, nicht?«

Faller erschrak. Die Stimme kam aus dem anderen Raum. Er drehte sich um. Er hörte Schritte.

»So sieht man sich wieder!«

Faller sah einen Mann, der langsam und humpelnd auf

ihn zukam. Er zog sein rechtes Bein nach. Er war dick, hatte einen Vollbart und eine dunkle Hornbrille.

»Du kennst mich nicht mehr, was?«

Faller überlegte.

»Elstner, Showmaster!«

Faller staunte. Wie, hatte der Hauptamtsleiter gesagt, hieß der Mann, der hier »älles« macht? Schwarz? Hier stand sein ehemaliger Geschichtslehrer Schwarz, bald zwei Jahrzehnte später. Völlig verändert: fett, mit Bart, Brille und Holzbein. Und griff nach Fallers Hand.

»Als der Schrempf deinen Namen erwähnte, hab ich zunächst gedacht, das ist ein Witz. Und als er sagte, du wärst hier, um über unseren Elser eine Doktorarbeit zu schreiben, habe ich herzhaft gelacht.«

»Die Arbeit ist fertig!«, sagte Faller und ertappte sich dabei, ihm imponieren zu wollen.

Schwarz lächelte.

»Ganz der alte. Du hast dich fast nicht verändert. Die Haare sind kürzer, du bist größer, breiter geworden. Siehst älter, männlicher und viel besser aus, ja. Aber sonst?«

»Sie haben sich sehr verändert.«

»Man hat mich verändert, um genau zu sein«, sagte der ehemalige Geschichtslehrer. »Aber du hast schon recht. Es läuft auf dasselbe hinaus. Man ist ein anderer.«

Er lachte. Faller roch die Schnapsfahne. Sein Gesicht glänzte rot. Die Augen guckten groß und freundlich hinter den dicken Gläsern. Er drehte sich um und humpelte zurück.

»Komm mit«, sagte er, »in mein Kabuff.«

Das Kabuff war ein kleines, verrauchtes Büro. In Regalen an den Wänden standen Bücher über den Nationalsozialismus. Neben der Tür hing ein Plakat mit der Aufschrift *»Ich wollte ja auch durch meine Tat noch größeres Blutver-*

gießen verhindern.« Darunter Elser nach der Verhaftung an einem Zeichentisch. Schwarz ließ sich auf einen Stuhl hinter dem Schreibtisch fallen und zeigte auf einen Sessel. Faller setzte sich und versank im Polster. Der Stoff war abgewetzt. An den Seiten hingen Fäden und Fetzen herab. Schwarz bemerkte Fallers Blicke.

»Das war dieses Katzenvieh!«

Er öffnete die unterste Schublade seines Schreibtischs und holte eine Wasserflasche ohne Etikett und zwei Gläser heraus.

»Bevor ich ihm die Flasche an den Kopf geworfen hab.«

Er lachte. Der Tisch wackelte. Er füllte die Gläser bis zur Hälfte voll.

»Prost.«

Faller griff nach dem Glas und führte es zum Mund.

»Selbst gebrannt. Der hilft gegen alles«, sagte Schwarz und kippte das Glas in einem Zug hinunter. Dann legte er den Kopf in den Nacken und atmete auf einem langgezogenen »Aaaaaaa….« aus.

Faller nippte nur ein wenig am Glas. Er spürte, wie der scharfe Schnaps in der Kehle brannte. Er mußte husten. Schwarz lachte.

»Wie lange bleibst du?«

»Paar Tage.«

Schwarz lachte erneut, lauter als zuvor. Der Tisch wackelte wieder. Dann unterbrach er das Gelächter abrupt und sagte leise, in ernstem Tonfall: »Vergiß es, das reicht nicht.«

So, wie es aus dem Mund des ehemaligen Geschichtslehrers kam, klangen die Worte wie etwas Endgültiges.

»Ich hab doch gesagt, die Arbeit ist fertig. Es geht nur noch darum, ein paar Dinge zu überprüfen, die Zitate in den Verhörprotokollen mit den Originalen zu vergleichen, ein paar Archivberichte nachzulesen und solche Kleinigkeiten.«

Schwarz lachte wieder und schenkte sich nach.

»Das dachte der andere auch. Und dann mussten sie ihn wegtragen.«

»Welcher andere?«

»Daniel Held«, sagte Schwarz.

»Der Student aus Marburg?«

»Ja.«

»Wir lange war der denn hier?«

»Monate.«

Schwarz fixierte ihn. Faller überlegte.

»Was heißt, wegtragen?«

»Tot.«

Annkathrin stammte aus Marburg. Faller hatte sie zufällig in Berlin kennengelernt. Der Zufall hatte zwei Räder und keine Klingel. Nachdem Faller seinem Professor an der Freien Universität sein Promotionsthema vorgeschlagen und der nur »Na, dann machn Se mal, junger Mann!« gesagt hatte, lief er Annkathrin ins Fahrrad. Er wollte die S-Bahn bekommen, hatte weder nach rechts noch nach links geschaut, rannte über den Fußweg, dann über den Fahrradweg und stieß mit Annkathrins Rad zusammen. Er fiel hin und blieb liegen. Auch Annkathrin stürzte. Sie fluchte, stand wieder auf und sah den blutenden Faller am Boden kauern. Sie rief den Notarzt und setzte sich neben ihn auf den Asphalt. Sie legte seinen Kopf an ihre Brust und wartete mit ihm, bis der Krankenwagen kam.

»Es tut mir leid«, sagte Faller leise. Und: »Meine Schuld.«

»Pscht! Ganz ruhig, nicht sprechen!«

Annkathrin wischte mit einem Taschentuch das Blut von

seiner Stirn. Er sprach nicht mehr und atmete ruhig vor sich hin. Er roch an ihrem Pullover, der frisch gewaschen nach einer Blumenwiese und Lavendel duftete. Es fühlte sich weich an. Faller spürte ihr Herz schlagen. Dann wurde ihm schlecht. Er spie auf ihre Jeans.

»Scheiße! Es tut mir leid!«

»Pscht!«, sagte sie wieder. »Nicht sprechen« und »Macht nichts!«

Der Krankenwagen kam mit Blaulicht und Sirene. Es war so laut, dass es Faller in den Ohren schmerzte. Er hörte Stimmen, sah verschwommene Gesichter, dann wurde ihm schwarz vor Augen. Annkathrin fuhr mit ihm zusammen ins Krankenhaus. Faller hatte Prellungen, Schürfwunden, eine schwere Gehirnerschütterung und einen Rippenbruch. Als er aufwachte, lag er in einem weißen Zimmer. Neben ihm saß eine junge Frau.

»Hallo, ich bin Annkathrin!«

»Hallo!«

Faller konnte sich an nichts mehr erinnern. Sie erzählte ihm, was passiert war.

»Es tut mir leid.«

Annkathrin zuckte mit den Achseln.

»Jetzt muß ich aber gehen.«

»Kommst du wieder?«

Sie nickte.

Faller blieb zwei Wochen im Krankenhaus. Jeden Tag kam Annkathrin vorbei.

Manchmal nur für Minuten. Für ihn waren es die schönsten am Tag.

Als er entlassen wurde, fragte er sie, wie es jetzt weiterginge.

»Abwarten!«, sagte sie und lachte.

Von da an trafen sie sich regelmäßig.

Faller war hartnäckig, ausdauernd, neugierig und konnte unter Umständen auch leidenschaftlich werden, wenn es unbedingt sein mußte; ein Eroberer war er aber nicht. Sie gingen mindestens fünfmal zusammen ins Kino und fünfzehnmal ins Theater. Anschließend in ein Café. Wenn Annkathrin Faller nicht geküsst hätte, würde er noch immer vom »Individuum der Gesellschaft« sprechen, von »Individualisierung« und »Disziplinierung«. Nach der zweiten Bloody Mary in der Bar neben der Volksbühne hatte sie sich über die Kerze gebeugt. Sie hatte ihre roten Lippen auf seinen Mund gedrückt. Zuerst sanft, dann fester, sodass ihm der ganze Soziologen-Kram im Halse stecken blieb. Die Küsse schmeckten angebrannt. Komisch, dachte er, bis er merkte, dass es nicht die Küsse waren. Es war die Kerze, die Annkathrins Schal ankokelte. Annkathrin schrie und Faller schlug mit bloßen Händen auf ihre Brust. Sie lachten. Noch am selben Abend schliefen sie miteinander. Mitten in der Nacht stand Annkathrin auf und schlich sich aus seiner Wohnung.

Er war über beide Ohren in sie verliebt. Er wusch sich nicht mehr und wechselte auch die Bettwäsche nicht. Das Laken roch nach ihrem Pullover. Sie meldete sich fast zwei Wochen nicht mehr bei ihm. Er ging ins Theater und schaute ihr beim Spielen zu. Anschließend wartete er versteckt am Bühneneingang auf sie. Sie war nicht allein. Er ging ihr nach. Sie küsste einen Mann und verschwand mit ihm zusammen in einer Wohnung. Er zog das Bett ab und stellte sich unter die Dusche. Als er von der Ausweglosigkeit seiner Liebe überzeugt war, rief sie an. Sie trafen sich wieder und schliefen miteinander. Er fragte nicht, sie sagte nichts. Irgendwann sagte sie: »So geht das nicht!«

Faller nickte.

»Ich weiß nicht, was ich machen soll.«

»Entscheide dich.«

»Das geht nicht so einfach«, sagte sie. »Mark kenne ich seit sechs Jahren.«

»Ich liebe dich.«

»Mark liebt mich nicht.«

»Und du?« fragte Faller.

»Ich weiß nicht. Ich weiß gar nichts mehr.«

So ging es noch ein ganzes Jahr. Dann zog Annkathrin bei Mark aus und bei Faller ein.

Endlich frei! Endlich weg, denkt Elser, als er 1925 aus dem Zugfenster gebeugt Königsbronn verschwinden sieht. Er schaut zum letzten Mal zurück, von nun an nur noch nach vorne. Der Wind zerzaust seine schwarzen, dichten Haare, die an der Stirn fast schon zur Tolle aufgetürmt sind. So eine Frisur tragen nur wenige Jugendliche in dieser Zeit. Wenn, dann sind es Menschen, die dichten, malen oder musizieren. Künstler eben, rastlose Geister, ungebundene Freidenker. Wie ich, denkt Elser, als er am Bodensee in Tettnang ankommt. Er geht zu Fuß weiter nach Bernried zur Schreinerei Wachter. Da wird er schon erwartet.

»Herzlich willkommen!«, sagt der Schreinereibesitzer und zeigt ihm gleich sein Zimmer unterm Dach. Es ist klein, verwinkelt und riecht ein wenig muffig nach nasser Wäsche.

»Morgen geht's los! Gute Nacht.«

Lang hat er es in der Schreinerei Wachter im abgelegenen Bernried, in der alles noch von Hand gefertigt werden muss und in der er der einzige Beschäftigte ist, allerdings nicht ausgehalten. Zum Abschied klopft ihm der Meister anerkennend auf die Schulter und wünscht ihm für die Zukunft alles Gute.

»Ich weiß schon«, sagt der Meister. »Es gibt auch noch was anderes als den ganzen Tag arbeiten, oder?«

Elser nickt.

Mit einem guten Zeugnis in der Tasche zieht Elser weiter, am Bodensee entlang. Er läßt sich Zeit und genießt das Gefühl, frei und ungebunden zu sein. Langsam bekommt Elser ein Gefühl dafür, wie sich das Glück anfühlen könnte.

»Herrlich! Die Luft, die Sonne! Da kann man's aushalten«, murmelt er im Gehen vor sich hin. »Jetzt fehlt nur noch ein schönes Mädchen zum ganzen Glück.«

Er bleibt am glitzernden See stehen und schmeißt Kieselsteine ins Wasser; die hüpfen zwei-, dreimal und gehen dann unter. Er schaut hinaus auf das schwäbische Meer und weiß plötzlich, dass das Leben mehr bietet als Holzhobeln, Brettersägen und Löcherbohren. Es hält noch andere Dinge bereit, nach denen er nur greifen muß.

In der Nacht war Faller mit seinem Golf die vier Kilometer von Königsbronn nach Ochsenfurt hinauf geschlichen. Im Schrittempo war er den Berg hochgefahren, fast nur mit Standgas. Es war ihm wie Lichtgeschwindigkeit vorgekommen. Seine Wahrnehmung war vom selbstgebrannten Zwetschgenschnaps völlig benebelt.

Sein ehemaliger Geschichtslehrer Schwarz hatte ihn natürlich nicht so schnell gehen lassen. Je betrunkener Schwarz geworden war, umso mehr hatte er geredet. Am Ende hatte Faller nur noch zugehört. Nach zwei Gläsern Schnaps fing Schwarz an zu nuscheln. Nach vieren verschluckte er die Endungen der Wörter, sodass viel Phantasie nötig war, um ihn noch zu verstehen. In nüchternem Zustand wäre das für Faller kein Problem gewesen. Aber nach dem eigenen Schnapskonsum war nicht nur das Reden schwieriger, sondern auch das Zuhören.

Schwarz hatte von Königsbronn und der Gedenkstätte erzählt. Von sich selbst redete er ungern. Am Anfang fragte ihn Faller noch, wie er denn zu dem Posten gekommen und warum er aus dem Schuldienst ausgeschieden sei. Schwarz klopfte nur mit dem leeren Glas gegen sein rechtes Bein. Es klang dumpf.

»Invalide!«, sagte er, und: »Unfall. Eine lange Geschichte. Erzähle ich dir ein andermal.«

Er schenkte wieder ein und prostete Faller zu.

»Als ich dann pensioniert wurde, habe ich hier angeheuert. Die suchten ein Mädchen für alles. Oder'nen Krüppel wie mich, der wenig kostet und alles macht. Der Schrempf hat mir das eingebrockt. Und der Elser-Arbeitskreis in Heidenheim. Davon hast du sicher auch schon gehört.«

Faller nickte. »Sie können davon ausgehen, dass ich so ziemlich alles über Elser und das Thema weiß, zumindest was es offiziell darüber gibt.«

»Du!«, sagte Schwarz und grinste.

Faller guckte, als ob er nicht verstünde.

»Da kannst du davon ausgehen.«

»Was?«

»Sag einfach du zu mir.«

Faller war irritiert. Das war ihm unangenehm. Früher schon war ihm der Geschichtslehrer nicht gerade sympathisch gewesen. Jetzt, nach bald zwanzig Jahren und zwei Gläsern Zwetschgenschnaps, hatte sich das noch nicht grundlegend geändert.

»Also, was ist?«

Faller nickte. Schwarz schenkte wieder die Gläser voll, hakte sich mit seinem Arm bei Faller ein, führte das Glas zum Mund und sagte: »Auf ex!«

Sie tranken.

»Simon.«

»Johannes.«

Schwarz lachte. Faller grinste verlegen.

»Manchmal glaubt man alles zu wissen, und dann stellt man fest, dass es noch viel mehr gibt, an das man nicht einmal gewagt hat zu glauben.«

»Wie meinen Sie …«

»Du!«

»Wie meinst du das?«

»Das wirst du schon noch sehen.«

Schwarz öffnete eine Schublade seines Schreibtisches. Er wühlte herum, schloss sie, öffnete eine andere, schloss sie wieder, sagte: »Scheiße!« und dann: »Wo waren wir jetzt?«

»Beim Arbeitskreis.«

»Ja, genau, da war ich Mitglied«, sagte er. »Der Schrempf auch. Schon Anfang der Neunziger.«

»Wann bist du von der Schule?«

Faller mußte nachdenken.

»'86«, sagte er.

»Da gab es ihn noch nicht.«

»'88 wurde er gegründet, ich weiß.«

»Da war ich auch noch nicht dabei. Irgendwann in den Neunzigern hat's mich dahin verschlagen. Ich muß gestehen, anfänglich hat mich weniger der Elser interessiert – mehr die schöne Frau Rettich.«

Er nahm wieder einen großen Schluck aus dem Glas und legte den Kopf in den Nacken. Dann blies er die Luft mit einem zischenden s-Laut aus sich heraus. Es klang wie ein Pfiff.

»Ein klasse Weib, aber auch eine verfluchte Schlange. Sie war die Frau eines ehemaligen Schülers von mir. Gleichzeitig Referendarin am Schiller-Gymnasium. Die hat nicht nur allen Kollegen den Kopf verdreht, sondern auch die gesamte Lehrerschaft zur Mitarbeit im Elser-Arbeitskreis angestachelt. Ich wollte ihr natürlich imponieren. Also hab ich mich anwerben lassen und dann jede Woche flammende Reden gehalten. Anschließend bin ich immer mit ihr in ihrem neuen Mercedes nach Königsbronn zurückgefahren. Ich alter Idiot hab gedacht, da mach ich vielleicht 'nen Stich. Aber die hat sich nicht für mich interessiert. Zumindest nicht so, wie ich mir das gewünscht hätte.«

»Und jetzt sind Sie ... du... nicht mehr im Arbeitskreis?«

Faller spürte die Wirkung des Schnapses. Entweder verstand Schwarz nicht oder er wollte auf die Frage nicht antworten.

»Da haben andere mehr Glück gehabt«, sagte er und meinte noch immer Frau Rettich.

»Ihr Mann!«

»Quatsch, der hat schon lange keinen Stich mehr gemacht.«

Schwarz grinste.

»Die hat sich für Jüngere interessiert. Zuletzt hat sie sich diesen Held geangelt.«

»Den Studenten aus Marburg?«

»Ja, der hat anfänglich im Weißen Rössle gewohnt, dann ist er in die Kellerwohnung zu den Rettichs gezogen. Der Schrempf hat ihn da hinvermittelt. Nach ein paar Wochen wurde dann gemunkelt, die Rettich hätte was mit ihm. Vorstellen kann ich's mir gut. Die hätten zusammengepaßt. Zwei komische Käuze ergänzen sich womöglich.«

Schwarz öffnete wieder eine Schublade seines Schreibtisches. Er wühlte herum, schloss sie, öffnete eine andere und schloss sie wieder. Dann sagte er: »Scheiße!«, nahm einen Schluck aus dem Glas und pfiff.

Faller schlief, als es vor den Fenstern der Gedenkstätte schon dunkel war, irgendwann auf seinem Sessel ein. Schwarz musste weitererzählt haben. Immer wenn Fallers Kopf auf die Lehne rutschte und er kurzzeitig erwachte, hörte er Schwarz' Stimme.

Richtig wach war er dann, als er im Auto saß. Schwarz musste ihn geweckt und zum Wagen begleitet haben. Er stand an der Fahrertür, sah zum offenen Seitenfenster herein und sagte: »Bis morgen!«

Dann schlich Faller im zweiten Gang los. Das Seitenfenster war die ganze Zeit geöffnet. Ein kalter Fahrtwind wehte herein. Seine Haut juckte. Niemand war um diese Zeit noch unterwegs. Faller hatte die Straße für sich alleine. Die brauchte er auch.

Als er zu Hause auf den Hof fuhr, hätte er beinahe den Mercedes in der Einfahrt gerammt. Als er an der Haustür erfolglos versuchte, den Schlüssel in das Loch zu stecken, öffnete sich die Tür.

»Es ist auf!«

Doktor Krombach stand im Eingang. Faller war erstaunt darüber, dass der Doktor ihm nachts die Tür aufmachte. Er hätte sein verschwommenes Gesicht gar nicht erkannt, wenn nicht der Mundgeruch gewesen wäre. Noch ehe er etwas sagen konnte, wehte ihm der wortreiche Gestank entgegen: »Eine stattliche Erscheinung ist er geworden, der kleine Faller!«

Krombach lachte.

»Ein richtiges Mannsbild – groß, breit, mit Schultern, an die sich manch weiblicher Kopf gerne lehnt, was?«

Der Konrad-Lorenz-Bart verzog sich zu Krombachs gemeinem Grinsen.

»Nicht nur der weibliche!«, nuschelte Faller. Er schürzte seinen Mund und küsste in Krombachs Richtung in die Luft. Dem Konrad-Lorenz-Bart verging das Lachen.

»Sie sind doch nicht deswegen da, oder?«, fragte Faller langsam, schleppend, sich auf jedes Wort konzentrierend und küsste wieder in die Luft. Er schwankte, kippte zur Seite und fiel Doktor Krombach in die Arme.

»He, he – reiß dich zusammen!«

»Jawohl, Herr Medizinalrat!«

Faller versuchte, vor dem Doktor zu salutieren. Es misslang. Unter Krombachs Geleitschutz stieg Faller die Treppe hoch.

»Johannes!!!«, kam aus dem Schlafzimmer.

»Ja!«, schrie Faller, so laut, dass er selbst erschrak. »Alles in Ordnung!«

Er ließ sich in der Wohnstube in den Sessel fallen. Jetzt fiel ihm auf, dass der Doktor noch immer da war.

»Was machen Sie eigentlich hier?«, nuschelte Faller kaum verständlich.

»Deine Mutter hat's erwischt.«

»Was?«

»Sie ist schwer krank. Vermutlich hast du sie angesteckt.«

Krombach zeigte auf Faller. Der tippte sich an die Stirn.

»Sie ist nicht mehr die Jüngste. Ein junger Körper steckt hohes Fieber lockerer weg. Ein alter hat seine Probleme damit. Sie ist sehr alt.«

»Was soll das heißen?«

»Du mußt auf sie achtgeben«, sagte Krombach. »Sie darf sich nicht anstrengen, sie darf sich nicht aufregen. Und sie muss im Bett bleiben.«

»Wie lange?«

»Zwei, drei Wochen. Je nachdem.«

»Das geht nicht. Ich muß zurück. Sie wissen ja, der weibliche Kopf braucht die breite Schulter.«

Er küsste wieder in die Luft und wollte dabei aufstehen. Ruckartig erhob er sich aus dem Sessel. Alles drehte sich.

Die Wohnstube fing an, um ihn zu kreisen. Er verlor das Gleichgewicht und sank wieder zurück auf seinen Platz.

»Das muss gehen. Fünfzehn Jahre hast du dich einen Scheißdreck um sie gekümmert. Dann lass sie wenigstens jetzt nicht allein, in der ihr noch verbleibenden Zeit. Vielleicht sind es die letzten Wochen.«

Bussarde kreisen in der Luft. Habichte, Krähen. Der Frühling zeigt sich in seiner vollen Pracht. Die ganze Welt riecht nach Wald, Wiesen und Blütenduft. Elser wandert am See entlang und spürt ein befreiendes Gefühl in der Brust. Es ist Mai und die Sonne strahlt schon ziemlich warm vom Himmel. Einfach dahinwandern, an nichts denken, denkt Elser und hat keine Eile. Nichts treibt ihn voran. Nur die Natur will er genießen, die Luft, das Wasser und die Sonne auf der Haut. Erspartes erlaubt es ihm, sich am Abend in einem Gasthaus einzuquartieren. Er isst ein billiges Nachtmahl, schaut den Kartenspielern zu und schwätzt noch ein wenig mit der Wirtsfrau.

»Was, von der Schwäbischen Alb kommen Sie?«, sagt sie überrascht.

Elser nickt. »Und Arbeit suche ich.«

»Für Tüchtige gibt es immer was zu tun«, sagt die Wirtin und empfiehlt ihm eine Zimmerei im Dorf und zwei weitere Schreinereien nur wenige Ortschaften weiter.

»Vergelt's Gott«, sagt er und fragt gleich am nächsten Morgen bei den Betrieben um Arbeit nach; da niemand eine Stelle für ihn hat, zieht er unbekümmert weiter. Immer am See entlang, wo das Wasser jetzt glitzert, als wären darin lauter Diamanten versenkt. Er zieht die Hose aus, das Hemd und springt, nur noch die Unterhose am Leib, in den See. Er schnappt nach Luft, beinahe bleibt ihm der Atem weg.

Manchmal trifft er auch einen Handwerker, der wie er unterwegs und auf der Suche nach Arbeit ist. »In Friedrichshafen mußt du aufs Arbeitsamt, die haben immer etwas«, sagt ein Zimmermann, den Elser irgendwo zwischen Kressbronn und Langenargen trifft.

»In Bernried bei der Schreinerei Wachter ist auch eine Stelle frei«, sagt Elser. »Ist zwar ein wenig eintönig, aber für eine gewisse Zeit passt es schon.«

»Das könnte genau das richtige für mich sein«, sagt der Handwerksbursche. »Ich kann keine Menschen mehr sehen. Und Mädchen gleich zweimal nicht.«

»Dann bist du da ganz gut aufgehoben«, sagt Elser und beneidet ihn ein wenig um seine Erfahrungen.

»Dank dir, und nimm dich in acht vor den Weibern!« – Er lacht verschmitzt. Elser wird verlegen.

»Schon recht! Ich tu' mein Bestes!«

Sie verabschieden sich, wünschen sich gegenseitig noch viel Glück und alles Gute. Dann gehen sie wieder, jeder für sich, ihres Weges; Elser immer am See entlang Richtung Friedrichshafen, so lange, bis am Horizont die Stadt auftaucht.

Faller rief noch in der Nacht Annkathrin an. Auf dem Anrufbeantworter war jetzt ein anderer Text. Auch anders gesprochen. Nüchterner. Kein Lachen, kein verführerischer Ton, kein Spiel.

»Ich bin nicht da. Nachricht nach dem Pfeifton.«

Faller war so überrascht, dass er sofort wieder auflegte. Er war schwer betrunken und dennoch konnte er jetzt wieder klar denken.

»Ich bin nicht da!«, wiederholte er im Sessel sitzend und dachte, sie ist nicht da. Und ich? Es war offenbar ein Zeichen von ihr an ihn, ein Wink, daß sie entgegen der Ansage doch da war und einfach nicht mit ihm sprechen wollte. Faller wählte noch einmal die Nummer. Er konzentrierte sich auf seine Worte und versuchte, so deutlich wie möglich zu artikulieren.

»Meine Mutter liegt im Sterben. Ich muß mich um sie kümmern. Es tut mir leid, aber ich kann, wie es aussieht, in der nächsten Zeit nicht zurückkommen.«

Es klang dramatisch, wie die Durchsage eines Piloten vor dem Absturz. Faller machte eine Pause und wartete. Wenn sie jetzt da ist, muss sie ans Telefon, dachte er. Aus dem Hörer kam nur Stille. Das Zimmer fing wieder an zu kreisen. Das Wohnzimmerbuffet bewegte sich, die Sessel, der Glastisch, die Couch. Faller schwankte. Er hielt sich an der Kommode fest und kniff die Augen zusammen. Er starrte auf das Bild, das in einem Rahmen auf der Kommode stand. Die Person darauf konnte er nicht erkennen. Er griff nach dem Bild, drehte es um und las auf der Rückseite, mit schwarzem Filzstift geschrieben, *Kommunion 1976*. Er drehte das Bild wieder um. Jetzt erkannte er einen pausbäckigen Jungen in einem zu engen Samtanzug, der eine Kerze in der Hand hielt. Es knackte in der Telefonleitung. Faller erschrak.

»Annkathrin?«

Wieder nur Stille.

»Hör zu, vielleicht kann ich es irgendwie organisieren, dass sich an dem Wochenende deiner Premiere jemand um meine Mutter kümmert. Verdammte Scheiße, ich kann doch auch nichts dafür!«

Wieder entstand eine Pause, die er nutzte, um sich erneut auf die Artikulation zu konzentrieren.

»Was soll ich denn machen? Soll ich meine Mutter hier alleine lassen und einfach abhauen? Da ist niemand mehr außer mir.«

»Johannes!!!«, kam aus dem Schlafzimmer der Mutter.

»Ich muß Schluss machen. Tschüß. Ich ruf dich wieder an. Du siehst ja offenbar keine Notwendigkeit, dass …«

Er unterbrach sich, nahm den Hörer vom Ohr, sagte noch einmal: »Tschüß!« und legte auf.

Der Mutter ging es immer schlechter. Ihre Lymphknoten waren angeschwollen, die Bronchien entzündet. Sie hatte hohes Fieber und hustete ständig. Schleimbrocken lösten sich. Sie spuckte den Auswurf in eine Emaille-Schüssel auf dem Nachttisch. Zwischen den lindgrünen Batzen zogen sich rote Fäden. Faller saß an ihrem Bett, kochte Tee, machte Essigumschläge gegen das Fieber und gab ihr die Medizin. Das Gebiß der Mutter lag in einem Glas neben der Schüssel auf dem Nachttisch. Das ganze Zimmer roch nach Krankheit. Nach Ende, nach Tod.

Zweimal am Tag öffnete Faller gegen den Willen der Mutter für zehn Minuten das Fenster im Schlafzimmer. Die verbrauchte, stickige Luft entwich; frische, nach Herbst und Kuhstall riechende füllte den Raum. Danach drehte er den Ölofen voll auf. Die Mutter schlief viel. Sie atmete dabei angestrengt. Faller schob einen der Sessel aus der Wohnstube in ihr Schlafzimmer. Er saß im Sessel und schaute der Mutter beim Atmen zu. Sie sprach im Schlaf. Faller konnte es nicht verstehen. Wenn sie aufwachte, sagte sie immer: »Brauchsch net die ganze Zeit dasitzen. Tu deine Arbeit!«

Manchmal schlief auch er im Sessel ein. Dann träumte er von Annkathrin. Wenn er aufwachte, tat ihm der Nacken weh. Einmal am Tag kam Doktor Krombach. Faller mußte das Zimmer verlassen. Er horchte an der Tür. Doktor Krombach sprach leise, sodass er nichts verstand. Nur einmal konnte er: »Das hat keinen Zweck« verstehen und »vernünftig« und »Wie Sie wollen.«

Ein anderes Mal, als Krombach etwas lauter wurde, hörte Faller: »Seien Sie doch nicht so stur!«

Immer, wenn der Doktor das Schlafzimmer verlassen hatte, weinte die Mutter. Mit Faller sprach der Doktor kaum noch. Er beachtete ihn nicht. Ein leises »Grüß Gott« zur Begrüßung und ein ebenso leises »Wiedersehen!« beim Verlassen des Hauses waren das einzige, was der Doktor zu ihm sagte. Manchmal nickte er aber auch nur. Einmal fragte Faller ihn, ob die Mutter durchkommen würde. Der Doktor blickte ihn an, als ob Faller wissen wollte, wann sie nun endlich sterben würde. »Du kommst noch früh genug zurück nach Berlin.«

»Woher wissen Sie, dass ich nach Berlin möchte?«

Krombachs Bart verzog sich wieder.

»Man weiß einiges über dich. Die Leute hier sind nicht so blöd, wie du vielleicht glaubst. Sie wissen womöglich mehr, als dir lieb ist. Und ahnen noch mehr.«

Krombach lächelte.

»Es ist doch komisch, oder? Da lässt du dich hier über soviele Jahre nicht blicken. Dann, als niemand mehr mit dir rechnet – auch deine Mutter im übrigen nicht – tauchst du wie aus dem Nichts auf. Da fragt sich natürlich so mancher, warum?«

»Das hab ich doch schon gesagt.«

»Hast du, ja. Aber ob es dir jemand glaubt, musst du schon den anderen überlassen.«

»Das ist mir scheißegal!«

»Ich empfehle dir nur, nimm dich in acht.«

Krombach öffnete die Wagentür und stieg ein.

»Soll das etwa eine Drohung sein, Sie böser, böser Doktor?!«

Faller lachte. Krombach startete den Motor des Mercedes. Er sagte durch das geöffnete Seitenfenster, ohne Faller dabei anzuschauen: »Eine Drohung? – Nein. Ein guter Rat von einem väterlichen Freund, sozusagen.«

Jetzt lachte der Doktor, dass der Bart im Gesicht auf und nieder hüpfte. Dann fuhr er davon.

Durch das Arbeitsamt in Friedrichshafen findet Elser tatsächlich eine Beschäftigung. In Manzell arbeitet er bei der Firma Dornier Metallbauten und stellt Flugzeugpropeller her. Es ist eine gut bezahlte, anspruchsvolle Arbeit, die Elser vor allem Gewissenhaftigkeit und Präzision lehrt.

»Hier geht es um den Millimeter«, sagt Elsers Vorgesetzter. »So ein Propeller besteht aus vielen verschiedenen Holzschichten. Wenn man anfängt, ungenau zu sein, summiert sich das, und dann …« Der Vorgesetzte macht eine Bewegung mit der Hand, die abrupt abbricht.

»… fällt das Flugzeug womöglich noch vom Himmel«, ergänzt Elser.

»Haargenau, und wer will das schon?«, fragt der Vorgesetzte und misst die Propellerteile nach.

»Ich nicht«, sagt Elser.

»Ich auch nicht«, fügt der Vorgesetzte hinzu. »Ergo?«

»Hä?«

»Genau sein, immer ganz genau sein. Schreib dir das hinter deine Ohren.«

Elser ist sogar sehr präzise. Seine perfektionistische, fast schon pedantische Ader kann er hier ausleben.

Nur das Umfeld, die Menschen und der lange Weg zur Arbeit lassen zu wünschen übrig. In seinem neuen Leben sind Geld und Arbeit nicht mehr alles. Um das persönliche Glück zu finden, zieht Elser, trotz der anspruchsvollen

Beschäftigung, auch von hier wieder weiter. Er geht nach Konstanz und findet Arbeit in einer Uhrenfabrik.

»Die gefällt dir, was?«, fragt einer seiner Kumpel, mit denen er in der Uhrenfabrik zusammenarbeitet, als beide in einer Gaststätte der Kellnerin mit sehnsuchtsvollen Blicken hinterherschauen.

Elser nickt und wird ein wenig rot dabei.

»Die würdest du wohl gerne etwas genauer kennen, was? Nur, wie macht man das, hä?«, sagt der Freund und klopft Elser aufmunternd auf die Schulter. »Kein Problem, ich helfe dir. Ich kenne die Mathilde ganz gut. Ich kann dir versichern, das ist ein ganz ein nettes Mädel.«

Der Freund arrangiert ein Treffen, und Elser verliebt sich über beide Ohren in die Kellnerin Mathilde Niedermann. Mit ihr macht er ab jetzt Ausflüge und Wanderungen.

Er träumt in der Nacht nicht mehr vom Zeppelin. Jetzt fühlt er sich tagsüber dem Grafen gleich, wenn er im geliehenen Ruderboot mit seiner Freundin dem Horizont entgegengleitet.

»Ich kauf' mir ein Fahrrad!«, sagt Elser.

»Du bist doch verrückt, was das kostet!«, entgegnet Mathilde.

»Na und, man lebt doch nur einmal!«

»Du vielleicht, ich nicht«, sagt Mathilde und lacht.

Elser kauft sich für 140 Mark ein Fahrrad.

Wenn Elser aufgrund der kriselnden Wirtschaft immer wieder mal arbeitslos wird, ist er darüber nicht allzusehr bekümmert. Er macht Ausflüge mit seinem Rad, schwimmt im See und versucht, das Leben zu genießen. Manchmal fährt und wandert er nicht nur mit Mathilde, sondern auch mit anderen Freunden. Männern, Frauen. Vor allem bei den jungen Frauen kommt der zartgliedrige

Elser mit den braunen, wilden Augen und den schwarzen Haaren gut an.

»Du verdrehst doch jeder den Kopf!«, klagt Mathilde, wenn Elser mal wieder mit einer anderen tanzt.

»Ach was!«, sagt er dann nur gleichmütig und schweigt, so wie meistens.

Gewöhnlich hört Elser in Gesellschaft nur zu und macht sich seine eigenen Gedanken, über seine Mitmenschen, Kollegen, aber auch über die Gesellschaft und die Politik.

Bei der Arbeit fertigt er Uhrengehäuse für Stand-, Tisch-, und Wanduhren an. Elser kapiert schnell, wie die Uhrwerke funktionieren. Er läßt sich den Mechanismus erklären, die Schräubchen, Federn und Zahnräder, wie das eine ins andere greift und alles punktgenau mit dem Glockenschlag glückt.

»Da, schau, ein Zahnrad greift ins andere und treibt die Zeiger an, dass die gar nicht anders können, als auf die Sekunde genau zu gehen«, sagt der Meister und erklärt den Uhrenmechanismus.

Elser steht daneben und staunt. »So kleine Schräubchen und so eine große Wirkung!«

»Ja, ja, aber nur, wenn alles ganz exakt funktioniert«, wirft der Meister ein. »Dann ist sie ein Wunder, diese Technik!«

Abends nach der Arbeit erlernt Elser das Zitherspiel im Konstanzer Zitherklub oder hockt mit seinen Freunden draußen am See zusammen.

Das Telefon klingelte. Faller rannte in die Wohnstube und riss den Hörer vom Apparat. Er hörte ein tiefes, asthmatisches Schnaufen.

»Annkathrin?«

Seit drei Tagen hatte Faller sie nicht mehr angerufen. Auch sie hatte sich nicht gemeldet. Auf der Mailbox seines Handys waren zwar drei Anrufe verzeichnet, aber jedes Mal war wortlos wieder aufgelegt worden. Die ersten zwei Male sofort. Beim dritten Mal war die Pause bis zum Auflegen genau vier Sekunden lang. Er hatte sie sich immer wieder angehört.

»Ich bin's!«

Eine tiefe, laute Männerstimme drang aus dem Hörer.

»Ich habe einen Termin für dich ausgemacht.«

Es war Schwarz. Faller war enttäuscht.

»Was für'n Termin denn?«

»Erinnerst du dich denn nicht mehr?«

Zum einen erinnerte Faller sich nicht, zum anderen hatte er auch keine Lust auf ein Ratespiel.

»Im Alkoholnebel verschwunden, was?!«

Schwarz lachte. Vor Fallers geistigem Auge wackelte wieder der Schreibtisch.

»Sag schon!«, brüllte er in den Hörer.

»Na, 'nen Termin mit dem Rettich!«

»Rettich?«

»Dem Chefredakteur der HNP.«

Die HNP war die Heidenheimer Neue Presse. Klaus-Peter Rettich war der ehemalige Schüler von Schwarz und jetzige Ehemann von Karla Rettich, der Ex-Kollegin von Schwarz, die dem Elser-Arbeitskreis angehörte. So weit konnte sich Faller an das Gespräch mit Schwarz in der Gedenkstätte erinnern. Er erinnerte sich auch noch, dass Schwarz einmal auf Karla Rettich scharf gewesen war.

»Wie ein junger Dobermann!«, hörte er ihn in Gedanken wieder sagen und sah sich selbst dazu lächeln.

Jetzt lächelte er auch, obwohl er keine Ahnung hatte, was

er von Klaus-Peter Rettich wollen sollte. Schwarz erzählte es ihm.

»Wegen dem Held«, sagte er.

»Daniel Held?«

»Genau. Also, morgen 12 Uhr in der Redaktion der HNP in Heidenheim.«

Faller dachte nach. Er konnte sich nicht mehr daran erinnern, warum er mit Rettich über Daniel Held hatte sprechen wollen. Er wusste nicht, warum er sich überhaupt für diesen Held interessieren sollte. Faller legte den Hörer, aus dem noch einmal das satte Lachen von Schwarz drang, zurück auf die Gabel.

»Johannes!!!«, rief die Mutter aus dem Schlafzimmer. »Wer isch des gwesen?«

Faller riss das Fenster im Schlafzimmer auf.

Am Nachmittag ging Faller in den Edeka. Als er den Laden betrat, verstummten die Gespräche. Die Kunden fixierten plötzlich Preisschilder, die Packungsaufdrucke wurden intensiv studiert. Die Gesichter sahen ernst aus, alle waren mit sich selbst beschäftigt. Hinter der Wursttheke schnitt der Ladenbesitzer und Metzgermeister Bachofer dünne Scheibchen von der Salamistange, die er auf einem Stück Zellophanpapier auftürmte. Dann legte er den Haufen auf eine elektrische Waage und fragte leise, kaum zu verstehen: »Darfs auch a bissle mehr sein?«

Es war mehr. Viel mehr als verlangt. Die kleine, dicke Frau mit der Kittelschürze vor der Theke nickte und guckte durchs Glas auf die ausgestellten Wurstwaren.

Faller packte seinen Korb voll. Spaghetti, eine Dose Ravioli, Zwieback, Kamillentee, Klopapier, Tütensuppen, Butter. Er wartete an der Kasse. Frau Bachofer tippte die Preise in die elektronische Kasse. Nicht ein einziges Mal blickte sie auf. Sie sagte auch nichts. Sie sah auf den Preis, tippte ihn in die Maschine, schaute auf den nächsten Preis und tippte wieder. Am Ende muss sie etwas sagen, dachte Faller, zumindest die Gesamtsumme. Wenn sie die Gesamtsumme nicht sagt, zahle ich nicht. Er grinste. Frau Bachofer tippte den Preis der Zehnerpackung Eier in die Maschine, ließ den Kassenzettel heraus, riss ihn ab und legte ihn vor Faller neben das Schälchen für das Geld. Faller sah den Zettel an und las 36,99. Er legte zwei Zwanzigmarkscheine ins Schälchen und packte die Waren in zwei Plastiktüten. Dann nahm er das Wechselgeld, drehte sich um und ging zur Tür.

»Schöne Grüße an d' Mutter!«

Faller erschrak. Völlig unerwartet trafen ihn die Worte. Er drehte sich um. Jetzt sahen ihn alle an. Der Bachofer hinter der Wursttheke. Die kleine dicke Frau in der Kittelschürze mit der Salami im Korb. Die Frau Bachofer an der Kasse. Die Frau Zimmermann mit dem kleinen, behinderten Kind auf dem Arm. Das kleine, behinderte Kind mit dem Wurstzipfel im Mund. Die böswillige Frau Brandner am Tiefkühlregal. Die alte Frau mit dem Buckel, der die Kinder früher immer »Alte Hex!« hinterhergerufen hatten und vor der sie mehr Angst hatten als vor Blitz und Donner. Die Frau Horvath, die er schon einmal nackt durch den Vorhangschlitz gesehen hatte, als sie noch nicht so dick wie jetzt war und ihre Brüste noch fest und aufrecht standen. Der grinsende Dorftrottel am Zeitschriftenregal. Alle standen sie wie in Blei gegossen da und sahen auf Faller. Ihre Augen wanderten von oben nach unten und wieder zurück.

»Mach ich!«

Er blickte von Gesicht zu Gesicht. Die Gesichter waren ausdruckslos, bis auf das des Dorftrottels, der unbewegt grinste. Die anderen zeigten weder eine feindliche noch sonst irgendeine Regung. Alle schauten so, als wäre Faller mit vollen Tüten vor der Tür ausgerutscht und hingefallen. Er wandte sich dem Ausgang zu und wollte gehen.

»Wie lang bleibsch?«, hörte er eine Stimme.

Es war die Stimme einer Frau. Er drehte sich noch einmal um. Von wem die Frage gekommen war, konnte er nicht sagen. Alle guckten unverändert.

»Bis die Mutter tot ist!«, sagte Faller und öffnete die Glastür.

Der Dorftrottel kicherte.

»Und dann?«

Wieder traf ihn eine Stimme im Rücken. Er drehte sich nicht mehr um.

»Dann verkauf' ich den ganzen Scheiß!«, sagte er zur Glastür.

»Wenn er dir dann noch ghört!«, hörte er den Bachofer brummen.

Der Dorftrottel kicherte wieder.

»Was?«

»Nex!«

Ochsenfurt ist sich treu geblieben, dachte Faller, als er auf dem Weg zum Zimmermann in die Wiesenstraße war. In den Hofeinfahrten standen große Autos. Opel, VW, Mercedes und Kombis mit Anhängerkupplungen. Die Misthaufen vor den Häusern dampften. Ein Traktor fuhr mit einem Jauchefaß vorbei. Das Wetter zum Jauchefahren war günstig. Es regnete und ein kalter Wind blies über die Alb. Hin und wieder bewegte sich eine Gardine hinter einem Fenster. Ein dicker Mischlingshund bellte, kam angelaufen, schnüffelte an Fallers Beinen und verschwand wieder. Ein Gummiball ohne Luft lag im Rinnstein. In den Vorgärten waren Gartenzwerge mit roten Mützen aufgestellt. Die

Straße war dreckig. In den Gärten hinter den Bauernhäusern standen unverputzte Rohbauten. Es war niemand zu sehen. Faller stellte den Kragen seiner Jacke hoch und vergrub die Hände in den Taschen. Die Haut in seinem Gesicht juckte wieder. Seit dem Morgen war sie rot entzündet und es bildeten sich die gefürchteten Knöllchen. Aus Verzweiflung hatte er sich die Salbe von Doktor Krombach auf die Wangen gestrichen. Es half nichts. Seine eigene Salbe hatte er in Berlin vergessen. Die Salbe ist verschreibungspflichtig, dachte er, und Krombach kommt dafür nicht in Frage. Wenn es schlimmer wird, fahre ich nach Heidenheim zum Hautarzt.

Er bog in die Wiesenstraße ein und klingelte bei der Zimmerei. Niemand öffnete. Er ging um das Haus herum durch den Garten zur Werkstatt, vorbei an einem Brunnenimitat aus Birkenholz. Durch den Spalt der angelehnten Tür sah er den Sohn des Zimmermanns. Richard stand an einer Kreissäge und schnitt einen Balken zurecht. Die Säge kreischte, Sägemehl stäubte in der Luft.

Richard war so alt wie Faller. Früher waren sie zusammen in die Grundschule gegangen. Zuerst in Ochsenfurt, dann in Königsbronn. Danach hatten sich ihre Wege getrennt. Richard ging in die Hauptschule, Faller aufs Gymnasium. Auch außerhalb der Schule hatten sie nur noch wenig miteinander zu tun gehabt. Richard musste schon früh in der Zimmerei mithelfen. Zum Spielen blieb ihm kaum Zeit. Wenn doch, dann spielte er mit den Kindern aus der Hauptschule.

Richard sah von der Säge auf. Er schob die Schutzbrille auf die Stirn. Das Sägeblatt drehte sich ohne zu schneiden. Dann schaltete er die Säge aus.

»Was willsch?«, fragte Richard.

»Das Dach vom Schuppen ist kaputt«, sagte Faller und steckte sich eine Zigarette an.

»Was kann i dafür?«

»Du bist doch Zimmermann, oder?«

»Und wenn?!«

»Es ist nicht viel zu tun.«

»Koi Zeit.«

»Ein wenig Dachpappe, ein paar Latten.«

»I hab doch gsagt, koi Zeit.«

Sie sahen sich an. In der Luft wirbelte feiner Holzstaub umher. Faller sah, dass an Richards rechter Hand zwei Finger fehlten.

Richard fragte: »Seit wann schwätsch du nemme schwäbisch?«

»Seit ich dieses Scheißkaff verlassen habe!«

»Selbr Scheißkaff!«

Richard zog die Schutzbrille über die Augen.

»Hier isch Rauchverbot!«

Er schaltete die Säge wieder an. Er nahm einen neuen Balken, legte ihn auf das Sägegestell und fing an, ihn in das rotierende Sägeblatt zu schieben. Die Säge kreischte, Sägemehl stäubte in der Luft. Faller blies den Rauch in die staubige Luft und ging zurück auf die Straße. Dort blieb er stehen, warf die Zigarettenkippe auf den Boden und trat sie mit dem Fuß aus. Er drehte sich um, zündete sich eine neue Zigarette an und sah Richard am Werkstattfenster stehen. Mit der Schutzbrille auf der Stirn sah er durch die Butzenscheiben.

»Den Arbeitern geht es immer schlechter. Sie bekommen weniger Geld oder werden gleich entlassen. Und jetzt frag' ich euch, sollen wir uns das bieten lassen ?«

Der junge Mann am Rednerpult im Gasthaus »Zum Kratzer« in Konstanz macht eine kurze Pause. Jeder im Saal inhaliert die schwerverdaulichen Schilderungen. Dann fängt der Saal plötzlich an zu toben.

»Die Arbeiterschaft hat eine Wut im Bauch !«, schreit jemand aus der Menge heraus, laut, aggressiv und ein bisschen heiser. »Jawohl! Wir müssen diese Wut nutzen!«, ergänzt ein anderer ebenso laut und hitzig.

»Ja! Genau!«, tönt es jetzt aus vielen Mündern gleichzeitig wie Jubelgeschrei. Manche springen auf, reißen die Faust in die Höhe und schreien: »Nieder mit dem Kapital!«

Andere klatschen. Wieder andere brüllen unverständlich durcheinander. Der Redner am Pult hält die Menschen im Saal mit einer beschwichtigenden Handbewegung zur Ruhe an.

Elser sitzt an einem der klobigen Holztische in diesem überhitzten, rauchigen, nach Bier und Bratenfett riechenden Nebenzimmer des Gasthauses; seine Backen glänzen rot, Schweiß steht ihm auf der Stirn. Den Vortrag hört er sich sichtlich aufgewühlt an. Er weiß, dass das, was der Redner am Pult leidenschaftlich vorträgt, genau stimmt. Auch ihm ist Ähnliches in der letzten Zeit widerfahren. Auch er empfindet die Umstände als bedrückend, ungerecht und viel schlechter als früher. Er weiß aber auch, daß kaum etwas dagegen auszurichten ist. Und wenn doch, dann fällt es ihm jetzt, trotz intensiven Nachdenkens, nicht ein. Auch die anderen scheinen ratlos. Manche schlagen Flugblattaktionen vor, andere Demonstrationen. Für jeden Vorschlag gibt es ein Für und Wider; einigen kann man sich auf nichts.

»Bist du das erste Mal hier?«, fragt ein junger Mann, mit ähnlich roten Backen über den Tisch hinweg.

Elser nickt.

»Und gefällt's dir?«

»Geht so!«

Faller ging am Weiher vorbei, warf die Zigarettenkippe hinein und sagte: »Ruhe in Frieden!« Dann sah er das alte Schulhaus. Die Fenster waren zerbrochen. An den Außenmauern war der Putz abgefallen. Das ganze Haus war schwarz, das Dach eingefallen. Davon hat die Mutter mir ja gar nichts erzählt, dachte er und blieb vor dem Gebäude stehen.

»Hei!! Du! Guck!«

Faller sah am Fenster im ersten Stock einen Kopf, einen großen Kopf mit einem dreckigen Gesicht, verstrubbelten grauen Haaren und weit aufgerissenen Augen.

»Hei! Du! Komm a mal her!«

»Der Seppdepp!«, flüsterte Faller vor sich hin, »wie er leibt und lebt!«

Seppdepp hieß der Dorftrottel von Ochsenfurt. Wie er richtig hieß, wußte niemand, alle nannten ihn nur Seppdepp. Er nannte sich selbst so. Seit Faller sich erinnern konnte, war Seppdepp da. Geistig zurückgeblieben und kleinwüchsig, wie er war, war er das Gespött des Dorfes, bei normalem Rumpf waren seine Arme und Beine verkürzt. Sein Geschlechtsorgan war dagegen voll entwickelt. Faller konnte sich noch gut daran erinnern, wie der riesige Penis vom Seppdepp die Jugendlichen damals in Erstaunen versetzt hatte. Nach dem Feuerwehrfest, irgendwann Anfang der Achtziger, hatten sie den Seppdepp hinter dem Feuerwehrhaus festgehalten, ihm seine Hose heruntergerissen und seinen Penis betrachtet. Die Mädchen waren kreischend davongelaufen. Der Seppdepp hatte gelacht und geschrien: »Gell da gugat ihr!«

Sein Glied hing ihm fast bis zu den Knien.

»Wenn der Lümmel steht, guckt der zum Hosenbein raus!«, schrie einer.

Alle anderen lachten.

Jetzt stand der Seppdepp am Fenster und winkte Faller zu sich.

»Hei! Du! Komm rauf!«

Das Schulhaus war innen von einem Brand zerstört worden. Die Türrahmen fehlten, die Tapeten waren angekohlt und die Treppe war nur noch bruchstückhaft vorhanden. Es gab kein Geländer mehr. Vorsichtig stieg Faller die Treppe in den ersten Stock hinauf.

Oben stand der Seppdepp und tänzelte um Faller herum.

»Schee! Ha?!« Er strich mit seinen dreckigen Fingern über Fallers schimmernden Anzugstoff.

»Gefällt dir, was?«

»Ha freilich, bisch blöd!«

Dann rannte er vor Faller her und zeigte in die Ecke eines großen Klassenzimmers auf den Boden.

»Guck! Ha, des isch erscht was, ha!«

Vor ihm lag ein zerknittertes Pornoheft.

»Ha, guck, Duddln, Weibr, Fotza, guck, lauter Mädla, Duddln, guck!«

Er kniete sich hin und blätterte im Heft.

»Ha, scheee, guck!«

»Ja, sehr schön!«

Faller blickte vom Sexheft auf und sah den Seppdepp an. Er war ganz der alte. Außer, dass die Haare jetzt grau waren, hatte er sich nicht verändert.

»Gell, guck, da, große Duddln, Holz vor der Hütte, ha.«

»Ja, ja, das ist ja ein richtiger Schatz, den du da hast! Hast du den hier gefunden?«

»Bisch blöd. Gehört mir. Mir elles, Duddln, scheeee, ha, gell.«

Faller sah sich jetzt um. Es war sein früheres Klassenzimmer. In der dritten Reihe hatte er gesessen, rechts daneben Richard, links die Horvath-Evi. Jetzt waren alle Bänke verschwunden. Das Klassenzimmer war leer. Auch die Tafel war nicht mehr da. Die Wände waren schwarz, der Holzboden verkokelt. In einer Ecke lagen zwei Matratzen. Kerzen standen auf dem Boden, und überall lagen leere Flaschen herum. Es stank nach Katzenpisse, Kot und Rauch.

»Willschs?«

»Was?«

»Duddln, Fotza, Mädla, elles.«

»Aber dann hast du ja keine mehr.«

Faller nahm eine Schachtel Zigaretten aus der Tasche und bot dem Seppdepp eine an. Der nahm gleich zwei und steckte sie in seine Brusttasche.

»Doch, doch, i hab ganz viel, elles, da, guck!«

Er zeigte auf eine Holzkiste neben der Matratze.

»Na gut!«, sagte Faller und wollte nach der *Praline* greifen.

Der Seppdepp zog sie weg.

»Fünf Mark!«

Faller lachte.

»Oder den Kittel!«

Der Seppdepp zog an Fallers Jacke.

»Du bist mir einer!«

Seppdepp lachte auch. Seine Zähne waren allesamt verfault. Das war früher nicht so, dachte Faller und gab ihm fünf Mark. Er steckte das Heft ein.

»Sag mal, da fällt mir ein, hast du nicht mal beim Zimmermann mitgeholfen?«

»Ha freilich, säga, hobla, schleifa, elles.«

»Meinst du, du kannst ein paar Löcher im Dach flicken?«

»Ha bisch blöd, freilich.«

Faller zog zwanzig Mark aus der Tasche und hielt sie in die Luft.

»Hier, die kriegst du gleich. Wenn die Löcher im Holzschuppen dicht sind, kriegst du noch mal so viel, okay?!«

Der Dorftrottel nickte und sprang in die Höhe. Er riss

ihm das Geld aus der Hand und steckte es in die Hosentasche.

»Wann denn?«

»Heute nachmittag, morgen, wann du willst. Werkzeug und Material liegen im Schuppen.«

»Guter Kerle!«, sagte Seppdepp und zeigte wieder seine Zahnstümpfe.

Faller hörte die Mutter nebenan atmen. Beim Einatmen pfiff es, beim Ausatmen klappten die Lippen mit einem kurzen Plopp aufeinander. Die Mutter schlief, Faller lag wach. Seit Stunden wälzte er sich von einer Seite zur anderen. Bei absoluter Dunkelheit hatte er noch nie einschlafen können. Er schaltete die Nachttischlampe an. Die Helligkeit machte ihn müde. Er hängte seine Anzughose darüber. Die Augen fielen ihm zu. Er gähnte, drehte sich auf die Seite und war dabei einzuschlafen. Es summte. Faller öffnete die Augen wieder. Es summte noch immer, ganz in der Nähe des Lampenschirms. Nahe an seinem Ohr. Es war eine Stechmücke, die, vom Licht angelockt, ihre Kreise über dem Bett zog. Faller stand auf, nahm ein Buch aus dem Regal, die Hose vom Lampenschirm und suchte Decke und Wände nach der Mücke ab. Er glaubte sie an der Gardine entdeckt zu haben. Er schlich sich an und schlug gegen das Fenster. Dann legte er sich wieder hin. Kurze Zeit später summte es von neuem.

Er stand auf, ging in die Küche und schmierte sich ein Leberwurstbrot. Im Kühlschrank stand eine Flasche Schnaps. Auf dem Etikett stand mit verschnörkelter Handschrift *Holunder vom Horvath-Bauer Ernte Juni '91*. Ob Schnaps jemals schlecht wurde? Faller nahm einen Schluck. Er schmeckte süß und gar nicht wie Holunderschnaps. Eher wie Likör. Genau so muß Holunderlikör schmecken, dachte er. Er nahm noch einen Schluck.

»Weiberschnaps!« hatte sein Vater jedesmal gesagt, wenn die Mutter Likör trank.

Die Mutter trank nur, wenn Besuch kam. Oder an Weihnachten. Wenn es etwas zu feiern gab. Der Vater trank immer. Am Ende seines Lebens sogar Likör.

»Du saufsch dich noch um den Verstand!«, sagte die Mutter damals immer, wenn der Vater mal wieder nicht genug bekam.

»Na und, liebr tot als nüchtern!«

Die Mutter bekreuzigte sich, der Vater lachte.

Faller saß in der Küche und steckte sich eine Zigarette an. Den Rauch blies er zum Herrgottswinkel hoch. Der Gekreuzigte machte ein leidendes Gesicht. Faller schenkte sich noch ein Schnapsglas voll, sagte: »Prost!« und kippte den Holunderlikör hinunter.

Dann ging er zurück in das Kinderzimmer. Er hielt sich zuerst an der Wand fest, dann am Türrahmen. Die Mutter atmete unverändert laut im Schlafzimmer. Es pfiff und ploppte. Faller setzte sich zurück in die Küche und trank den Holunderlikör leer.

»Das ist Schwester Monika«, sagte Faller und zeigte auf die Frau in weißer Ordenstracht. Auf dem Kopf trug sie eine Haube.

»Was will die denn hier?«

Faller sah zur Schwester und verdrehte die Augen. Die Schwester nickte bedächtig.

»Ich habe dir doch gesagt, ich habe einen wichtigen Termin in Heidenheim. Und Schwester Monika ...«

»So krank bin i noch nicht!«, brummte die Mutter ärgerlich. »Wenn's soweit isch, daß i Herrgotts Beistand brauch, sag i dir schon noch rechtzeitig Bescheid.«

»Aber es geht doch gar nicht darum, daß du…«

»I brauch niemand!«

Faller stemmte die Hände in die Hüften. Im gleichen Moment kam ihm die Geste aber albern vor, sodass er die Arme sofort wieder sinken ließ.

»Mutter, jetzt hab ich die Schwester Monika extra vom Pflegedienst aus Königsbronn herkommen lassen.«

Die Mutter schüttelte energisch den Kopf auf dem Kissen.

»Mutter!«, sagte er jetzt lauter als zuvor. »Was soll das?! Die Schwester Monika bleibt jetzt da, bis ich wieder zurück bin, ist das klar?!«

In den Augen der Mutter sammelten sich Tränen. Ihre Lippen zitterten, die Mundwinkel krümmten sich. Schwester Monika setzte sich auf den Bettrand und nahm ihre Hand.

»Frau Faller, beruhigen Sie sich doch.«

Sie hatte eine freundliche, warme Stimme. Sie sprach ganz ruhig und strich der Mutter über den Handrücken. Die Tränen liefen ihr jetzt die Wangen hinunter. Die Lippen hörten auf zu zittern.

»Ich bin ja nur da, Frau Faller. Ich tu' Ihnen nichts. Wenn Sie Durst haben, mach' ich Ihnen einen Tee. Oder wenn Sie aufs Klo müssen, dann helf' ich Ihnen, das ist alles.«

Schwester Monika guckte jetzt, als ob alles halb so schlimm wäre. Die Krankheit, das Leiden, das Leben – alles eben. Sie strahlte, und die Mutter weinte nicht mehr. Faller stand neben dem Bett und merkte, wie auch er plötzlich ganz ruhig und entspannt wurde.

»Ihr Sohn ist auch bald wieder zurück.«

»Genau!«

Faller legte seine Hand auf die Schulter der Schwester. Sie lächelte jetzt auch ihn an. Dann legte sie ihre rechte Hand auf die von Faller und streichelte sie beflissen. Er erschrak über die rauhe Haut und zog seine unter der ihren weg.

»Bis später!«

Er verließ das Zimmer.

Durchs Schlüsselloch sah er, wie die Mutter schon wieder freundlicher dreinblickte. Schwester Monika lachte.

Lachende Schwestern waren für Faller ein ungewohnter Anblick. Früher, als die Schwestern des Klosters Königsbronn den Kindergarten in Ochsenfurt leiteten, hatte es wenig zu lachen gegeben. Vor allem für die Kinder. Pädagogik war für die Ordensschwestern ein Fremdwort. Glauben, Gehorsam und Strenge dagegen Wörter, die bei ihnen hoch im Kurs standen, sie die Kinder täglich mehrere Stunden beim Beten, Kirchenliedersingen und Basteln von Engeln leiden ließen. Für Weihnachten wurde ein Krippenspiel einstudiert, was meistens schon ein halbes Jahr vorher begann. Und wehe, einer konnte seinen Text nicht. Dann wurden die immer gleichen Bestrafungs- und Disziplinierungsmaßnahmen angewendet: Auf dem kalten Steinboden knien, mit dem Gesicht zur Wand in der Ecke stehen, bis die Knie zitterten, oder stundenlang alleine in ein Zimmer gesperrt werden. Die Rollen durften sich die Kinder nicht selbst aussuchen, sie wurden ihnen von den Schwestern zugewiesen. Faller war einmal der Josef. Viel lieber wäre er der Ochse gewesen. Oder der Esel. Als er dann am Tag der Aufführung mit Fieber im Bett lag, holten ihn die Schwestern persönlich von zu Hause ab. Die Mutter sagte: »I glaub der Johannes kann nicht.« Der Vater sagte: »A wa, der tut doch bloß so.« Und die Schwestern sagten: »Für den Glauben sind wir zuständig.« Faller wurde ins Josefs-Kostüm gesteckt und mit hohem Fieber durchs Krippenspiel geschleust. Der Ochse und der Esel, das Christuskind und die Maria verschwammen immer wieder vor seinen Augen. Sein Text klang leise, so, als ob der Josef vor Erschöpfung gleich zusammenbrechen wollte. Er brach nicht zusammen und schaffte es bis zur Geburt im Stall von Bethlehem. Der Applaus war groß und die Schwestern waren stolz. Faller war froh, als es endlich vorbei war.

Elser beteiligt sich nun gelegentlich an politischen Diskussionen. 1928 tritt er auf Anregung eines kommunistischen Freundes in den Roten Frontkämpferbund ein. Bis die kommunistische Vereinigung 1929 verboten wird, bleibt er zahlendes Mitglied.

»Was zieht dich denn zu den Kommunisten?«, fragt Mathilde verwundert.

»Die kümmern sich eben um die Arbeiterschaft.«

»Das machen doch andere Parteien auch«, versucht Mathilde zu widersprechen.

»Aber nicht so. Es geht darum, dass mehr Lohn gezahlt werden soll, bessere Wohnungen geschaffen werden sollen und solche ähnlichen Dinge. Ich habe bisher immer, seit ich wahlberechtigt bin, die Liste der KPD gewählt, weil das eine Arbeiterpartei ist, die sich für die Arbeiter einsetzt.«

Mathilde hört aufmerksam zu und wundert sich immer mehr über Georg, wie er plötzlich so engagiert reden kann, wo er doch meistens kaum den Mund aufbringt.

»Durch unsere Stimme für die Partei werden die Mandate der Kommunisten verstärkt und somit können sie auch was für die Arbeiterschaft tun«, sagt Elser. »Also auch für dich und mich!«

Elser weiß, daß es möglich ist, sich nicht nur gegen einen ungerechten Meister zu wehren, sondern auch gegen eine ungerechte Regierung und ihre unsoziale Politik – nicht nur durch eine Stimmabgabe. Was im Kleinen funktioniert, muß auch im Großen möglich sein, denkt er.

»Ist es nicht die Arbeiterschaft, auf der vor allem die Gesellschaft aufbaut,« fragt er Mathilde, »und die überhaupt erst eine Gesellschaft trägt?«

Seine Freundin zuckt mit den Achseln und fragt ihn, woher er das alles wissen will, ohne überhaupt eine Zeitung zu lesen. Eine Zeitung, denkt Elser, was brauch' ich eine Zeitung. Da reicht ein wacher Blick auf die existierenden Verhältnisse.

Er klopfte an der Tür. Die blondierte Sekretärin im enganliegenden Kostüm unterbrach ihr Telefonat. Sie sah Faller fragend mit großen Augen an, als ob er nicht von draußen aus der kalten Heidenheimer Fußgängerzone, sondern vielleicht vom Himmel gekommen wäre. Noch bevor Faller etwas sagen konnte, sang sie: »Gehen Sie nur durch, er wartet schon.« Sie ließ ihn, die Hand auf dem Hörer, nicht aus den Augen. Ihr rot angestrichener Mund lächelte keck, die stark geschminkten Augen strahlten. Was ist denn mit der los, dachte Faller und klopfte an die Tür mit dem Schild *Chefredaktion*.

»Ja, was ist denn?!«

Er öffnete die Tür und sah einen Mann hinter einem Schreibtisch sitzen.

»Verzeihung, ich wollte zu Herrn Rettich.«

»Ja, und?!«

»Faller mein Name, Johannes Faller.«

Rettich stand auf. Er war ungewöhnlich groß und schlank. Daneben wirkte Faller fast wie ein Kind.

»Sie sind zu spät!«, sagte Rettich.

»Es tut mir leid, aber…«

»Ich hasse Unpünktlichkeit.«

»Es tut mir leid, aber meine Mutter ist schwer krank.«

»Das tut mir aber leid«, sagte Rettich und zog sein Jackett an.

»Haben Sie Hunger?«

»Nein.«

»Ich habe seit dem Frühstück nichts mehr zu mir genommen. Also, gehen wir.«

Rettich ging voraus. Faller folgte.

»Frau Bergemann, ich bin in der Kantine.«

»Mahlzeit!«, sang die Sekretärin und hielt dabei die Hand erneut über den Hörer.

Sie schaute den beiden Männern verzückt hinterher. Als sich Faller im Gehen kurz nach ihr umdrehte, winkte sie ihm sogar mit einer kurzen, schnellen Handbewegung zu.

Klaus-Peter Rettich beschleunigte seinen Schritt. Faller folgte ihm. Rettich war Faller auf den ersten Blick unsympathisch. Umgekehrt schien es auch so. Rettich war höchstens fünf Jahre älter als Faller. Er war solariumgebräunt, trug einen gutsitzenden, teuren Anzug und einen in Gold eingefaßten Brilli im Ohr. Am Kinn klebte ein kleines, fleischfarbenes Heftpflaster – Spuren der morgendlichen Rasur. Auf dem Weg zur Kantine durch die Flure des Verlagshauses sprachen sie nicht miteinander. Faller war bemüht, mit Rettich Schritt zu halten.

In der Kantine hängte Rettich sein Jackett an die Garderobe.

»Wollen Sie etwas trinken?«

»Einen Kaffee, vielleicht.«

»Vielleicht oder ganz bestimmt?!«

Rettich grinste, sagte: »Setzen Sie sich, ich komme gleich«, und ging mit einem Tablett zur Essensausgabe.

Faller setzte sich an einen der freien Tische. An den Nachbartischen wurde Flädle-Suppe gegessen. Oder Schweinsbraten mit Spätzle. Oder Wiener Schnitzel mit Spätzle. Rettich kam mit Kaffee und Kässpätzle zurück.

»Mahlzeit!« sagte Faller.

»Mahlzeit!«

Rettich breitete eine Serviette auf der Hose aus und fing an zu essen.

Faller nahm einen Schluck vom lauwarmen Kaffee und sah Rettich beim Essen zu. Der Kaffee war scheußlich. Die Tischmanieren Rettichs ebenso. Er stocherte in den Spätzle, kaute langsam und lustlos darauf herum und sah angewidert aus. Vielleicht ist es meine Gegenwart, die ihm den Appetit vergällt, dachte Faller. Er interpretierte ein auffälliges Nicken Rettichs so, dass er jetzt mit dem Grund des Besuchs herausrücken sollte.

»Der Herr Schwarz war ja so freundlich, wegen einem Termin bei Ihnen nachzufragen.«

Er wurde sofort von Rettich unterbrochen.

»Schwarz?!«, rief er erstaunt und hielt inne. »Schwarz!«, schrie er jetzt geradezu.

Die Essenden an den Nachbartischen sahen von ihrem Schweinsbraten auf. Rettich lachte. Er verschluckte sich. Er hustete. Spätzlereste flogen zurück auf den Teller.

»Ne, Schwarz doch nicht. Schwarz hat mich nicht angerufen. Der Schrempf, nicht der Schwarz«, sagte Rettich, immer wieder von Husten unterbrochen.

»Der Schwarz redet nicht mehr mit mir. Seit Jahren schon nicht mehr. Ich sage es Ihnen ganz offen, ich bin nicht einmal traurig darüber. Ein komischer Kauz, dieser Schwarz. Ein Spinner, ein total durchgeknallter Spinner. Ich war mal sein Schüler, müssen Sie wissen. Damals war er zwar auch nicht viel sympathischer als heute – aber anders. Das waren noch bessere Zeiten für ihn. Da war er noch nicht krank. Anders kann man das nicht bezeichnen, ja krank, der Schwarz ist krank.«

»Das ist mir gar nicht aufgefallen.«

»Das wird Ihnen schon noch auffallen. Keine Sorge!«

Rettich warf die Gabel zurück auf den Teller und schob die Kässpätzle von sich.

»Nach seinem Unfall ist er in ein tiefes Loch gefallen. Und da liegt er noch immer. Stinkend, verfettet, saufend und vor sich hinvegetierend.«

Angewidert verzog Rettich das Gesicht.

»Was war das denn für ein Unfall?«

»Hat er Ihnen das nicht erzählt?«

Faller schüttelte den Kopf.

»Das ist mal wieder typisch«, sagte Rettich. »Der Schwarz ist vor einigen Jahren in Heidenheim überfahren worden.«

»Überfahren?«

Rettich nickte.

»Von wem?«

»Tja, das wurde nie ermittelt. Man vermutete dahinter irgendwelche Rüpel, Jugendliche, ehemalige Schüler vielleicht, die noch eine Rechnung mit ihm offen hatten. Es gab ja genügend, denen er das Leben zur Hölle gemacht hatte. Aber, ehrlich gestanden, ich weiß es nicht. Niemand weiß es. Was man weiß, ist, dass ihn fünf, sechs Randalierer ordentlich verkloppt hatten, bevor er überfahren wurde. Der Schwarz hat danach überall verbreitet, es wären kahlköpfige Schläger mit Bomberjacken gewesen. Na ja.« Rettich tippte sich an die Stirn. »Aber genau konnte er sich an nichts mehr erinnern. Bewußtlos, Schienbein, Arm und Rippen gebrochen, haben sie ihn am Straßenrand liegengelassen.«

Rettich machte eine Pause und stellte den halbleeren Spätzleteller auf den frei gewordenen Nachbartisch.

»Und dann?«

»Ungefähr zwanzig Minuten später ist ein Wagen über ihn drübergefahren. Das haben die polizeilichen Ermittlungen ergeben. Die Folgen waren die Beinamputation, und beinahe hätte er sein Augenlicht verloren. Depressionen. Er bekam schwere Depressionen und fing an zu saufen. Aus dem Schuldienst ist er in die Frühpensionierung entlassen worden. Noch mehr Depressionen, noch mehr saufen. Das kennt man ja.«

Faller nickte.

»Obwohl er mit der frühzeitigen Pensionierung noch Glück gehabt hat. Oder vielmehr einige wohlwollende Fürsprecher. Eigentlich hätten sie ihn im hohen Bogen hinausschmeißen müssen, nachdem er mehrmals besoffen im Unterricht erschienen ist. Der Schrempf hat dann extra für ihn eine Stelle in der Gedenkstätte einrichten lassen, damit der Schwarz wenigstens ein bisschen Halt in seinem verkorksten Leben hat.«

»Ich war auch mal sein Schüler«, sagte Faller.

»Ach ja? – Dann wissen Sie ja, wovon ich spreche.«

Rettich grinste. Faller zuckte mit den Achseln.

»Aber, sagen Sie mal, Sie sind doch nicht wegen Schwarz hier, oder?«

»Nein«, sagte Faller und überlegte. Er wußte nicht mehr, warum.

Rettich musterte ihn. Dann fragte er: »Wegen Daniel Held, nicht wahr?«

Faller nickte halbherzig.

»Ach so, und ich dachte schon, Sie sind wegen diesem Elser in Königsbronn.«

Rettich lachte. Faller lachte mit.

»Ja, ja, natürlich. Im Prinzip schon«, sagte Faller. »Aber, jetzt habe ich erfahren – von Schwarz übrigens –, dass dieser Held auch hier war und über Elser gearbeitet hat, und da dachte ich, es wäre vielleicht doch interessant zu wissen worüber, verstehen Sie?«

»Nicht ganz, nein, ich wüßte jetzt nicht, wie ich Ihnen da weiterhelfen könnte.«

»Der Schwarz sagte, Sie wüssten ...«

»Der Schwarz! Vergessen Sie einfach, was dieser Spinner sagt!«, unterbrach ihn Rettich wieder.

»Meine Frau, ja, die kann Ihnen da schon eher etwas dazu sagen. Sie hat ein paar Mal mit Held über seine Arbeit gesprochen. Meine Frau war ja jahrelang im Elser-Arbeitskreis und an der Elser-Forschung und seinem Gedenken selbstverständlich sehr interessiert.«

Faller tat überrascht und machte ein interessiertes Gesicht.

»Hat Ihnen das der Schwarz nicht erzählt?«

Faller schüttelte den Kopf.

»Na, sehen Sie, das ist wieder typisch!«

Rettich sah auf die Uhr.

»Oh Gott, ich muss.«

Er sprang auf und stürzte zu seinem Jackett.

»Wenn Sie wollen, können Sie mich noch zurück ins Büro begleiten.«

Rettich eilte mit schnellen Schritten voraus. Faller folgte.

»Also, wenn Sie wollen, kommen Sie am Sonntag abend doch einfach zum Essen zu uns. Meine Frau würde sich sehr freuen, mit einem Elser-Experten zu fachsimpeln.«

Aus dem Mund von Rettich klangen das *Elser-Experte* und das *fachsimpeln* wie Hohn, die Einladung wie die Aufforderung, die Nase nicht in anderer Leute Angelegenheiten zu stecken. Faller hatte eigentlich keine Lust, Rettich ein weiteres Mal beim Essen zuzuschauen. Andererseits hätte er nur zu gerne Frau Rettich kennengelernt. Weniger wegen Elser als vielmehr um zu sehen, was das für eine Frau war, die den Geschichtslehrer Schwarz beinahe um den Verstand gebracht hatte.

»Meine Frau kann Ihnen dann auch sicher über die Arbeit von Held Auskunft geben.«

»Daniel Held ist verstorben, nicht?!«, sagte Faller.

»Wie? – Ja, kann man so sagen. Ein blöder Unfall. Der Arme. Er ist mit dem Wagen von der Straße abgekommen. Überhöhte Geschwindigkeit, Rauhreif, kurvenreiche Fahrbahn. Da ist alles zusammengekommen. Hier auf der Alb nichts Ungewöhnliches.«

»Mahlzeit.«

»Mahlzeit.«

Sie kamen vor Rettichs Büro an. Frau Bergemann telefonierte wieder. Als sie Rettich und Faller sah, schob sie wieder die Hand über den Hörer.

»Der Herr Bottich hat angerufen!«, sagte die Sekretärin. »Sie können ihn bis 15 Uhr zurückrufen.«

Rettich winkte ab.

»Also, was ist jetzt, Sonntag abend?«

Faller nickte.

»Gerne!«

»Essen sie japanisch, Sushi?«

»Ja, auch, vielleicht.«

»Vielleicht oder ganz bestimmt?«

Rettich lachte.

»Also, bis Sonntag abend, halb neun.«

Faller nickte.

Rettich verschwand in seinem Büro.

Frau Bergemann sagte zweimal hintereinander auffallend freundlich »Wiedersehen!« und strahlte dabei. Während sie ihm hinterherschaute, nickte er nur gleichgültig.

Als er schon am Ende des Ganges angekommen war, guckte er sich noch einmal um. Frau Bergemann winkte wieder. Faller winkte jetzt auffällig zurück.

Das Jucken auf der Haut wurde schlimmer. Die Knöllchen waren nicht mehr nur im Gesicht, sondern auch im Nacken. Die Salbe von Krombach half nicht. Schwarz empfahl Faller einen Hautarzt in Königsbronn.

»Geh in die Ansgar-Klein-Praxis, da wirst du eine schöne Überraschung erleben«, sagte er und lachte

»Ich will keine Überraschung, ich will, dass dieses verdammte Jucken verschwindet.«

»Fachlich ist der Klein ne Koryphäe, zumindest für Königsbronn.«

»Das wird wohl keine große Kunst sein.«

»Stimmt, ist ja auch der einzige hier.«

»Und die Überraschung?«, fragte Faller in die unverhohlene Freude von Schwarz hinein.

Noch immer lächelte er, guckte vielsagend und schwieg.

»Sag schon.«

Schwarz verdrehte die Augen.

»Da kannst du sehen, wie ein häßliches Entlein zu einem schönen Schwan geworden ist.«

Der Schwan war die Horvath-Evi. Sie war Sprechstundenhilfe beim Hautarzt Ansgar Klein. Faller erkannte sie zuerst nicht. Wie auch? Früher, als Evi noch mit Faller zusammen von Ochsenfurt im Bus zuerst in die Grundschule nach Königsbronn, dann ins Gymnasium nach Heidenheim gefahren war, hatte sie Schnittlauchhaare, eine Brille und bis zum Abitur Rückstände von Babyspeck gehabt. Von all dem war jetzt nichts mehr zu sehen. Die Horvath-

Evi war eine attraktive Frau geworden. Wenn sie sich nicht zu erkennen gegeben hätte, hätte Faller sie nie und nimmer erkannt.

»Ich hab' schon gehört, daß du da bist«, sagte sie in Fallers anhaltende Verwunderung hinein.

Er versuchte noch immer, das Bild aus seiner Erinnerung mit dem Anblick in der Praxis in Übereinstimmung zu bringen.

»Von wem?«

»Alle reden darüber.«

»Warum? So aufregend ist das doch nicht, oder?«

»Für dich vielleicht nicht. Aber die Ochsenfurter machen sich ihre Gedanken. Für die bist du mittlerweile ein Fremder. Einer, der das Leben draußen, in der weiten Welt dem kleinen Ochsenfurt vorgezogen hat. Und der jetzt nach all den Jahren überraschenderweise wieder zurückkommt. Das ist ihnen nicht geheuer.«

Faller zuckte mit den Achseln. Evi lachte.

»Berlin kennen die nur aus dem Fernseher. Für die bist du ein Fremdling.«

»Und für dich?«

»Eine Jugendliebe.«

Sie lächelte. Ihr roter Mund verzog sich. Dahinter blitzten weiße Zähne.

»Meine erste Jugendliebe.«

Fallers Wangen juckten. Evis Wangen wurden ein wenig rot, dann lachte sie verschämt.

»Eine schöne Erinnerung.«

Faller wollte kratzen. Ihre Hand griff nach seiner.

»Nicht!«

Er konnte sich nur noch vage an die kurze Affäre mit ihr erinnern. Es war damals mehr ein Zufall als Verliebtsein gewesen, dass sie sich näher gekommen waren.

»Du erinnerst dich nicht mehr, stimmt's?«

Er schüttelte verlegen den Kopf.

»Macht nichts, ist lange her.«

Es klang wehmütig.

»Erzähl's mir.«

Aus Verlegenheit fiel ihm nichts anderes ein.

»Nicht jetzt, nicht hier! Erinnerst du dich noch an den ›Hirschen‹ in Auernheim?«

Er nickte. Wieder tauchten verschwommen Bilder aus der Erinnerung auf.

»Wir könnten uns da treffen. Am Wochenende. Wie wär's?«

»Ich weiß nicht. Meine Mutter …«

»Ich weiß!«

Sie wußte von der Krankheit der Mutter. Sie wusste aber auch, dass das nicht der Grund war.

»Wir telefonieren einfach«, sagte sie.

»Ja.«

Faller wurde ins Behandlungszimmer gerufen.

Elser wird ein weiteres Mal entlassen, nun auch aus der Uhrenfabrik. Er packt seine wenigen Habseligkeiten in einem Rucksack zusammen, steckt das gesparte Geld in eine Brottüte und legt die Tüte in die Schuhe. Er schmunzelt, als er in seine Schuhe schlüpft und sich, das ganze Geld unter den Füßen, auf den Weg macht.

»Wo gehst du jetzt hin?«, fragt ihn sein Konstanzer Freund.

»Hm, weiter auf Wanderschaft«, sagt Elser. »Irgendwo wird es schon was zu tun geben.«

»Wer die Freiheit liebt, den soll man nicht aufhalten.«

»Eben.«

Im Schweizer Dörfchen Bottighofen findet er 1929 zwischenzeitlich Arbeit in der Schreinerei Schönholzer. Elser, den man mittlerweile als Sozialist mit starkem Hang zum Individualismus bezeichnen kann, führt in der Schweiz, entgegen der Vorstellung des Meisters, schon mal die flexible Arbeitszeit ein: Er nimmt Handtuch und Badehose und verbringt den Tag am See, wenn ihm das Wetter zum Arbeiten in der Schreinerei zu schön scheint.

»Die Arbeit läuft nicht weg«, sagt er zu den anderen Gesellen. Die schütteln nur verwundert den Kopf und warten auf das Donnerwetter des Meisters.

»Und wenn ich zurück bin, ist sie bestimmt noch da, glaubt ihr nicht?«

Die Gesellen nicken

»Bis später – und laßt mir noch was übrig.«

Der wird sein blaues Wunder schon noch erleben, denken sie und würden sich ihm am liebsten anschließen. Sie trauen sich aber nicht.

Elser legt sich in die Sonne, verschränkt die Arme hinter dem Kopf und schaut in den Himmel. Er sieht sich von weit oben selbst im Gras liegen und träumen, von einem Mädchen, das er erst kürzlich im Freien Abstinentenverein Kreuzlingen getroffen hat. Er summt vor sich hin, dann singt er: »Ach wenn's der König nur wüßt',

wie wacker mein Schätzelein ist!

Für den König, da ließ er sein Blut

Für mich aber ebenso gut

Für mich aber ebenso gut ...«

Sein Herz schlägt schneller, es wird ihm so heiß, dass er ins Wasser springt, um sich abzukühlen. Er schwimmt hinaus in den See, taucht hinunter bis fast auf den Grund, wo es ganz dunkel ist. Dann taucht er wieder auf und spuckt einen Mund voll Wasser in die Luft.

Abends geht er dann gut erholt und braungebrannt in die Schreinerei, um das Versäumte nachzuholen.

»Na, ausgeruht?«, fragt der Meister ein wenig mürrisch.

»Und wie! Das tut richtig gut.«

»So, so. Und die halbfertige Kommode in der Werkstatt …«

»Ist bis morgen früh fertig!«, geht Elser dazwischen.

Elser versucht in der Schweiz Arbeit und Freizeit zu verbinden. Das gelingt ihm auch, weil der Meister ein Auge zudrückt –, nicht zuletzt, weil er mit der Arbeit Elsers sehr zufrieden ist.

Monate später wird Elser dennoch entlassen. Er lebt zwischenzeitlich von der Arbeitslosenunterstützung und von Erspartem und taumelt zwischen verschiedenen Gefühlslagen hin und her. Er ist nicht mehr bereit, seine einmal gewonnene Freiheit aufzugeben. Diese Freiheit und Selbstbestimmung ist vielen ein Dorn im Auge. Vor allem in konservativen Kreisen – wo man den deutschen Mann gerne unterwürfig und ohne Ansprüche an der Werkbank und die deutsche Frau am Herd sieht – eckt dieser Lebenswandel an.

1930 kehrt Elser wieder nach Konstanz zurück. Das Mädchen aus dem Freien Abstinentenverein Kreuzlingen geht ihm nicht mehr aus dem Kopf. Das Ende seiner Liebe zu Mathilde Niedermann ist gekommen.

Was bleibt, ist ein Sohn, Manfred, der im selben Jahr geboren wird. Elser fühlt sich nicht wirklich für ihn verantwortlich und zahlt die Alimente sehr nachlässig.

Der Seppdepp saß auf dem Dach und hämmerte.

»Wenn du Hilfe brauchst, sag Bescheid!«, schrie Faller von unten hoch.

»Ha bisch blöd! Schaff i allein!«

Die Mutter lag im Bett und hörte das Hämmern und das Geschrei. Dann nur noch Hämmern.

»Was isch des für a Lärm!«

Faller erklärte es ihr.

»Des kann doch der nicht«, sagte sie. »Des isch doch a Arbeit für einen Zimmermann.«

»Der will nicht.«

»I ruf ihn an!«

»Es geht auch ohne.«

Die Mutter hustete und spuckte in die Emailleschüssel. Schwester Monika nahm die Schüssel und leerte sie in den Ausguß.

Schwester Monika kam jetzt einmal am Tag für ein paar Stunden. Sie wusch die Mutter, rieb ihren Körper mit Franzbranntwein ein und gab ihr die Medikamente. Der Zustand der Mutter verbesserte sich ein wenig.

Faller war jetzt schon über eine Woche in Ochsenfurt. Bis auf das Jucken im Gesicht ging es auch ihm wieder besser. Die neue Salbe, verschrieben vom Hautarzt Ansgar Klein, ließ die Knöllchen abschwellen. Der Nacken war bereits knöllchenfrei. Die Rötungen gingen langsam zurück.

»Darf ich bitten?«

Er fordert die schöne Hilda zum Tanz auf. Er konzentriert sich ganz auf seine Beine, dass er ihr ja nicht auf die Füße tritt. Dreimal zuckt sie zusammen; jedesmal entschuldigt sich Elser verlegen, rot im Gesicht.

»Macht nichts«, sagt Hilda. »Mit dir würde ich auch tanzen, wenn du ständig auf meinen Füßen rumstehen würdest.«

Elser wird jetzt noch röter. »Ich auch!«

Hilda Lang ist Elsers zweite große Liebe. Die Liebesbeziehung hält auch, als Elser wegen einer Anstellung nach Meersburg zieht, wo Hilda ihn immer wieder besucht. Die Uhrenproduktion in Meersburg geht im Mai 1932 jedoch ebenfalls bankrott, so dass Elser wieder einmal arbeitslos wird. Der ausstehende Lohn kann Elser nicht mehr ausbezahlt werden.

»Bist du damit einverstanden, wenn ich dir ein paar Uhrwerke mitgebe?«, fragt der Firmenbesitzer.

»Einverstanden oder nicht, mir bleibt ja nichts anderes übrig«, sagt Elser und steckt die Uhrwerke eher widerwillig in seinen Rucksack.

Eine Beschäftigung in einem Betrieb ist jetzt, auch mit größter Mühe, nicht mehr zu finden. Überall werden Arbeiter entlassen. Durch die Wirtschaftskrise sind die Zeiten jetzt so schlecht, dass viele Betriebe sogar ganz schließen müssen. Die anderen, die haarscharf am Untergang vorbeischrammen, stellen auch zu geringerem Lohn niemanden mehr ein. Elser arbeitet gegen Kost und Logis in privaten Haushalten. Er restauriert Möbel, stellt Holzgegenstände jeglicher Art her und repariert alles, was anfällt. So wird Elser von einem Haushalt zum anderen weitervermittelt und führt ein bescheidenes Leben.

Faller lag in der Badewanne und dachte an Evi. Der Badeschaum roch nach Fichtennadeln. Weiße Schaumberge bedeckten seinen Körper. Das Wasser war so heiß, dass seine Glieder puterrot waren. Sein Kopf glühte. Die Stirn glänzte. Zwei Stunden lang hatte er den Badeofen eingeheizt, bis das Wasser im Kessel fast kochte. Dann hatte er es in die Wanne gelassen. Es dampfte. Im Badezimmer war die eigene Hand vor dem Gesicht kaum mehr zu sehen. Er tauchte langsam in der Wanne unter. Mit dem Wasser bis unters Kinn und dem Kopf im Nebel rekonstruierte er die Affäre mit Evi.

Faller hatte sie damals immer nur als Tochter vom Horvath-Bauern wahrgenommen. Evi war von Kindesbeinen an die Horvath-Evi gewesen – und als solche seine Banknachbarin in der Grundschule, die Mitfahrerin im Schulbus nach Königsbronn und die Schulkameradin in Heidenheim. Bis zum Abiturzeugnis im Sommer 1986. Faller hatte das Abi geschafft. Die Horvath-Evi auch. Das mußte gefeiert werden. Im Hirschen in Auernheim. Der ganze Abiturjahrgang des Schiller-Gymnasiums Heidenheim stieß in der Landgaststätte auf den erfolgreichen Abschluß an. Faller buhlte noch immer, wenn auch verhalten, um Claudia Tetzlaff, die sich aber viel lieber mit anderen Jungs aus der Klasse abgab. Faller war eifersüchtig und beschloß an diesem Abend, seine Bemühungen zu intensivieren. Jetzt oder nie, dachte er. Nach einigen Zügen an dem Joint, der auf der Toilette herumgereicht wurde, drückte er Claudia Tetzlaff einen Kuß auf die Wange. Claudia kreischte auf. Ohne zu zögern knallte sie ihre Hand mit voller Wucht auf sein rechtes Ohr. Es klatschte. Alle lachten. Sie schrie: »Du Arschloch!« und »Fick dich ins Knie, du Wichser!«

Fallers Ohr pfiff. Er verdrückte sich nach draußen. Er setzte sich in den Obstgarten der Gaststätte und versuchte, an einen Apfelbaum gelehnt, Claudia Tetzlaff für immer aus seinem Kopf zu verbannen. Es mißlang. Nicht viel später setzte sich die Horvath-Evi zu ihm und baute einen Joint. Beide rauchten vor sich hin und schwiegen in die Nacht hinein. Von drinnen drang Rio Reiser durch die Gaststättenfenster in die Nacht hinaus.

»… wir sind geboren, um frei zu sein, wir sind zwei von Millionen, wir sind nicht allein. Und wir werden es schaffen, wir werden es schaffen …«

Sie summten mit. Ihre Rücken berührten sich. Dann die Finger, als der Joint von Hand zu Hand ging. Sie verharrten, schauten sich in die glasigen Augen. Ihr bleiches Gesicht leuchtete im schummrigen Licht. Irgendwie sah sie anders aus als sonst.

»*… und was kann uns hindern, kein Geld, keine Waffen, wenn wir es wollen, wir werden es schaffen …*«

Sie küssten sich. Zuerst umständlich, dann gefühlvoll, zuletzt ungestüm. Sie wälzten sich im Gras, zogen und zerrten an den Kleidern des anderen und schliefen miteinander. Anschließend lagen sie im feuchten Gras und schauten zum Himmel. Rio Reiser sang noch immer aus dem ›Hirschen‹ heraus.

»*… Ich hab geträumt, der Winter wär' vorbei, du warst hier und wir war'n frei, und die Morgensonne schien, es gab keine Angst und nichts zu verlieren …*«

Sie zogen sich an. Sie rauchten noch einen Joint miteinander, schwiegen und gingen wieder zurück zu den anderen.

»**Schorsch, ein Brief** für dich!«

Seine Zimmerwirtin reicht ihm einen Briefumschlag.

Elser wundert sich, da er nur selten Briefe bekommt, wer ihm denn da schreibt, öffnet das Kuvert und liest: »Lieber Schorsch, komm nach Hause, ich bitte dich, du bist der einzige, der den Vater zur Vernunft bringen kann …«

Der Hilferuf der Mutter erreicht Elser im Sommer 1932 völlig unvorbereitet. Auch zu Hause in Königsbronn bei den Eltern geht also alles den Bach runter. Der Absturz des Vaters ist zum Verzweifeln. Jetzt vertrinkt er nicht nur den bescheidenen Lohn, sondern macht auch beim Holzverkauf große Verluste. Er ist gezwungen, die Äcker zu verkaufen und stürzt die Familie in Schulden.

»Was bleibt mir anderes übrig, als zu gehen?«, sagt er schulterzuckend zu seiner Freundin Hilda. »Ich kann sie doch nicht hängenlassen, oder?«

»Geh nur Schorsch, die Familie braucht dich.«

Elsers Verantwortungsgefühl treibt ihn wieder zurück nach Königsbronn. Im Herzen und im Kopf trägt er die Erfahrungen und Empfindungen der letzten Jahre am Bodensee, die ihn geprägt und verändert haben.

Das Wasser war kalt, die Haut schrumplig. Faller stieg aus der Wanne. Der Dampf hatte sich verzogen. Die Kacheln an der Wand tropften, das Handtuch war klamm. Er trocknete sich ab und schlang das Badetuch um seinen Bauch. Er ging ins Kinderzimmer. Alle Unterhosen, die er aus Berlin mitgebracht hatte, lagen bei der Schmutzwäsche. Er öffnete den Kleiderschrank. An der Schranktür klebte das Bild von Maradona nach dem Endspiel bei der WM 1986 in Mexiko. Er saß auf den Schultern seiner Mitspieler, in der Hand den Pokal. Am Pokal der Mund. Er dachte, als ich Evi im Garten vom ›Hirschen‹ geküßt habe, hat Maradona den Pokal geküßt.

Im Schrank lagen Pullover, Hemden, Socken, Unterhemden und Unterhosen zusammengelegt und aufeinandergestapelt. Er nahm eine Baumwollunterhose heraus und zog sie an. Sie paßte. Und sie sah scheußlich aus. Egal, dachte er, ist ja nur bis morgen. Morgen werde ich meine Klamotten waschen.

Schwester Monika war verschwunden. Der Seppdepp auch. Die Löcher im Schuppendach waren geflickt.

Faller zog sich in den Raum mit den Verhörprotokollen zurück. Neben sich legte er seine Promotionsarbeit. Es waren bereits 500 Seiten. Die Arbeit von vier Jahren. Im Prinzip war das Meiste davon eine Zusammenfassung aller Ergebnisse der Elser-Forschung seit dem Anschlag vom 8. November 1939. Vor allem waren sie aber eine Darstellung der unterschiedlichen Rezeptionsgeschichte in der BRD, DDR und im wiedervereinigten Deutschland. Bis heute. Die letzten vierzig Seiten waren noch unvollständig. Auf ihnen hatte er seine Schlußfolgerungen aus den vorhergehenden Kapiteln gezogen. *Keine Anerkennung!*, hatte er das 18. Kapitel seiner Arbeit betitelt, und *Unvermeidliche Nachbetrachtungen* daruntergesetzt. In diesem Kapitel wollte er provokativ sein, da wollte er all das schreiben, was er sich aus Gründen der wissenschaftlichen Contenance bis dahin nicht erlaubt hatte.

Als er einmal an einem Jahrestag des Attentats einen Zeitungsartikel über Elser gelesen hatte, war er ausgerastet. Er hatte die Zeitung zerknüllt und geschrien: »Diese Wichser! Diese verstaubten Arschlöcher!« Damit meinte er seine Kollegen; Historiker, Politologen. Er meinte vor allem den einen Kollegen, der gegen Elser und eine *Hybris eines aus dem einfachen Volke stammenden Mannes* polemisiert hatte. Ihm vorgeworfen hatte, nur *über eine beschränkte politische Beurteilungskompetenz* verfügt und unschuldige Opfer billigend in Kauf genommen zu haben.

»Dieser Stümper! So ein revisionistischer Sack!« Faller hatte getobt und war immer mehr in Rage geraten. »Er spricht Elser die moralische Rechtfertigung für seine Tat ab und rehabilitiert damit das millionenfache Mitläufertum! Da wird nicht nur eine unvergleichliche, eine heroische Tat umgedeutet und entwertet, da wird die Würde eines Mannes, der im KZ mit dem Tod für seine Entschlossenheit und seinen Mut bezahlen musste, beschmutzt und verleumdet. Da wird Zeitgeschichte revidiert. Das ist perfide Propaganda!!!«

Die Worte sprudelten nur so aus ihm heraus.

»Aber die werden sich noch alle umgucken! Im letzten Kapitel meiner Arbeit werde ich meine Theorie hineinpacken und beweisen, warum auf Elser bis zum heutigen Tage herumgetrampelt wird. Warum er mit Scheiße beworfen wird. Ja, mit Scheiße! Warum ein Nazi wie Filbinger Ministerpräsident werden konnte und nach Elser nicht einmal eine Straße in seinem Geburtsort benannt worden ist. Warum Nazi-Typen wie Schleyer Arbeitgeberpräsident wurden und solche wie Kurt-Georg Kiesinger, der immerhin von '33 bis '45 NSDAP-Mitglied und Mitarbeiter im Außenministerium der Nazis war, Kanzler und auch noch das Großkreuz des Bundesverdienstordens bekommen. Wohingegen der Widerstandskämpfer Elser in den Schulbüchern mit keiner Zeile erwähnt wurde. Das war keine Nachlässigkeit, kein Versehen, kein Zufall, nein, das hat System. Das war das System und ist das System im demokratischen Deutschland! Damals und heute! Das mittlerweile wieder so weit ist, dass es Kriege führt. Im Namen der Humanität natürlich!«

In einer Mischung aus Verzweiflung und Hass schlug er mit der Faust so heftig auf den Tisch, dass das Frühstücksgeschirr in Bewegung geriet.

»In so einem System taugt Elser nicht. Damals nicht und heute nicht.«

Er schaute zu Annkathrin. Sie sah aus, als ob sie nur wenig von dem verstand, was er sagte. Aber sie strahlte. Faller sprach leiser weiter.

»Dass eine halbe Million Menschen in diesem Land Millionäre sind und gleichzeitig Millionen keine Arbeit haben und unter dem Existenzminimum leben, hat genauso damit zu tun wie der Umstand, dass Elser, solange es das »Dritte

Reich« in der Geschichtsrezeption gibt, das schlechte Gewissen all derer verkörpert, die versagt haben, die nicht wie er gehandelt haben. Wenn ein Kanzler fordert, endlich einen Schlußstrich unter die Vergangenheit zu ziehen und ein anderer die Gnade der späten Geburt für sich in Anspruch nimmt, dann hat das ebenso mit der Missachtung Elsers zu tun wie der Umstand, dass Elser weder von Parteien, Interessengemeinschaften, Gewerkschaften noch von den Kirchen vereinnahmt werden konnte – und kann.«

Fallers Zorn steigerte sich noch, und Annkathrin hörte bewundernd zu. So kannte sie ihn nicht. Wenn es Streit gab, sagte er meistens nichts. Auf Vorwürfe von ihr reagierte er mit Schweigen. Auf Beleidigungen mit Achselzucken. Annkathrin war diejenige, die schrie, weinte, die Türen zuschlug und großes Theater spielte. Faller fiel nur ganz selten aus der Rolle. Wenn er getrunken hatte, konnte er grob und ungezügelt werden. Auch dann hatte Annkathrin ihn immer mit diesem faszinierten Blick betrachtet und gestrahlt.

»Auf diesen Seiten werde ich meine Ansicht ganz unverblümt in die Welt hinausschreien. Ich werde diese pseudo-wissenschaftlichen Anschauungen entlarven, diesen Geschichtsrevisionisten und Schlussstrich-Adepten ihre verlogene Fresse stopfen!«

Danach war es ihm wohler.

Annkathrin hatte ihn leidenschaftlich geküsst und gesagt: »Wird schon werden.«

In der Gedenkstätte ging es Faller vor allem noch einmal um die ersten 500 Seiten. Um das zusammengetragene Material, die stringente Anordnung und die logische Verknüpfung. Das hatte nichts mit seiner eigenen These oder einer persönlichen Meinung zu tun. Es war reine Fleißarbeit. Alle Zitate aus den Verhörprotokollen, die er in seine Arbeit integriert hatte, musste er mit den Originalen vergleichen, um eine fehlerhafte Wiedergabe auszuschließen. Er las die Protokolle und kontrollierte Elsers Aussagen Wort für Wort in seinen Aufzeichnungen.

»Dunkle Wolken ziehen herauf, als Georg Elser im Zug in der dritten Klasse sitzt und sorgenvoll der vorbeiziehenden Landschaft nachblickt. Er schließt die Augen und läßt noch einmal die vergangenen sieben Jahre am Bodensee an sich vorüberziehen. Es war eine schöne, eine abwechslungsreiche Zeit, denkt er, und ihm kommen verschiedene Bilder und Situationen in den Sinn, die ihn schmunzeln lassen. Mit jedem Kilometer, den er ratternd der Heimat näherkommt, taucht er tiefer in die Erlebnisse seiner Wanderjahre ein, vergisst dabei, dass er im Zug sitzt und singt vor sich hin:

›Mein Schatz hat kein Band und kein Stern
Kein Kreuz wie die vornehmen Herrn
Mein Schatz wird auch kein General
Hätt er nur seinen Abschied einmal
Hätt er nur seinen Abschied einmal …‹

Manche Mitreisenden gucken verwundert, hin und wieder zeigt ihm jemand den Vogel oder schüttelt den Kopf. Elser aber ist noch ganz bei Hilda und in Bottighofen, Kreuzlingen, Manzell, Meersburg und Konstanz.

›Aussteigen, wir sind da!‹ hört er plötzlich eine Stimme, schreckt hoch und schlägt die Augen auf.

Es regnet in Strömen, als er im August 1932 in Königsbronn ankommt. Die im Brief von der Mutter beschriebene Situation zu Hause ist noch viel schlimmer, als Elser erwartet hat.

›Gott sei Dank, da bist du ja endlich!‹ Die Mutter fällt ihm um den Hals, die Geschwister freuen sich nicht minder über Elsers Rückkehr. Nur der Vater, der mittlerweile sechzig Jahre alt ist und auffallend zerbrechlich und krank wirkt, zuckt gleichgültig mit den Schultern. Er blickt aus wässrigen Augen auf seinen ältesten Sohn, als ob der nicht vom Bodensee zurück wäre, sondern vom Mond. Der Vater säuft nach wie vor und ist genauso starrsinnig wie früher. Nur die Gewalttätigkeit lebt er nicht mehr mit dem Knüppel in der Hand aus. Wenigstens dafür scheint er zu schwach zu sein. Elser hilft wieder in der Landwirtschaft und versucht den heruntergewirtschafteten Holzhandel des Vaters zu retten.«

Faller stand im Flur der Gedenkstätte und hörte Schwarz zu. Schwarz stand vor den Schautafeln und versuchte, die nackten Fakten und die nüchternen Daten den vor ihm stehenden Schülern möglichst spannend zu erklären. Das gelang ihm aber nur zum Teil, wie an der einen oder anderen gelangweilten Reaktion der Zuhörerschaft abzulesen war. Bei Schwarz' Vortrag hätte man zwar eine Stecknadel in der Gedenkstätte fallen hören können, so still war es unter den Schülern geworden; es war aber mehr Müdigkeit als Interesse, was die Schüler ruhig hielt. Faller kannte die Geschichte Elsers in- und auswendig. Dennoch hörte er gebannt zu.

»Um sich von der alltäglichen Arbeit und dem familiären Tohuwabohu auf andere Gedanken zu bringen – sicher auch um ein wenig Bodenseegefühl nach Königsbronn zu holen – schließt sich Elser Anfang 1933 zunächst dem Königsbronner Zitherklub an. Er nimmt sogar Unterricht. – Und der scheint etwas spannender gewesen zu sein als mein Vortrag«, sagte Schwarz zu der gähnenden Schülergruppe. Der Lehrer errötete, manche Schüler feixten verlegen, ein paar nickten frech.

»›Aber das kostet doch Geld!‹«, rief Schwarz laut und erntete verwirrte Blicke.

»Sagt Eugen, Elsers Freund, den er nach langer Zeit wiedertrifft.

›Na und, entweder macht man etwas richtig oder man läßt es!‹, entgegnet Elser.

›Aber du kannst doch schon gut spielen!‹

›Ach was, nicht gut genug!‹

Wenn Elser vor seiner Zither sitzt und mit viel Gefühl an den Saiten zupft, sieht man, wie ihn die Klänge beflügeln, wie er mit jedem Ton seiner tristen Gegenwart einen Hauch musischen Lebensgefühls beimengt.

›Außerdem ist es mit der Musik wie mit der Schreinerei: Wenn die Schatulle noch schöner ist, hat nicht nur der Kunde mehr davon, sondern vor allem auch der Kunstschreiner.‹

Hier wie dort scheint Elser ganz bei sich zu sein, trotz der familiären Belastungen und der zunehmenden politischen Bedrohung empfindet er eine Leichtigkeit, kann sich entspannen, und das Leben gibt ihm ein Gefühl von Wohlbehagen. Neben der Zither lernt er auch noch Kontrabaß spielen, um den Konkordia-Gesangsverein musikalisch begleiten zu können. Konzerte und Tanzveranstaltungen, meist am Wochenende, saugt er begierig in sich auf. Elser tanzt nicht nur gerne, sondern tritt jetzt auch immer weniger den Frauen auf die Füße.

›Darf ich bitten?‹, sagt Elser« – Schwarz sprach jetzt eine Schülerin ganz direkt an, während die anderen schadenfroh lachten. Die Schülerin schüttelte verunsichert den Kopf. Schwarz genoß seinen Auftritt: »Kaum eine sagt nein. Alle scheinen froh zu sein, diesem jungen, gutaussehenden Mann beim Walzer oder Foxtrott näher zu kommen.

›Wenn das die Mutter sehen würde!‹, flüstert ihm Eugen zu.

›Dann wäre aber der Teufel los!‹, entgegnet Elser ebenso leise.

Egal. Wenn sein Arm am Rücken einer hübschen Frau ruht und er ihre Hand in seiner spürt, wenn er sich ganz eng an den fremden Körper geschmiegt um sich dreht und den Duft nach Veilchen und Vanille riecht, dann erinnert er sich wieder an den Zeppelin und fliegt mit ihm hoch auf einer Wolke aus Gefühl und Empfindung für das Schöne zwischen Sonnenauf- und -untergang. Wenn er nicht tanzt oder musiziert, wandert Elser im weißen Hemd, Kniestrümpfen und Knickerbockerhose, festen Schuhen in einem Wanderverein auf der Alb herum.

›Du wanderst da doch bloß wegen diesem Weibsbild mit‹, sagt Anton, ein anderer Freund von Elser, der zusammen mit ihm im Zitherklub spielt. Elser schüttelt den Kopf und gibt sich unwissend.

›Die Elsa, stimmt's?!‹

Elser hebt unschuldig die Arme.

Natürlich trägt Elsa Härlen mit Schuld an den Blasen, die Elser sich vom vielen Wandern an den Füßen holt. Schon 1933 fällt ihm die ein paar Jahre ältere, verheiratete Frau auf. Aber erst drei Jahre später entwickelt sich eine Liebesbeziehung zwischen den beiden. Sie ist seine dritte große Liebe. Zu ihr fasst er Vertrauen, mit ihr erlebt er glückliche Momente in einer Zeit, die alles andere als glückselig zu werden verspricht – zumindest für Elser.«

Schwarz hielt inne. Keine Reaktion der Schüler. Nur Faller klatschte.

»Überhöhte Geschwindigkeit?!« schrie Schwarz wenig später und goß die Gläser voll.

»Ich bin zweimal mit Held mitgefahren. Der fuhr nicht,

der schlich dahin. Den vierten Gang hat der nie benützt. Bis nach Heidenheim nicht. Überhöhte Geschwindigkeit, daß ich nicht lache!«

Dieses Mal lachte Schwarz nicht. Er stand auf und ging zum Bücherregal. Er las die Buchrücken, indem er die Augen ganz nahe an den Büchern entlangwandern ließ. Es dauerte lange. Faller beobachtete ihn. Erst jetzt fiel ihm auf, wie schlecht Schwarz trotz Brille eigentlich sah.

Schließlich zog Schwarz ein Buch aus dem Regal. Er legte es vor Faller auf den Schreibtisch. Auf dem Buch stand *Jonathan Steinberg, Die Deutsche Bank und ihre Goldtransaktionen während des Zweiten Weltkriegs.*

»Was hat das damit zu tun?«

Schwarz lächelte verschwörerisch.

»Schlag auf.«

Faller nahm das Buch vom Tisch und ließ die Seiten schnell durch die Finger gleiten. Beim Kapitel 6: *Schlußfolgerungen und weiterführende Überlegungen* stoppte er. An dieser Stelle waren zwei Zeitungsausschnitte zwischen die Seiten geklemmt. Einer davon war ein Bild mit Bildunterschrift. Darauf war ein völlig demolierter, schwarzer Schrotthaufen zu sehen.

»Das ist ein Auto«, sagte Schwarz. »Sieht man nicht, was?«

Faller schüttelte den Kopf.

»Ein Polo. Helds Polo.«

»Um halb drei in der Nacht vom 27. auf den 28. Januar kam ein Wagen auf der Straße von Emmenting nach Ochsenfurt aus noch ungeklärter Ursache von der Fahrbahn ab«, las Faller. Schwarz sprach den Text lautlos mit.

»Von Emmenting nach Ochsenfurt?«, wiederholte Faller.

»Ja, da ist keine einzige Kurve. Die Straße ist so gerade wie die Bremsspuren in deiner Unterhose.«

Schwarz lachte. Der Tisch wackelte.

»Bremsspuren gab es aber zwischen Emmenting und Ochsenfurt nicht. Es war auch kein Wölkchen am Himmel.«

»Es hat also nicht geregnet?«

»Es lag auch kein Schnee. Kein Frost. Furztrocken war die Fahrbahn.«

»Aber, wie ist dann der Wagen von der Straße abgekommen?«

»Tja, das frage ich mich auch. Der Polo ist auf jeden Fall den Abhang hinuntergerauscht. Das Auto ist explodiert. Zurück blieben verkohlte Leichenteile. Vermutlich von Held. Seltsam, oder?«

Faller nickte.

»Leichenteile?«

»Ja, den Held hat es zerlegt!«

»Seltsam.«

»Seltsam auch, daß Held um halb drei Uhr nachts zwischen Emmenting und Ochsenfurt unterwegs war, nicht?«

Schwarz hob das Glas und prostete Faller zu.

»Was hatte er da verloren?«

Er trank.

»Wo wollte er hin?«

Faller dachte nach. Schwarz dachte auch nach und sagte dann: »Im Auto wurden Rückstände von Sprengstoff gefunden. Deswegen die Leichenteile. Held hat es in tausend Stücke zerrissen. Anschließend wurde er flambiert. Da war nicht mehr viel übrig.«

Faller kippte das Glas hinunter. Der Schnaps brannte in seiner Kehle. Er hustete.

»Warum erzählt der Rettich so einen Scheiß?«

»Rettich ist ein Arschloch!«, sagte Schwarz ganz trocken.

Dann rülpste er.

»Verzeihung.«

»Kann sein, aber warum lügt er?«

»Vielleicht lügt er gar nicht, vielleicht weiß er es einfach nicht besser.«

»Schwachsinn, das ist seine Zeitung!«

Faller zeigte auf den Artikel.

»Warum lügt der?«

Faller sprang von seinem Sessel auf und stieß aus: »Das werde ich ihm ins Gesicht hinein sagen!«

Schwarz guckte ernst.

»Nimm dich in acht. Sei vorsichtig!«

Faller blickte vor sich auf den Schreibtisch.

»Komisch, das waren auch die Worte von Krombach.«

Er setzte sich wieder hin.

»Rettich ist nicht nur ein Arschloch, er kann auch gefährlich werden.«

Faller lachte.

»Gefährlich?! Der?!«

Während er noch immer vor sich hin kicherte, sagte Schwarz, leise und wie zu sich selbst: »Rettich ist einflussreich, er kennt wichtige Leute und er setzt seine Kontakte rigoros ein.«

Schwarz schenkte nach. Sie tranken. Faller hustete, Schwarz legte den Kopf in den Nacken und blies die Luft mit einem langgezogenen »Aaaaa ….« aus sich heraus.

»Was war dieser Daniel Held für ein Typ?«

Als ob Schwarz auf die Frage gewartet hätte, sagte er wie aus der Pistole geschossen: »Verschlossen war er, schweigsam. Bis der den Mund aufmachte, dauerte es eine Ewigkeit.«

Er schenkte die Gläser ein weiteres Mal voll.

»Zuerst hat er sich nur für Elser interessiert. Wochenlang ist er in der Gedenkstätte gesessen und hat die Verhörprotokolle und das Archivmaterial gelesen. Nicht einmal getrunken hat der mit mir. Ich hab mehrmals versucht, ihm den Schnaps schmackhaft zu machen. Er hat mich immer nur angeschaut, als ob ich ihm an die Wäsche wollte.«

Faller rülpste.

»Verzeihung.«

»Irgendwann, es war vielleicht nach einem Monat, hat er sich plötzlich nicht mehr für die Protokolle interessiert. Auch nicht mehr für Elser, so kam es mir vor. Er saß bei den Rettichs im Keller und arbeitete am Computer. Er hatte so einen kleinen Laptop dabei.«

»Hat man den gefunden?«

»Nee, vielleicht verbrannt.«

Beide schwiegen und starrten in die vollen Gläser.

»Als ich Held nach Wochen zufällig am Kiosk wiedertraf, hab ich ihn natürlich gefragt, wie es denn mit seiner Arbeit voranginge. ›Welche Arbeit?‹ hat er erstaunt gesagt. Daraufhin ich, ebenso erstaunt: ›Arbeiten Sie denn nicht mehr an Ihrer Diplomarbeit?‹ Er war irgendwie verunsichert und sagte: ›Doch, doch, schon irgendwie. Aber mit einem anderen Medium.‹ Ich wollte natürlich wissen, was für'n Medium das sei. Ich dachte schon an Telepathie. Stell dir vor, Held sitzt im Keller der Rettichs und kommuniziert mit Elser im Jenseits. So was in der Richtung ging mir durch den Kopf. Held wäre alles zuzutrauen gewesen. Aber der hat nur ganz trocken ›Internet‹ gesagt. Als ich ihn dann noch gefragt habe, was er denn da suche, hat er zuerst nichts gesagt und mich angeschaut, als ob ich von allen guten Geistern verlassen wäre. Dann hat er gesagt, ›Verbindungen‹, und ›Die katastrophalen Auswirkungen der jahrzehntelang erfolgreichen Elser-Verdrängung haben Gründe und Folgen, sie sind ablesbar, sichtbar, ganz deutlich, hier, heute.‹ Genau so hat er es gesagt. Ich hab' es mir gemerkt. Es hat erschreckend frostig geklungen. Das war, glaube ich, der längste Satz, den ich ihn je habe sagen hören. Wenn du mich fragst, hat der nicht mehr richtig getickt. Mit oder ohne Internet. Apropos, es gab da mal so einen Fall, in München. Da hat ein junger Mann vier Tage und Nächte ununterbrochen im Internet gesurft. Danach ist er auf die Straße gerannt und hat geschrien: ›Ich bin Jesus Christus, schlagt mich an die Wand!‹«

Schwarz hob sein Glas, nickte und trank.

»Was wollte er eigentlich am Zeitungskiosk?«

»Zeitungen kaufen.«

»Was für Zeitungen?«

»Keine Ahnung.«

Faller fuhr Schwester Monika zurück nach Königsbronn. Es war später Nachmittag. Es dämmerte bereits. Um diese Jahreszeit wurde es auf der Alb früh dunkel. Schwester Monika sah aus dem Seitenfenster.

»Stört es Sie, wenn ich rauche?«

Schwester Monika sagte nichts. Faller steckte sich eine Zigarette an und kurbelte das Fenster ein kleines Stück herunter. Frische Luft zog durch den Schlitz in das Wageninnere und vermischte sich mit dem Zigarettenrauch.

»Bald wird es schneien«, sagte Faller. »Der Geruch von Schnee liegt schon in der Luft.«

Schwester Monika sagte noch immer nichts. Er blies den Rauch gegen die Windschutzscheibe.

»Ich kann mich noch erinnern, da lag Anfang Oktober schon ein halber Meter Schnee.«

Er sah mit einem kurzen Seitenblick zur Schwester. Sie blickte nach wie vor aus dem Seitenfenster und schwieg.

»Und der blieb dann liegen bis Mitte April. Da stand unser Hof voll mit Schneemännern. Einmal haben wir sogar einen Iglu gebaut, der war so groß, da gingen fünf Kinder rein. Im März ist er dann zusammengebrochen, als die Sonne wärmer wurde und der Schnee langsam schmolz.«

Er versuchte, mit der Zigarette aus dem Fenster zu aschen. Der Fahrtwind blies die Asche zurück in den Wagen.

»Kruzifix!«

Schwester Monika sah ihn böse an.

»Verzeihung!«

Faller drückte die Zigarette im Aschenbecher aus. Schwester Monika blickte wieder aus dem Seitenfenster und sagte: »Heutzutage gibt es nur noch selten weiße Weihnachten.«

»Dafür sind die Kirchen an Weihnachten noch immer voll.«

Schwester Monika hob die Arme. Faller hatte das Gefühl, als wollte sie sagen, wie wollen Sie denn das wissen?

»Die Kinder können keine Schneemänner mehr bauen.«

Dann schwiegen beide. Faller schaltete vor den Kurven zurück, bremste und gab danach wieder Gas. Einmal fuhr er zu schnell in die Kurve, so dass aus dem offenen vollen Aschenbecher eine Kippe herausfiel. Auf der nächsten Geraden versuchte er, den Aschenbecher zuzudrücken. Es fielen noch zwei weitere Kippen heraus. Der Aschenbecher war so voll, daß er sich verkantete und dann weder auf- noch zuging.

»Vorsicht!«, sagte Schwester Monika, als ihnen ein breiter Lastwagen entgegenkam und Faller noch immer am Aschenbecher hantierte.

Faller schlug mit der Faust dagegen. Der Aschenbecher war zu. Unzählige Kippen lagen auf dem Boden.

»Ihrer Mutter geht es nicht gut«, sagte Schwester Monika, als der Lastwagen vorbei war.

»Aber, ich dachte, ihr geht es schon wieder ein wenig besser.«

Schwester Monika schüttelte den Kopf.

»Ich glaube, Gott wird sie bald zu sich holen.«

»Scheiße!«

Die Schwester sah Faller wieder böse an.

»Verzeihung.«

Die Kippen rollten auf der Gummimatte herum.

»Aber Doktor Krombach sagt, sie könnte es schaffen.«

»Verzeihen Sie, Doktor Krombach mag vielleicht ein guter Arzt sein …«

»Das bezweifle ich«, fiel Faller ihr ins Wort.

»Aber vom Sterben versteht er nichts.«

Sie klang jetzt fast heiter.

»Wie lange glauben Sie …«

»Das ist schwer zu sagen«, unterbrach ihn die Schwester.

Sie näherten sich Königsbronn.

»Es kann noch Wochen dauern. Sie kann aber auch schon morgen beim Herrn sein.«

»Wo?,« fragte Faller, weil die letzten Worte im Lärm eines entgegenkommenden Wagens untergegangen waren.

»Spotten Sie nicht.«

Sie waren in Königsbronn. Er fuhr die Hauptstraße entlang.

»Wie alt ist Ihre Mutter eigentlich?«, fragte die Schwester, als sie am Steinbruch vorbeikamen.

Faller dachte nach. Er zuckte mit den Achseln.

»Siebzig, glaube ich, oder zweiundsiebzig? Auf jeden Fall war sie fünfzehn Jahre jünger als mein Vater.«

»Ich werde jetzt jeden Tag zu Ihnen kommen. Wenn Sie wollen, bleibe ich auch hin und wieder über Nacht.«

»Das ist sehr aufmerksam von Ihnen, herzlichen Dank.«

»Ich mache es nicht für Sie. Ihre Mutter braucht die Hilfe«, sagte die Schwester fast wieder heiter.

Faller bog in die Brenzquellstraße ein und fuhr am Torbogenmuseum vorbei.

»Ich glaube, Sie allein können ihr das nicht geben, was sie jetzt braucht.«

Faller nickte. Er hielt an. Die Schwester legte ihre Hand auf seine. Wieder erstaunte ihn die Rauhigkeit ihrer Haut.

»Bis morgen«, sagte sie.

»Ja, und danke.«

Die Schwester stieg aus.

»Schwester!«

Sie streckte den Kopf noch einmal in den Wagen.

»Irgendwie beneide ich Sie.«

»Mich?«

Sie schaute ihn erstaunt, aber auch erwartungsvoll an. Ihr Gesicht schien zu leuchten. Sie besitzt eine strahlende, zeitlose Schönheit, dachte Faller.

»Ist es nicht beneidenswert, ein ganzes Leben lang mit aller Kraft einem Gott zu dienen? Sein ganzes Leben in den Dienst einer Idee zu stellen? Einem Ideal zu gehorchen?«, fragte er in Richtung Windschutzscheibe. Die Frage schien mehr an das Lenkrad gerichtet als an Schwester Monika.

»Gott ist keine Idee! Kein Wunschbild – Gott ist allmächtig!«

Die strahlende Schönheit sah jetzt häßlich aus. Die Schwester schlug die Tür zu. Faller fuhr los.

Durch den Tanz, die Musik und das Wandern ist Elser auch in Königsbronn gedanklich immer ein bisschen in Konstanz, bis ihn schließlich die immer drastischer werdende Realität wieder einholt.

»Jetzt sind die Braunen an der Macht!«, sagt Eugen.

»Himmel Herrgott! Auch das noch!«, flucht Elser und wird ganz rot vor Wut.

»In Königsbronn haben sie die meisten Stimmen geholt!«

»Das habe ich mir schon gedacht.«

Nachdem Hitler seit 1933 an der Macht ist und ihm die Massen in Deutschland zujubeln, verschärft sich Elsers ablehnende Haltung den Nazis gegenüber. Auch in Königsbronn hat die NSDAP das Zepter seit 1933 übernommen.

»Und schon sinken die Löhne«, sagt er zu seinem Freund Eugen.

»Glaubst du, das hat damit zu tun?«

»Sicher. Brauchst ja bloß in deinen Geldbeutel zu gucken. Also meiner wird immer leerer.«

Die Verhältnisse in der Arbeiterschaft verschlechtern sich zusehends.

»Während ich in der Uhrenfabrik in Konstanz durchschnittlich noch 50 Reichsmark wöchentlich verdient habe, haben die Abzüge zu dieser Zeit für Steuer, Krankenkasse, Arbeitslosenunterstützung und Invalidenmarken nur circa 5 Reichsmark betragen. Heute sind die Abzüge bereits bei einem Wochenverdienst von 25 Reichsmark so hoch.«

Eugen nickt.

»Da kann dieser Hitler noch so viele Autobahnen bauen wollen und aus den Volksempfängern brüllen«.

»Ich weiß nicht, so schlecht wie du sie machst, sind die vielleicht gar nicht«, versucht seine Freundin Elser ein wenig zu beruhigen.

Elser guckt sie mißtrauisch an – das erste Mal, seit sie sich kennen – und sagt dann, ganz trocken und lapidar: »Entweder ist man für die Nazis oder gegen sie.«

»Ich glaube, das ist ein wenig zu einfach, Schorsch.«

Elser schüttelt den Kopf.

»Das Einfache ist oft das Schwierigste!«

»Ich weiß nicht!«

»Ich aber. Wer Ohren hat, der höre, wer Augen, der sehe«, sagt Elser. Er greift Elsa vorsichtig an die Ohren, streicht mit seinen Fingerkuppen über ihre Augen und zwinkert Eugen zu. Dann küsst er sie auf den Mund, während schon wieder die keifende Stimme aus dem Radio brüllt.

Er stand im Wohnzimmer und wartete. »Einen kleinen Moment«, sagte Klaus-Peter Rettich, »ich hole nur schnell eine Flasche Wein aus dem Keller. Meine Frau ist noch im Bad. Setzen Sie sich doch.«

Er nahm Faller die Jacke ab und verschwand. Faller blieb stehen und drehte sich wieder einmal langsam um sich selbst im Kreis. Er sah einen Raum, der die Höhe von zwei Stockwerken hatte. Unter der Decke gab es fenstergroße Öffnungen in der Wand, die von oben in das Wohnzimmer Einblick gewährten. Eine schmale Treppe führte über wenige Stufen auf eine weitere Etage. Ein niedriger Sockel wand sich an der Treppe entlang. Im Wohnzimmer sah er eine weiße Couchgarnitur aus Leder, davor einen Glastisch. Auf dem Fischgräten-Parkettboden lag ein marineblauer, flauschiger Teppich, in den man bei jedem Schritt einsank. Eine *Bang und Olufsen*-Stereoanlage, große Boxen. Ein Flachbildschirm-Fernseher. Ein Regal aus Metall, gefüllt mit CDs. Eine Vase auf einem Podest. Darin ein riesiger Strauß langstieliger Rosen mit dunkelroten Blüten. In der Ecke neben der zweiflügligen Tür eine Standleuchte – schlicht, einfach, mit einem Glaslampenschirm und einem Metallfuß aus Chrom. Eine gedimmte Lichtquelle war an der Decke hinter einer schimmernden Goldleiste versteckt. Kleine Halogenspots waren auf die Wände gerichtet, an denen gerahmte Bilder hingen. An der Wand standen fünf Hocker mit Chromgestell und weißem Lederüberzug. An der großen Fensterfront, die sich über die Längsseite des Wohnzimmers erstreckte, waren schwere Samtvorhänge angebracht. Der

Blick durch die Fenster zeigte den Garten am Hang. Mehrere beleuchtete Skulpturen. Es waren menschengroße Statuen aus einem groben Material. Hinter dem Garten waren die Königsbronner Lichter zu sehen.

Hier herrschte Reichtum und Wohlstand, dachte Faller. Die Menschen, die hier wohnten, hatten Geld. Das sah man. Das sollte man sehen.

Das Beeindruckendste waren aber die Zeichnungen und Gemälde an der Wand. Alle in schwere Holzrahmen eingefasst, mit unverhältnismäßig großen Passepartouts hinter dickem Glas. Es waren Buntstiftzeichnungen. Sie sahen irgendwie kindlich aus, in Stil und Figuration. Und doch schienen sie perfekt komponiert. Seltsame, maskenhafte Gestalten mit schwarzen Augen waren zu sehen, Ornamentbänder, Karo-Schraffuren, Rhomben- und Kreuzmuster, vereinzelt Fischgrätenmuster. Alles sehr bunt, sehr chaotisch, sehr verstörend. Dazwischen immer wieder gezeichnete Notenlinien und Handschriftliches. Faller trat näher an ein Bild heran und las: *1. ?Mußte Es sein* und *5. Tschimberasso-Wald* und *3. Wenn zwei Miteinander Dasselbe thun. 4.? Wahr es doch nicht Dasselbe.*

»Gefällt es Ihnen?«

Faller drehte sich um. Er sah eine Frau die schmale Treppe herunterkommen. Und fühlte sich ertappt. Womöglich hatte sie ihn schon länger von oben durch die Öffnungen beobachtet. Er war verwirrt, er wusste nicht, was er sagen sollte. Er sagte schließlich: »Sind die von Ihnen?«

Es klang leise, schüchtern, so wie er sich selbst als Ochsenfurter Gymnasiast in Erinnerung hatte, der vor lauter Unsicherheit die Lippen kaum auseinander brachte.

»Nein«, sagte die Frau, so laut, dass Faller das Gefühl hatte, es halle ein wenig in diesem großen Raum. Sie stand jetzt am Treppenabsatz ganz in seiner Nähe. Sie lachte.

»Der Maler war krank. Er lebte 30 Jahre seines Lebens in einer Nervenheilanstalt.«

»Verzeihung.«

»Gefallen sie Ihnen?«, fragte die Frau erneut, ohne ihn aus den Augen zu lassen.

»Nein!«, entgegnete Faller, wieder kräftiger in der Stimme.

Sie streckte ihm ihre Hand entgegen.

»Ich bin Karla Rettich.«

Sie hatte kleine Hände mit langen Fingernägeln, die sie spitz manikürt, aber nicht lackiert hatte.

»Faller.«

Sie griff nach seiner Hand.

»Sagen Sie einfach Karla zu mir.«

Sie stand jetzt ganz nahe bei ihm. Zu nahe. Er roch ihren Duft – würzig, wie ein Männerparfum. Sie roch nach einem alten, englischen Eau de toilette. Nach *Knize Ten*. Es roch citrusfrisch, nach Rosmarin, Orange, Bergamotte. Herb bis holzig. Zedern, Sandelholz. Und ledrig. Ambra, Castoreum. Er war irritiert. Er mochte Menschen nicht, die ohne nachvollziehbaren Anlaß aufdringlich wurden. Bei dieser Frau jedoch war er nachsichtig. Er war gewillt, ihr – und das verunsicherte Faller noch mehr – diesen Schritt zuviel zu verzeihen. Faller dachte immer, es gebe für ihn nur zwei verschiedene Arten von Frauen. Solche, die ihn sexuell erregten, und solche, die ihn kalt ließen. Karla Rettich gehörte einem anderen, ihm noch nicht bekannten Typus an. Sie zog Faller einerseits an und stieß ihn andererseits ab. Wie diese Bilder des kranken Malers an den Wänden.

Er machte einen kleinen Schritt zurück.

Karla trug ein schwarzes Kleid, schwarze Feinstrumpfhosen und hohe Schuhe. Sie war größer als Faller, so schien es ihm zumindest. Um ihren Hals hing eine Perlenkette.

Sie war ganz leicht geschminkt und hatte schwarze, schulterlange Haare.

»Sie brauchen keine Angst zu haben«, sagte Karla, »ich beiße selten.«

Sie sagte nicht nicht, sie sagte selten.

»Nur dann, wenn die Beute unwiderstehlich ist.«

Es war geflüstert. Es klang geheimnisvoll, unheimlich und gleichzeitig anziehend. Sie zeigte ihre großen weißen Zähne. Zu groß für den kleinen Mund. Sie lachte. Die Augen wurden zu Schlitzen. Krähenfüße zogen sich bis zu den Schläfen. Ihr Alter war nur schwer zu schätzen. Sie muss in meinem Alter sein, dachte Faller, vielleicht auch jünger. Oder älter. Viel älter.

»Ich sehe, ihr habt euch schon bekannt gemacht«, sagte Klaus-Peter Rettich.

Er trat mit einer Flasche Wein in der Hand ins Wohnzimmer.

»Und, Liebling? Bist du auch so fasziniert von diesem jungen Mann wie meine Sekretärin?«

»Der Frau Bergemann scheinen Sie richtig den Kopf verdreht zu haben, mein Lieber«, sagte Rettich. Karla kicherte wie ein kleines Mädchen. Faller merkte, wie er ein wenig rot wurde.

»Aber wenn man diese Bauerntrampel hier kennt, mit denen die liebe Frau Bergemann zu tun hat, ist das eigentlich kein Wunder, nicht wahr?«

»Jetzt hör' aber auf«, sagte Karla und fuhr sich dabei selbstgefällig durchs Haar.

»Vielleicht sollten Sie mal mit ihr ausgehen?«

»Jetzt lass mal, Liebling«, ging Karla dazwischen. »Ich glaube, wenn Herr Faller mit all den Damen ausgehen würde, die mit ihm ausgehen möchten, hätte er nichts anderes mehr zu tun, nicht wahr?«

Faller schüttelte den Kopf. Rettich lachte und sagte: »Bescheiden ist er auch noch!«

»Im Gegensatz zu dir!«, sagte Karla und strich sich wieder durch die Haare.

»Darling, ich habe Herrn Faller gerade die Bilder gezeigt. Und du wirst dich wundern, ihm gefallen sie, nicht wahr?«

Faller nickte unentschlossen.

»Mein Mann, müssen Sie wissen, hat nämlich kein Faible für Kunst.«

»Für moderne Kunst, mein Liebling«, sagte Rettich. »Für kranke Kunst!«

Er betonte das kranke so stark, dass Kunst darin fast unterging.

»Die Kunst ist nicht krank, wenn der Maler nicht gesund war«, sagte Karla zu ihrem Mann gewandt. Dann an Faller: »Oder wie sehen Sie das?«

»Ich kenne mich in der Kunst nicht aus. In der kranken nicht«. Faller ahmte Rettich nach, »und in der gesunden auch nicht.«

Karla strahlte. Rettich zog die Augenbrauen zusammen.

Faller sah wieder zu den verschnörkelten Buntstiftzeichnungen hinüber.

»Diese Bilder wirken irritierend, ganz unabhängig davon, ob ich nun weiß, ob der Maler krank …«

»Verrückt!«, unterbrach ihn Rettich.

»… war oder nicht. Sie sind und bleiben für mich verstörend.«

»Da haben Sie recht, Herr Faller«, sagte Karla.

Sie sprach jetzt gewählter, zurückhaltender.

»Das ist der richtige Ausdruck, sie sind verstörend!«

Sie schürzte den Mund und fixierte Faller mit weit geöffneten Augen, ohne auch nur ein einziges Mal die Wimpern zu bewegen.

»Aber, sie können nur verstörend sein, wenn man sich verstören lässt. Wenn man bereit ist für ihre Wirkung.«

»Für mich sind es nichtssagende, stümperhafte Kritzeleien eines kranken Gehirns«, sagte Rettich. »Für Therapiezwecke meinetwegen gut zu gebrauchen. Als Kunst nicht!«

»Kunst gebraucht man nicht. Ein Bild ist kein Staubsauger, mein Darling.«

Faller lächelte. Rettich blickte böse und machte eine abweisende Geste.

Sie gingen ins Esszimmer. Auf dem Tisch waren kreisförmig Sushi-Röllchen drapiert. Dazwischen in kostbaren Schälchen Soßen. Teures Besteck lag neben ebenso teuren Tellern. Daneben Stoffservietten, zu kleinen Kunstwerken gefaltet. Alles war stilvoll dekoriert und farblich aufeinander abgestimmt. Rettich öffnete die Flasche und schenkte Wein in die langstieligen, bauchigen Gläser.

Jetzt hätte Faller fragen sollen: »Warum lügen sie mich an, Herr Rettich?«

Er brachte es nicht über die Lippen. Er tunkte ein Sushi-Röllchen in die Soße.

Nach fünf Röllchen war er satt. Er aß noch drei, um nicht den Eindruck zu erwecken, es schmecke ihm nicht.

»Schmeckt es Ihnen?«, fragte Rettich, wie man ein kleines Kind fragt, das zum ersten Mal Schokolade probiert.

Faller tat so, als hätte er ihn nicht verstanden.

Bei einer Veranstaltung lernt Elser Josef Schurr, einen Schnaitheimer Kommunisten, kennen. Die beiden Männer haben eine ähnliche politische Grundeinstellung und freunden sich an.

»Man muß ihn ausschalten diesen Zigeuner!«. sagt Elser

immer wieder. »Mit dieser Verbrechervisage! Ihn und seine Trabanten!«

»Ja, schon, aber wie, Schorsch?«

Beide zucken mit den Achseln.

»Wenn man lang genug nachdenkt, fällt einem schon was ein.«

»Flugblätter könnte man verteilen«, sagt Josef Schurr. »Oder heimlich Plakate aufhängen.«

Wieder zucken beide mit den Achseln.

Weder zum Flugblätterverteilen noch zu einer Plakataktion gegen die Nazis kommt es, weil Schurr im Frühjahr 1933, als bekennender Kommunist verhaftet wird. Er kommt für fünfeinhalb Jahre ins KZ Heuberg in der Nähe von Stetten auf der Schwäbischen Alb. Für Elser ein Signal, dass es vorsichtig zu sein gilt.

Als am 1. Mai 1938 die SS während ihrer Maikundgebung mit knallenden Stiefeltritten und wehenden Hakenkreuzfahnen durch Königsbronn schreitet und das Volk den Marschierenden am Straßenrand freudig die rechte Hand entgegenreckt, schlägt er die Vorsicht in den Wind.

»Du mußt auch die Hand heben«, flüstert ihm Eugen zu, als der Naziumzug an ihnen vorbeikommt.

»Nichts muß ich, gar nichts«, zischt Elser. »Außer sterben! Und das kannst du mir ruhig glauben, Eugen, ich lass mich lieber erschießen, als dass ich für die Nazis auch nur einen Schritt mache!«

»Schorsch, besinn' dich!«

»Ach was, die können mich am Arsch lecken!«

Ende 1935 spitzt sich die familiäre Situation weiter zu. Der Vater ist jetzt krank, von Rheuma geplagt, und auch wirtschaftlich am Ende. Völlig verschuldet muß er das Haus verkaufen. Die Familie zerbricht, alle werden in verschiedene

Himmelsrichtungen verstreut. Elser mietet sich bei Elsa Härlen und ihrem Mann ein. Anstatt Miete zu zahlen, baut er Möbelstücke in der Werkstatt, die er sich im Untergeschoß des Hauses einrichtet. Jetzt ist er der Frau, für die er schwärmt, so nahe wie noch nie. Auch Elsa scheint Gefallen an dem jüngeren Elser zu finden. Ab 1936 lieben sie sich, heimlich, so dass ihr Mann nichts mitbekommen soll.

»Ihr wollt mich wohl verarschen!«, brüllt der Ehemann, im angetrunkenen Zustand, ganz außer sich. »Ich sehe dir doch an, dass du mit meiner Elsa was hast!«

Elsa versucht zu vermitteln.

»Ach was! Der sitzt doch da wie ein Parasit, im gemachten Nest! Das schau' ich mir nicht länger mit an. Mach, dass du verschwindest, sonst breche ich dir das Genick!«

Elser sucht das Weite, und Elsa lässt sich von ihrem gewalttätigen und trunksüchtigen Mann scheiden. Elser zieht nach Schnaitheim in eine Abstellkammer. Da hält er sich weiterhin mit selbständigen Schreinerarbeiten über Wasser. Im Dezember 1936 nimmt er eine Beschäftigung in der Armaturenfabrik Waldenmaier in Heidenheim an, wo er nur unmerklich mehr verdient, aber eine viel weniger anspruchsvolle Tätigkeit ausführen muß.

»Schorsch, was willst du denn bei dem Waldenmaier, du bist doch Kunstschreiner und kein Hilfsarbeiter!«, sagt Elsa.

Keiner will seinen Entschluss verstehen, warum er die Gesellentätigkeit gegen die Hilfsarbeit eintauscht. Die, die ihn gut zu kennen glauben, stutzen natürlich. In der Firma Waldenmaier trifft Elser seinen alten Freund Josef Schurr wieder, der, nachdem er aus dem KZ entlassen ist, dort ebenfalls eine Stelle gefunden hat. Zusammen hören sie heimlich ausländische Sender, um sich ein Bild über die Lage Deutschlands in der Welt zu machen. Ab 1938 wird Elser klar, dass die Firma, in der er arbeitet, auch vermehrt Rüstungsaufträge erledigt. Und auch ohne die Aufklärung aus dem Ausland weiß Elser, dass sich in Deutschland die Lage zuspitzt.

»Ich wette, dss es nicht mehr lange dauert,« sagt Elser, »da explodiert die außenpolitische Lage.«

»Du meinst das mit der Tschechoslowakei?«

Elser nickt.

In der Firma Waldenmaier versucht Elser an Zünder und Sprengstoff heranzukommen und das Material dann vom Betriebsgelände zu schmuggeln. Was er damit machen will, bestimmt seit längerem seine Gedanken.

»Josef, hör zu, ich bin der absoluten Überzeugung, dass es beim Münchner Abkommen nicht bleibt. Deutschland wird anderen Ländern gegenüber noch weitere Forderungen stellen. Es wird sich andere Länder einverleiben.«

»Dann ist also ein Krieg unvermeidlich?«

Krieg bedeutet Hunger, Elend, Tod, vor allem für das einfache Volk, das weiß Elser ganz genau. Und das muß irgendwie verhindert werden. Die Verhältnisse in Deutschland können nur durch die Beseitigung der Führung geändert werden. Mit Schurr und den anderen lässt sich das kaum realisieren. Ihm fällt sonst niemand ein. Der Gedanke an die Beseitigung Hitlers und der führenden Nazis lässt ihn nicht mehr zur Ruhe kommen. Er fasst schließlich den Entschluß, das selbst zu übernehmen.

Nach dem Essen gingen sie wieder zurück ins Wohnzimmer und setzten sich auf die Couchgarnitur. Karla saß neben Faller auf dem Sofa, Rettich in einem Sessel. Leise Jazz-Musik drang aus den großen Boxen. Sie tranken Wein und redeten. Vor allem sprach Karla. Zuerst über Elser und den Arbeitskreis. Was erreicht worden war, was geplant war, wo die Schwierigkeiten lagen. Sie erzählte von Hermaringen und der Diskussion um die Straßenbenennung. Im Grunde belangloses Zeug. Faller hörte nicht richtig zu. Er betrachtete ihre Lippen, die sich schnell auf und zu bewegten. Er sah zu Rettich, der aufrecht im Sessel saß und es genoß, seine Frau so engagiert reden zu hören. Er sah zu den Bildern, die nach zwei Gläsern Wein wie ein Farbenmeer wirkten. Bunte Wirbel, in denen die Formen verschwammen und den Blick in einen Strudel lockten. Um sich vom Sog der Zeichnungen zu lösen, fragte er, ganz unvermittelt und für Karla und Rettich überraschend, nach Daniel Held.

Jetzt redete Rettich.

»Er wohnte eine Zeitlang in unserer Kellerwohnung«, sagte er und richtete sich in seinem Sessel auf.

»Hin und wieder vermieten wir die Räume, müssen Sie wissen. Für Filmaufnahmen, für Freunde, oder stellen sie kostenlos zur Verfügung für Menschen, die wir unterstützen wollen. Eine Art Sponsoring quasi, nicht wahr, Liebling?«

Karla nickte.

»Auch Held konnte hier unentgeltlich wohnen. Zu tun hatten wir aber wenig mit ihm.«

Er sah wieder zu seiner Frau, die jetzt die Beine übereinanderschlug und wieder nickte.

»Nicht wahr Liebling?!«

Karla wollte etwas sagen, aber Rettich ließ sie nicht zu Wort kommen.

»Er lebte zurückgezogen, ganz für sich, hat geradezu den Kontakt vermieden. Nicht nur mit uns, mit allen hier in Königsbronn. Er ging tagelang nicht aus dem Haus.«

Er nahm einen Schluck aus seinem Glas.

»Aber warum interessieren Sie sich für ihn?«, fragte Karla.

Rettich sah zuerst zu seiner Frau, dann zu Faller. Faller ließ sich Zeit. Er beugte sich vor und griff nach seinem Glas auf dem Tisch. Er nahm einen Schluck. »Held forschte wie ich über Elser. Held ist tot. Aus ungeklärter Ursache umgekommen. Das ist Grund genug, meine ich.«

»Sie haben Recht«, sagte Karla. »Nicht wahr, Darling?«

Rettich stand auf.

»Ich hole noch eine Flasche, wenn Sie erlauben.«

»Nicht nötig!«, sagte Faller. »Ich glaube, ich muß jetzt langsam …«

»Bitte!«, unterbrach ihn Karla forsch.

Sie fixierte ihn mit weit geöffneten Augen.

»Na gut.«

Rettich verließ den Raum.

Während seiner Abwesenheit sprachen Faller und Karla kein Wort miteinander. Sie schaute ihn voller Begehren an. Er blickte verlegen zu den Bildern an der Wand. Er bemerkte, wie sich der Schweiß unter seinen Achseln sammelte und die Tropfen an den Rippen entlang langsam nach unten liefen. Er räusperte sich. Immer wenn er ihr einen kurzen, heimlichen Blick zuwarf, starrte sie ihn unverändert an. Um ihren Mund lag ein fast entrücktes Lächeln.

Er war froh, als er Rettichs Schritte wieder auf der Kellerstiege hören konnte. Karla lächelte jetzt eine Spur zu auffällig und sagte laut und beschwingt, als Rettich das Wohnzimmer wieder betrat: »Er war ein komischer Kauz, ein Eigenbrötler, dieser Held.«

»Wie Schwarz«, sagte Faller.

»Schwarz ist ein perverses Schwein!«

Rettich drehte den Öffner in den Korken.

»Liebling?!«

»Ja, er darf es ruhig wissen. Sag es ihm!«

»Liebling?!«

»Erzähl ihm ruhig, was Schwarz getan hat«, sagte Rettich. »Das ist doch ohnehin kein Geheimnis, oder?«

Der Korken ploppte. Rettich schenkte ein.

»Ich weiß nicht, ob das unseren Gast überhaupt interessiert«, sagte Karla.

»Klar! Herr Faller war auch ein Schüler von ihm, wußtest du das nicht?«

Karla schüttelte den Kopf.

»Es ist doch immer spannend, was aus den Menschen geworden ist, die man früher schon nicht leiden konnte, nicht wahr?«

Rettich roch am Wein. Faller zuckte mit den Achseln.

»Also, erzähl schon!«

»Wollen Sie …«

»Erzählen Sie!«

»Es war auf einer Rückfahrt von Heidenheim, nach einer Arbeitskreissitzung. Simon, also Herr Schwarz, saß auf dem Beifahrersitz. Wir haben geschwiegen. Er rauchte und legte seine Hand auf meine Kopfstütze. Ich habe mir nichts dabei gedacht. Dann sagte er, ich solle am Rastplatz hinter Schnaitheim anhalten. Er müsse austreten. Er stieg aus. Ich bin auch ausgestiegen. Er setzte sich auf den Kofferraum. Ich fragte, was denn wäre. Da hat er mich bei den Händen genommen und mich zu sich gezogen. Ich sagte: ›Was soll das, Simon!‹, aber er hat mich einfach an sich gedrückt und …«

»Und dann wollte er dich ficken, dieses Schwein!«, platzte Rettich dazwischen.

»Liebling, bitte!«

»Stimmt doch, oder?! Er hat dich begrabscht, an dir rumgefummelt. Er hat dich zu Boden geworfen und wollte dich vergewaltigen, diese Drecksau!«

»Ja, bei dem Gerangel bin ich hingefallen«, sagte Karla.

»Ich habe mich natürlich gegen seine Annäherungen, gegen seine Berührung gewehrt, ich sagte ›Simon, laß das, es hat doch keinen Sinn! Ich bin verheiratet, ich liebe meinen Mann.‹ Aber er sagte nur, er könne ohne mich nicht leben, er begehre mich, er liebe mich, ich solle meinen Mann verlassen, er wolle mich, für immer.«

»Anzeigen hättest du ihn sollen, dieses Schwein! So einer muß doch aus dem Verkehr gezogen werden. Heute du, morgen eine andere, nicht wahr?«

Rettichs Gesicht war ganz rot. Sein Blick glasig. Er trank einen großen Schluck aus seinem Glas, das übersät war von Fingerabdrücken. Karla schwieg. Faller war die Situation peinlich. Er rutschte unruhig auf dem Sofa herum. Seine Hose klebte an der Haut.

»Und dann?«

»Dann habe ich geschrien, und er hat schließlich von mir abgelassen«, sagte Karla. »Dann sind wir wieder eingestiegen und weitergefahren. Seitdem war er nur noch einmal im Arbeitskreis. Danach ist dann der Unfall passiert.«

Rettich hob sein Glas und stieß mit Faller an. Die Gläser klirrten so laut, dass es Faller in den Ohren schmerzte. Rettich sagte: »Auf Sie!« und trank.

Faller stieß mit Karla an, die Gläser berührten sich kaum.

Er saß wieder im Raum mit den Verhörprotokollen. Schwarz führte erneut eine Schulklasse durch die Gedenkstätte. Faller musste sich überwinden, die Originale sorgfältig zu lesen und mit seinen Aufzeichnungen zu vergleichen, damit ihm kein Fehler unterlief. Er kam nicht richtig voran. Immer wieder ertappte er sich dabei, wie seine Gedanken ausbrachen. Immer wieder tauchten Personen und Wortfetzen auf, die ihm die Aufmerksamkeit raubten.

Die Blicke Karla Rettichs gingen ihm durch den Kopf. Bilder erschienen vor seinem geistigen Auge. Buntstiftzeichnungen, Köpfe mit schwarzen Augen, Ornamente. Dann tauchte wieder Rettich in der Kantine auf. Der Tod von Daniel Held. Schwarz. »Held hat es in tausend Stücke zerrissen.« Wieder Karla, ihr Geruch, ihre Blicke. Held. Schwarz. »Und anschließend wurde er flambiert.« Rettich. »Und dann wollte er dich ficken, dieses Schwein!«

Seine Aufmerksamkeit ließ nach. Ständig rutschte er auf dem Stuhl herum, rauchte eine Zigarette nach der anderen. Seit vier Jahren, seit dem Beginn seiner Promotionsarbeit hatte er solch eine Konzentrationsschwäche, so eine unproduktive Zerstreutheit nicht mehr erlebt.

Die Gedanken spielten ihm Streiche. Wenn er las, wusste er nach drei Zeilen nicht mehr, was er gelesen hatte. Er schweifte ab, verlor sich in Tagträumen.

Wieder hörte er Karlas Stimme: »Sie brauchen keine Angst zu haben. Ich beiße selten. Nur dann, wenn die Beute unwiderstehlich ist.« Er sah sie auf dem weißen Sofa sitzen, die Beine übereinandergeschlagen, den Mund geschürzt. »Sagen Sie einfach Karla zu …«

Ein, zwei Zeilen, dann blickte sie ihn schon wieder an: »Sagen Sie einfach Karla zu mir.« Er sah sie auf dem weißen Sofa sitzen, die Beine übereinander geschlagen, … – Faller sah das explodierende Auto von Held, die Leichenteile, er hörte Schwarz: »Was hatte er da verloren? Wo wollte er hin?« Dann ein Männchen mit schwarzen Augen: »Wenn zwei Miteinander Dasselbe thun. Wahr es doch nicht Dasselbe?« Wieder Schwarz und Held, gemeinsam: »Die katastrophalen Auswirkungen der jahrzehntelangen, erfolgreichen Elser-Verdrängung haben Gründe und Folgen, sie sind ablesbar, sichtbar, ganz deutlich, hier, heute.«

»Und dann wollte er dich ficken, dieses Schwein!«, schrie

Rettich. Karla saß mit übereinander geschlagenen Beinen auf der Couch …

Schwarz tauchte auf. »Geht's voran?«

Faller erschrak.

Schwarz stand neben ihm und fragte noch einmal: »Geht's voran?«

»Es ist zum Verrücktwerden.«

Die Glocke tönt laut und schrill durch die Fabrikhalle. Jedes Mal erschrickt Elser und zuckt ein wenig zusammen. Er geht von der Versandabteilung der Firma Waldenmaier auf den Hof hinaus, wo schon einige Arbeiter rauchend auf den Parkbänken sitzen und überquert den Hof. In den Toiletten riecht es nach Urin, nach Männerschweiß und kaltem Rauch. Er steht an der Latrine und starrt an die Wand. Dort steht mit schwarzer Farbe: *Nieder mit den Judenschweinen.*

»Wie geht's?«

Josef Schurr steht neben ihm und raucht. Sonst ist niemand zu sehen. Elser zuckt mit den Schultern. »Und selbst?«

»Geht so.«

»Lässt dich ja gar nicht mehr sehen«, sagt Schurr.

»Hab was anderes zu tun.«

»Was, willst nicht verraten, oder?«

»Hm.«

»Was sagt Radio Moskau?«, fragt Elser fast nebenbei.

»Es gibt Krieg!«, flüstert Schurr. Elser ist nicht sonderlich überrascht. »In der Sonderabteilung hier werden Geschoßzünder und Pulverblättchen im Akkord produziert.«

»Was macht ihr dagegen?«, sagt Elser fast gleichgültig, so dass Schurr einige Sekunden braucht, um zu begreifen.

»Was sollen wir denn dagegen machen?«

»Versammlungen, Flugblätter, Feindsender hören, Parolen, hä?«, sagt Elser ein wenig spöttisch und dann ernst: »Mensch Josef, das bringt doch alles nichts.«

»Und was bringt dann was?«, fragt Schurr verzweifelt und sagt dann ebenso bitter und ernst: »Ich war im KZ, Schorsch, du nicht.«

»Dann müsstest du ja wissen, dass das alles nichts hilft.«

»Aber was hilft schon?«, will Schurr wissen und guckt den schweigenden Elser an, der noch immer an die Wand starrt.

»Das wichtigste ist, einfach zu überleben«, sagt Schurr schließlich, als Elser noch immer hartnäckig schweigt. Elser dreht sich von der Wand weg, macht die Knöpfe an seiner Hose zu und grinst hämisch, ohne Schurr dabei anzugucken. Er läßt ihn einfach stehen.

»Und was machst du?«, ruft ihm Schurr verächtlich hinterher.

»Das wirst du schon noch sehen«, sagt Elser, ohne sich umzudrehen, und verlässt die Toiletten.

Der Musikstil hatte sich geändert. Statt Rio Reiser lief deutscher Hip-Hop. Das Publikum war jung. Die einen hatten Mützen auf und weite Hosen an. Die anderen trugen Bomberjacken und kurze Haare. Ansonsten war alles unverändert. Im Nebenzimmer standen der Kicker, die Spielautomaten und ein Billardtisch. Eine elektrische Darts-Scheibe hing an der Wand. Im Gastraum war auch alles beim alten. Der niedrige Raum war noch immer düster und verraucht und mit denselben Stühlen und Bänken wie damals ausgestattet. Faller saß im ›Hirschen‹ in Auernheim unter dem großen Lampenschirm neben Evi und rauchte. Der Rauch verfing sich im Schirm und dampfte durch die kleine Öffnung nach oben. Es sah aus wie ein kleiner Kamin. Evi nippte an ihrem Weißbier und spielte mit dem Bierdeckel. Eigentlich hatte Faller sie gar nicht treffen wollen. Schon gar nicht im ›Hirschen‹. Er hatte keine Lust alte Geschichten aufzuwärmen. In der Vergangenheit zu stöbern, womöglich zu schwelgen. Zu Hause drohte ihm aber die Decke auf den Kopf zu fallen. Die nörgelnde Mutter ging ihm auf die Nerven. Die Verständnis heischende Schwester Monika auch. Er musste raus, für ein paar Stunden Ochsenfurt vergessen. Seine Arbeit, Elser, Schwester Monika, die Mutter, den Franzbranntweingeruch, die Rheumasalbe, die Krankheit – alles. Auch Karla Rettich, die seit dem Besuch immer wieder in seinem Kopf herumgeisterte.

»Was machst du denn hier?«, fragte eine junge Frau im Vorbeigehen. Faller kapierte nicht.

»Um zwölf bist du zu Hause!«, sagte Evi.

Die Frau zog protestierend ab. Faller verstand noch immer nicht.

»Das war meine Tochter.«

Er drehte sich um und sah dem Mädchen hinterher. Sie trug schwarze Stiefel, eine weite Blousonjacke und enge Jeans. Sie hatte kurze Stoppelhaare und einen großen Hintern. Er überlegte, wie alt sie sein könnte.

»Fünfzehn«, sagte Evi.

Sie nippte am Weißbier. Auf ihrer Oberlippe war jetzt ein Schaumbart. Sie fuhr mit der Zunge darüber und der weiße Streifen war weg. Faller nahm einen langen Zug an der Zigarette und blies den Rauch wieder unter den Lampenschirm. Der Kamin dampfte. Er fing an zu rechnen. Er drehte sich noch einmal um. Das Mädchen war weg. Aus den Boxen kam deutscher Sprechgesang im Reggae-Rhythmus. Aus dem Nebenraum hörte man den Ball vom Kicker immer wieder gegen die Holzbande prallen.

»Was ist los?«, fragte Evi.

Faller sah sie an. Erst jetzt fiel ihm auf, dass sie sich schön gemacht hatte. Ihre Lippen waren rot geschminkt, die Wangen auch. Unter den Augen sah er einen feinen, schwarzen Strich. Über den Augenlidern glänzte es. Die Haare waren ganz offensichtlich frisch gewaschen und geföhnt. Sie fielen blond glänzend auf ihre Schultern. Evis schlanke, lange Finger mit den sorgsam lackierten Nägeln umklammerten das Weißbierglas.

»Mir fällt wieder ein, wie das damals war.«

Evi machte »Hm!«, dann schwieg sie. Als Faller keine Anstalten unternahm weiterzusprechen und nur dem Rauch nachschaute, der durch den Lampenschirmkamin entwich, fragte sie: »Und wie?«

Sie nippte am Weißbier. Faller räusperte sich und zog an seiner Zigarette. Er blies die Worte zusammen mit dem Rauch unter den Lampenschirm.

»Wir haben im Garten miteinander geschlafen.«

Evi verschluckte sich. »Was?!«, kam kaum verständlich aus ihrem Mund. Sie lachte und hustete gleichzeitig. Faller klopfte ihr auf den Rücken. Evi hatte Tränen in den Augen. Sie wischte mit den Fingern am schwarzen Strich entlang und sagte, noch immer von vereinzelten Hustenattacken unterbrochen: »Ne! Du warst viel zu bekifft und zu besoffen, um mich zu ficken.«

Faller erschrak über ihre Wortwahl, was Evi nicht bemerkte, denn sie war, noch immer lachend, damit beschäftigt, an ihren Augen herumzufingern. Er spürte, wie seine Wangen juckten. Evi kramte in ihrer Handtasche nach einem Tempotaschentuch. Sie fand keins.

»Da kann ich dich beruhigen.«

Sie wischte wieder mit den Fingern Tränen ab.

»Außer einer wilden Fummelei war da nichts.«

Evi klappte die Handtasche zu und sagte, während sie den Lidstrich verschmierte: »Aber – die war schön!«

Fallers Gesicht brannte.

»Du wolltest danach nichts mehr davon wissen. Warst verschlossen, unnahbar. Dann warst du verschwunden. Auf und davon!«

Sie stand auf.

»Zuerst habe ich dich verflucht, dann mich nach dir gesehnt. Dann hab ich gedacht: ›Scheiß drauf‹.«

Evi nahm ihre Handtasche.

»Ich komme gleich wieder.«

Sie verschwand. Faller bestellte sich noch ein Glas Wein.

Er versuchte, den Text des Liedes zu verstehen. Dem nasalen Sprechgesang konnte man kaum folgen. Die Worte gingen im Reggae-Rhythmus unter. Er verstand nur »Terroristen weg« und »tut sowieso keinen interessieren« und »zum Essen mit dem Kanzler«. Zuletzt »kein bißchen Sprengstoff sie daran hindert.« Er dachte an Held.

Dann schaute er zu den kahlköpfigen Menschen mit den jungen Gesichtern, die am Tresen standen und sich, während sie miteinander redeten, immer wieder lachend auf die Schultern klopften. Irgendwie sahen sie alle gleich aus. Zu groß geratene Milchgesichter in meist zu kleiner Kostümierung. Lächerlich schienen sie Faller, wie sie breitbeinig, die Hände in die Hüften gestemmt, so dastanden. Wenn er allerdings die Augen ein wenig zusammenkniff und die Gesichter das Milchgesichtige verloren, der einzelne sich in der Masse auflöste, kamen sie ihm plötzlich unheimlicher vor. Je mehr sich dazugesellten, umso bedrohlicher erschien ihm schließlich diese Ansammlung.

»Die sind harmlos!«, sagte Evi, als könnte sie Fallers Gedanken erraten. Sie war wieder zurück und setzte sich jetzt neben ihn. Sie roch nach dem gleichen Parfum wie Annkathrin. Der Lidstrich war nachgezogen.

Faller hob die Schultern und bemerkte erst jetzt, dass die Milchgesichtigen fast alle *Lonsdale* Sweatshirts anhatten.

»Das trägt die Jugend eben heutzutage!«, sagte Evi.

»Aber das ist doch die Marke, die …«

»Ach was!«, ging Evi dazwischen. »Meine Tochter hat auch eins. Die müssen sich nur ein wenig abgrenzen.«

Wovon, dachte Faller und sah wieder zu den lachenden Milchgesichtern hinüber.

»Das war bei uns auch nicht anders.«

Evi hatte etwas Verklärtes im Blick, und Faller dachte, das klingt, als würde sich alles irgendwie wiederholen – als wäre alles immerzu gleich und doch auch ein wenig anders. Wenn Evi uns sagte klang es aber auch so, als läge zwischen den Milchgesichtern und ihnen nicht nur eine Generation, sondern ein ganzes Leben.

»Früher waren es lange Haare, heute sind's kurze.«

»Irgendwie aber doch ein wenig befremdlich, oder?«

»Ach was!«, sagte Evi, nahm ihr Glas, lächelte und stieß mit Faller an.

»Prost!«

»Prost!«

»Weißt du noch …«, sagte sie und Faller dachte, bloß nicht. »Als du mit der schmierigen Lederjacke mit Dispersionsfarbe auf dem Rücken wochenlang durchs Dorf gelaufen bist?«

Sie lächelte. Faller zuckte mit den Achseln.

»Anfang der Achtziger war das, als sie in Mutlangen die Pershings stationiert haben.«

Faller nickte und dachte, hör doch auf.

»Weißt du noch, was drauf stand auf dem Rücken?«

Er wollte nicht nachdenken und schüttelte den Kopf.

»Ich auch nicht, aber von da an warst du hier unten durch.«

»Schon früher«, sagte Faller. »Eigentlich von Anfang an.«

Er nahm einen Schluck, rauchte und blies den Rauch wieder zur Lampe hoch.

»Du bist wegen Elser hier, stimmt's?«

Faller nickte.

»Was gibt's da denn Neues?«

»Nichts, da wird sich auch nichts ändern. Vielleicht kommt hin und wieder eine Bronzeplakette dazu. Eine Sackgasse. Aber im Grunde bleibt alles beim alten.«

»In München wurde 1998 vorgeschlagen, der Tat Elsers jährlich zu gedenken. Ein popliges Blumengesteck sollte am Jahrestag des Attentats neben der Gedenktafel abgelegt werden. Genau da, wo Elser versucht hat, Hitler '39 in die Luft zu jagen. So die Überlegung. Die Stadtverwaltung hat auf den Vorschlag mit den Worten reagiert, dass der Oberbürgermeister von einem jährlichen Gedenken absehe, aber beabsichtige, zum 60. Todestag Elsers am 9. April 2005 an der Bodenplatte ein Blumengebinde niederzulegen.«

Sie rauchten, jeder in seine Gedanken versunken, und beobachteten die sich abgrenzenden Milchgesichter.

Sie tranken aus, und Evi fragte: »Gehen wir?«

Auf dem Parkplatz des ›Hirschen‹ standen noch mehr von den noch pausbackigen Jugendlichen vor geöffneten Autotüren herum. Martialische Musik drang gedämpft aus den Lautsprechern. Sie lachten, rauchten und ließen Bierflaschen kreisen. Mittendrin Evis Tochter.

Faller kam sich plötzlich alt vor.

»Um zwölf, klar?!«, sagte Evi im Vorbeigehen.

»Ja doch!«, entgegnete das Mädchen genervt.

Einige Milchgesichter pfiffen ihnen nach.

Es ist kalt, als Georg Elser am Bahnhof von Königsbronn steht und auf den Zug wartet.

»Wo fährst du hin?«, fragt ein älterer Mann aus dem Dorf.

»Ach, nicht weit!«, sagt Elser beiläufig.

Der Mann schnäuzt sich seine großporige Nase. Elser spricht nur noch selten über sich. Weder zu Fremden, noch zu Bekannten. Selbst seiner Freundin Elsa gegenüber wird er immer verschlossener. Natürlich fällt seiner Umwelt seine Veränderung auf. Die Dörfler schütteln den Kopf, zeigen hinter vorgehaltener Hand auf ihn und tuscheln »Sonderling!« und »Einzelgänger!« Seine Geheimniskrämerei wird als Macke, als Marotte abgetan.

Elser selbst dagegen spricht, wenn die Nachfragen zu bohrend werden von einer »Erfindung«, an der er hinter verschlossener Tür mit extra eingebautem neuen Schloß bastle.

»Und was gibt das, wenn's fertig ist?«, fragt seine Schwester.

»Was ganz Besonderes, ein Gerät, das alles kann.«

»Schorsch, phantasierst du schon wieder?!«

»Nein, etwas, das das Licht ausmachen kann, dich am Morgen wecken und dir hilft, die Schuh' anzuziehen.«

»Und alle Menschen glücklich macht, gell?«, meint die Schwester scherzend.

»Lach nur!«, sagt Elser und lacht selber. »Das wird dir schon noch vergehen, wenn von meiner Erfindung erstmal jeder spricht und ich reich und berühmt bin!«

»Gibst mir dann auch ein wenig was davon ab?«

»Mal sehen!«

Die einen tippen sich in einer Mischung aus Bewunderung und Ablehnung an die Stirn, die anderen sehen sich mehr und mehr in ihrer Einschätzung des verschrobenen Sonderlings bestätigt. Alle sind jedoch mit dieser Erklärung fürs Erste zufrieden. Elser ist es egal, was man über ihn redet.

Er friert an den Händen, reibt sie aneinander und steckt sie wieder tief in die Hosentaschen.

Es ist der 8. November 1938, als er das erste Mal nach München fährt.

Nachdem Faller auf der Couch in Schwarz' Kabuff bei den ersten Morgenstrahlen aufgewacht war, fuhr er zurück nach Ochsenfurt. So früh war er die Strecke schon lange nicht mehr gefahren. Die Wiesen waren mit Raureif überzogen. Die Äcker lagen umgepflügt da und sahen aus, als warteten sie auf das Frühjahr. Die Blätter der Bäume waren abgefallen, die Äste ragten nackt und knöchrig wie Skelette in den Morgen. Die Büsche waren staubig und grau. Es roch nach Schnee. Nebel kam immer wieder in Schwaden auf Faller zu. Er drückte auf den Scheibenwischerknopf. Die Wischblätter schruppten über das Glas. Der Gummi des rechten Blattes war so abgenutzt, dass die Scheibe trotzdem beschlagen blieb. Er gähnte, als er langsam den Berg hochfuhr. Eine Katze überquerte vor ihm die Straße. Oder war es ein Hase? Er konnte gerade noch bremsen. Er schaltete zurück, beschleunigte dann wieder. Der Himmel hellte sich auf. Wenn er früher als Grundschüler im Schulbus die kurvenreiche Strecke von Königsbronn nach Ochsenfurt hinaufgefahren war, war es ihm jedesmal schlecht geworden. Das einzige, was half, war der Blick aus dem Rückfenster in den Himmel. Der Busfahrer sorgte dafür, daß Faller auf der Rückbank saß und in den Himmel sehen konnte. Hin und wieder fragte er über das Busmikrophon: »Geht's noch?«

Faller zeigte dann mit dem Daumen nach oben. Der Busfahrer war erleichtert und versuchte, so sachte wie möglich in die Kurven zu gehen. Faller mußte immer einen Punkt am Horizont fixieren und an etwas Schönes denken. Das half. Nur durch diese Kombination – sehen und denken – ließ sich zwar nicht die Übelkeit, aber doch das Kotzen verhindern. Meistens dachte er an spektakulär erzielte Tore auf dem Fußballplatz, an den Jubel seiner Mitspieler. An gute Noten in Mathematik. Aus Verzweiflung fing er dann an zu träumen. Von einer Fußballkarriere, der Bundesliga, der Nationalmannschaft, Ehre und Ruhm. Bis der Bus oben in Ochsenfurt war. Ab der fünften Klasse wurde es ihm nicht mehr schlecht. Nur einmal hatte er dann doch noch gekotzt. An einem Samstag abend im letzten Bus nach Ochsenfurt. Da war er aber schon 16 oder 17. Der Grund war nicht die kurvenreiche Fahrbahn, sondern der Asbach Uralt in seinem Magen. Der Busfahrer merkte nichts und Faller sagte nichts. Wochen später roch es im Bus noch immer nach Kotze.

Faller schaltete in den dritten Gang und lächelte dem Nebel entgegen. Er fuhr durch Ochsenfurt und bog dann links ab. Jetzt war er auf der Straße Richtung Emmenting. Nach ein paar Kilometern kam er an einer Scheune vorbei. Hier irgendwo muss es gewesen sein, dachte er. Er verlangsamte die Geschwindigkeit und sah rechts den Abhang hinunter. Er sah Wiesen und Äcker, mit Frost überzogen. Auf dem halben Weg nach Emmenting hielt er am Straßenrand an. Hier vielleicht, dachte er, und stieg aus. Er ging zwischen den Büschen drei Meter den steilen Abhang hinunter. Der Boden war hart gefroren, das Gras nass. Er stand auf einer Wiese. Nicht weit von ihm entfernt saßen auf einem Feld Krähen. Zuerst waren sie nur als schwarze Punkte im Nebel zu erkennen. Als er näher kam, war das ganze Feld voller Vögel. Ein Krähensammelplatz. Seltsamerweise schwiegen sie. Er musste an Annkathrin denken. Daran, wie sie als Vorbereitung für eine Rolle in Tierbüchern über Krähen recherchiert hatte. Sie hatte ihm daraus vorgelesen. Er musste es sich anhören. Wenn er sich geweigert hätte, wäre sie beleidigt gewesen und hätte ihm unterstellt, er würde sich nicht für ihre Arbeit interessieren.

Bei der Theateraufführung, in der Annkathrin eine Krähe spielte, dachte Faller dann, das mit der Recherche hätte sie sich auch sparen können. Und vor allem mir. Gesagt hatte er es natürlich nicht. Auf die Frage »Wie war ich?« sagte er: »Großartig! Wie eine echte Krähe.«

Sie küsste ihn, und er dachte, vielleicht bin ich doch der bessere Schauspieler von uns beiden.

Die Krähen flogen plötzlich mit lautem Geschrei auf. Alle auf einmal. Es war so laut, dass Faller sich die Ohren zuhielt. Sie flogen hoch und verschwanden im Nebel. Er sah ihnen noch lange nach. Er dachte an Daniel Held. Vielleicht ist hier auf dieser Wiese sein Auto explodiert. Faller sah zu Boden. Er sah seine nassen Schuhe, umgeben von glänzendem Gras. Was wollte Daniel Held in dieser Nacht? Was führte er im Schilde? Warum war er von der Straße abgekommen? Warum hatte er Sprengstoff im Wagen?

»Eigentlich kann mir das alles egal sein!«, murmelte Faller.

Auf dem Rückweg zum Auto hatte er Schwierigkeiten, den Hang wieder hochzukommen. Er hielt sich an den Büschen fest und rutschte aus. Er fiel und krabbelte die letzten Meter auf allen Vieren zur Straße hoch.

Er fuhr weiter bis Emmenting, wendete und kehrte nach Ochsenfurt zurück. An der Ortseinfahrt fuhr er am Sportplatz vorbei. Es waren noch immer die alten Holztore ohne Netze. Das Fußballfeld war noch immer breiter als lang und so holprig und voller Maulwurfshügel, dass der stärkste Gegner der Platz selbst war. Im Hof der Brandners hing in aller Herrgottsfrüh schon eine Sau am Haken. Der Haken hing an der hochgestellten Schaufel des Traktors. Die Sau war in der Mitte aufgeschnitten und dampfte. Bis Mittag würde sie im Kessel sein – gekocht, kleingeschnitten, in Dosen eingemacht und verwurstet. Blutwurst, Leberwurst, Kesselfleisch, Schwartenmagen, Brät. Im Frühjahr und Herbst wurde geschlachtet. Das reichte dann für das ganze Jahr.

Faller fuhr zu Hause in den Hof und stellte den Motor ab. In den letzten Tagen hatte er seine Mutter immer mehr vernachlässigt. Er verließ sich auf Schwester Monika, die immer länger dablieb als beabsichtigt. Manchmal blieb sie, wie angekündigt, auch über Nacht.

Schwester Monika schlief auf der Wohnzimmercouch. Sie hatte sich mit einer Wolldecke zugedeckt und schnarchte. Die weiße Haube lag auf dem Sessel, die Schuhe standen davor. Ihr Gewand war nicht zu sehen. Ihre Haare waren lang und blond. Schlafend und mit offenen Haaren sah sie ganz anders aus. Jünger, fast wie ein Kind. Unschuldig, rein, dachte Faller, das Leben ein Mittel zum höheren Zweck. Sie hatte kein graues Haar und kaum Falten im Gesicht, obgleich sie zehn, fünfzehn Jahre älter war als er. Der Glaube versetzt nicht nur Berge, dachte er, der Glaube lässt dem Altern keine Chance. Er grinste und nahm das Telefon von der Kommode. Er zog das Kabel hinter sich her. Es reichte nicht bis in sein Zimmer. Also setzte er sich auf die Treppe und wählte Annkathrins Nummer. Er ließ es vierundzwanzigmal klingeln. Nichts passierte. Der Anrufbeantworter sprang nicht an. Beim fünfundzwanzigsten Mal änderte das Klingelzeichen den Rhythmus. Jetzt war es belegt. Er wählte noch einmal. Es tutete nur zweimal. Dann meldete sich eine verschlafene Stimme.

»Annkathrin?«

»Was? Hier ist … was soll das?«

Es war eine Männerstimme.

»Ich wollte Annkathrin sprechen.«

»Willst du mich verarschen? Hier ist keine Annkathrin!«

»Aber …«

Es wurde aufgelegt. Er stellte das Telefon zurück ins Wohnzimmer. Dann zog er die Vorhänge im Kinderzimmer zu und legte sich schlafen.

In München ist es sehr kalt, als Elser am 8. November ankommt, obgleich die Sonne über der bayerischen Landeshauptstadt scheint, als ob der Herrgott mit den Nazis ein Einsehen hätte für ihren Jahrestag, an dem sie dem gescheiterten Naziputsch von 1923 pompös huldigen. Elser ist beeindruckt von der Stadt; ihrer Größe, der Geschäftigkeit, den breiten Straßen und den hohen Häusern. Für eine Nacht bezieht er ein vom Quartieramt zugewiesenes einfaches Zimmer. Anschließend geht er zum Marienplatz, fährt mit der Straßenbahn nach Schwabing und landet schließlich am Isartor. Von da schlendert er über die Brücke am Deutschen Museum zum Bürgerbräukeller. Die Straßen sind abgesperrt. Er wartet, bis die Veranstaltung im Bürgerbräukeller vorbei ist und geht dann seelenruhig in den Festsaal, in dem Hitler noch eben zu seinen alten Kämpfern gesprochen hat. Der Saal ist fast leer; an dem einen oder anderen Tisch sitzen noch ein paar betrunkene Männer in Uniform. Es riecht nach Bier, Rauch und Rausch. Eine unangenehme feuchte Hitze schlägt Elser aus dem Saal entgegen. Niemand kümmert sich um ihn. Er sieht die Säulen, die Galerie, die Hakenkreuzfahnen an der Wand.

»Da hat er gesprochen«, lallt ein junger Mann mit ochsenblutrotem Gesicht, der jetzt neben ihm steht und seinen Arm um Elsers Schulter legt. »Der Führer!«

Er zeigt auf ein Rednerpult, das genau vor einer Säule steht, an die eine große Fahne gehängt ist. Elser nickt und lächelt.

»Was gibt's denn da zu lachen?«

Der Mann schlägt Elser kumpelhaft auf die Schulter.

Elser schüttelt den Kopf. »Ach nichts, ist nur wegen dem Führer!«

Er setzt sich in den Schankraum und bestellt ein Nachtessen, dazu ein Bier. Eigentlich ist Elser Abstinenzler. Aber wenn er im Bürgerbräukeller kein Bier trinkt, könnten unter Umständen die Kellnerinnen argwöhnisch werden. Misstrauen und Verdächtigungen kann er nicht gebrauchen. Also trinkt er in kleinen Schlucken und hört den anderen Gästen zu, die von Hitlers Rede schwärmen und hoffen, dass er das, was er verspricht, auch hält.

Elser nickt stumm vor sich hin und richtet seine Gedanken ganz auf die Säule im Saal. Er winkt die Kellnerin freundlich herbei, murmelt: »Zahlen!« – gibt ein großzügiges Trinkgeld und verschwindet in der kalten Münchner Nacht.

Durch das Bier beschwingt geht er die Rosenheimer Straße entlang, dann den Berg hinunter und über die Isarbrücke. Auf der Mitte der Brücke bleibt er stehen, beugt sich über die Brüstung und spuckt in hohem Bogen ins Wasser.

Dann schaut er nach oben in den Himmel, hoch zu den leuchtenden Sternen und dem halbvollen Mond. »Eine Sternschnuppe«, brummt Elser vor sich hin und schließt kurz die Augen. Dann geht er zurück zu seiner Unterkunft.

Am nächsten Morgen streift er noch einmal durch die Stadt und erfreut sich an den Sehenswürdigkeiten; er sucht den Englischen Garten, die Bavaria, das Glockenspiel am

Marienplatz, das Isartor, den Alten Peter, den Friedensengel auf. An der Feldherrenhalle, wo die Ehrentribüne für die Nazis aufgebaut ist, reiht er sich in die Menschenmassen ein. Die Straßen sind abgesperrt, überall sind Hakenkreuzfahnen gehisst. Die Straßenränder säumen Tausende von jubelnden und fanatisierten Zuschauern.

»Heil dem Führer! Heil Hitler!«, rufen sie und recken den rechten Arm in die Höhe.

Elser läßt die Zeremonie kalt. Ein charismatischer Sog geht für ihn von all dem nicht aus. Weder von Hitler, den er inmitten der vorbeifahrenden und marschierenden Nazigrößen nicht einmal erkennen kann, noch von den anderen Naziprominenten wie Göring oder Goebbels. Für Elser ist und bleibt Hitler ein Zigeuner mit Verbrechervisage, der Inbegriff des Krieges, der weg muss, damit Frieden ist. Er weiß, dass die Straße, der Aufmarsch inmitten der hochgereckten Arme und den euphorisierten Menschen für sein Vorhaben denkbar ungeeignet ist. Der Bürgerbräukeller, in dem Hitler auch nächstes Jahr sprechen wird, kommt für ein Attentat viel eher in Frage.

Am Abend fährt er müde zurück nach Königsbronn.

Königsbronn (hz). *Mysteriöser Unfall eines Studenten. Manchmal passieren Dinge, die unerklärlich scheinen. Der junge Daniel Held, ein Student der Politikwissenschaften, lebte seit vier Monaten vorübergehend in Königsbronn. Er schrieb an seiner Diplomarbeit und forschte zu diesem Zweck in der Georg-Elser-Gedenkstätte. Der junge Mann, der als zurückhaltend galt, kam in der vergangenen Woche aus noch ungeklärten Umständen ums Leben. Daniel Held fuhr in der Nacht vom 27. auf den 28. Januar auf der Straße von Ochsenfurt nach Emmenting. Wohin Daniel Held unterwegs war, ist nicht bekannt. Ebenso unge-*

klärt ist bisher, wie der junge Mann mit seinem Polo von der Fahrbahn abkommen konnte. Es wurden keine Bremsspuren festgestellt. Der Leitpfosten und die Leitplanke, die der Polo beim Verlassen der Straße streifte, wiesen nur leichte Beschädigungen auf, sodass erhöhte Geschwindigkeit mit hoher Wahrscheinlichkeit als Unfallursache ausgeschlossen werden kann. Auch die Witterungsbedingungen waren in der Nacht für die Jahreszeit ungewöhnlich gut. Daniel Held galt als vorsichtiger Fahrer. Dennoch fuhr er mit seinem blauen Polo den Abhang hinunter auf ein Feld, wo das Auto explodierte. Bei der kriminaltechnischen Untersuchung wurden Sprengstoffrückstände im Wagen festgestellt. Den Rettungsmannschaften, die schon kurz nach dem Unglück am Unfallort eintrafen, bot sich ein Anblick des Grauens. Die Leiche wurde bei der ungeheueren Explosion so entstellt, dass sie bis jetzt noch nicht zweifelsfrei identifiziert werden konnte. Die Kriminalpolizei gibt sich jedoch zuversichtlich. Ob es sich bei dem tragischen Vorfall zwischen Emmenting und Ochsenfurt um einen Unfall, möglicherweise mit Fremdeinwirkung, handelt, oder sogar um einen mörderischen Anschlag, konnte bisher ebenfalls noch nicht geklärt werden. Die Kriminalpolizei ermittelt nach eigenen Angaben »in alle Richtungen«. Bei denjenigen, die Daniel Held kannten, trifft sein Tod auf Unverständnis und gibt einige Rätsel auf.

Faller hatte den Zeitungsartikel aus Schwarz' Buch mitgenommen und den herausgerissenen Zeitungsfetzen in der hinteren Hosentasche vergessen. Erst Tage später, auf der Suche nach Bargeld, fand er ihn zufällig wieder. Der Artikel stammte vom 30. Januar diesen Jahres. Das Geschriebene bestätigte Schwarz' Aussagen und stellte Rettichs Erklärungen, die den Unfall auf jugendliches Ungestüm zurückführten, in Frage. Warum log Rettich? Warum erfand er Kurven, wo keine waren? Warum eine nasse Fahrbahn und ungünstige Witterungsbedingungen, wo es nachweislich vom 27. auf den 28. Januar nichts dergleichen gegeben hatte? Faller konnte sich von Held nicht lösen. Immer wieder kam er auf ihn zurück, ob er wollte oder nicht. Vielleicht sollte ich seinen Professor in Marburg aufsuchen, dachte er. Und dann wieder, wie bei einem pawlowschen Reflex, an Annkathrin. Auch sie stammte aus Marburg.

Schwarz schüttelte den Kopf. »Schwachsinn!«, sagte er. »Ich habe sie nicht angefasst! Die spinnt doch! Das hat die sich ausgedacht!«

»Ach so, und den Halt auf dem Parkplatz auch, was?!«, sagte Faller, der nicht locker lassen wollte.

Schwarz war gerade damit fertig, zwei ältere Ehepaare aus Ehingen durch die Ausstellung zu führen, hatte noch zwei Kataloge verkauft und wollte aufs Klo, als ihn Faller mit den Vorwürfen konfrontierte.

»Nein, den natürlich nicht«, sagte Schwarz. »Ich kann mich noch gut daran erinnern, so was vergisst man sein Leben lang nicht.«

Er ließ Faller einfach stehen, rannte ungelenk die Treppe hinunter, was mit seinem Holzbein noch eiliger aussah, als wäre er auf der Flucht, und verschwand in der Toilette. Die Tür knallte. Die Gedenkstätte teilte sich die Toilette mit dem Polizeiposten Königsbronn, der im Erdgeschoß des Hauses untergebracht war. Der Polizeiposten war nur mit einem Polizisten besetzt, der mindestens dreimal am Tag für eine halbe Stunde auf der Toilette saß. Danach stank das ganze Treppenhaus bis in die Gedenkstätte hinein für mindestens eine halbe Stunde so stark, dass Schwarz jedesmal die Fenster aufriß.

Schwarz kam die Treppe wieder hoch, langsam, als müsste er sich jeden Schritt genau überlegen, und ging an Faller vorbei in das Kabuff. Er schnaufte stark. Er holte die Wasserflasche ohne Etikett aus dem Schreibtisch und sagte, als wäre er gar nicht weg gewesen: »Wir waren auf dem Rückweg vom Arbeitskreis. Sie fuhr am Rastplatz raus. Sie gab vor, kurz austreten zu müssen. Ich habe noch rumgescherzt, sagte: ›Der Tee, was?‹ Sie hat gelacht, stieg aus und verschwand im Dunkeln. Ich bin dann auch ausgestiegen. Zündete mir eine Zigarette an und setzte mich auf die Kühlerhaube.«

Er goß zwei Gläser voll.

»Nicht auf den Kofferraum?«

»Nein, auf die Kühlerhaube. Die war schön warm, es war ja Anfang Februar. Ich habe geraucht, bis sie plötzlich neben mir stand. Sie stützte ein Bein auf der Stoßstange ab und zog ihren Rock hoch. Sie hatte keine Unterhose an.«

»Was?«

»Ja, ich war zuerst auch ziemlich irritiert, wie du dir wohl denken kannst.«

Er nahm das Glas und nippte daran. Dann ließ er die Luft mit einem langgezogenen s-Laut entweichen.

»Ich hab' sie angestarrt, dachte, das kann doch nicht wahr sein, und dann, so besoffen bin ich doch nicht. Dann habe ich mich wieder gefangen und gefragt, was das nun bitte solle. Sie sagte: ›Du bist doch scharf auf mich, oder?‹ Ich sagte: ›Das stimmt, ja.‹ Sie knöpfte ihre Bluse auf. Ich sah ihre nackten Brüste, sie haben weiß geglänzt. ›Na los, fick mich!‹, sagte sie. Ich dachte, die spinnt, die hat nicht mehr alle Tassen im Schrank. Ich bin wirklich ärgerlich geworden und habe gesagt, ich bin doch nicht dein Callboy. Sie hat mich richtig bedrängt. Legte sich neben mich auf die Kühlerhaube, spreizte die Beine und schrie: ›Du sollst mich ficken, hab ich gesagt!‹ Ich hab mich ins Auto gesetzt und gewartet. Nach fünf Minuten kam sie zurück in den Wagen, und wir fuhren nach Hause. Das war alles.«

Schwarz trank das Glas leer, ging ans Waschbecken und wusch sich die Hände. Faller trat hinter ihn und sprach in den Spiegel, der über dem Waschbecken hing.

»Das glaubst du doch selber nicht. Du lügst doch!«

»Und, warum sollte ich das tun?«

Das Gesicht im Wandspiegel feixte, Schwarz drehte sich um.

»Ich gebe zu, ich habe davon geträumt, mit ihr zu schlafen.«

Er trocknete sich die Hände ab.

»Ich habe sie begehrt. In den Pausen bin ich um sie herumgeschlichen wie ein geiler Kater. Ich habe Witze gemacht, um ihr zu gefallen. Wenn sie gelacht hat, war ich stolz. Ich habe mit Wissen geglänzt und mich ins Zeug gelegt. Für sie. Ich wollte sie erobern, verführen, verstehst du.«

Er sah Faller an und drückte ihm das Handtuch an die Brust, als ob das ein Indiz seiner Unschuld wäre, und ging zurück zum Schreibtisch.

»Aber ich wollte sie doch nicht auf einem Rastplatz bei Arschkälte im Dunkeln wie eine billige Nutte auf der Kühlerhaube vögeln«, sagte er so laut, dass es jeder, auch der Polizist im Erdgeschoß, sofern er gerade auf der Toilette saß, hören konnte. Er setzte sich an den Tisch und legte die Hände wie zum Gebet gefaltet vor sich hin.

»Das ist nicht mein Stil. War es damals nicht und wäre es heute, obwohl es vielleicht anders scheint, auch nicht.«

Faller stand noch immer mit dem Handtuch vor der Brust am Waschbecken.

»Sie war für mich keine billig Nutte, verstehst du?! Sie war eine Göttin, ein begehrenswertes Geschöpf.«

Er schenkte sein Glas erneut voll.

»Warum hat sie das gemacht?«

Faller hängte das Handtuch zurück an den Halter neben das Waschbecken und setzte sich Schwarz gegenüber in den Sessel.

»Ich weiß nicht. Ich habe lange darüber nachgedacht«, sagte er und machte eine Pause, als wollte er den Denkvorgang jetzt noch einmal wiederholen. Er nutzte die Unterbrechung und nippte am Glas.

»Entweder wusste sie, wie ich reagieren würde, und hatte diese Reaktion provoziert.«

»Simon? Was isch los?«, drang vom Erdgeschoß die Treppe hoch in das Kabuff.

Schwarz ließ sich nicht stören.

»Oder sie hat sich getäuscht. Und gedacht, wenn ich ihren begnadeten Körper nackt sehe, knallen mir die Sicherungen durch, und ich mache alles, was sie verlangt.«

»Simon? Was isch denn?!«

»Nichts!«, schrie Schwarz so laut zurück, dass Faller zusammenfuhr.

Er griff nach seinem Glas und trank.

»Und dann hat sie sich gerächt«, sagte Faller.

»Wie … wie meinst du das?«

»Dann hat sie den Spieß umgedreht, dich bloßgestellt und angezeigt.«

Schwarz brauchte eine Weile, um das Gesagte zu kapieren..

»Ne. Vergiss es. Das Thema war erledigt.«

Er stand auf und verließ das Kabuff, ohne seinen Redefluß zu unterbrechen.

»Sie verlor kein Wort mehr darüber. Weder mir gegenüber noch jemand anderem. Am nächsten Tag tat sie, als ob nichts geschehen wäre. Ich wollte mit ihr reden, sie zur

Rede stellen. Aber sie entzog sich. Sie ging mir aus dem Weg. Sie kam auch nicht mehr zum Arbeitskreis.«

Im Kabuff roch es plötzlich wie auf einer Toilette.

Schwarz kam wieder, sagte: »Scheiße!« und ging zum Fenster.

»Du hast seither nicht mehr mit ihr geredet?«

»Nein! Ich habe nur gehört, dass sie nicht viel später aus dem Schuldienst ausgeschieden ist und jetzt irgendwas mit Kunst macht. Ich habe sie schon lange nicht mehr gesehen. Fast niemand bekommt sie zu Gesicht. Sie lebt in der Villa völlig zurückgezogen.«

Schwarz riss das Fenster auf, sagte: »Diese Drecksau!«, und wedelte mit dem Fensterflügel.

Sie saßen nebeneinander im Auto. Der Motor war ausgeschaltet. Die Windschutzscheibe beschlug von innen, von außen gefror sie leicht. Hin und wieder betätigte Faller den Scheibenwischer und fuhr mit der flachen Hand übers Glas. Langsam wurde es draußen hell. Sie sahen durch die Windschutzscheibe ins Tal. Kein Haus war weit und breit zu sehen. Nur Landschaft, Natur: dunkelgrün, braun, schwarz. Äcker und Wiesen lagen vor ihnen, so weit das Auge reichte. Am Horizont schwarzer Wald. Sie rauchten seit Stunden, tranken den mitgebrachten Wein aus der Flasche und redeten. Evi redete und Faller hörte zu. Manchmal sagte auch er etwas. Zweimal hatte er den Wagen verlassen müssen, um hinter den Büschen zu pinkeln. Evi einmal.

Jetzt schwiegen sie. Zuvor hatte Evi lange von Vergangenem erzählt, von Ochsenfurt und Königsbronn. Vieles, was Faller vergessen hatte, tauchte in seiner Erinnerung wieder auf. Zum Beispiel das Nachtbaden im Trochtelfinger Freibad. Sie waren nachts im Sommer mit den Rädern von Ochsenfurt in das zehn Kilometer entfernte Trochtelfingen gefahren. Fast jedes Wochenende. Das Freibad lag außerhalb von Trochtelfingen. Ein kleines Schwimmbecken mit drei Meter hohem Sprungturm und großer Liegewiese drum herum. Das Ganze war von einer hohen Hecke umgeben. Davor stand auch noch ein Zaun, auf dem oben Stacheldraht befestigt war. Die Jugendlichen hatten sich die mitgebrachten Handschuhe angezogen und waren, auf die angelehnten Räder gestützt, über die Hecke und den Zaun geklettert. Dann zogen sie sich nackt aus, genierten sich und sprangen schnell ins Wasser.

»Du hast dich immer am längsten am Beckenrand herumgedrückt, bis du deine Unterhose ausgezogen hast«, sagte Evi. »Entweder wolltest du die anderen länger nackt sehen, oder du hast dich einfach so arg geschämt. Das war mir damals nie ganz klar.«

»Du meinst Spanner oder Schisser?«

»Ja. Am Ende war das dein Glück.«

»Warum?«

»Eines Nachts war das Wasser abgelassen. Während du noch an deiner Hose herumgenestelt hast, sind der Michael und der Richard schon hineingesprungen und lagen auf den Fliesen. Sie haben geschrien und geblutet wie 'ne Sau.«

Faller konnte sich überhaupt nicht mehr daran erinnern. Woran er sich aber sehr wohl erinnerte, war, dass er einmal bei der nächtlichen Rückkehr vom Vater erwischt worden war. Bevor er sich hatte rechtfertigen können, hatte Faller schon zwei Ohrfeigen verpasst bekommen, so dass er danach noch drei Tage lang ein Pfeifen im Ohr hörte.

»Von da an war es natürlich vorbei mit der nächtlichen Baderei«, sagte Evi.

Faller bekam von Evi aber auch die Geschichten serviert, von denen er bis jetzt nichts wissen konnte. Zum Beispiel, dass die Ochsenfurter sich ein Jahr zuvor erfolgreich gegen eine Straßenbenennung nach Georg Elser gewehrt hatten. Die Straße im Neubaugebiet Richtung Emmenting wurde dafür dann nach dem anderen großen Sohn des Brenztals benannt: Erwin Rommel, der Wüstenfuchs.

»Es gab einen Bürgerentscheid. Sie konnten wählen zwischen Elser und Rommel. Von den 587 stimmberechtigten Ochsenfurtern haben 586 gegen Elser und für Rommel gestimmt. Bei einer Stimme für Elser.«

»Wie kam es denn zu so einem Ergebnis?«

»Das wunderte niemanden. Es war ja genügend unternommen worden, damit die Ochsenfurter richtig abstimmten«, sagte Evi und trank den letzten Schluck aus der Weinflasche.

Faller drückte auf den Scheibenwischer, um den Kleinen Wagen am Himmel besser zu sehen. Das Wischblatt war noch immer nicht ausgetauscht.

»Zuerst haben der Schrempf und der Schwarz eine Veranstaltung im Ochsen für die Elser-Straßenbenennung abgehalten«, erzählte sie, wobei sie die Augen nicht von Faller ließ. »Na ja, »abhalten« konnte man nicht sagen, weil niemand gekommen ist. Außer der Seppdepp.«

»Durfte der auch abstimmen?«

»›Jede Stimme wird gebraucht!‹, hat der Ortsvorsteher gesagt. Wofür hat er nicht gesagt. Gewußt haben es aber alle. Eine Woche später, zur Rommel-Veranstaltung war der Ochsen dann voll.«

Faller öffnete die Fahrertür und beugte sich hinaus. Mit dem Finger drückte er den Korken einer neuen Flasche durch den Flaschenhals ins Innere. Der Wein spritzte ein wenig heraus. Im Auto wurde es kalt.

»Dass das Ergebnis so hoch ausfiel, hat niemanden wirklich erstaunt«, sagte Evi. »Gewundert hat man sich eher über die Gegenstimme.«

Faller trank aus der vollen Flasche. Der Korken war noch nicht vollständig im Wein abgetaucht und versperrte die Öffnung am Flaschenhals. Zuerst kam nur ganz wenig, dann plötzlich ein riesiger Schwall. Der Wein spritzte auf Hose und Hemd. Evi gab ihm ein Papiertaschentuch.

»Wann war das genau?«

»Vor einem Jahr, im November.«

»Da war dieser Held also schon in Königsbronn.«

Faller wischte im Dunkeln auf den feuchten Flecken herum.

»Sicher.«

»Hast du ihn gekannt?«

»Ich?«, fragte Evi erstaunt. »Nie gesehen.«

Evi erzählte ihm auch, dass Claudia Tetzlaff mittlerweile verheiratet war.

Sie nahm einen Schluck, gab dann Faller die Flasche wieder zurück.

»Und jetzt rat' mal, wer der Auserwählte ist?«

Sie konnte ihre Freude kaum unterdrücken.

»Keine Ahnung!«

»Bottich.«

»Was? Bottich … der fette Bottich?!«

Er wusste nicht, ob er lachen oder weinen sollte.

»Fett ist er jetzt nicht mehr, aber wohlhabend und sehr einflussreich. Der mächtigste Mann in Königsbronn.«

Faller nahm einen großen Schluck, sodass der Wein in der Flasche gluckerte. Dann reichte er sie wieder an Evi weiter.

»Du warst doch mal mit ihm befreundet.«

»Ja, aber was heißt das schon. Ich war auch mal in die Tetzlaff verknallt.«

Beide sagten lange nichts mehr, rauchten und guckten durch die Windschutzscheibe dem Sonnenaufgang zu. Es war einer der schönen ostalbschwäbischen Morgen, mit blutroter Sonne und bezauberndem Horizont. Richtig kitschig. Faller öffnete das Fenster einen Spaltweit und warf seine Zigarette hinaus. Im Gras qualmte sie weiter.

Mittlerweile war es hell und die beiden dunklen Gestalten im Auto hatten wieder Konturen und Farben. Faller legte seine Hand auf Evis. Er sah die Weinflecken auf seinem Hemd. Er beugte sich zu ihr hinüber, strich über ihre Haare, so wie seine Großmutter ihm immer über die Haare gestrichen hatte. Als ob auch Evi das wüsste, lachte sie.

»Irgendwie hast du noch immer so was … an dir!«, sagte sie in ihr Kichern hinein.

»Was?«

Sie hob die Schultern und sagte: »So was …«, – sie zögerte und schaute ihn lange an, wobei sie die Augen ein wenig zusammenkniff, und sagte schließlich: »Anziehendes vielleicht.« Sie kicherte wieder. »Ja, aber auch so was völlig Unnahbares – seltsam!«

Dann küsste sie ihn auf die verschwitzte Stirn.

»Komm, lass uns nach Hause fahren!«

Faller zog seinen Oberkörper wieder zurück und sah sich dabei selbst im Rückspiegel. Er erschrak. Sein Gesicht war bleich, die Augen gerötet. Bartstoppel standen auf Wangen und Kinn. Dazwischen rote, eitrige Knöllchen.

Faller startete den Wagen und fuhr los.

Bis nach Königsbronn sprachen sie kein Wort miteinander. Am Rathaus stieg sie aus.

»Ich gehe die letzten Meter zu Fuß. Wenn du Lust hast, kannst du mit mir am nächsten Freitag auf eine Party gehen. Im Festsaal des Klosters.«

Faller reagierte nicht.

»Überleg's dir!«

Sie küsste ihn zum Abschied auf die Wange. Fallers Gesicht juckte bis nach Ochsenfurt.

Es knallt. Steinbrocken fliegen durch die Luft. Staubwolken steigen auf. Im Steinbruch Vollmer in Königsbronn ist der Sprengmeister am Werk. Georg Elser steht ein wenig geduckt im Abseits. Er hält sich die Ohren mit beiden Händen zu – die Augen sind weit geöffnet, er wartet auf seine Gelegenheit. Die Staubwolken hängen jetzt über dem Steinbruch wie eine alte Steppdecke. Der Geruch von Dynamit schmuggelt sich in die Nasen, die Köpfe der Arbeiter sind noch immer eingezogen, jeder hält sich, möglichst weit vom Explosionsort entfernt, schützend hinter Felsvorsprüngen oder Mauerresten auf.

»Achtung!«, brüllt der Sprengmeister knarzig. »Alles in Deckung!«

Eine Signalhupe ertönt. »Drei, zwei, eins …«

Wieder knallt es, dass die Ohren trotz der schützenden Handflächen noch Minuten später klingeln. Wieder sind alle abgetaucht, warten, bis der Staub verflogen, der tosende Lärm verklungen ist und sich der Dynamitgeruch verzogen hat. Elser wartet nicht. Er weiß, diese dreißig, vielleicht sechzig Sekunden, der gesenkten Köpfe sind seine Chance.

Er zählt langsam: »Eins, zwei, drei …«, richtet seinen Kopf auf, blinzelt durch die wirbelnden Staubwolken. Alle sind noch in Deckung. Er greift blitzschnell in die ebenfalls etwas abseits stehende Holzkiste, wo die übriggebliebenen Sprengpatronen liegen.

»Achtundzwanzig, neunundzwanzig, dreißig …« Er steckt sie in die Hosentasche und schlendert gemächlich pfeifend davon.

Elser ist im April 1939 Hilfsarbeiter im Steinbruch und besorgt sich so das Dynamit, das er für sein Vorhaben braucht. Er versteckt die Patronen und Kapseln in seinem Zimmer im Kleiderschrank unter der sorgsam aufgestapelten Wäsche. Sobald er genügend zusammen hat, geht er nicht mehr in den Steinbruch. Ab jetzt bastelt er an einem Sprengmechanismus – Zeitzünder, Wecker, Uhrwerke, Sprungfedern, Schlitten, Nägel, Bolzen, Zündhütchen, Patronen. Er zweifelt manchmal, wenn er all diese Utensilien vor sich auf dem kleinen Tisch liegen sieht. Er glaubt selber nicht so recht daran, dass das von ihm Konstruierte jemals funktionieren wird.

Seit Monaten konzentriert er sich ganz auf sein Vorhaben. Er ordnet ihm sein ganzes Leben unter. Er wird immer verschlossener, zieht sich ganz in sich zurück. Zu Hause schließt er sich in sein Zimmer ein, tüftelt, bastelt und konstruiert. Die Aufzeichnungen, die Pläne und das kompromittierende Material versteckt er im doppelten Boden seines Koffers, den er immer verschließt. Ende Februar 1939 wird es der Mutter, die argwöhnisch die Veränderung des Sohnes beobachtet hat, schließlich zu bunt.

»Jetzt reicht's mir, Schorsch!«, schreit sie und poltert mit der Faust gegen die abgeschlossene Tür seiner Kammer, die sich im neuen, kleinen Haus der Elsers befindet. »Entweder du bezahlst jetzt sofort die Miete oder du fliegst raus!«

Warum er so geizig ist, kann er der Mutter natürlich nicht sagen.

Die Mutter setzt den störrischen Sohn schließlich völlig entnervt vor die Tür, sodass Elser nichts anderes übrig bleibt, als wieder zur Familie Schmauder nach Schnaitheim in die Abstellkammer zu ziehen. Sie sind die einzigen, mit denen er noch Umgang hat. Alle, die ihn kennen, schütteln über ihn inzwischen nur noch verwundert den Kopf – auch Elsa, mit der er kaum noch Kontakt hat. Sie schreibt ab und zu noch Liebesbriefe an ihn. Die Briefe legt Elser ungeöffnet in seinen mehrfach abgeschlossenen Koffer.

Anfang April 1939 entschließt er sich schweren Herzens dazu, alles, was er an Wertvollem noch besitzt, zu verkaufen. Es ist nicht viel: sein Kontrabaß, die Zither – immerhin 350 bis 400 Mark kommen so zusammen. Das Geld, mit dem er die letzte Phase seines Vorhabens finanzieren will. Noch einmal fährt er nach München.

Schwarz schüttelte heftig den Kopf. Er leerte bereits das dritte Glas und war ziemlich betrunken.

»Ich sag' dir eins!« Er legte seine Hand auf Fallers Schulter. »Der lügt wie gedruckt! Und sie auch!«

Faller wußte nicht genau, wen er meinte und sagte ins Blaue hinein: »Gewagte These!«

»Gewagte These?!«

Schwarz spottete. Er schlug dabei mehrmals auf den Tisch. Faller rechnete jeden Moment damit, dass die dünnen Holzbeine nachgeben und der Tisch zusammenkrachen würde. Die Beine hielten. Schwarz stand auf und sah aus dem Fenster, hinunter auf den Brenztopf, der dampfend vor der Gedenkstätte lag.

»Das war kein normaler Unfall. Das war geplant.«

Faller wußte noch immer nicht genau, was Schwarz meinte.

»Held?«

Schwarz drehte sich um und schrie: »Ich meine mich!«

Faller zuckte zusammen. So hatte er ihn in den letzten Wochen noch nicht erlebt. Er war laut und aufbrausend, richtig unberechenbar.

»Der wollte sich rächen. Der wollte mir eins auswischen.«

Er sah wieder aus dem Fenster, fuhr sich durch das schüttere Haar, nahm die Brille vom Gesicht und rieb sich die Augen. Es herrschte eisige Stille im Kabuff.

»Wer?«

»Wer, wer, wer?!!«, brüllte Schwarz und drehte sich wieder zu Faller um. Er hielt die Brille noch immer in der Hand. »Sag mal, bist du so blöd, oder tust du nur so?«

Faller war entsetzt über den tobenden Schwarz. Der machte einen Schritt nach vorne und stieß an den Schreibtisch. Die Gläser fielen um. Er taumelte, hielt sich mit der einen Hand am Tisch fest, mit der anderen an der Wand.

»Der hat mich auf dem Gewissen, dieser Drecksack!«

Er sprach jetzt leise, als ob das Folgende nur für Faller bestimmt wäre. »Es war sein Mercedes, der mir über die Haxen gefahren ist. Sein Mercedes, verstehst du?«

Faller nickte, obgleich er davon ausging, dass es Schwarz ohne Brille gar nicht sehen konnte.

»Er ist schuld!«

Er setzte die Brille wieder auf und ging zurück zum Fenster.

»Hast du das gemeldet?«, fragte Faller, so leise, dass es kaum zu verstehen war.

»Gemeldet?! Vergiss es! Beweisen hätte ich es müssen! Aber wie? Ich war drei Wochen im Koma. Als ich aufwachte, waren alle Spuren beseitigt. Die hätten mich doch nur ausgelacht.«

Er schwankte, nahm sein Glas, schenkte es voll und trank es in einem Zug aus.

»Und die Schlägerei?«

»Das waren seine Handlanger«, sagte er, wieder am Fenster, mit Blick auf den dampfenden Brenztopf. »Martialisch aussehende, kahlköpfige Burschen.«

»Das klingt jetzt aber verdammt nach einem ziemlich abgegriffenen Klischee!«, sagte Faller und musste an die milchgesichtigen Buben im Hirschen denken..

»Das klingt nach dem, was es ist!«

»So so, du meinst also ernsthaft, dass …?!« entgegnete

Faller, und stockte, als ob ihm das Unvorstellbare nicht über die Lippen gehen wollte.

Schwarz sah ihn jetzt an, als ob er ihn nicht verstünde.

»Ich mein' gar nichts. Ich weiß nur, dass er dahintersteckt.«

Er hustete. Dabei löste sich ein Schleimbatzen, der jetzt in seinem Mund war. Er holte ein großes, kariertes Taschentuch aus seiner Hosentasche und spuckte hinein.

»Den Bullen war sowieso alles egal. Die sagten nur: ›Uns ist nichts bekannt!‹«

»Aber warum? Warum macht der Rettich so was?«

Schwarz schwieg und blickte zum Fenster hinaus.

»Komm her!« sagte er plötzlich, leise und eindringlich. »Und mach das Licht aus.«

Faller löschte das Licht und stellte sich neben Schwarz ans Fenster. Er sah einen silbernen großen Wagen vor dem Rathaus parken. Ein Mann stieg aus. Er ging am Brenztopf über die Brücke und stieg, hinter dem Rathaus, die Treppe zu den Gartenhäusern hoch.

»Wer ist das?«

»Bottich!«

»Hermann Bottich? Der einflußreichste Königsbronner!«

»Ja. Woher weißt du das?«

»Evi.«

Schwarz lächelte, das erste Mal in dieser Nacht.

»Und wo geht der jetzt hin?«

»Hoch in die Töbele-Siedlung.«

Bottich war nicht mehr zu sehen.

»Was macht der da, jetzt, mitten in der Nacht?«

»Keine Ahnung, Ich weiß nur, dass da oben die Rettichs wohnen.«

Der Mercedes von Doktor Krombach stand im Hof. Es war zwei Uhr, Dienstag nacht. Faller war leicht betrunken. Als er aus seinem Wagen stieg, stieß er mit dem Schienbein unglücklich gegen die Tür. Er fluchte vor Schmerz, biss die Zähne zusammen und humpelte ins Haus. Schwester Monika kam ihm auf der Treppe entgegen. Ihre Haube saß schief auf dem Kopf, ihr Gesicht sah müde aus.

»Was ist los?«

»Ihrer Mutter geht es sehr schlecht«, flüsterte sie. »Sie hat plötzlich wieder hohes Fieber bekommen und kann nur mit größter Anstrengung atmen.«

Sie ging voraus, in die Wohnstube. Dort setzte sie sich auf die Couch und legte die Hände in den Schoß.

»Ich habe den Doktor verständigt. Er ist jetzt bei ihr.«

»Kommt sie durch?«

Faller setzte sich ihr gegenüber. Er hob das linke Hosenbein hoch und tastete vorsichtig sein Schienbein ab. Eine Handbreit unter dem Knie schmerzte es. Schwester Monika zuckte mit den Schultern.

»Jetzt hilft nur noch beten.«

Sie zündete eine Kerze an und begann.

»Vater unser im Himmel, geheiligt werde Dein Name …«

Faller sah sich die Verdickung am Schienbein an. Die Schwellung war rot und fühlte sich weich an. Wenn er draufdrückte, schmerzte es noch mehr. Er zog die Hose wieder über das Bein und blickte in die Kerze.

»… Dein Reich komme, Dein Wille geschehe …«

Die Flamme tänzelte elegant hin und her, ihr Schein flackerte und warf wilde Schattenspiele an die Wand. Früher, wenn der Vater Stroh auf dem Feld verbrannt hatte, hatte er als kleiner Junge daneben gestanden und fasziniert in die Flammen geblickt. Später, als er schon auf dem Gymnasium war, hatte er an langen Winterabenden das Ofentürchen geöffnet und den brennenden Holzscheiten zugesehen. Er spürte die Hitze auf dem Gesicht und bemerkte, wie das Feuer seinen Blick anzog. Er konnte nicht mehr wegsehen.

»… wie im Himmel, so auf Erden …«

Das Wachs der Kerze wurde weich, sammelte sich flüssig um den Docht.

»… Unser tägliches Brot gib uns heute. Und vergib uns unsere Schuld …«

Faller pulte mit dem Streichholz eine Rinne in die Kerze. Das flüssige Wachs lief an der Kerze herunter und tropfte auf den Tisch.

»… wie auch wir vergeben unseren Schuldigern. Und führe uns nicht in Versuchung …«

Die Schlafzimmertür ging auf.

»… sondern erlöse uns von dem Bösen.«

Doktor Krombach kam ins Wohnzimmer.

»Sie schläft jetzt!«

Faller erschrak.

»Ich habe ihr ein Schlafmittel gegeben.«

Auch Doktor Krombach sah müde aus. Er hatte dunkle Schatten unter den Augen. Wenn die Gesunden schon aussehen, als wären sie krank, dachte Faller, wie soll es dann erst der Mutter ergehen.

Wie zur Bestätigung sagte Krombach: »Sie ist sehr schwach. Ich weiß nicht, wie lange ihr Körper das noch durchhält.«

»Vielleicht sollten wir sie in eine Klinik bringen«, sagte Faller und blickte Krombach durch den flackernden Kerzenschein hindurch an. Die Gesichtszüge des Doktors schienen verzerrt.

»Du kannst es ja mal versuchen.«

Er lächelte, sein Bart zog wilde Grimassen.

»Es wird dir nicht gelingen.«

»Ihre Mutter will zu Hause sterben«, sagte Schwester Monika, noch immer mit gefalteten Händen im Schoß.

»Hier, ja, hier wird sie sterben, in der Klinik vielleicht nicht«, zischte Faller, stand auf und ging einen Schritt auf Krombach zu. »Es ist Ihre Aufgabe, sie davon zu überzeugen, dass es das beste ist, in die Klinik zu gehen.«

Er zeigte mit der Hand über der Kerze auf den Doktor. Es wurde, trotz einiger Entfernung zur Flamme, ganz schön heiß. Jetzt erhob sich auch Schwester Monika und stand, in gleichem Abstand, zwischen dem Doktor und Faller. Ihre Haube war noch immer verrutscht.

»Aha, Mister Siebengescheit spricht!«, sagte Krombach.

»Meine Aufgabe?«, fragte er, um dann, lauter als zuvor, zu sagen: »Es war deine Aufgabe, es überhaupt nicht soweit kommen zu lassen. Deine Mutter ist vor Gram krank geworden. Schon vor Jahren, und schuld bist du.«

»Pscht!«, Schwester Monika hielt den Zeigefinger an den Mund.

»Blödsinn!«

»Bitte, bitte, beruhigen Sie sich doch«, sagte sie. »Das bringt doch jetzt auch nichts mehr.«

Sie legte Faller eine Hand auf die Schulter. Er spürte die Wärme, die von ihr ausging. Er schwieg und sah in die Flamme.

Krombach schwieg auch und blickte zur Wand.

»Wenn Sie aufwacht, geben Sie ihr davon zwanzig Tropfen.«

Krombach gab der Schwester ein Fläschchen. Er ging zur Tür, blieb noch mal stehen und drehte sich zu Faller um.

»Und du weichst ab jetzt nicht mehr von ihrer Seite, klar?«

Faller drehte ihm den Rücken zu und blickte zum Fenster hinaus.

»… denn Dein ist das Reich und die Kraft und die Herrlichkeit in Ewigkeit.«

Er hörte den Doktor die Treppe hinuntergehen und sah ihn anschließend vom Hof fahren.

»Amen!«

»Jetzt zeigen Sie mir mal ihr Schienbein«, sagte die Schwester wieder mit ihrer ruhigen, warmen Stimme. Faller zog die Hose hoch. Schwester Monika strich eine kühlende Salbe auf die angeschwollene Stelle. Ihre Berührung war wohltuend.

»Morgen ist es wieder gut!«

»Danke!«

Ihr Gesicht leuchtete wieder, trotz der Müdigkeit.

»Gehen Sie schlafen, Sie sehen ja furchtbar aus!«

Faller humpelte aus dem Wohnzimmer.

Sie stehen da und lachen: drei einigermaßen dralle Kellnerinnen aus dem Bürgerbräukeller. Weiße Blusen, schwarze Röcke, davor Schürzen. Elser steht vor ihnen und guckt mit einem Auge durch den Sucher seines Fotoapparats, hält das andere zugekniffen und sieht sie, die Kellnerinnen, die drei Frauen mit den hochgesteckten Haaren. Er sieht, wie sie sich auch ein wenig genieren vor diesem jungen, ganz gut aussehenden Mann mit dem schwäbischen Akzent, der freundlich und charmant auf sie wirkt.

Die Backen glänzen, die Augen leuchten, die Münder sehen fröhlich aus.

Neun Tage lang, in denen Elser sich vom 4. April 1939 an zum zweiten Mal in München aufhält, hat er sich ausdauernd an das Personal herangemacht. Jeden Tag geht er mittags in den Bürgerbräukeller, um ein einfaches Gericht zu essen.

»Kommen Sie jetzt öfters?«, fragt ein Serviermädchen, als Elser dreimal hintereinander am selben Platz sitzt.

Er nickt. »Weil's Essen so gut schmeckt, und die Bedienung erstklassig ist.«

Das Serviermädchen fühlt sich geschmeichelt, lacht und wird rot im Gesicht.

Elser will seine Umgebung, die Menschen, die tagtäglich im Bürgerbräukeller verkehren, an sich gewöhnen und derweil herausfinden, wie die Wirtschaft, der Festsaal organisiert ist, wann abgeschlossen wird, wer wann, wie und wo arbeitet – um zu wissen, worauf er achten muß.

»Da, trink noch eins!«, sagt Elser und lädt den Hausburschen immer wieder mal auf ein Bier ein. Der nimmt dankbar an und setzt sich an seinen Tisch. Sie kommen ins Gespräch, plaudern über Gott und die Welt und den Bürgerbräukeller. Elser erfährt, dass der Hausbursche davon ausgeht, demnächst zum Militär eingezogen zu werden.

»Dann kann ich ja deine Anstellung übernehmen!«, sagt Elser.

Der Hausbursche zuckt gleichgültig mit den Schultern.

»Meinst du, du kannst für mich ein gutes Wort einlegen?«

»Beim Direktor?«

»Warum nicht.«

»Und was krieg ich dafür!«

»Fräulein, noch eins für meinen Freund!«, ruft Elser. »Und wenn's klappt, lass ich 50 Mark für dich springen.«

»50 Mark – Hand drauf!«

»Hand drauf!«

Nach ein paar Tagen sind die beiden so vertraut, dass Elser sich in einem unbeobachteten Moment sogar traut, den Pfeiler, vor dem Hitler in ein paar Monaten sprechen wird und den er sich für sein Vorhaben ausgesucht hat, zu vermessen. Er schleicht sich auf die Galerie im Festsaal, trägt Länge, Breite, Tiefe in aller Seelenruhe in sein Notizbuch ein und macht genaue Skizzen. Anschließend setzt er sich wieder zurück an den Tisch im Schankraum, wo er den Kellnerinnen ein wenig verlegen, aber freundlich zulächelt. Elser gebärdet sich das zweite Mal im Bürgerbräukeller als gewandter Schauspieler.

Die Kellnerinen lachen wieder in die Kamera.

»Drück doch endlich ab!«, ruft eine, die anderen nicken.

Das Foto läßt er ein paar Tage später in Heidenheim entwickeln. Im Hintergrund ist die Säule zu sehen.

Das Wasser sprudelte aus dem Boden. Vom Ursprung floß die Brenz nach Heidenheim und dann weiter nach Ulm in die Donau. Von der Donau ins Schwarze Meer. Faller stand auf der Brücke am Brenztopf und spuckte ins Wasser. Er fragte sich, wie lange es dauern würde, bis seine Spucke ankommt. Jetzt war es elf. Er ging die Stufen in Richtung Töbele-Siedlung hoch. Am Gartenhaus spürte er ein Stechen in der Brust. Er hustete, zündete sich eine Zigarette an und hörte Äste knacken. Am Nachmittag hatte er einen Zettel am Scheibenwischer seines Wagens entdeckt. *Bitte kommen Sie heute nacht in die Töbele-Siedlung. Am ersten Gartenhaus über dem Brenztopf, um halb zwölf. Ich warte auf Sie, Karla.*

Mehrmals hatte er die scheinbar hastig niedergeschriebenen Worte gelesen. Ihre Blicke kamen ihm in den Sinn, die übereinandergeschlagenen Beine. Ihr Mund. Ihre Haare. Ihre Worte: »Sie brauchen keine Angst zu haben. Ich beiße selten. Nur dann, wenn die Beute unwiderstehlich ist.«

Seine Füße fühlten sich eisig an. Die Hände hatte er frierend in den Hosentaschen vergraben und spielten mit dem Schlüsselbund in der Tasche.

Er stand über dem Brenztopf, auf dem Grundstück des ersten Gartenhäuschens. Das Wasser rauschte. Feine Nebelschwaden erhoben sich über der sprudelnden Quelle. Es war dunkel und am Himmel waren kaum Sterne zu sehen. Von hier oben konnte Faller das Rathaus erkennen und, wenn er sich vorbeugte, die Gedenkstätte auf der anderen Straßenseite. In einem der Fenster brannte noch schwach ein Licht. Es war die Schreibtischlampe im Kabuff. Vermutlich ist Schwarz wieder besoffen im Sessel eingeschlafen, dachte er, als er plötzlich ein knackendes Geräusch hinter dem Gartenhaus hörte. Er drehte sich um und sah, wie aus der Dunkelheit eine Person hervortrat.

»Du bist tatsächlich gekommen!«

Karla küsste Faller auf die Wange, sagte sofort: »Verzeihung« und ließ wieder von ihm ab. Er roch ihr würziges Männerparfum.

»Es tut mir leid, aber ich musste dich wiedersehen.«

Sie sprach mit ihm, als ob sie beide sich schon lange kennen würden. Ihre Stimme war heller und klang höher, als er sie in Erinnerung hatte. Sie duzte ihn ganz selbstverständlich. Faller schwieg. Er sah ihr weißes Gesicht und die schwarzen Haare, die ihr bis über die Schultern fielen und sich vom weißen Pelzmantel abhoben. Auf dem Kopf trug Karla eine Fellmütze. Ihre kleinen Hände steckten in Handschuhen. Es war zweifellos dieselbe Karla wie beim Abendessen. Und doch kam es Faller so vor, als stünde ein anderer Mensch vor ihm.

»Du gehst mir nicht mehr aus dem Kopf!«, sagte sie und klopfte sich mit den Knöcheln der Finger gegen ihre Stirn.

»Es ist verrückt! – Dein erster Blick. Wie du dastandst, vor dem Bild, da wußte ich …« Sie stockte. »Ich weiß nicht, was das ist.«

Ihre Stimme klang jetzt brüchig. Ihr Mund zitterte, ihre Wimpern flatterten schnell auf und zu. »Du bist das! Du!«

Sie lachte plötzlich ganz schrill, woraufhin Faller unversehens einen Schritt nach hinten machte. Er wurde verlegen. Er kam sich wieder vor wie der Ochsenfurter Gymnasiast, der vor lauter Verschämtheit den Mund nicht aufbringt. Offenbar schien Karla dieses Zögern, diese schweigende Unsicherheit anzuziehen. Sie streifte ihre Handschuhe ab und griff nach seinen Händen. Ihre Hände fühlten sich warm und weich an. Karla kam näher und legte ihren Kopf auf seine Schulter. Er strich über die Fellmütze wie über ein totes Tier. Es fühlte sich weich und kalt an. Jetzt roch er auch den Duft ihrer Haare. Sie waren frisch gewaschen und rochen nach Rosmarin und Bergamotte.

Er hätte nicht sagen können, wie lange sie so dastanden – vermutlich waren es höchstens ein, zwei Minuten, ihm kam es aber wie eine Ewigkeit vor. Seine Knie zitterten und sein Mund fühlte sich trocken an. Sie schob ihre Hand unter seine Jacke und berührte seinen Bauch. Er fuhr zurück. Ihre Finger glitten an der Knopfleiste seines Hemdes entlang. Er brachte kein Wort heraus. Dreimal musste er ansetzen, bis er endlich, mit brüchiger Stimme: »Was wollen Sie von mir?«, hervorstieß.

»Ich weiß es noch nicht.«

Sie lachte wieder schrill. Dann hob sie den Kopf und sah ihm in die Augen. Es war derselbe Blick wie auf dem Sofa. Ihre Augen waren so groß wie Knöpfe und schimmerten im düsteren Licht des Gartens seltsam unwirklich. Karlas Gesicht war jetzt nur noch wenige Zentimeter von dem Fallers entfernt. Er roch ihren Atem und spürte seine juckende Haut. Sie küsste ihn auf die Wange.

»Können wir uns wiedersehen?«

Sie flüsterte. Ihre Stimme verlor den hellen Klang, wurde tiefer und fordernder. Ihre Finger zerrten an der Knopfleiste des Hemds. Er spürte ihre festen Nägel und nahm einen leichten Schmerz wahr.

»Ja«, sagte er, fast tonlos.

Sie küsste ihn auf den Mund, nur ganz kurz, als wäre es ein Hauch, wendete ihren Kopf zur Seite und presste dann ihre Lippen ganz fest auf seine, bis Fallers Mund schmerzte. Plötzlich machte sie sich los und rannte davon.

»Warten Sie doch!«, schrie Faller.

Es ist eine laue Mainacht. Der Himmel ist mit leuchtenden Sternen gespickt. In der Luft liegt ein Geruch, der Elser an den in wenigen Wochen beginnenden Sommer denken lässt. Der fast volle Mond taucht die abgedunkelte Kammer in ein düsteres Licht. Elser steht an der Tür, die nur einen winzigen Spaltbreit geöffnet ist, und lauscht in den dunklen Flur hinaus. Nichts mehr ist zu hören. Er blickt auf seine Taschenuhr. Die Zeiger leuchten und zeigen kurz nach halb elf an. Alle sind im Bett, denkt Elser und zieht seine Jacke an. Er schnallt sich den Rucksack auf den Rücken und schleicht mit den Schuhen in der Hand, trotz knarzender Treppenstufen unbemerkt aus dem Haus. Als er anschließend mit dem Fahrrad pfeifend durch Schnaitheim fährt, brennt hinter den meisten Fenstern kein Licht mehr. Er fährt die paar Kilometer am schmalen, verschlungenen Flüßchen Brenz entlang bis nach Königsbronn. Hin und wieder hört er in der Ferne einen Hund sehnsüchtig den Mond anbellen, oder das knatternde Geräusch eines Autos, das auf der Hauptstraße entlangfährt und mit seinen Scheinwerfern helle Löcher in die Nacht brennt. Ansonsten ist alles ruhig; keine Menschenseele ist mehr unterwegs. Außerhalb von Königsbronn liegt der Steinbruch Vollmer, Elsers Ziel bei diesem nächtlichen Ausflug. Die bei den Sprengungen heimlich abgezweigten Patronen reichen für sein Vorhaben nicht aus. Durch die wochenlange Arbeit im Steinbruch weiß er, wo sich die Sprengpatronen auf dem Steinbruch-Gelände in großer Anzahl befinden. Er stellt sein Fahrrad ab und schleicht hinter dem Lichtkegel einer Taschenlampe zum Sprengstoff-Depot. Die Tür ist erwartungsgemäß abgeschlossen. Darauf ist Elser vorbereitet. Mit verschiedenen Schlüsseln, die er noch aus seinem Elternhaus mit sich führt, versucht er, das Schloß an der verbeulten, wackeligen Stahltür zu öffnen.

»Himmel Herrgott!«, flucht er, »Geh endlich auf!«

Nachdem Elser mit Beharrlichkeit und Geschick das alte, ausgeleierte Schloß geknackt hat, springt die Tür auf. Die Holzkisten, in denen das Dynamit gelagert wird, sind unverschlossen. Er nimmt eine Packung Sprengpatronen aus der Kiste und steckt sie in seinen Rucksack. Dann steckt er noch einige Sprengkapseln ein und verschließt anschließend mit dem Schlüssel wieder die Tür.

Auf dem Rückweg brennt kein einziges Licht mehr hinter den Fenstern der Häuser. Auch die Hunde schlafen mittlerweile; es fährt auch kein Auto mehr durch die Nacht. In der Schlafkammer versteckt er das Dynamit im doppelten Boden seines Koffers, der ständig abgeschlossen neben seinem Bett steht. Dann schaut er noch einmal zu dem feierlich mit Sternen geschmückten Himmel hoch und legt sich anschließend zufrieden schlafen. Wieder ein kleines Mosaikteilchen mehr im langangelegten Plan, denkt er.

Noch fünfmal fährt Elser in den nächsten Wochen nachts in den Steinbruch, um seinem komplizierten Plan weitere Mosaiksteinchen hinzuzufügen. Ohne dass der Sprengmeister oder ein anderer der im Steinbruch Beschäftigten den Verlust bemerkt, entwendet er nach und nach Hunderte von Sprengpatronen und fast ebenso viele Sprengkapseln.

Wenn alles nur so einfach wäre, denkt Elser und lacht jedesmal verschmitzt, wenn er den Sprengstoff in seinem Koffer verschließt. Als er eines Morgens – ganz in Gedanken und für einen Moment unachtsam – von der Hausbesitzerin dabei beobachtet und neugierig befragt wird: »Was ist denn da drin?«, wird Elser ein wenig verlegen.

»Ach, nichts!«, sagt er, wenig überzeugend.

Nachdem die Frau sich nicht zufrieden gibt und immer weiter und anhaltend nachbohrt, sagt Elser schließlich leise, wobei er sich den Zeigefinger auf den Mund legt: »Da sind geheime Aufzeichnungen und Pläne drin, für mein Patent.«

Die Frau staunt und will natürlich sofort wissen, um was für ein Patent es sich denn dabei handelt.

»Das kann ich natürlich nicht sagen«, sagt Elser, »Sonst wär's ja nicht mehr geheim. Nur soviel« – er beugt sich jetzt ganz nahe zur gespannt dreinschauenden Hausbesitzerin vor und flüstert ihr so leise ins Ohr, dass sie die Ohren spitzen muss, um überhaupt etwas zu verstehen: »Es geht um eine Maschine, die einen wecken kann und gleichzeitig das Licht anschaltet.«

»Das gibt's doch nicht!«, sagt die Frau, in einer Mischung aus Belustigung und Zweifel.

»Jetzt noch nicht, aber vielleicht bald«, entgegnet Elser verschwörerisch, legt wieder seinen Zeigefinger auf den Mund und macht »pscht!« Dann fragt er: »Versprochen?«

»Versprochen«, sagt die Frau, »Aber nur wenn ich es als erste sehen darf.«

Elser nickt.

Nur noch selten las Faller, wenn er jetzt in der Gedenkstätte war, in den Verhörprotokollen. Dabei hatte er bisher höchstens die Hälfte der Zitate überprüft. Meistens saß er in Schwarz' Kabuff und trank Zwetschgenschnaps. Schwarz führte hin und wieder Schulklassen durch die Ausstellung. Jetzt, im Herbst, war es meistens eine Führung pro Tag. Wenn es nichts zu tun gab, saß auch er in seinem Kabuff und trank Zwetschgenschnaps. Saßen sie beide zusammen, erzählte meistens Schwarz, und Faller hörte zu. Fallers Verhältnis zu seinem ehemaligen Geschichtslehrer hatte sich, seit er wieder in Ochsenfurt war, verändert. Vor allem überraschte Schwarz Faller immer wieder mit Geständnissen und provokanten Fragen.

»Hast du was mit der Horvath-Evi?«, wollte er zum Beispiel aus heiterem Himmel wissen.

»Ich? Nein, warum?«

Schwarz fixierte Faller, als ob er den Worten nicht trauen und eine verräterische Reaktion aufspüren wollte. Faller wurde rot, sein Gesicht brannte.

»Ich mein' ja nur. Man sieht dich in letzter Zeit öfter mir ihr zusammen.«

»Na und, ist das verboten?«

Faller stand auf. Er wendete sich von Schwarz ab und blickte zum Fenster hinaus auf den Brenztopf. Draußen sah er den Hauptamtsleiter Schrempf in Begleitung des Bürgermeisters vom Rathaus aus über die Straße gehen und auf die Gedenkstätte zukommen.

»Im übrigen, was heißt hier öfter – zweimal!«, sagte Faller. Er sah die beiden jetzt, heftig gestikulierend, vor der Gedenkstätte stehend die Fassade betrachten.

»Dreimal!«

»Spionierst du mir nach?«

Faller drehte sich wieder um und sah zu Schwarz.

»Ich nicht.«

»Wer dann?«

Schwarz sagte nichts. Er schien zu überlegen.

»Keine Ahnung. Aber, es wissen immer ziemlich viele ziemlich gut Bescheid. Das ist doch komisch, oder?«

»Das ist Königsbronn!«

Beide lachten. Schwarz schenkte wieder die Gläser voll und sagte: »Prost!«

Er kippte den Schnaps die Kehle hinunter und atmete mit einem lauten Pfeifen aus.

»Ein aufrichtiges Mädchen, die Evi.«

Faller wunderte sich über das altmodische Wort.

Der Hauptamtsleiter Schrempf kam ganz aufgeregt die Treppe zur Gedenkstätte hochgerannt. Der Schweiß stand glänzend auf seiner Stirn und die Worte sprudelten aus ihm heraus.

»Jetzt hen se, hen se schon wieder, wieder, die, die Wand hen se schon wieder vollgschmiert, hen se!«

In der Aufregung vergaß er sein Hochdeutsch.

»Scheiße!«, sagte Schwarz und schlug mit der flachen Hand auf den Tisch.

Die Gläser wackelten. Der Schnaps aus Fallers Glas schwappte über den Rand. Schrempf sah die Schnapsflasche, die Gläser und wollte etwas sagen. Faller kam ihm aber zuvor.

»Welche Wand? Und wer?«

»Koi Ahnung, koi«, beantwortete der Hauptamtsleiter, in umgekehrter Reihenfolge, die Fragen. »Draußa, da, an der Gedenkstätte.«

»Du weißt ganz genau, wer dafür verantwortlich ist«, brummte Schwarz und stand auf. Er ging zum Fenster.

»A wa! Nex weiß ma, nex, weiß ma genau, nex!«, schrie Schrempf ärgerlich.

»Was steht denn dran?«

Schrempf blickte zu Schwarz, dann sagte er, bemüht, wieder hochdeutsch zu sprechen: »Vaterlandsverräter!«

Schwarz schlug gegen das Bücherregal. Das Bücherregal wackelte, ein Buch fiel zu Boden.

»Seit einem geschlagenen Jahr geht das jetzt so. Alle paar Wochen taucht die Schmiererei auf«, sagte er. Vom Fenster aus sah man den Bürgermeister von der Gedenkstätte wieder zurück zum Rathaus gehen.

»Man kommt kaum mit'm Überpinseln nach.«

»Lassen Sie es doch einfach stehen.«

Der Hauptamtsleiter guckte, als ob er sich verhört hätte.

»Gute Idee!«, sagte Schwarz.

»Ha, ihr seid ja besoffa!«, sagte Schrempf, fuchtelte mit den Armen herum und stürmte aus dem Kabuff.

Schwarz setzte sich wieder. Die Tür der Gedenkstätte knallte laut zu. Er holte aus der Schublade eine neue Flasche Zwetschgenwasser.

»Was glaubst du, wer das war?«

»Im Prinzip könnten es viele gewesen sein.«

Schwarz schenkte die Gläser wieder voll. Dieses Mal wehrte Faller nicht mehr ab.

»Und im Speziellen?«

»Faschos!«

Faller lachte. Er dachte wieder an die milchgesichtigen Buben, denen noch nicht einmal Oberlippenbärte wuchsen.

»Gibt es hier denn welche?«

Schwarz bückte sich und hob das Buch vom Boden auf. *Spuren der NS-Zeit im Leben der Kinder und Enkel, Drei Generationen im Gespräch,* stand auf dem Umschlag. Er stellte es wieder zurück ins Regal.

Schwarz hob die Schultern: »Manchmal glaubt man alles zu wissen, und dann stellt man fest, dass es noch viel mehr gibt, an das man nicht einmal gewagt hat zu glauben – erinnerst du dich?«

Faller nickte. Sie stießen an.

»Bei den Landtagswahlen 1996 bekamen die Republikaner in Königsbronn über 10 Prozent der Stimmen, im Landkreis Heidenheim sogar fast 12 Prozent. Und bei den Landtagswahlen dieses Jahr waren es immerhin noch sechs Prozent.«

Schwarz trank einen kleinen Schluck. Faller trank nicht. Er hielt noch immer das Glas in der Hand und pfiff, in einer Mischung aus Erstaunen und Irritation, vor sich hin.

»Da kann man sich jetzt fragen, ob die alle geläutert sind.«

Die milchgesichtigen Buben sind ja nicht mal wahlberechtigt, dachte Faller und schmunzelte noch immer vor sich hin. Faller und Schwarz tranken die Gläser leer. Dann stellten sie sie zurück auf den Tisch. Der Schnaps brannte in Fallers Kehle.

»Was grinst du denn so blöd?«

»Ach nichts!«

Elser sitzt abends meist über seinen Tisch gebeugt im Licht einer schummrigen Lampe in der winzigen Kammer in Schnaitheim, in der er seit Wochen zurückgezogen wohnt, und konstruiert in unendlich vielen Skizzen und Zeichnungen seinen Sprengapparat.

»Schorsch!«, schreit die Tochter der Hausbesitzerin die Treppe hoch. »Jetzt kommt doch mal runter da! Du wirst ja noch ganz menschenscheu, wenn du Tag und Nacht in dieser Kammer sitzt!«

»Ist schon recht!«, ruft Elser zurück.

Nachdem Elser sich im Steinbruch bei einem Unfall einen Knochenbruch am linken Fuß zugezogen hat, bleibt ihm von nun an noch mehr Zeit, sich mit seinen Attentatsplänen auseinanderzusetzen. Dabei stösst er immer wieder auf neue Schwierigkeiten. Die Zündung des Sprengstoffs bereitet Elser Kopfzerbrechen. Wenigstens einmal muß er testen, ob es auch klappt. Dann fällt ihm der Obstgarten ein, den seine Eltern im Flachsberg, etwas außerhalb von Königsbronn, noch besitzen.

»Das ist es!«, flüstert er und klatscht in die Hände.

Im Obstgarten stehen große Apfel- und Birnenbäume und eine kleine Gartenlaube, in der Elsers Vater – mittlerweile völlig apathisch und gehbehindert – seit kurzem haust.

An einem bewölkten Samstag nachmittag im Sommer 1939 kommt Elser mit einem Modell aus Sprengpatronen und Sprengkapseln auf einem Holzbrett unterm Arm im Obstgarten an. Der Vater schläft. Elser montiert das Holzbrett, auf dem der Zündmechanismus aufgeschraubt ist, im hinteren Teil des Gartens unter den Apfelbäumen auf einen Holzblock. Von da legt er eine lange Zündschnur hinter die Gartenlaube. Er vergewissert sich noch einmal, dass der Vater die Augen geschlossen hat, wirft noch einen Blick auf die Straße und zum Nachbargrundstück. Als er weit und breit niemanden sieht, zieht er einmal kräftig an der Schnur und hält sich blitzschnell die Ohren zu. Er hört einen kurzen, gedämpften Knall – Äpfel regnen von den Bäumen. Er nimmt die Hände wieder von den Ohren und strahlt. Es klappt, der Mechanismus funktioniert, denkt Elser und klatscht zweimal vor Freude in die Hände.

»Was ist da draußen los!«, schreit der Vater, von der Detonation wach geworden, aus der Gartenlaube.

»Ist nichts, ich bin's nur, der Schorsch!«, entgegnet Elser beschwingt, als ob das eine Erklärung für den Lärm wäre. Der Vater ist zufrieden und schweigt. Der Krach scheint aber nicht nur ihn aufgescheucht zu haben. Ein Nachbar kommt vom angrenzenden Grundstück zum Gartentor herübergelaufen und fragt den jetzt vor der Gartenlaube geschäftig werkelnden Elser sichtlich erstaunt: »Was war denn das, Schorsch?«

Elser gibt sich ahnungslos, guckt den Nachbarn mit großen Augen an: »Was denn?«

»Hast du nichts gehört?«

Elser schüttelt den Kopf.

»Das hat doch saumäßig geknallt!«

Elser zuckt mit den Schultern. Er guckt in den Himmel, wo jetzt dunkle Wolken über dem Obstgarten, von einen leichten Westwind getrieben, hinwegziehen. »Vielleicht ein Gewitter!«

»Komisch, ich könnte schwören«, sagt der Nachbar. »Als ob jemand geschossen hätte, eine Explosion oder so was.«

Wieder zuckt Elser mit den Schultern und schaut den bedrohlich wirkenden Wolken hinterher.

»Hier riecht's doch auch ein wenig angebrannt, oder nicht?«, – der Nachbar hält die Nase in den Wind und versucht, den über dem Garten hängenden Pulvergeruch einzufangen.

»Ich rieche nichts!«

»Was machst du denn eigentlich da?«, fragt der Nachbar skeptisch, die Stirn noch immer in Falten gelegt.

»Nach dem Vater gucken!«

»Wie geht's dem?«

»Er schläft«, sagt Elser, als ob das der endgültige Beweis dafür wäre, dass sich der Nachbar bezüglich seiner akustischen Wahrnehmung geirrt haben muß.

»Und Äpfel einsammeln, was?«, Der Nachbar schaut an ihm vorbei in den Garten, wo auf dem Boden im Gras eine Menge heruntergefallene Äpfel liegen.

»Für das Kompott und die schlechteren Zeiten«, sagt Elser und nickt.

Nach zwei Wochen war Fallers Mutter gegen alle Erwartungen wieder gesund.

»Unkraut vergeht nicht!«, sagte sie.

Schwester Monika wurde weggeschickt: »I brauch Sie nicht mehr!«

Faller war froh, dass es der Mutter wieder besser ging. Andererseits hatte er sich mittlerweile an die Anwesenheit der Schwester gewöhnt. Auch die schien ein wenig traurig zu sein, als sie mit Doktor Krombach das Haus verließ.

»Passen Sie gut auf Ihre Mutter auf!«, sagte sie, wieder mit dieser warmen, ruhigen Stimme, zu Faller. Dabei legte sie ihre Hand auf seine. Dieses Mal zog er sie nicht weg. Ihre rauhe Haut empfand er jetzt als angenehm.

»Passen *Sie* gut auf sich auf!«, sagte Faller.

Schwester Monika lächelte, als wollte sie sagen, nicht nötig, auf mich achtet ein anderer. Dann nickte sie kurz und sagte: »Und auf Sie auch!«

Oder sagte sie, »Und Sie auch«. Faller wusste nicht mehr, was er hörte.

Die Schwester stieg in Krombachs Wagen. Als der Mercedes vom dem Hof fuhr, hob sie die Hand, als wollte sie auf den Himmel verweisen, oder die Hand schützend über ihn halten. Faller stand an der Tür, und winkte ihr hinterher.

»Komm rein! Steh nicht rum in der zugiga Luft!«, hörte er die Mutter, fast schon wieder so ärgerlich wie früher, hinter sich.

»Es scheint, dir geht es wirklich besser!«, sagte Faller und schloß die Haustüre.

»Ja, jetzt kansch du dich noch mehr um diesen Elser kümmra, was?«

Es war das erste Mal, dass Faller seine Mutter von Elser sprechen hörte. Ein wenig verdrießlich klang das, auch vorwurfsvoll.

»Was ischn an dem so interessant?«

Faller schwankte, ob er ernsthaft auf ihre Frage antworten sollte, oder mit einer flapsigen Bemerkung das Gespräch mit der Mutter, noch bevor es beginnen konnte, sofort wieder beenden sollte. Er steckte sich eine Zigarette an.

»Interessant ist an dem, dass er als einer der wenigen frühzeitig erkannte, wohin die Reise mit Hitler geht.«

Bei *Hitler* zuckte die Mutter ganz kurz zusammen und sah so aus, als würde sie bereuen, überhaupt davon angefangen zu haben.

Faller zog an der Zigarette und blies den Rauch in kleinen Stößen von sich.

»Interessant ist auch, dass er dieser Erkenntnis Taten folgen ließ.«

Das Gesicht der Mutter sah jetzt noch zerknitterter aus. Zwischen den Augenbrauen standen tiefe Falten. Die Lippen fest aufeinandergepresst, wanderten die Mundwinkel in Richtung Kinn.

»Interessant ist auch, dass er heutzutage kaum wahrgenommen, geschweige denn geehrt wird.«

Faller zog wieder an seiner Zigarette.

»Na und? – Des kann dem doch jetzt egal sei.«

»Dem vielleicht schon, aber uns nicht.«

Die Mutter guckte jetzt, als ob sie nicht ganz verstünde, wen ihr Sohn damit meinte.

»Nicht bewältigte Vergangenheit hat Auswirkungen auf die Gegenwart.«

»So, so, und wie?!«

»Wenn ich das wüsste!«, sagte Faller, drehte der Mutter den Rücken zu und blickte zum Fenster hinaus. Draußen lief ein Hund vorbei. Er hielt am Gartenmäuerchen an, hob das Bein und schrieb unverständliche Zeichen auf den Beton.

»Weisch doch sonst immer alles!«

Der Hund lief davon. Faller zog wieder an seiner Zigarette und blies ihm den Rauch hinterher.

»Und warum isch der vergessa worden?«

»Der ist nicht vergessen worden; man wollte sich nur nicht an ihn erinnern!«

»Isch doch des gleiche.«

»Ist es nicht.«

Die verbogenen Mundwinkel der Mutter entzerrten sich wieder. Sie schmunzelte.

»Du warsch schon immer a ganz a Gscheiter, ha?!«

Faller war nicht ganz klar, ob in diesen Worten der Mutter nur ein Vorwurf oder gar ein wenig stille Bewunderung lag.

»Und warum wird der nicht geehrt?«

Faller drehte sich wieder um.

»Ganz einfach, weil er das personifizierte schlechte Gewissen derjenigen ist, die Nichts getan haben. Mit ihm und durch ihn ist das allgemein gern verwendete *Wir haben nichts gewusst!* und das *Was hätten wir denn tun können?* hinfällig.«

Fallers Mutter zupfte am Ärmel ihrer Strickjacke herum, als suchte sie einen Anfang, um die Wolle aufzuknöpfen.

»Isch des nicht a bissle einfach?«

»Vielleicht, aber manchmal ist das Einfache das eigentlich Komplizierte.«

Die Mundwinkel sanken noch weiter. Faller griff nach ihrer Hand. »Jetzt lass doch mal den Ärmel in Ruhe.«

Sie ließ die Arme sinken. Sie standen jetzt ganz nahe beieinander; die drahtige, kleine Mutter und der hoch aufgeschossene Sohn. Sie blickte ihm auf die Brust, er über sie hinweg.

»Dabei musste man nicht mal überaus begabt und intelligent gewesen sein. Ein ganz normaler, einfacher schwäbischer Tüftler reichte.«

»Und hat's was bracht?«

»Wenn mehr so gedacht hätten wie er und mehr getan hätten, wie er, dann bestimmt.«

»I weiß nicht!«

»Ich aber!«

Die Sonne scheint. Es ist ein heißer Sommer. Jetzt am Itzelberger See liegen, denkt Elser, mit Elsa, baden, ihre Hand auf dem Bauch spüren, in den Himmel schweigen – unmöglich. Er geht durchs Dorf. Manchmal bewegen sich die Gardinen hinter den Fenstern.

»Wohin bist du heute früh schon unterwegs?«, will sein ehemaliger Zitherspiel-Freund Anton wissen, dem er auf der Straße begegnet.

»Zum Vater!«, sagt Elser, ohne stehenzubleiben, und eilt schnell weiter.

In der Gartenlaube verabschiedet sich Elser von seinem Vater. Der Vater liegt im Bett, schaut ihn teilnahmslos mit großen Augen, grauen Bartstoppeln im Gesicht und offenem Mund an. Elser nimmt seine Hand, die sich kalt anfühlt, zerbrechlich, wie ein totes Tier.

»Ade!«, sagt er, geht, dreht sich noch einmal um und winkt an der Tür.

Er weiß, er wird den Vater nicht mehr sehen, und ist traurig – trotz allem.

Auf dem Weg zum Bahnhof begegnet er Eugen Rau. Der freut sich, dem alten Freund endlich mal wieder zu begegnen. Er klopft ihm auf die Schulter, geht ein paar Schritte neben ihm her.

»Wie geht's?«, fragt er. »Was machst du, was arbeitest?«

Elser stiert auf den Boden. Die Lippen fest zusammengepreßt. Plötzlich bleibt er stehen, sagt leise, in einem Atemzug: »Wir kriegen in Deutschland keine bessere Zeit mehr, haben keine bessere Zukunft, bevor die Regierung nicht in die Luft gesprengt ist.«

Er holt Luft, schaut Rau mit durchdringenden Augen an und setzt hinzu, noch leiser als zuvor: »Und ich sag's dir Eugen, ich mach das noch, ich tu' es.«

Eugen Rau versteht zuerst nicht, sagt dann benommen: »Aber Georg, das kannst du doch nicht machen.«

Elser greift nach Raus Hand, hält sie fest und sagt: »Versprich mir, schwätz' nichts!«

Rau nickt; erst dann lässt Elser seine Hand wieder los und rennt zum Bahnhof.

Der Abreißkalender, der im Wartesaal des Bahnhofs an der Wand hängt, zeigt den 5. August '39. Elser besteigt den Zug nach München. Den Koffer mit Sprengstoff und Zeitzünder trägt er bei sich.

Faller lag im Kinderzimmer auf dem Bett. In der Küche schepperten Töpfe, Teller und Besteck. Seine Haut im Gesicht juckte.

»Nicht kratzen, bloß nicht kratzen«, sagte Annkathrin immer und hielt seine Hände fest, wenn er das Jucken kaum mehr ertragen konnte. Annkathrin. Es waren nur noch wenige Stunden bis zu ihrer Premiere. Sicher war sie schon aufgeregt – wie immer. Alle zehn Minuten ging sie dann aufs Klo, lief in der Wohnung auf und ab und hatte Angst, ihren Text zu vergessen. Faller sprach ihr jedesmal Mut zu, sagte: »Mach dich doch nicht verrückt!« und »Du schaffst das schon.«

Es stimmte fast immer.

»Johannes! Essen isch fertig!«

»Komm gleich!«

Er nahm das Telefon und rief Annkathrin an. Es klingelte fünfmal, bis der Anrufbeantworter ansprang. Diesmal war überhaupt kein Text zu hören. Nach ein paar Sekunden Stille kam ein Piep.

»Annkathrin? Hallo? Bist du da? Ich bin's, Hannes.«

Er wartete drei Sekunden. Außer einem leisen Brummen war nichts zu hören.

»Sicher bist du wegen der Premiere schon aufgeregt. Schade, dass ich dich jetzt nicht in die Arme nehmen und nicht bei dir sein kann. Ich würde jetzt nichts lieber tun, als mit dir auf dem Sofa sitzen und deine Zweifel im Keim ersticken.«

Er machte wieder eine Pause – er wusste, es war gelogen. Ohne sich zu korrigieren sprach er weiter.

»Auch wenn ich nicht da bin, denk daran, du schaffst es, du bist eine tolle Schauspielerin und ich bin sicher, du wirst weder den Text vergessen noch sonstwie aus der Rolle fallen. Du wirst hinreißend spielen. Und ich werde mich zu Tode ärgern, dass ich dich nicht sehen kann.«

Wieder machte er eine kurze Pause.

»Johannes, kommsch du?!«

Er hielt die Muschel mit der Hand bedeckt.

»Gleich!«, – dann hielt er den Hörer wieder ans Ohr.

»Ich bin bald zurück, und sehe dir beim Spielen zu, ich versprech's dir. Ich wünsche dir jetzt alles Gute für heute abend, spucke dir in Gedanken dreimal über die linke Schulter, sage: toi, toi, toi und drücke dir, zwischen acht und elf, die Daumen. Tschüß, ich rufe dich wieder an.«

Er legte auf und dachte, komisch, ich habe ihr dieses Mal gar nicht gesagt, dass ich sie liebe.

Manche tanzten. Andere standen am kalten Buffet. Die meisten Gäste hielten ein Glas in der Hand und unterhielten sich. Es waren Frauen in Abendkleidern und Männer in Anzügen oder teuren Jeans mit kobalt- oder kornblumenblauen Hemden. Die meisten Besucher waren in Fallers Alter und unterschieden sich doch ganz erheblich von ihm.

»Sie sind nicht von hier, oder?«, sagte eine junge Frau am Eingang

»Sieht man das?«

Die Frau nickte verlegen, dann lächelte sie verführerisch.

»Ist schon in Ordnung, Tanja«, sagte Evi, die jetzt neben ihr auftauchte, als hätte sie auf ihn gewartet, und nahm Faller in Empfang. Sie ging mit ihm am Arm in den Saal. Tanja schaute ihnen verdutzt, aber auch etwas enttäuscht hinterher.

Der Saal der Klosters, der für Feierlichkeiten jeglicher Art vermietet wurde, war nach Mitternacht noch immer voll.

»Das sieht ja gar nicht gut aus«, hörte Faller eine Stimme neben sich. Er stand jetzt alleine, nachdem Evi für kurze Zeit von einem Mann mit Schmerbauch entführt worden war, an einem Stehtisch, rauchte und zupfte an den Plastikblumen herum.

Es war der Hautarzt Ansgar Klein, der sich jetzt zu ihm stellte und auf sein Gesicht deutete.

»Es wird wohl nicht besser, was? Vielleicht ist es die rauhe Luft hier, an die ihre Haut nicht mehr gewöhnt ist. Da hilft auch keine Salbe. Vielleicht sollten Sie so schnell als möglich von hier weggehen.«

Faller zuckte mit den Achseln.

»Schön, dass Sie doch noch gekommen sind«, sagte Klein. »Evelyne hat mir viel von Ihnen erzählt.«

»Ach ja, was denn?«

Er zupfte noch immer an den Blumen herum und würdigte den Hautarzt keines Blickes.

»Dass Sie über Elser arbeiten, sich für Held interessieren und der Frau Rettich verfallen sind.«

Er lachte. Faller wurde rot und stimmte halbherzig in sein Gelächter mit ein. Es klang gekünstelt.

»Nehmen Sie sich vor dieser Frau in acht«, flüsterte Klein ganz dicht an Fallers Ohr. »Die ist gefährlich.«

»Wer, Evi?«

»Nein, Sie wissen genau, wen ich meine.«

»Wie wollen Sie das wissen.«

»Held hat es mir erzählt.«

»Was? Daniel Held?«

»Ja, er war in meiner Praxis. Hat ihnen das Evelyne nicht gesagt.«

Faller schüttelte den Kopf. »Sie hat mir nur gesagt, dass Sie Ihre Frau mit ihr betrügen.«

Faller lachte. Ansgar Klein räusperte sich und stimmte schließlich in das gekünstelte Gelächter mit ein.

»Held hatte Verbrennungen auf beiden Unterarmen. Ich habe ihn gefragt, wie das passiert sei. Da hat er nur gelacht und gesagt ›Würden Sie reden, wenn Sie wüssten, dass das ihr Ende wäre?‹«

»Was haben Sie geantwortet?«

»›Nein‹, habe ich gesagt und er, ›Sehen Sie, dann werden Sie es nie erfahren‹.«

Klein legte Faller freundschaftlich den Arm um die Schulter.

»Darf ich Ihnen jemanden vorstellen?«

Faller zuckte gleichgültig mit den Achseln.

»Kommen Sie!«

Ansgar Klein ging voraus, durch den Saal. An einem anderen Stehtisch mit den gleichen Plastikblumen stand ein schon etwas älterer Mann mit Dreitagebart und Jeans. Er trug eine schwarze Lederjacke und einen schwarzen Rollkragenpullover.

»Das ist Helmut Ziegler«, sagte Klein und zeigte auf den Mann.

Ziegler streckte Faller die Hand entgegen.

»Er hat bei der HNP gearbeitet, als freier Mitarbeiter, stimmt's?«

Ziegler nickte.

»Bis vor einem halben Jahr«.

»Warum jetzt nicht mehr?«, wollte Faller wissen.

»Weil mir Rettich keine Aufträge mehr gibt.«

Ziegler machte eine Pause, als ob er auf Fallers nächste Frage warten würde. Da kann er lange warten, dachte Faller und schwieg.

»Dreimal dürfen Sie raten«, sagte Ziegler, jetzt auch ohne Frage.

»Weil sie ein Verhältnis mit seiner Frau hatten.«

Ziegler und Klein lachten.

»Nein, ich bin doch nicht lebensmüde.«

»Habe ich es Ihnen nicht gesagt?!«, sagte Klein. »Mit Frau Rettich ist nicht zu spaßen.«

»Das stimmt. Aber das war ja auch nicht immer so.«

»Richtig«, mischte sich Klein wieder ein. »Erst als sie freiwillig aus dem Schuldienst ausgeschieden ist, wurde es schlimm.«

»Was heißt hier freiwillig. So freiwillig war das nun auch wieder nicht.«

»Warum gibt Ihnen Rettich keine Aufträge mehr?«, unterbrach Faller Ansgar Klein und wandte sich mit der erwarteten Frage jetzt doch noch an Ziegler, der gerade wie ein Vogel mehrmals hintereinander an seinem Sektglas nippte.

»Wegen Held. Oder besser, wegen des Artikels, den ich über seinen Tod geschrieben habe.«

»Mysteriöser Unfall eines Studenten.«

»Richtig. Sie kennen ihn?!«

Faller nickte und zupfte jetzt wieder, fast beiläufig, an den Plastikblumen herum.

»Da habe ich geschrieben: *Bei denjenigen, die Daniel Held kannten, trifft sein Tod auf Unverständnis und gibt einige Rätsel auf.* Das hat ihm nicht gepaßt.«

»Kannten Sie Held?«

»Nein.«

»Warum schreiben Sie dann so etwas?«

»Das hat mich Rettich auch gefragt.«

»Und, was haben Sie geantwortet?«

»›Ich habe eine Ahnung‹, habe ich gesagt, ›ich spüre, dass er umgebracht wurde‹.«

»Und was hat er gesagt.«

»›Wir sind doch hier nicht bei der Esoterik.‹ ›Nein‹, habe ich gesagt, ›sondern in der Produktionsstätte von Wirklichkeiten‹.Von da an hat er mir alle Aufträge entzogen.«

»Und woher nehmen Sie Ihr Gespür, Ihre Ahnung?«, fragte Faller. Es klang mißtrauisch, fast ein wenig überheblich.

»Ich habe recherchiert. Es gibt eine Schwester von Held, die wohnt in der Schweiz. Dann seinen Professor in Marburg«, sagte Ziegler unbeeindruckt. Er trank wieder wie ein Vogel aus dem Sektglas. »Und außerdem bin ich seit über zwanzig Jahren Polizeireporter, wenn auch die letzten zehn Jahre nur noch als freier Mitarbeiter. Ich habe schon viel gesehen – das können Sie mir glauben.«

Er machte eine kurze Pause und schien auf Fallers Reaktion zu warten. Der zupfte aber nach wie vor nur gleichgültig an den Plastikblumen herum.

»Ich habe auch Helds Wagen gesehen. Ich war, fast zeitgleich mit der Polizei, am Unfallort. Das Auto war eigentlich nicht mehr vorhanden.«

»Es war in der Zeitung abgebildet«, sagte Faller, als wollte er ihm widersprechen.

Ziegler grinste.

»Nein, das was Sie in der Zeitung gesehen haben, waren die Teile, die zusammengeklaubt und auf einen Haufen gelegt wurden. Als ich hinkam, war alles auf der Wiese verstreut. Dass das kein normaler Unfall war, konnte ein Blinder sehen. Im Auto wurden ja auch tatsächlich Rückstände von Sprengstoff gefunden. Aber die Ermittlungen wurden eingestellt. Vereinzelt wurde noch über Selbstmord spekuliert. Aber ich bitte Sie. Bei Selbstmord fahre ich, wenn ich Sprengstoff im Kofferraum geladen habe, gegen eine Wand.«

»Was glauben Sie, warum Held ums Leben kam?«

»Ich glaube gar nichts«, sagte Ziegler und sah zuerst auf die zerrupften Plastikblumen, dann zum Buffet. Da stand Evi und legte sich gerade einige Lachsbrötchen auf einen Teller. Sie lächelte den drei Männern zu. Klein winkte zurück und war plötzlich auffällig gut gelaunt.

»Ich weiß nur, nach allem was ich gesehen habe, dass Held nicht freiwillig von der Straße abgekommen ist«, sagte Ziegler. Seinen Blick hielt er dabei aufs Buffet gerichtet.

»Und was hat das mit Rettich zu tun?«

Ratlosigkeit und Ungeduld war Faller anzuhören.

»Keine Ahnung. Aber es ist doch komisch, dass er mir vorwirft, ich würde nicht objektiv berichten, mehr noch, sogar spekulativ schreiben. Er, Rettich, wirft mir das vor. Haben Sie gelesen, was er über die Straßenbenennung in Ochsenfurt geschrieben hat?«

»Nein.«

»Es hat mich einfach gewundert, dass Rettich im Fall

von Held so vehement behauptet hat, ich zitiere: ›Das ist ein stinknormaler Unfall, Herr Ziegler, mehr nicht!‹ Woher will er das wissen, frage ich mich.«

Faller dagegen schien sich das jetzt nicht zu fragen. Er sagte nichts, sondern riß nur weitere Blätter aus den Plastikblüten.

»So, jetzt muss ich aber schleunigst zum Buffet. Bevor die Abendkleider alles weggefressen haben.«

»Schönen Abend noch.«

Faller nickte.

»Ich schließ' mich an«, sagte Klein, der strahlend Evi beobachtete.

Ziegler und Klein gingen zum Buffet und ließen Faller am Stehtisch zurück. Er blieb nicht lange alleine. Evi stellte sich zu ihm.

»Jetzt lass doch mal die Blumen in Ruhe!«

Sie griff nach seiner Hand. Dann fegte sie mit der anderen die Plastikschnipsel vom Tisch.

»Na, gefällt's dir hier?«

»Mir gefällt nicht, dass du mir nicht gesagt hast, dass dein Liebhaber der Gastgeber ist.«

Evi lachte.

»Warum hast du mich belogen?«

»Ich, dich?«, fragte Evi erstaunt mit vollem Mund.

»Ja, du hast gesagt, du hättest Held nie getroffen.«

»Stimmt.«

»Er war bei euch in der Praxis.«

»Wie weißt du das?«

»Dein Stecher hat es mir erzählt.«

Sie lächelte.

»Daran kann ich mich nicht mehr erinnern.«

»Du lügst.«

»Ist es eine Lüge, wenn man etwas verheimlicht?«

Faller zuckte mit den Schultern, trat auf die Plastikschnipsel, dass es knisterte, und ließ Evi stehen.

Der Geruch von Urin und Klostein weht immer wieder in Schwaden herüber. Elser sitzt unweit der Toiletten zusammengekauert in der Abstellkammer auf der Galerie. Die Tür ist angelehnt. Er lauscht in den Festsaal hinunter. Nichts ist zu hören. Vereinzelt brennen im Saal noch Lichter. Die Galerie liegt im Dunkeln, bis auf die Notbeleuchtung, die alles in ein düsteres, unwirkliches Licht taucht. Die Kellnerinnen, der Hausbursche, alle sind sie schon zu Hause. Die Tische sind abgewischt, die Stühle hochgestellt. Es ist kurz nach zehn am Abend. Nur der Nachtportier geistert noch mit seinem alten Schäferhund an der Seite durch den Festsaal, dann durch den Schankraum, schließt da eine Tür ab, löscht dort ein Licht und macht den Bürgerbräukeller nachtfest. Seit ein paar Tagen lässt Elser sich nun schon jeden Abend im Münchner Bürgerbräukeller einschließen. Bevor die Sperrstunde erreicht ist, zahlt er das Nachtessen und das kleine Bier in der Gaststube, verabschiedet sich mit einem freundlichen, gespielt müden »Gute Nacht allerseits!« und verläßt den Schankraum. Auf dem Flur guckt er sich verstohlen um. Wenn niemand zu sehen ist, steigt er schnell die knarrenden Treppenstufen zur Galerie im Festsaal hoch und versteckt sich hinter Kisten und Schachteln in der Abstellkammer neben den Toiletten – und wartet.

Jetzt geht das letzte Licht im Festsaal aus. Im Schein der Notbeleuchtung verlässt er mit seiner Arbeitstasche die Abstellkammer, tastet sich am Geländer zu seiner Säule heran und kniet sich vor ihr hin, wie schon die letzten fünf Nächte zuvor. Er hat in den ersten drei Nächten die Holzverkleidung mit einer versteckten Tür versehen, die er innen mit Metall verkleidet hat, um Mauerwerk vorzutäuschen. Sie läßt sich jederzeit mit ein paar Handgriffen öffnen und schließen, um somit das zu verbergen, was sich unter der Holzvertäfelung befindet. Im Moment befindet sich dort noch Mauerwerk, das aber immer weniger wird. Elser legt die Holztür zur Seite und setzt sich wie ein Grubenarbeiter eine Taschenlampe auf den Kopf. Er nimmt Meißel und Hammer aus der Tasche und legt ein altes Bettuch vor den Pfeiler. Dann wickelt er eine verschlissene Unterhose um die Aufschlagfläche des Meißels, setzt das andere Ende am schon beschlagenen Pfeiler an und wartet. Erst als die Toilettenspülung rauscht, schlägt er mehrmals hintereinander auf die Unterhose. Akribisch zählt er die Schläge. Zwölf, dreizehn, vierzehn. Elser schwitzt, wischt sich den Schweiß von der Stirn, wartet, bis ihn die Toilettenspülung wieder rauschend unterstützt und schlägt dann erneut zu.

Es ist halb drei; vor der Säule häuft sich der Steinschutt. Elser steht auf, schleicht in die Abstellkammer zurück und holt seinen hölzernen Reisekoffer. Am Pfeiler nimmt er das Betttuch an den Enden hoch und schüttet das Geröll in den Koffer. Noch zehn solcher Löcher, denkt Elser, dann müßte es reichen. Er nimmt den Meißel in die eine, den Hammer in die andere Hand, wartet auf die Toilettenspülung und macht sich wieder an die Arbeit.

Hundertvierundsechzig, hundertfünfundsechzig, hundertsechsundsechzig.

Drei Uhr, denkt Elser, noch eine halbe Stunde. Dann verstaut er die letzten Steinbrocken im Koffer. Er fügt die Tür wieder in die Holzverkleidung ein, beseitigt die Staubspuren und zieht sich in die Abstellkammer zurück. Geschafft, denkt er, für heute zumindest, und döst im Sitzen hinter den Kisten vor sich hin. Er wartet, bis der Nachtportier um sieben die Türen des Festsaals wieder aufsperrt. Er träumt von Elsa, vom Itzelberger See, wo er sich mit ihr manchmal an schönen Sommertagen zum Schwimmen traf. Dort lagen sie ganz eng nebeneinander in der Sonne – sie im Badeanzug, er mit einer Badehose – und starrten in den Himmel.

»Weißt du Georg, was mir Kopfzerbrechen macht?«

Sie horchte zu den blaßblauen Schäfchenwolken am Himmel hoch. Aber Elser hatte wie immer geschwiegen. »Dass du so verschlossen bist!«

Er wusste, was sie meinte. Aber er konnte ihr nichts sagen, er durfte es einfach nicht; auch ihr nicht.

Er hat schon lange nichts mehr von ihr gehört. Die anfänglichen Liebesbriefe bleiben aus. Kein Wunder, er hat keinen einzigen von ihr beantwortet.

Ein Hund bellt. Elser erschrickt, wacht auf. Geräusche aus dem Gastraum sind zu hören. Stimmen. Er wischt sich mit der Hand übers Gesicht, späht an der Tür vorbei zur Abstellkammer hinaus.

Mit dem Koffer in der Hand schleicht er die Holztreppe in den Festsaal hinunter, von da geschwind über den Hintereingang zum Bürgerbräukeller hinaus. Übernächtigt tritt er, mit schwankendem Schritt, in den schönen, dämmrigen Münchner Morgen. Unter dem Torbogen, wo groß mit geschwungenen Buchstaben *Bürger Bräu Keller* steht, guckt er noch einmal zurück und sagt leise: »Bis morgen!«

Unten an der Isar, hinter dem Volksbad, leert er den Koffer aus und geht nach Hause, nach Schwabing in die Türkenstraße, um sich für ein paar Stunden von den Strapazen der Nacht zu erholen. Noch ein paar Wochen, dann ist es soweit.

»Fahr los!«

»Wohin?«

»Ist doch egal!«

Faller fuhr los. Karla legte ihre Hand auf seinen Schenkel. Dann den Kopf an seine Schulter. Er roch wieder ihren herben Duft. Sein Gesicht brannte. Während sie durch den Wald fuhren, malten Karlas Finger auf seiner speckigen Hose unverständliche Zeichen. Manchmal küsste sie ihn auf den Hals. Ihr Mund hinterließ einen kalten Abdruck.

»Warum sind Sie nicht mehr im Arbeitskreis?«, fragte Faller und kam sich dabei ein wenig albern vor.

Karla lachte kreischend, sodass Fallers Fuß vor Schreck vom Gaspedal rutschte und der Wagen stotterte.

»Bei diesen Polit-Rentnern?! – Das bringt doch alles nichts.«

»Wie meinen Sie das?«

»Wenn du noch einmal Sie zu mir sagst, steige ich aus.«

»Sie! Sie! Sie!« – Faller machte eine Vollbremsung. Karla lächelte ihn an, ihre Augen waren jetzt Schlitze.

»Das gefällt mir!«, sagte sie. Sie nahm seine Hand vom Lenkrad, führte sie an ihren Mund. »Stur, wie Elser!«; dann biß sie ihn in den Finger.

»Aua!«

»Na los, fahr schon weiter!«

Sie schwiegen eine Zeitlang, bis Karla plötzlich sagte: »Da mal eine Straße, da 'ne schäbige Bronzeplatte, dort ein vergammelter Platz – das ist doch kein Gedenken, das ist Hohn!«

Wieder schrieb sie auf seiner Hose unverständliche Zeichen.

»Und daran wird sich auch nichts ändern. Dieser Einzelgänger passt einfach nicht in ihr Konzept!«

Welches *Konzept*, fragte sich Faller.

»Wenn er ein hochrangiger Militär gewesen wäre, wie dieser Stauffenberg, oder ein Pfaffe wie Bonhoeffer, wenigstens Student wie die Scholl-Geschwister, dann vielleicht, ja – aber nicht mal ein überzeugter Kommunist war dieser kleine Schreiner mit den wilden, geheimnisvollen Augen. – Mit deinen Augen!«, sagte sie und fuhr mit ihrer Zunge über seine Wange.

»Quatsch!«

»Doch, du hast dieselben Augen wie er.«

»Aber das kannst du doch gar nicht wissen.«

»Das habe ich auf den ersten Blick gesehen«, sagte sie und lachte wieder. »Jetzt habe ich sie im Kopf.«

Sie klopfte mit ihren Finger gegen Fallers Stirn.

»Du spinnst doch!«

»Du doch auch!«

Sie küsste ihn nochmal auf den Hals und kreischte wieder vor Lachen.

»Fahr da rein.«

Faller fuhr auf einen Parkplatz im Wald.

Karla knöpfte sein Hemd auf und küsste mit ihrem kalten Mund bis zu seinem Bauchnabel hinunter. Dann stieg sie aus, rannte in den Wald und schrie, so laut sie konnte, etwas in einer fremden Sprache in die Dunkelheit, das Faller nicht verstand. Als sie zurückkam, war sie nackt unter ihrem Mantel.

Nachdem er ausgeschlafen hat, steht Elser auf und bereitet die weiteren Arbeiten vor, die in den nächsten Nächten auf der Galerie des Festsaals vom Bürgerbräukeller auf ihn warten. Der Sprengstoffbehälter muß gebaut, der Zündmechanismus hergestellt werden. Hierzu treibt er sich, immer geschäftig und interessiert, bei den verschiedensten Schwabinger Handwerkern herum. Bei einem Schlosser hat er das Metallblech für die Holztür zuschneiden lassen; bei einem Schreiner gibt er Bohrungen für den Sprengstoffbehälter in Auftrag. Bei einer Firma für Schalldichtung besorgt er Korkplatten, die er für das Abdämmen der Uhrwerke benötigt. Wann immer er danach gefragt wird, was er denn mit dem Gewünschten vorhätte und wofür er die Materialien eigentlich benötige – was selten genug vorkommt – tischt Elser die Legende von seiner Erfindung auf. Hin und wieder hilft er am Nachmittag einem Schwabinger Schreiner in der Türkenstraße; dafür darf er dann seine Werkstatt und seine Maschinen mitbenutzen. Am liebsten würde dieser Schreinermeister Elser als Gesellen bei sich anstellen. Aber Elser hat weder Zeit noch den Kopf frei, um Schränke oder Vitrinen zu bauen.

»Ich zahle auch ein gutes Gehalt«, versucht der Meister ihn zu locken.

»Wenn ich mit meiner Erfindung fertig bin, reden wir darüber«, entgegnet Elser.

Überall hinterlässt er einen guten Eindruck, wenn er auch für etwas eigenartig gehalten wird.

Auch seine Vermieterin sieht in dem schweigsamen, jungen Mann einen unauffälligen und angenehmen Zeitgenossen. Natürlich fällt ihr auch auf, dass der Untermieter selten in der Nacht zu Hause ist und meist bis zum Mittag schläft. Auf ihre dezente Nachfrage hin spricht Elser auch ihr gegenüber von seiner Erfindung, an der er gerade arbeite.

»In der frischen Luft kann ich nachts draußen am besten darüber nachdenken!«, sagt er überzeugend und ohne auch nur einen Hauch von Verlegenheit.

»Auch wenn's regnet?«, fragt die erstaunte Frau.

»Freilich, da kommen und gehen die Gedanken, als wäre Tag der offenen Tür!«

Karla bestellte ihn wieder zum Brenztopf. Seit dem letzten Treffen hatte er auf ein Zeichen von ihr gewartet. Er konnte an nichts anderes mehr denken als an sie. Er wartete und fror. Es schneite. Sie kam nicht. Er wurde wütend und lief den schmalen Fußweg zur Töbele-Siedlung hoch. Nicht weit vom Gartenhaus entfernt stand das Haus der Rettichs. Faller schlich durch den Garten und versteckte sich hinter einer der Steinstatuen. Im Wohnzimmer brannte Licht. Er sah Klaus-Peter Rettich auf und ab gehen. Aufgeregt redend gestikulierte er mit den Armen in der Luft. Karla kam im Morgenmantel ins Wohnzimmer. Auch sie sprach mit großen Gesten. Sie streiten, dachte Faller und bemerkte, wie Freude in ihm aufkam. Er schlich sich noch weiter an die Schiebetüren heran. Er hörte Wortfetzen: »Du spinnst doch!« und »Ich habe dir doch gesagt, so geht das nicht.« Und »Streng dich an, verdammt nochmal!«

Faller nahm sein Handy aus der Jackentasche und wählte die Nummer der Rettichs. Er hörte ein Klingeln aus dem Wohnzimmer. Karla verschwand, dann hörte er ihre Stimme: »Hallo?«

Faller schwieg.

»Hallo, wer ist denn da?«

Er wollte etwas sagen, konnte aber nicht.

»Verdammt noch mal, wer ist denn da? Arschloch!«

Sie legte auf. Faller sah sie wieder ins Wohnzimmer zurückkommen.

Er drückte die Wiederwahltaste. Rettich stürmte aus dem Wohnzimmer.

»Was soll die Scheiße …«

»Faller hier, Verzeihung, dass ich Sie störe.«

»Entschuldigen Sie, aber ich dachte …«

»Könnte ich kurz Ihre Frau sprechen?«

»Meine … ja, ja, natürlich … Karla, Liebling!«

Er ging mit dem Telefon in das Wohnzimmer und reichte seiner Frau den Hörer.

»Ja, bitte?«

»Ich bin's, Johannes, wir waren verabredet.«

Sie schwieg, dann sagte sie: »Ja stimmt, entschuldigen Sie.«

Ihr Mann stand daneben und blickte sie aufmerksam an.

»Ja, ja, ich weiß, da haben Sie Recht.«

Sie verließ mit dem Telefon am Ohr das Wohnzimmer.

»Hör zu!«, sagte sie, schnell und leise. »Ich kann jetzt nicht, ich rufe dich an.«

Sie legte auf.

Faller blieb noch eine Weile hinter der Statue stehen. Karla kam aber nicht mehr ins Wohnzimmer zurück.

Wenn er beim Essen in der Gaststube des Bürgerbräukellers sitzt, gibt sich Elser so unauffällig wie möglich. Nach ein paar Wochen gehört er fast schon zum Bürgerbräukeller dazu, wie das Personal, der Hausbursche, der Schankkellner und die Serviermädchen. Wenn nicht viel los ist, setzt sich schon mal eine der Kellnerinnen zu Elser an den Tisch und plaudert ein wenig mit ihm, während die anderen dann kichernd am Tresen stehen und zugucken. Vor allem die Kellnerin Liesl, ein junges, stämmiges Mädchen mit einem lustigen Gesicht und häufig roten Backen, scheint an Elser am meisten interessiert. Auch Elser ist nicht abgeneigt und geizt nicht mit Komplimenten.

»Und was machst du so in München?« fragt sie, nachdem ihr klar geworden ist, daß Elser sich hier nur vorübergehend aufhält.

»Ich bin Schreiner«, sagt er, »Kunstschreiner. Und da will ich mich ein wenig weiterbilden, man weiß ja nie wofür's gut ist. Einen Polierkurs für Schreiner mach ich hier.«

Liesl scheint beeindruckt. Von ihrer Reaktion angespornt, legt Elser nach; er will dem jungen, feschen Mädel imponieren.

»Und außerdem arbeite ich an einer Erfindung.«

Liesl staunt. Das hätte sie jetzt nicht gedacht. Es erklärt ihr aber die Verschlossenheit des jungen Mannes.

»Aber …!«, sagt Elser vertraulich und legt ihr seinen Zeigefinger auf den Mund, ganz kurz, so dass das Mädchen jede weitere Frage aus Verlegenheit für sich behält.

Zwei Tage später sitzt sie wieder bei ihm und fragt fast nebenbei: »Vielleicht könnten wir zwei mal ausgehen, miteinander?«

Elser grinst, überlegt, sagt zuerst nichts.

»Tanzen!«, fügt Liesl geschwind hinzu.

»Warum nicht.«

Die roten Backen des Mädchens glänzen jetzt.

»Wir zwei täten schon gut zueinander passen, nicht wahr?«, sagt Elser abwesend. Da ist er schon beinahe fertig mit der Säule auf der Galerie.

»Vielleicht in zwei Wochen«, fügt er dann noch hinzu. Wenn alles gut läuft, ist er dann schon in der Schweiz.

Evi kam vorbei und nahm Faller einfach mit. Zuerst hatte er nicht gewollt. Schützte Termine vor, dann Kopfschmerzen, zuletzt sagte er sogar ganz ehrlich: »Ich habe keine Lust.«

Aber Evi ließ nicht locker.

»Das gilt nicht! Komm jetzt!«

Auf dem Weg ins Kino nach Heidenheim fragte Faller sie, was sie über Schwarz denke.

»Über Schwarz braucht man eigentlich nichts zu denken. Der zeigt einem schon, wie's um ihn steht.«

»Schlecht?«

»Katastrophal!«, sagte Evi. »Schwarz ist ein armer Mensch, eine tragische Figur! Man schwankt bei ihm immer zwischen Mitleid und Verachtung. Schwarz ist ein Zyniker, der über alles und jeden herzieht, sogar über sich selbst.«

Sie lachte. Er mochte es gern, wenn sie lachte. Es war ein erfrischendes, herzhaftes Lachen, ohne Verstellung und ohne Kalkül. Nicht wie das von Annkathrin.

»Das ist das einzige, glaube ich, das ihn noch am Leben hält. Ein hoffnungsloser Säufer und ein Spanner.«

»Ein Spanner?«

»Kannst du dich noch daran erinnern, wie der Seppdepp früher, samstags immer, wenn es dunkel war, von Haus zu Haus zog, um durch die Vorhangschlitze den Frauen beim Baden in der Küche zuzuschauen?«

Faller nickte und dachte, nicht nur der Seppdepp.

»Unvorstellbar eigentlich, aus heutiger Sicht, in der Küche in einer Plastikwanne stehen und baden, oder? – Soll ich dir was sagen?!« Ohne eine Reaktion abzuwarten, fuhr sie fort: »Ich fand es damals aufregend zu wissen, dass der Seppdepp da draußen steht und mir zuguckt. Manchmal habe ich den Schlitz sogar ein bisschen breiter gemacht, damit er auch alles sieht.«

Sie lachte.

»Es heißt, Schwarz ist nachts auch immer unterwegs.«

»Wer sagt das?«

»Die Königsbronner«, sagte Evi. »Vor allem in der Waldsiedlung, wo die Einfamilienhäuser stehen und die Neubauten. Und im Töbele.«

»Wo die Rettichs wohnen.«

»Zwielichtige Gestalten!«

»Wer?«

»Die Rettichs. Seit die beiden da oben in ihrer Villa wohnen, weiß man nichts Genaues mehr über sie. Hin und wieder halten dicke Limousinen davor, meist mit Stuttgarter Kennzeichen. In der Stadt sind sie nie zu sehen. Gemeinsam ohnehin nicht. Man weiß nicht recht, was die da oben so treiben.«

»Höchstens Schwarz.«

»Wie meinst du das?«

»Durch den Vorhangschlitz!«

Sie lachten beide.

»Du warst kürzlich bei ihnen, was?«, fragte Evi.

»Woher weißt du das?

Sie zuckte mit den Achseln.

»In so einer Praxis hört man einiges.«

»Ich glaube, Frau Rettich steht ganz schön unter den Pantoffeln von ihrem Alten«, sagte Faller.

»Oder umgekehrt. Ich glaube, bei solchen Herrschaften ist nichts so, wie es auf den ersten Blick scheint.«

»Außerdem versucht sie mich die ganze Zeit anzumachen.«

»Wer?«

»Die Rettich.«

Evi wußte nicht, ob sie lachen sollte, oder doch lieber nur staunen.

»Es heißt, den Studenten hätte sie sich auch gekrallt.«

»Held?«

Sie nickte.

Im Kino lief *Jules und Jim*. Faller saß neben Evi in der letzten Reihe. In der Mitte des Films berührte ihr Knie, ganz zufällig, wie es schien, seins. Er erschrak – zog sein Knie aber nicht weg. Evi auch nicht. Er merkte, wie sich ihr Körper im Verlauf des Films immer mehr in seine Richtung bog. Er roch ihr Parfum, hörte ihren Atem.

Den ganzen Film über wartete Faller auf das Bild aus dem 100-Jahre-Buch. Es kam nicht. Er war enttäuscht. Das Bild war besser als der Film. Oskar Werner und Jeanne Moreau,

Wange an Wange, vor einem Bücherbord. Beide sehen aus, als ob sie zusammengehören würden. Ihr linker Arm liegt eng um seinen Hals, als wollte sie ihn nie wieder loslassen. Und doch weisen die Blicke von beiden nach unten, raus aus dem Bild, von sich weg – verzweifelt angesichts der Ausweglosigkeit.

»Oskar Werner ist in Marburg gestorben«, flüsterte Faller und war froh, als der Film zu Ende war und langsam das Saallicht anging. Der Abspann lief.

»Ich dachte, der war Österreicher.«

Evi richtete sich wieder in ihrem Sessel auf. Sie rieb sich die Augen als hätte sie geschlafen, blieb aber noch sitzen, während die anderen Kinobesucher schon zum Ausgang drängten.

»Kann sein. Trotzdem ist er in Marburg gestorben. Bei einem Gastspiel.«

Faller wusste das von Annkathrin. Sie vergötterte Oskar Werner.

Im Kinovorraum blieb Evi plötzlich stehen und wandte sich zu Faller.

»Dreh dich nicht um! Am Popcornautomat!«

»Was ist da?«

»Tetzlaff!«

Faller drehte den Kopf – er erkannte sie auf der Stelle.

Ihre Blicke trafen sich kurz. Claudia Tetzlaff sah sofort weg, drehte ihm den Rücken zu und ging.

»Für dich!«, sagte die Mutter und reichte Faller den Telefonhörer.

»Da sind Sie ja, Gott sei Dank!«

Hauptamtsleiter Schrempf war in der Leitung.

»Der Schwarz ist ausgfalln!«, sagte er, und redete, ohne

eine Reaktion von Faller abzuwarten, einfach weiter. »Und heut morgen kommen zwei Schulklassa aus Göppingen in die Gedenkstätte. Sie müssen mir helfa Herr Faller, ich weiß sonst gar net ... Jetzt hab i dacht – weil mir könnet die Kinder ja net vor der verschlossena Tür steha lassen und ihne sagen, tut uns leid, aber die Führung fällt aus, wo die Schüler doch extra aus Göppingen hierher gfahrn ...«

»Was ist mit Schwarz?«

»Was? Ach so, ja, der isch mal wieder krank, also, Sie wissat ja, was des bedeutet ...«

»Nein.«

»Was? Ach so, ja, also, einmal im Monat hat der Schwarz sei Depression und dann kommt der net mehr ausm Bett und jetzt sind die Schüler aus Göppingen schon im Bus und glei da und da dacht ich, dass Sie vielleicht ...«

»Wie lange?«

»Nur eine Führung und dann ...« Schrempf wollte schon wieder zu einem Monolog ansetzen, als Faller dazwischenging: »Wie lange hat Schwarz so eine Depression?«

»Was? Ach so, ja, kann man schlecht sagn, mal so, mal so. Im Auguscht isch der uns eine ganze Woche ausgfalla, des war eine Kataschtrophe. Ich hoff nur, dass er morgen wieder auf der Matte steht und deswegen wär des für heut so wichtig, und da wollt ich Sie fraga, ob sie vielleicht ...«

»Ich komme!«

»Der Hund bellt, ein Lichtkegel wandert aufgeregt an der Wand entlang. Es ist kurz nach zehn am Abend. Elser sitzt in der Abstellkammer und zittert. Aus allen Poren sickert ihm der Schweiß. Die Tür ist nur angelehnt. In größter Not betet er jetzt lautlos mit bebenden Lippen zum Allmächtigen: ›Lieber Gott im Himmel ...‹

Der Hund streckt seine kalte Schnauze durch den Türspalt.

›Pscht, ganz ruhig, Ajaxel!‹, flüstert Elser. Der Hund winselt und drängt sich in die Kammer. Er riecht nach einer alten Pferdedecke und aus dem Maul nach verfaultem Fleisch. Er schleckt Elser an der Hand herum.

›Brav, Ajaxel, brav!‹«

Faller hätte es wissen müssen. Er hätte zu Schrempf sagen sollen: »Machen Sie es selber.«

Über Elser alles zu wissen, und über Elser etwas zu erzählen, sind zwei verschiedene Paar Stiefel. Bisher hatte Faller über Elser immer nur geschrieben, nie einen Vortrag oder auch nur ein Referat gehalten. Außer mit Annkathrin hatte er mit niemandem über Elser gesprochen, und dann auch bloß, wenn er seinen ganzen Frust loswerden musste. Das dauerte meistens nicht länger als fünf Minuten. Höchstens zehn. Aber nicht eineinhalb Stunden, wie bei der Führung in der Gedenkstätte. Er hätte es nicht machen dürfen. Schon gar nicht vor Hauptschülern aus der achten Klasse, für die Sophie Scholl am ehesten noch der Name eines ICEs und Dachau der Ort mit einer großen Diskothek war. Er hätte es wissen müssen, dass er in seinem Zustand nicht fähig war, sich auf Elser zu konzentrieren. Zu viele Eindrücke und Erlebnisse der letzten Zeit gingen ihm durch den Kopf. Er tat es dennoch. Er versuchte, den Hauptschülern aus Göppingen die Geschichte des Attentäters Georg Elser in der Gedenkstätte näherzubringen:

»Elser streicht dem Hund über das strubblige Fell. Der Hund wedelt mit dem Schwanz; ein gleichmäßiges Klackern an einer der Kisten entsteht. Der Hund kennt Elser. Vorsorglich hat er den Schäferhund des Nachtportiers in all den Wochen, in denen er im Gastraum sein Abendessen einnimmt, immer wieder mal mit Fleischbrocken an sich gewöhnt. Jetzt freut Ajaxel sich, seinen Gönner wiederzusehen, wenn auch zu so ungewöhnlicher Stunde. Es ist kurz nachdem die Gaststätte geschlossen hat – die Kellnerinnen sind schon weg, das Licht ist bereits aus, nur der Nachtportier schleicht dienstbeflissen durchs Haus.

›Ajaxel? Wo steckst du? Himmel Herrschaft!‹«

Während Faller vor den Schautafeln mit den Bildern stand, mußte er an Karla denken. Das wollte er unter keinen Umständen. Er wollte sich nicht von den Gedanken an sie aus dem Konzept bringen lassen. Er hörte Gelächter, erschrak und versuchte, sich wieder auf Elsers Geschichte zu konzentrieren.

»... Kurz nach der Schließung der Gaststätte – die Kellnerinnen sind schon weg, das Licht ist bereits aus, nur der Nachtportier schleicht dienstbeflissen durchs Haus.

›Ajaxel? Wo steckst du? Himmel Herrschaft!‹ Der Nachtportier kommt mit schweren, dröhnenden Schritten die Galerie entlang. Der Hund winselt, hin- und hergerissen zwischen Elser und seinem Herrchen. Ajaxel dreht um, stösst die Tür zur Abstellkammer ganz auf und rennt zuerst zum Nachtportier, dann wieder zurück zu Elser.

Der Lichtkegel trifft ihn mitten im Gesicht.

›Was machst du denn da?‹

Der Nachtportier packt ihn am Kragen.

›Raus hier!‹«

Faller stockte, er überlegte. Wieder spukte Karla durch seinen Kopf. Zwar nur für ein paar Momente – aber doch lange genug, um nicht mehr zu wissen, wo er stehengeblieben war. Vor ihm nur ahnungslose Gesichter. Er wusste nicht einmal mehr, dass er bei seiner Geschichte im Bürgerbräukeller angekommen war. Er erschrak, drehte sich um und sah eine Schautafel vor sich, darauf abgebildet der Bürgerbräukeller in München.

»– Kommt der Direktor herbeigeeilt, der neben dem Nachtportier noch als einziger im Haus ist. Zuerst ist er erzürnt, dann huscht ein Hauch von Verwirrung über sein Gesicht.

›Ich kenne Sie doch!‹, sagt er und streicht sich über den hochgezwirbelten Bart.

›Ich hab mich mal bei Ihnen beworben, als Hausbursche!‹, sagt Elser unterwürfig und mit brüchiger Stimme. Er wittert in der aussichtslos scheinenden Situation plötzlich wieder eine kleine Chance.

›Und was machen Sie hier?‹, will der Direktor irritiert wissen.

Elser schweigt, überlegt. ›Ich habe ein Furunkel‹, sagt er dann wehleidig, als ob er sich dessen schäme. ›Am Knie, und wollte den Verband wechseln, weil in aller Öffentlichkeit ist mir das schon ein wenig unangenehm, und deshalb habe ich gedacht …‹

So viele Worte sind schon lange nicht mehr auf einmal aus ihm herausgekommen. Der Nachtportier guckt böse, während Ajaxel noch immer an Elsers Beinen hochspringt und mit dem Schwanz wedelt.

›Na, dann zeigen Sie mal her, Ihr Furunkel‹, sagt der Direktor in einer Mischung aus Skepsis und Belustigung. Der Nachtportier grinst hinterhältig, als würde er Elser durchschauen – nicht nur die Lüge, auch die Tür in der Holzverkleidung, auch das Loch, das mittlerweile fast so groß ist, wie es sein muß. Elser bückt sich und zieht, während Ajaxel in seinem Gesicht herumschleckt, sein rechtes Hosenbein nach oben. Eine verschmutzte Mullbinde ist über dem Knie zu sehen. Darunter schimmert ein gelblicher Fleck.

›Aua!‹, seufzt der Direktor und verzieht das Gesicht. Auch der Nachtportier sagt jetzt kleinlaut: ›Aber das ist noch lange kein Grund …‹

›Wechseln Sie den Verband in der Toilette‹, sagt der Direktor fast mitleidig. ›Da gibt es auch warmes Wasser und dann aber raus mit Ihnen.‹

Elser stülpt die Hose wieder über das Knie, bedankt sich unterwürfig beim Direktor, wünscht noch einen ›Schönen Abend, allerseits!‹ und –«

Während Faller an das aufgeschürfte, vereiterte Knie dachte, kam ihm Held in den Sinn, das explodierte Auto, der gefundene Sprengstoff, die Straße zwischen Emmenting und Ochsenfurt. Bei Ochsenfurt dachte Faller sofort wieder an seine Kindheit – und nach seiner eigenen dann an die von Elser. Elser, genau: Elser.

»Eines der seltenen Wintergewitter tobt bei der Geburt Johann Georg Elsers am 3. Januar 1903 über der Ortschaft Hermaringen auf der Schwäbischen Alb.«, begann Faller, »Blitz und Donner fallen zusammen, als die Hebamme den ersten Sohn von Maria Müller und Ludwig Elser in eine enge Welt zerrt. Eine Welt, die rauh und kalt ist, von Armut und Hunger geprägt. Schon als kleiner Junge …«

Die Gesichter der Schüler waren voller Häme.

»Was soll das? Hier gibt's nichts zu lachen!«

Die, die zuerst nicht gelacht hatten, lachten jetzt auch.

Das »pscht!« des Lehrers ging unter.

»Raus hier!«, schrie Faller plötzlich.

Die Schüler pfiffen und lachten noch lauter, einer rief: »Fangen Sie doch nochmal von vorne an!«

Faller fuchtelte mit den Armen, packte einen der Schüler am Arm und zerrte ihn zur Treppe am Ausgang. Sein Gesicht glänzte rot.

»Beruhigen Sie sich doch!«, rief der Lehrer von hinten und versuchte dazwischenzugehen.

»Ich habe gesagt, ihr sollt verschwinden!«, brüllte Faller so lange, bis alle Schüler wirklich verschwunden waren.

Er ging in das Kabuff von Schwarz und holte den Zwetschgenschnaps aus der Schublade. Da er die Gläser nicht fand, trank er das Zwetschgenwasser aus der Flasche.

Seit zwanzig Jahren war er nicht mehr auf dem Speicher gewesen. Früher hatte er sich da oben immer versteckt. Wenn er beim Sauschlachten davongelaufen war, hatte er sich auf den Speicher geschlichen und sich in der Faschingskiste verborgen. Oder im Kleiderschrank, wo die alten Mäntel, Jacken, Hosen und Hemden hingen. Der Kleiderschrank war immer abgesperrt. Faller wußte aber, dass der Schlüssel unter dem Schrank hinter der Zierleiste lag.

Er sperrte auf. Die Mäntel, die Jacken, Hemden und Hosen waren noch immer da. Erst jetzt fiel ihm auf, was das für Kleider waren. Uniformen. Er holte sie heraus und legte sie auf den Boden. Es waren ein Wintermantel, mehrere graue Hosen, ein dunkelgraues Wollhemd und eine hüftlange, feldgraue Jacke mit Sturmgeschützbesatz. Auf der Brust waren drei Abzeichen befestigt. Eine Nahkampfspange aus Silber und ein allgemeines Sturmabzeichen. Dazu ein Ärmelstreifen, mit der Aufschrift *Nordland*. Auf der grauen Feldmütze waren ein Totenkopf und das Hoheitsabzeichen eingewebt. Wie viele Schränke auf den Speichern im Dorf sind wohl noch voll, dachte Faller und durchsuchte die Taschen. Er fand ein Sturmfeuerzeug, Handschuhe, zwei Rechnungen, einen Knopf, eine völlig zerbröselte Zigarette und eine Taschenuhr mit Hakenkreuz und der Aufschrift: *Ein Volk ein Reich ein Führer*. Im Schrank lag noch eine P08 Pistole, in einer schwarzen Pistolentasche, daneben eine Schachtel mit Munition. Ein Gürtel mit SS-Koppelschloß und dem eingestanzten SS-Motto: *Meine Ehre heißt Treue*. Eine schwarze Krawatte, einige Ausgaben vom *Stürmer* und

Fallers Elser-Bild, das er an seinem Schrank vermisst hatte. Es zeigte Elser nach seiner Festnahme, mit dichtem, schwarzem Haar und entschlossenem Blick.

In der Weihnachtskiste lagen noch immer die Kugeln, die Christbaumspitze, das Lametta, die Krippe, die Maria- und Josef-Figuren, der Ochs, der Esel und das nackte Christuskind.

In der Kiste mit den Faschingskostümen befand sich der von der Mutter geschneiderte Cowboy-Anzug. Eine Lederweste mit Sheriff-Stern, ein Filzhut mit rotem Band, eine Hose mit Fransen. Daneben lag das gelbe Fotoalbum. Wie kommt das denn in die Faschingskiste, dachte Faller. Er schlug es auf und blätterte darin. Zwischen den Fotoseiten, lag dünnes Pergamentpapier. Er sah gezackte Bilder mit weißem Rand. Kinderfotos: mit Dreirad, vor dem Weihnachtsbaum, auf dem Traktor. Faller schlug das Album wieder zu. Dann nahm er das Buch *Die Großen am Ball* aus einer Schachtel, in der alles lag, was im Kinderzimmer im Laufe der Zeit seinen Platz verloren hatte. Spielzeug, Knobelbecher, das *Mensch-ärgere-dich-nicht*-Spiel, Teddybären, Malbücher, der Fischer-Baukasten, Zinnsoldaten, ein Modellflugzeug, das Mikroskop, *Das große Buch der Seefahrt* und die Briefmarkensammlung. Faller packte das Buch zum Fotoalbum in eine Plastiktüte. Dann legte er die P08 und die Patronen dazu. In einem alten Küchenbuffet fand er noch eine Schneekugel. Auch die steckte er in die Tüte. Neben der Treppe und den alten Winterschuhen stand das Tischfußballspiel. Ein Geburtstagsgeschenk. Anfänglich, mit acht, neun Jahren hatte der Vater mit ihm gespielt, solange der noch gegen ihn gewinnen konnte. Als Faller älter und immer besser geworden war und der Vater ständig verlor, spielten sie nicht mehr. Manchmal kam Richard und spielte mit Faller eine Partie. Bis auch der nicht mehr gewann. Seitdem stand das Tischfußballspiel auf dem Dachboden. Faller warf noch den kleinen, weißen Tischfußball in die Tüte, dachte, das reicht jetzt, und stieg die Treppe vom Dachboden wieder herunter.

Er sitzt unruhig auf einem bei jeder Bewegung knarzenden Stuhl in einem völlig überhitzten Raum in Haidhausen. Die Adresse hat er von dem Serviermädchen Liesl aus dem Bürgerbräukeller.

»Der fragt nicht viel und behandelt dich auch, wenn du nur wenig Geld hast«, sagt sie und schreibt ihm den Namen und die Straße mit krakeliger Schrift auf einen Bierdeckel.

»Dann kommen Sie mal mit!«, ruft der Arzt durch einen Türspalt ins Wartezimmer. Elser steht auf und folgt dem mit schnellen Schritten vorauseilenden Doktor. Elser fällt auf, dass der Mann mit dem schütteren Haar ein wenig hinkt.

»Bitte nach Ihnen. Setzen Sie sich!«

Der Arzt, dessen schmale Brille bis fast zur Nasenspitze gerutscht ist, zeigt in ein fast leeres Zimmer, in das Elser ein wenig zögerlich eintritt. Er setzt sich auf einen Stuhl vor einem Schreibtisch über dem ein verstörend buntes Gemälde hängt. Elsers Blick verharrt einen kurzen Augenblick auf dem fast quadratischen Bild. Darauf sind zwei verzerrte Kriegskrüppel abgebildet; ihre Beine sind amputiert, die Rümpfe bewegen sich auf Wägelchen vorwärts. Hinter ihnen sind zwei Schaufenster zu sehen, in denen menschliche Versatzstücke, Torsi und Extremitäten feilgeboten werden.

»Entartet!«, sagt der Doktor lapidar, als er Elsers Blick bemerkt. »Aber deswegen sind Sie sicherlich nicht zu mir gekommen?!«

Elser schüttelt den Kopf und zeigt auf sein rechtes Knie.

»Na, dann krempeln Sie mal die Hose hoch.«

Elser zieht die Knickerbockerhose am rechten Bein bis über das Knie. Der Doktor schiebt die Brille nach oben und beugt sich zu Elsers Knie hinab.

»Das sieht gar nicht gut aus!«, sagt er. Mit dem Finger drückt er ganz leicht gegen die Kniescheibe. Elser zuckt zusammen.

»Das ist eine schwere Entzündung, das ganze Knie ist voller Eiter.«

Der Doktor steht auf, geht an seinen Glasschrank und holt ein Skalpell, eine bauchige bräunliche Flasche, einen großen, weißen Wattebausch und eine ebenso frische Mullbinde heraus.

»Wochenlanges Knien auf kaltem Boden, nicht wahr?«

Elser nickt.

»Sicher arbeiten Sie auf dem Bau, nicht wahr? Maurer?«

Noch ehe Elser etwas sagen kann, sagt der Doktor vertraulich: »Ich kann Sie leider nicht krankschreiben, das wissen Sie, nicht wahr?«

Elser nickt wieder.

»Aber keine Sorge, ich kann Ihnen helfen. Beißen Sie auf die Zähne, jetzt wird es ein wenig weh tun.«

Elser öffnet die Augen; der Wattebausch ist triefend gelb. Der Doktor tupft die Wunde mit einer Flüssigkeit ab, schmiert eine Salbe darauf und verbindet mit der sauberen Mullbinde sein Knie. Dann steht er auf, geht abermals zum Schrank, holt eine Tube und mehrere steril verpackte Mullbinden hervor und gibt sie Elser.

»Damit schmieren Sie ihr Knie jeden Tag zweimal ein und dann umwickeln Sie es locker mit der Binde.«

»Danke, Herr Doktor.«

»Nach Möglichkeit knien Sie in den nächsten Wochen nicht mehr.«

Elser nickt.

»Kommen Sie nächste Woche noch einmal vorbei.«

»Was bin ich Ihnen schuldig?«, fragt Elser, nachdem er seine Knickerbocker-Hose wieder über das Knie gestülpt hat.

Der Doktor schiebt die Brille bis zur Nasenwurzel hoch und guckt Elser mit durchdringendem Blick an, als ob er ihn für den Bruchteil einer Sekunde durchschauen würde.

»Nichts!«

»Danke!«

Elser steht auf und geht zur Tür. Dort dreht er sich noch einmal um, zeigt auf das Bild über dem Schreibtisch und fragt: »Warum entartet?«

»Das müssen Sie den *Führer* fragen«, entgegnet der Doktor.

Der Herbst war schon immer Fallers liebste Jahreszeit. Wenn sich die Blätter der Bäume langsam verfärbten, abfielen und es anfing, nach Schnee zu riechen, fühlte sich Faller am wohlsten. Während seine Schulkameraden aus Königsbronn am liebsten im Sommer mit dem Fahrrad nach Heidenheim zur Schule fuhren, radelte Faller sogar noch im Herbst und bis weit in den Winter hinein. Wenn der Herbst vorbei war, wurde er depressiv. Annkathrin sagte, das sei die jährlich wiederkehrende Winterdepression: »Weil der Winter da ist!« Faller wusste, dass das nicht stimmte. Er war depressiv, nicht weil der Winter kam, sondern weil der Herbst vorbei war.

Er lieh sich von Evi ein Fahrrad aus und fuhr zum Hartwald. Im Hartwald radelte er über die Kieswaldwege zur Burgruine Herwartstein. Da war er mit Karla verabredet. Sie war nicht da. Er stellte das Rad ab und ging die letzten

Meter zu Fuß weiter. Die Burgruine hatte sich nicht verändert. Wie auch, eine Burgruine bleibt eine Burgruine, dachte er – und einer der Orte seiner Jugend. Hier hatten sie gesessen – er, Evi, Bottich, manchmal auch Claudia Tetzlaff und die anderen. Sie hatten gekifft, Bier aus mitgebrachten Flaschen getrunken und Musik gehört.

Faller stand an der Ruine, sah ins Tal und lauschte den verklungenen Liedern hinterher.

»Waaaa!«

Faller erschrak und drehte sich um. Karla stand vor ihm.

»Erschrocken?«

»Was soll das!«

Sie küsste ihn.

»Wenn man dich so von hinten sieht, könnte man glauben, er ist es.«

»Wer?« fragte Faller erstaunt.

»Der Häusleschleicher!«

»Das scheinst jetzt aber eher du gewesen zu sein«, entgegnete Faller. Karla lachte.

»Die Haare, die Statur, die Art und Weise …«

»Quatsch!«

»Wie du da stehst.«

»Du spinnst doch!«

»Na, und du etwa nicht?!«

Seit einer halben Stunde sitzt Georg Elser schon versunken im Münchner Alten Peter auf einer Holzbank, starrt nach vorne zum Altar und denkt nach. Die Gedanken kommen und gehen. Er ist in die kühle Kirche geflüchtet, am Nachmittag, um seinen zitternden Händen einen Halt zu geben. In einer katholischen Kirche sitzt er, obgleich er doch evangelisch ist. Er ist nicht übermäßig gläubig. Er glaubt an Gott, das schon, den Allmächtigen, weiß aber auch, dass der nicht alles regeln kann und das es entschlossene, mutige Menschen braucht, um das große Blutvergießen zu verhindern. Warum gerade er so ein Mensch sein soll, weiß er nicht. Darüber will er sich auch gar nicht den Kopf zerbrechen. Ich glaube an Himmel und Hölle, denkt Elser auf der harten Holzbank sitzend, so wie ich es im Religions- und Konfirmandenunterricht gehört habe. Ich glaube, dass Gott auch persönlich in einem Gebet angerufen werden kann und das er das hört und erfüllen kann, wenn er will.

Das Loch im Pfeiler ist jetzt längst so groß, dass alles, was vorgesehen ist, eingebaut werden kann. Er weiß, was er zu tut hat, und will sich auch nicht von der Gefahr, entdeckt zu werden, und der Angst um die Folgen davon abbringen lassen. Sein Entschluss ist unumstößlich; dennoch wird er zunehmend nervöser, auch unsicherer, ob alles wie geplant funktionieren und sich die Anstrengung lohnen wird. Nicht für ihn – es geht ihm nicht um sich selbst, sondern für Deutschland. Es geht ihm um das, was dem Land und seinen Menschen erspart bleiben soll.

»Geht's Ihnen nicht gut?«, hört er plötzlich eine leise Stimme. Er blickt auf und sieht eine alte Frau neben sich stehen, aufgestützt auf einen Stock. Sie schaut ihn aus wässrigenAugen an und legt ihre faltige, mit braunen Punkten übersäte Hand auf seine Schulter. Elser erschrickt.

»Sie sehen nicht gut aus«, sagt die Alte und zieht ihre Hand wieder zurück.

»Nein, nein, ist schon alles in Ordnung.«

Die Alte wendet sich ab und Elser flüstert: »Ich bleib nur noch ein wenig hier sitzen.«

Er riecht jetzt erst den Weihrauch, der in dem kalten Kirchenschiff hängt. Irgendwie riecht es hier aber auch nach

Waldboden, findet Elser, und auch ein bisschen nach verschwitzten Messgewändern. Nach einer angenehmen, beruhigenden Stille. Er lauscht in sich hinein und hört sich jetzt selbst reden, sehr leise, sodass er gut zuhören muss, um sich selbst zu verstehen.

»Ich glaube, dass sich nichts in der Welt abspielt, von dem Gott nichts weiß. Die Menschen mögen ihren freien Lauf haben, aber Gott kann sich dreinmischen, wann er will.«

Seit fast drei Monaten ist Elser jetzt in München. Bald ist er am Ziel. Das Knie ist noch immer entzündet, eitert und verursacht höllische Schmerzen; trotz der Salbe des Arztes. Aber wenn er daran denkt, warum er in der Nacht vor der Säule kniet, sind die Schmerzen erträglich.

Er steht auf, taucht seine Finger, die von der Kälte steif sind, in das eisige Weihwasserbecken und bekreuzigt sich, bevor er wieder hinaus in die Münchner Geschäftigkeit tritt.

Es ist der 31. Oktober 1939, eine Woche vor Hitlers Rede. Morgen will er den Zündmechanismus installieren.

Faller stand, mit einem Strauß Chrysanthemen in der Hand, in München vor einem Haus in der Türkenstraße. Hier also hat Georg Elser im Jahre 1939 fast drei Monate lang gewohnt, dachte Faller. Im zweiten Stock, für 17,50 Reichsmark im Monat. Das schlauchförmige Zimmer von zwei Metern Breite und fünf Metern Länge war weniger ein Zimmer als vielmehr ein Abstellraum, zwischen Küche und Wohnungstür. Von dort war Elser fast jeden Abend zum Bürgerbräukeller aufgebrochen.

Er klingelte. Der Türöffner summte. Faller betrat den Hof und ging von dort aus die Treppe nach oben. An der Tür erwartete ihn eine alte, grauhaarige Frau.

»Kommen Sie rein.«

Er hatte sich etwas einfallen lassen müssen. Die ehemalige Vermieterin von Elser wollte nicht mit ihm sprechen. Sie wolle mit dem Ganzen nichts mehr zu tun haben. Selbst sechzig Jahre danach sprach sie nicht gerne darüber. Faller hatte den Hörer aufgelegt und später noch einmal angerufen.

»Held hier, von den Stadtwerken München«, hatte er gesagt.

Er erzählte ihr etwas von einer Ehrung und einem Preis. 250 Mark hätte sie gewonnen. Aus allen Stromkunden Münchens sei Sie unter notarieller Aufsicht gezogen worden.

»Herzlichen Glückwunsch, Frau Lehmann! – Ich komme dann vorbei, um Ihnen das Geld, den Preis zu überreichen«, sagte er.

Jetzt saß er in ihrer Küche.

»Von den Stadtwerken sind Sie also«, sagte Frau Lehmann, bemüht, hochdeutsch zu sprechen.

Faller nickte. Ihr anfänglich mürrisches Gesicht hellte sich auf.

»Kaffee?«

»Gerne!«

Der Blumenstrauß stand in einer Vase auf dem Küchentisch. Daneben eine Schale mit Butterkeksen. Faller aß einen. Sie waren trocken und schmeckten alt. Dann fing er an, ihr Fragen zu stellen.

»Für das *MDirekt*, das Service-Magazin der Stadtwerke München, müßte ich noch einiges wissen.«

Zuerst fragte er belangloses Zeug, über ihren Strom- und Wasserverbrauch, über die Heizgewohnheiten. Ob es früher anders gewesen wäre und was sich verändert hätte. Als er dann beim Früher, bei der Vergangenheit war, kam er auf die nationalsozialistische Zeit zu sprechen, dann auf Elser.

»Nein, über das Ganze will ich nichts mehr sagen. Das ist vorbei.«

»Ich weiß. Aber sie müssen auch verstehen, dass sich die Menschen dafür interessieren. Das muss schon auch rein in den Artikel.«

Der Widerstand war schnell gebrochen.

»Noch einen Kaffee?«

»Gerne!«

»Wie war das denn damals, als der Elser zu Ihnen kam?«

Frau Lehmann blickte vor sich hin, konzentrierte sich. Dann wandte sie ihren Blick auf die Blumen in der Vase. Sie sagte, als würde sie nur zu den Chrysanthemen sprechen: »Mein Mann hat gesagt, schau dir die Leute an, die kommen. Hab ich gesagt, hineinschauen kann man in keinen.«

Faller nickte. Schleppend erzählte sie weiter.

»Dann ist der Herr Elser auch gekommen, und der hat gesagt, er ist Kunstschreiner und Erfinder.«

Eine Pause entstand, in der Faller wieder heftig nickte, bis es weiterging.

»Die Kammer von Herrn Elser war klein und hat so ein schmales Fenster gehabt und da war ein Nachtkästchen und da war ein Bett«, sagte sie, als würde sie es jetzt, im Moment erst sehen. Faller nickte, als ob auch er es sehen würde.

»Eines schönen Tages hab ich da drin aufgeräumt. Dann war am Fenster hinten ein Akkumulator. Da habe ich mir gedacht, zu was braucht denn der einen Akkumulator?«

Wieder entstand eine Pause, in der sie die Frage offenbar mehrmals durchdachte und die Vergangenheit rekonstruierte. Faller nickte ihr aufmunternd zu.

»Und eines schönen Sonntags sage ich zu meinem Mann, du, komm mit, jetzt gehst du mit mir rüber und schaust dir das an, da hinten steht ein Akkumulator, und am Schreibtisch ist so eine Uhr gestanden.«

Sie sah zum Einbauschrank, wo die Keksschachtel lag. Faller folgte ihrem Blick.

»Naja, jedenfalls hat mein Mann den Akkumulator angeschaut, und das war sehr schmal da drinnen, in der Kammer, und dann sind wir da rausgegangen, und dann schaut mein Mann da so hin und sagt mit lachender Miene zu mir, hat er mich so angelacht, dann hat er gesagt, der wird doch nicht eine Höllenmaschine bauen.«

Frau Lehmann blickte Faller an. Er zuckte zusammen, als ob er der Herr Lehmann gewesen wäre. Dann schmunzelte er und nickte wieder.

»Dann haben wir alle zwei gelacht und sind hinausgegangen«, sagte sie. »Noch einen Kaffee?«

»Gerne.«

»Bei dem Schreiner in der Nachbarschaft, in der Türkenstraße 59, gleich da drüben, da hat er eine freie Hobelbank gehabt und da ist der Herr Elser einmal gekommen und hat gefragt, ob er da was arbeiten darf«, erzählte sie mit Blick auf die Chrysanthemen. »Das hat mir die Rosa erzählt.«

Rosa, auch eine Frau in der Türkenstraße, dachte Faller, die damals, als Kind, Elser begegnet war.

»Nachdem die Hobelbank frei war, hat er sie dem Herrn Elser überlassen. Ich erinnere mich noch so gut an den Herrn Elser. Der ist immer mit so einer blauen Schürze herumgelaufen und lockiges Haar hat er gehabt und ist immer ganz leise herumgeschlichen. Mein Mann hat gesagt, der Herr Elser ist ein Häusleschleicher. Ich hab dann gelacht.«

Wieder sah sie zu Faller, woraufhin er erneut schmunzelte und bestätigend nickte.

»Und an der Hobelbank hat er ein Kistchen gehabt, und da waren lauter Zahnräder drin. Und da hat die Rosa ihn mal gefragt, was das ist. Dann hat er gesagt: das wird ein Patent!«

Wieder entstand eine Pause. Trotz Fallers Nicken kam nichts mehr von ihr, außer: »Wollen Sie noch einen Kaffee?«

»Nein, danke! Aber, könnte ich vielleicht mal Elsers Kammer sehen?«

»Die gibt's nicht mehr.«

Sie stand auf und ging voraus.

»Da ist jetzt ein Bad.«

»Da freuen sich aber die Stadtwerke!«

Er warf einen Blick in das Bad und erzählte Erfundenes über Durchlauferhitzer und die Münchner Wasserqualität. Frau Lehmann nickte stumm vor sich hin und Faller sah durchs Fenster in den Hinterhof. Dort spielten Kinder. Sie warfen einen Ball in die Luft und versuchten ihn aufzufangen. Es misslang jedesmal. Er bedankte sich bei Frau Lehmann, die etwas enttäuscht zu sein schien, als er gehen wollte. Länger als es ihm angenehm war, hielt Frau Lehmann beim Abschied seine Hand und sagte: »Kommens halt mal wieder vorbei, wenn Sie wollen!«

Faller ging.

Er hat alles in seinem Koffer, als das Licht auf der Galerie gelöscht wird. Er muss ganz genau arbeiten, darf sich keine Nachlässigkeit erlauben. Seine Knie schmerzen. Er öffnet die Tür an der Holzvertäfelung, danach den Koffer, nimmt vorsichtig den in einem Kasten installierten Sprengmechanismus mit den zwei Uhren und den Zeitzündern heraus. Er stellt ihn ganz behutsam in den ausgehöhlten Pfeiler. Den restlichen Raum füllt er mit Sprengstoff aus. Dann stellt er die Uhren und die Zeitzünder ein: Mittwoch, 8. November, 21.20 Uhr. Zu dieser Zeit wird Hitler genau unter der Säule stehen. Er lauscht noch einmal, ob die Uhren auch wirklich ticken, um dann das Loch in der Holzvertäfelung mit der Tür wieder zu verschließen.

Es ist der 6. November 1939, als Elser den Bürgerbräukeller verlässt und in den Zug nach Stuttgart steigt, um sein Werkzeug bei seiner Schwester Maria abzugeben.

»Das brauche ich jetzt nicht mehr«, sagt er, ohne zu verraten, warum.

Maria versucht, ihm auf den Zahn zu fühlen, löchert ihn immer wieder mit ihren Fragen. Aber Elser schüttelt nur beharrlich den Kopf, sagt: »Das wirst du schon noch rechtzeitig genug erfahren.«

Er wirkt müde, erschöpft und angespannt. Sie gehen im Schloßgarten spazieren. Elser geht angestrengt; weil seine Knie vereitert sind und schmerzen.

»Bist du verletzt?«, fragt Maria besorgt.

Elser schüttelt nur den Kopf: »Nicht der Rede wert.«

Er kommt ihr seltsam vor; noch immer verstockt und verschlossen, aber anders als früher.

Sie bringt ihn noch zum Bahnhof, fragt, wohin er jetzt will.

»In die Schweiz«, sagt Elser, überlegt, und dann fügt er hinzu: »Aber zuvor noch einmal nach München!«

Zum Abschied küsst Maria ihn auf die Wange, wünscht ihm alles Gute und bittet, dass er sich doch bald wieder melden soll. Elser nickt, mit Tränen in den Augen und winkt ihr – der Zug fährt bereits aus dem Bahnhof – vom Fenster aus zu.

Er sitzt ihm Abteil, raucht, schaut den vorüberfliegenden Häusern zu, den Bäumen, Äckern, Wiesen und Feldern – bis Zweifel in ihm aufkommen; Zweifel, ob die Uhren auch punktgenau gehen. Ob alles wie geplant und eingestellt abläuft. Er schläft ein, träumt von den drei vergangenen Monaten. Nicht einmal im Traum lässt ihn der

Plan los. Im Ohr hat er den gedämpften Hammerschlag auf den Meißel.

»München Hauptbahnhof, alles aussteigen, bitte!«

Die S-Bahn holperte über die Gleise, das Abteil war überhitzt. Faller saß am Fenster und sah sich selbst in der Scheibe gespiegelt. Die S2 Richtung Petershausen fuhr durch den Münchner Untergrund. Am Hauptbahnhof stieg eine Menschenmasse zu. Frauen mit Einkaufstüten, Männer in Lodenmänteln und Hüten mit Federn. Kinder an den Händen ihrer Mütter.

»Bitte zurückbleiben! Türen schließen selbsttätig! Vorsicht bei der Abfahrt!«

Die Durchsage klang metallisch, die Stimme genervt. Die Türen schlossen, das Abteil war voll. Viele standen. Holpernd ging es weiter. Die Luft wurde schlechter. Niemand unterhielt sich, alle starrten vor sich hin. Manche versteckten ihre Köpfe hinter Zeitungen. Andere guckten zum Fenster hinaus, in den dunklen Tunnel.

»Ist hier noch frei?«

Ein Mann setzte sich ihm gegenüber. Er trug eine schwarze, gefütterte Lederjacke mit Pelzkragen. Auf seinem Schoß lag ein Aktenkoffer. Auf dem Koffer ein Aufkleber: *Mit Sicherheit ein gutes Gefühl!* Klang nach einer Damenbinde, dachte Faller, war aber der Wahlkampfslogan einer Partei.

An der Hackerbrücke tauchte die S-Bahn aus dem Untergrund auf. Das Spiegelbild verschwand. Häuser, Züge, Gleise und ein grauer Himmel waren zu sehen. Es nieselte und große, dunkle Wolken hingen über der Stadt. Die Entfernungen zwischen den Haltestellen wurden immer größer. Die Häuser verschwanden, die Stadt ging in vereinzelte

Siedlungen, dann in immer kleiner werdende Dörfer über. Dann sah man nur noch Wiesen, Felder und am Horizont Wald. Immer mehr Menschen stiegen aus. Die S-Bahn war fast leer. Laim, Obermenzing, Allach, Karlsfeld, Dachau. Er war da.

Das Konzentrationslager Dachau – Vorbild für alle anderen Vernichtungslager der Nazis – lag auf freiem Feld. Zwischen den Gebäuden hing dünner Nebel. Es regnete schwach. Genau das richtige Wetter für einen solchen Besuch, dachte Faller. Die Zelle Georg Elsers, in der er unter dem Decknamen »Eller« eingesperrt gewesen war, war vor zwei Jahren rekonstruiert und der Öffentlichkeit zugänglich gemacht worden. Die Zelle lag im Kommandantur-Bau.

In dieser Zelle hier, dachte Faller. Er stand jetzt vor dem nackten Raum, sah die fleckigen Wände und die Gitter vor den drei Fenstern. Hier hatte er gesessen, Kette geraucht, geschlafen und auf sein Ende gewartet. Das kam am 9. April 1945, gegen 22 Uhr, als die Amerikaner bereits kurz vor Dachau standen. Elser wurde durch einen Genickschuss, auf Anweisung der Sicherheitspolizei, zwischen den zwei Krematorien auf dem Gelände des KZs umgebracht. Faller rezitierte wie ein Gebet den Brief des Chefs der Sicherheitspolizei, der Elsers Liquidierung auf Weisung von höchster Stelle veranlasste: »Auch wegen unseres besonderen Schutzhäftlings »Eller« wurde erneut an höchster Stelle Vortrag gehalten. Folgende Weisung ist ergangen: Bei einem nächtlichen Terrorangriff auf München bzw. auf die Umgebung von Dachau ist angeblich »Eller« tödlich verunglückt. Ich bitte, zu diesem Zweck »Eller« in absolut unauffälliger Weise nach Eintritt einer solchen Situation im Lager zu liquidieren. Ich bitte besorgt zu sein, dass darüber nur ganz wenige Personen, die ganz besonders zu verpflichten sind, Kenntnis erhalten. Die Vollzugsanzeige hierüber würde dann etwa an mich lauten: ›Am .... anlässlich des Terrorangriffs auf .... wurde u.a. der Schutzhäftling »Eller« tödlich verletzt.‹ Nach Kenntnis dieses Schreibens bitte ich es zu vernichten.«

Elsers Leiche wurde nie gefunden. Faller fröstelte, er bekam Gänsehaut. Er folgte den letzten Schritten Elsers. Er ging von der Zelle, durch das innere Tor vor dem Zellenbau, ins Lager hinaus. Von da zum Wachhaus am Lagereingang. Dann, am damaligen elektrischen Zaun vorbei, ans Ende des Lagers. Dort ging er über den schmalen Bach und durch das kleine Tor zum alten Krematorium. Hier muß es irgendwo gewesen sein, dachte er und blieb stehen. Hier hat ihn SS-Oberscharführer Theodor Heinrich Bongartz in den Kopf geschossen. Es nieselte noch immer. Grauer Nebel hing über dem Krematorium. Faller zündete sich eine Zigarette an und blies den Rauch in den Nebel.

Er ging zu Fuß. Vom Hauptbahnhof bis zum Gasteig wurde er zweimal kontrolliert. Einmal von einer Polizeistreife in Uniform, ein anderes Mal von Zivilbeamten. Beide Male verlangten sie seinen Personalausweis. Vielleicht lag es an seiner Akne, vielleicht verlieh sie seinem Gesicht ja einen verwegenen Ausdruck. Oder an der Stadt selbst. Das ist keine Weltstadt mit Herz, dachte Faller, sondern ein Dorf mit vielen Bullen. *Mit Sicherheit ein gutes Gefühl!* fiel ihm ein. Wenn Damenbinden-Slogans zum politischen Programm werden, kann man darauf nur mit einem Blutgemetzel reagieren, oder sich in den nächsten Zug setzen und so weit als möglich wegfahren, dachte er und lachte nervös.

»Was gibt's denn da zu lachen?«

»Das verstehen Sie nicht.«

»Nicht frech werden, gell.«

»Ich weiß, sonst geht's ab ins Wittelsbacher Palais.«

»Was?«

»Verzeihung, das war ja vor sechzig Jahren«, sagte er und dachte an Elser, der dort von der Gestapo, der *Sonderkommission Bürgerbräuattentat* gefoltert worden war.

Faller ging am Springbrunnen vorbei über den Stachus Richtung Marienplatz.

Menschen kamen ihm in Strömen entgegen. Sie trugen Einkaufstaschen, Kinder, aufgeklappte Regenschirme und Tirolerhüte. Ständig musste er ausweichen. Überall gab es Schuhgeschäfte, Bäckereien und Kleiderläden.

Auf der Ludwigsbrücke am Deutschen Museum blieb er kurz stehen und blickte zur Isar hinunter. War die nicht schon mal breiter, fragte er sich und spuckte ins Wasser. Dann ging er die Rosenheimer Straße hoch, zum Gasteig, an dessen Stelle früher der Bürgerbräukeller gestanden hatte. So auffällig der Gasteig sich jenseits der Isar wie ein Raumschiff aus roten Klinkersteinen erhob, so unscheinbar war Elsers Gedenktafel an der Stelle des Attentats angebracht. Faller fand sie zuerst gar nicht. Die Gedenktafel – eine Bodenplatte aus Metall, die sich kaum von den Pflastersteinen abhob, war so versteckt montiert, dass man sie, selbst wenn man ungefähr wusste, wo sie war, nur schwer finden konnte. Kaum lesbar stand an der Stelle, wo sich die Säule mit dem Sprengkörper befunden hatte: *An dieser Stelle im ehemaligen Bürgerbräukeller versuchte der Schreiner Johann Georg Elser am 8. November 1939 ein Attentat auf Adolf Hitler. Er wollte damit dem Terror-Regime der Nationalsozialisten ein Ende setzen. Das Vorhaben scheiterte. Johann Georg Elser wurde nach 5 Jahren Haft am 9. April 1945 im Konzentrationslager Dachau ermordet.*

Der Vorschlag eines Bildhauers, an dieser Stelle die Säule mit dem Sprengkörper nachzubauen, war damals gescheitert. Die Säule wäre schon aus der Ferne zu sehen gewesen. Sie hätte das Attentat und Elser für jedermann sichtbar wie einen Pfeiler ins Bewusstsein der Münchner gerammt. Das wollte man dann doch nicht. Lieber die Bodenplatte, die niemand sah und allerhöchstens ein paar verirrte Schuhsohlen berührte.

Die Uhren funktionieren auf die Sekunde genau. Der Perfektionist ist zufrieden. Elser lächelt. Er ist stolz auf sich, auf sein Geschick, die Ausdauer und Präzision. Alles, was er die vielen Jahre zuvor gelernt hat – von der Eisendreherlehre bis zu der Arbeit in der Uhrenfabrik – hat er hier auf 70 mal 90 Zentimetern angewendet. Er steckt sich eine Zigarette an und raucht, neben der soeben wieder geschlossenen Tür der Holzverkleidung. Er beugt sich über das Geländer der Galerie hinaus und schaut hinab in den dunklen Saal, der wie ein riesiges, schlafendes Tier unter ihm liegt. Alles ist ruhig und sieht friedlich aus. Hier, genau unter ihm, an der Säule wird in exakt 22 Stunden und 50 Minuten Adolf Hitler stehen, vor dem jetzt schon aufgebauten Podest. Er wird ein letztes Mal seine hetzerischen Reden in den überfüllten Saal und durch die Volksempfänger ins ganze Land hinausbrüllen, denkt Elser. Mitten im Satz werden die Zeiger der Uhren in der Säule auf die 20 springen und Hitler wird für immer sein Maul halten.

Er atmet durch, wischt sich mit der Hand übers Gesicht und sagt ganz leise: »Dann ist es geschafft!«

Er drückt die Zigarette mit dem Fuß aus, steckt den Stummel in seine Jackentasche, zieht sich ein letztes Mal in die Abstellkammer zurück und wartet bis sechs Uhr. Schlafen kann er jetzt nicht. Selbst Dösen fällt ihm schwer. Er ist viel zu aufgeregt, als dass er entspannt auf den Kisten sitzen könnte. Er denkt an etwas Schönes; das hilft manchmal. Er denkt an Elsa und hört sie beschwingt und glücklich sagen: »Weißt du was Schorsch, wenn wir mal heiraten, wir zwei, dann fahren wir ganz weit weg in die Flitterwochen!«

Er hört sich selbst sagen: »Nach England?!«

»Frankreich!«, verbessert Elsa.

»Ach was, wenn, dann gleich nach Amerika!«, sagt Elser, und Elsa tippt sich lachend an die Stirn.

Um sechs Uhr macht er sich durch den Notausgang in der Küche davon.

Mit seinem dunkelblauen Kammgarnanzug, den Halbschuhen und dem kaffeebraunen Pullover setzt er sich auf eine Parkbank in den Englischen Garten, auf der ein Metallschild mit der Aufschrift prangt *Für Juden verboten,* und steckt sich eine Zigarette an. Er wartet, bis die Sonne aufgeht. Wieder denkt er an Elsa und daran, dass jetzt vielleicht die Gelegenheit wäre, bei ihr vorbeizufahren. Er könnte sie davon überzeugen, mit ihm in die Schweiz zu gehen. Zeit dafür wäre noch genug. Seit Monaten hat er nichts mehr von ihr gehört. Ihren letzten Liebesbrief liest er bei aufgehender Sonne. Mit jedem Wort der mit Hand geschriebenen paar Zeilen seiner ehemaligen Freundin drängt sich ihm ihre warme, einfühlsame Stimme ins Ohr: »Wo bist Du, Schorsch, mein Lieber? Warum meldest Du dich nicht? Ich denke oft an Dich und wäre gern in Deiner Nähe. Ich hab Dich doch so lieb und in mein Herz geschlossen. Und ich hoffe, Du mich auch.«

Elser nickt in den langsam immer heller werdenden Englischen Garten hinein, faltet den Brief wieder zusammen, steht auf, klopft den Stoff seiner Kammgarnhose ab und geht.

Der Zug fuhr über die Alb. Überall lag Schnee. Die Sonne spiegelte sich im Fenster und blendete sein Gesicht. Faller kniff die Augen zusammen und sah hinaus, der vorbeifahrenden Landschaft entgegen. Er hatte die letzten Nächte kaum geschlafen. Oder nur schlecht. Zuviel war passiert, als dass er hätte zur Ruhe kommen können. Seine Gedanken zerfaserten unaufhaltsam. Immer wieder Karla. Sie rief ihn jetzt jeden Tag an, manchmal sogar zweimal. Jedesmal wollte sie sich mit ihm treffen. Am Brenztopf, im Klosterhof hinter den hohen Sträuchern, an der Sprungschanze und zuletzt sogar in der Kellerwohnung bei ihr zu Hause. Die Treffen waren immer kurz und heftig. Danach konnte Faller an nichts anderes mehr denken als an sie.

Immer wieder fielen ihm die Augen zu. Sein Kopf rutschte nach vorne und schlug gegen das Zugfenster. Jedes Mal schreckte er hoch.

Er ging in den Speisewagen und bestellte ein Fläschchen Wein.

»Wollen Sie etwas dazu essen?«, fragte der Kellner. Faller hatte keinen Hunger. Seit Tagen brachte er kaum einen Bissen hinunter.

Er hörte hinter sich eine Frau und einen Mann miteinander reden. Die Stimme der Frau klang so ähnlich wie die von Annkathrin. Faller schloß die Augen und versuchte, sich Annkathrin vorzustellen. Er dachte an ihre feinen, schwarzen Haare, den Mund mit den schmalen Lippen, das ovale Gesicht, das bei zuviel Sonne sofort rot wurde. Die etwas zu weit auseinanderstehenden Augen. Die hohe Stirn. Es gelang Faller ohne Schwierigkeiten, sich alle Einzelheiten ihres Körpers zu vergegenwärtigen. Daraus ein Ganzes entstehen zu lassen, gelang ihm aber nicht.

Am späten Nachmittag kam er in Marburg an. Er fuhr sofort in das Institut. Professor Mühlbauer empfing ihn. Er war ein älterer Herr, der mehr an Fallers Forschungsarbeit interessiert schien als an seinem eigentlichem Anliegen.

»Erzählen Sie, was haben Sie Neues entdeckt in Sachen Elser?«

Faller hatte keine Lust, über Elser zu reden. Schon gar nicht über seine Arbeit. Auch nicht mit einem Professor für Politikwissenschaft, der sich mit der Forschung über den Widerstand im Nationalsozialismus einen Namen gemacht hatte.

»Elsers Leben ist weitgehend erforscht, das wissen Sie ja so gut wie ich«, sagte Faller. »Mir geht es auch weniger um sein Leben als um das unsere. Soll heißen, um das Leben der Deutschen nach dem Krieg, ihren Umgang mit Elsers Tat. Da hat sich leider ebenfalls wenig verändert. Und, dennoch gibt es neue Erkenntnisse, ich möchte sagen Erklärungen, bezüglich des Elser-Gedenkens. Aber da will ich, und das werden Sie sicher verstehen, Herr Professor, meinen Ergebnissen nicht vorgreifen.«

Etwas enttäuscht nickte der Professor.

»Aber, Sie wissen ja, das ist nicht der Grund, weswegen ich Sie aufsuche.«

»Ich weiß, Sie interessieren sich für die Arbeit von Daniel Held.«

»Ja, für seine Arbeit und vor allem für ihn. Sicher wissen Sie, dass er bei einem Unfall ums Leben gekommen ist«, sagte Faller.

Der Professor nickte.

»Aber vielleicht ist Ihnen nicht bekannt, dass die Umstände äußerst dubios waren. Es kann nämlich nicht ausgeschlossen werden, dass Daniel Held Opfer eines Mordes geworden ist.«

Faller erschrak. So hatte er sich selbst noch nie über den Tod von Held sprechen hören. Die Wortwahl schien nicht nur Faller zu beunruhigen, sondern auch den Professor. Er nahm die Brille ab und steckte einen Bügel in den Mund, schürzte die Lippen, als wollte er daran saugen.

»Ich weiß jetzt gar nicht, wie ich Ihnen diesbezüglich weiterhelfen kann.«

Der Professor schien zu überlegen. Faller auch.

»Seine Diplomarbeit hat er nicht fertiggestellt.«

»Wo ist das, was er bis dahin geschrieben hatte?«

»Bei seiner Schwester. Er hat es ihr, vor seinem Tod, zugeschickt.«

»Was?«

»Ja, sie hat mich nach seinem Tod angerufen und mich gefragt, was sie damit machen solle. Offenbar hatte er meine Nummer auf der Arbeit vermerkt.«

»Und?«

»Na ja, ich fragte, wie umfangreich sie denn wäre. Und, als sie sagte, nur wenige Seiten stark, sagte ich ihr, sie solle sie behalten, als Andenken an ihren verstorbenen Bruder.«

»Wo wohnt diese Schwester?«

»Sie lebt wohl in der Schweiz. Warten Sie, ich habe es mir aufgeschrieben.«

Er blätterte in einem von Kaffeeflecken übersäten Notizbuch.

»Hier. Veronika Held, Vals, Graubünden – sag ich doch, das ist in der Schweiz. Ja, jetzt erinnere ich mich wieder, dass sie mir erzählte, sie arbeite in diesem berühmten Thermalbad. Jetzt fällt mir der Name wieder nicht ein. Das wird immer schlimmer, mit meinem Gedächtnis.«

»Und die Telefonnummer?«

»Welche Telefonnummer?«

»Ihre.«

»Meine?«

»Nein, die der Schwester.«

»Ach so, ja, Moment, hier, 081/926, hm, und der Rest ist unleserlich.«

Er versuchte zu lachen.

»Was können Sie über Daniel Held sagen, was wissen Sie über ihn?«, fragte Faller.

»Nichts! Wenn ich ehrlich bin, nichts. Ich kann mich an ihn erinnern, ja, das schon. Aber kennen? Nein. Er war unscheinbar. Die drei, vier Male, wo wir uns trafen, ist mir nichts Außergewöhnliches an ihm aufgefallen. Höchstens, ja, er schlug sehr entschieden sein Diplomthema vor. Ich versuchte ihm noch eine Alternative anzubieten, da ich wusste, dass in Sachen Elser nicht viel Neues zu erfahren ist. Aber er lehnte hartnäckig ab. Er hatte sich offenbar auf Elser eingeschossen. Er war überzeugt, dass er erfolgreich sein würde. Ich sagte ihm: ›Wenn Sie meinen, dann legen Sie mal los‹. Von da an habe ich ihn nicht mehr gesehen. Die Sprechstundentermine nahm er nie wahr. Nur einmal, da schickte er mir ein Fax. Ob ich das noch finde?«

Der Professor suchte ergebnislos ein paar Schubladen durch.

»Nein, warten Sie, jetzt fällt es mir ein, es war kein Fax, es war eine E-Mail.«

»Frau Reuter!«, rief der Professor in das Sekretariat nebenan.

Eine pummelige Frau betrat sein Büro.

»Frau Reuter, erinnern Sie sich noch, Sie haben mir doch eine E-Mail gegeben, von diesem, diesem Daniel Held, ein Student.«

Frau Reuter schüttelte den Kopf, zuckte mit den Achseln und schnitt dabei häßliche Grimassen. Faller schaltete sich ein.

»Frau Reuter, gibt es bei Ihnen eine Möglichkeit, die alten E-Mails einzusehen.«

»Natürlich! Die werden in einem extra Ordner abgelegt.«

»Na, wunderbar!« sagte Mühlbauer. »Dann holen Sie doch mal den Ordner.«

Frau Reuter guckte jetzt, als ob der Professor nicht mehr alle Tassen im Schrank hätte.

»Im Computer!«

»Ach so, dann, dann gehen Sie doch einfach mit. Ich meine, Herr, äh, gehen Sie mit, also mit Frau Reuter.«

Faller stand auf, bedankte sich beim Professor und folgte der Sekretärin.

Unter dem 2. Januar war folgende E-Mail zu lesen:

sehr geehrter herr prof. mühlbauer.

mein aufenthalt in königsbronn verlängert sich. ich habe neue entdeckungen gemacht, die mein eigentliches forschungsgebiet zwar völlig überschreiten, aber doch von ungeheuerem interesse sein werden. dahingehend müsste ich auch mein diplomthema ändern. nicht das attentat elsers soll das thema sein, sondern der umgang der bevölkerung mit diesem mann und seiner tat – vor allem heute. nur soviel: in königsbronn und umgebung gibt es nach wie vor rechtsextremisten – mehr als man denkt. bei der letzten landtagswahl waren es fast 12 % !!! das ist für die meisten nichts als bloß eine zahl. ich habe herausgefunden, was und wer dahinter steckt – das muss folgen haben, denn:

der geist ist nur, was er tut!!!

in diesem sinne.
herzlichst, daniel held.

Er fährt am Morgen mit dem Zug nach Friedrichshafen. Bei einem Frisör in der Friedrichshafener Innenstadt läßt er sich rasieren.

»Das ist auch mal wieder notwendig«, sagt der Frisör, als er Elser mit einem duftenden Rasierschaum einseift.

»Ich habe zuletzt wenig Zeit gehabt für sowas«, sagt Elser entschuldigend.

»So mühselig war es?«

Elser sieht sich selbst im Spiegel, weiß zwischen den Ohren.

»Die Haare könnten es auch mal wieder vertragen«, sagt der Frisör.

»Ein anderes Mal, vielleicht«, entgegnet Elser »Jetzt pressiert's mir ein wenig.«

»Wenn das so weitergeht, hat bald niemand mehr für irgendetwas anderes Zeit als für das, was in der Weltgeschichte vor sich geht«, sagt der Frisör nachdenklich und zieht das Rasiermesser mehrmals über einen gespannten Lederriemen.

Elser zuckt mit den Schultern.

»Aber das ist dann auch schon egal, weil ich selbst höchstwahrscheinlich auch keine Zeit mehr haben werde, andere zu rasieren«, meint der Frisör, »höchstens im Schützengraben.«

Dann lacht er gekünstelt, legt das Messer an Elsers Wange an und zieht es langsam bis zum Kinn.

»Habe ich Recht?«

Frisch rasiert und nach einem alten englischen Rasierwasser duftend, setzt er mit dem Schiff nach Konstanz über. Schon ein paar Monate zuvor hat er sich den Fluchtweg genau angesehen. Er war überrascht, dass die Grenze nur so lax kontrolliert wird. Elser schaut auf seine Taschenuhr. Es ist genau acht. Er lauscht an einem der Fenster und hört

Hitlers bellende Stimme aus dem Volksempfänger dringen. Es ist die Übertragung aus dem Bürgerbräukeller. Die alten Kämpfer jubeln; Hitler hetzt. Nicht mehr lange, denkt Elser und hört die Uhr im Pfeiler in Gedanken ticken. Er schlendert durch die Nacht, Richtung Grenze. Ein Nieselregen setzt ein; Nebelschwaden ziehen vom See her. Hier hat er schon einmal gewohnt, in seiner schönsten Zeit. Er blickt sich um; niemand ist zu sehen. Er biegt in die Schwedenschanze ein. Es ist jetzt Viertel vor neun. 35 Minuten noch, denkt Elser und ist in Gedanken ganz bei der Bombe. Er steht vor dem Garten des Wessenbergschen Erziehungsheims. Da hindurch, dann ist er in der Schweiz; ein paar Schritte nur, dann hat er es geschafft, er schmunzelt, zündet sich eine Zigarette an und will losgehen.

»Halt, stehenbleiben!«

Elser erschrickt, bleibt stehen; er blickt in den Lichtkegel einer Taschenlampe. Ein Zöllner steht vor ihm.

»Was machst du da?«

»Hab mich ein bißchen verlaufen«, sagt Elser eingeschüchtert.

»Mitkommen!«

Im Zollamt muß Elser alles, was er in den Taschen hat, auf den Tisch legen. Auf dem Tisch liegen jetzt Schrauben, Federn, Bolzen, eine Beißzange und eine Postkarte vom Bürgerbräukeller. Am Jackenaufschlag entdecken die Zöllner eine Anstecknadel der mittlerweile illegalen kommunistischen Rotkämpferfront. Elser ist ganz ruhig. Es ist 21.20 Uhr.

Kaum war er wieder in Ochsenfurt zurück, klingelte sein Handy.

»Ich habe solche Sehnsucht nach dir, komm vorbei. Mein Mann ist nicht da. Bitte.«

Ohne den Koffer auszupacken, machte sich Faller auf den Weg zu Karla. Als er ankam, war er außer Atem. Seine Knie zitterten, sein Mund fühlte sich trocken an. Die Haut in seinem Gesicht juckte. Karla empfing ihn, in einem schwarzen Satin-Bademantel, an der Tür der Kellerwohnung. Sie sagte nichts, nahm ihn bei der Hand und ging voraus ins Wohnzimmer. Jetzt hätte er sich wieder im Kreis, einmal um sich selbst drehen wollen. Alles wahrnehmen, was um ihn herum war. Karla hinderte ihn daran. Sie legte ihre Arme um seinen Hals.

»Hier hat also Held gewohnt.«

»Ja!«

Sie strich mehrmals über seine Haare und küsste ihn auf den Mund. Er machte sich los.

»Hast du das mit Held auch so gemacht.«

Er wunderte sich selbst über seine Worte.

»Spinnst du!«

Sie lachte hysterisch. Faller wunderte sich über ihre überzogene Reaktion.

»Held war ein Bürschchen. Held war ein Junge, ein Kind, kein Mann. Außerdem schwul!«

»Schwul?«

»Ja.«

»Woher weißt du das?«

»Er hat es mir gesagt.«

»Ich dachte, er hat kaum etwas gesprochen.«

»Woher weißt du das?«

»Schwarz hat es mir erzählt.«

»Schwarz!«, stieß sie verächtlich aus. »Vergiss Schwarz. Schwarz erzählt nur Scheiße.«

Sie sah für einen Augenblick sehr böse aus. Dann näherte sie sich ihm, fast schon tänzerisch. Wieder schlang sie ihre Arme um seinen Hals. Zärtlich strich sie ihm über das

Gesicht und flüsterte mit sanfter Stimme: »Natürlich hat er gesprochen, vielleicht nicht mit ihm, das kann ich verstehen, mit mir schon.«

»Und, was hat er gesagt?«

Karlas Gesicht kam Fallers jetzt ganz nahe. Ihre Nasenspitzen berührten sich. Ihre Finger strichen liebevoll über sein brennendes Gesicht und seinen Mund. Dann hauchte sie, dass es kaum zu verstehen war: »Er hat gesagt, ich will dein Held sein.«

Faller war an den Ort der Verhaftung von Georg Elser gereist. Er stand auf der Straße am Wessenbergschen Erziehungsheim in Konstanz, nur 25 Meter von der Schweizer Landesgrenze entfernt. Er blickte auf die Erinnerungstafel, die die Stadt Konstanz zum Gedenken an Elser hatte aufstellen lassen. *Johann Georg Elser*, stand eingraviert auf der Metallplatte. *In diesem Garten wurde der Tischlergeselle Johann Georg Elser, der von 1925-1932 in Konstanz gewohnt und gearbeitet hatte, am Abend des 8. November 1939 verhaftet. Kurz danach explodierte im Bürgerbräukeller in München die Zeitbombe, mit der Elser Adolf Hitler töten wollte. Der Diktator entging dem Anschlag. Der Wiederstandkämpfer …*

Faller stockte. Er traute seinen Augen kaum – der *Widerstandskämpfer* war tatsächlich mit *ie* und ohne *s* geschrieben worden.

Seit Elsers Verhaftung waren jetzt, fast auf den Tag genau, 62 Jahre vergangen. Faller blickte auf die Schweizer Seite hinüber und überlegte, was gewesen wäre, wenn Elser die Grenze unbeobachtet hätte passieren können und nicht auf den letzten 25 Metern geschnappt worden wäre. Was wäre aus ihm geworden? Er zuckte mit den Achseln. Menschen wie Elser wurden nie rehabilitiert. Solchen Menschen widerfuhr nie das Recht, das ihnen gebührte. Sie nahmen in der Geschichte nie den Platz ein, der für sie eigentlich reserviert sein sollte. Solche Menschen hatten es schwer. Schon zu Lebzeiten, und dann auch noch, wenn sie tot sind, dachte Faller. Elser war eben kein General wie Stauffenberg gewesen, kein Geistlicher wie Bonhoeffer, kein Intellektueller wie die Scholls, kein aktiver Gewerkschafter oder waschechter Kommunist – er war ein einfacher Handwerker, ein Schreiner, ein Mann aus dem Volk gewesen, ohne besondere intellektuelle Begabung und Schulbildung. Nur dem eigenen Gewissen und Gerechtigkeitsempfinden verpflichtet. Dafür musste er heute noch büßen. Dafür wurde er heute noch bestraft, der *Wiederstandkämpfer*. All das ging Faller durch den Kopf, als er am Wessenbergschen Erziehungsheim stand und seinen Blick über der Grenze in die Schweiz richtete. So lange, bis seine Gedanken abschweiften, um wieder bei Karla anzukommen. Er hatte das Gefühl, sofort etwas unternehmen zu müssen.

Er ging zum Bahnhof zurück und fuhr mit dem Zug nach Zürich. Von da dann weiter nach Chur in Graubünden, um von dort wiederum mit dem Postauto nach Vals zu fahren. Faller wollte die Schwester von Held treffen, die als Masseurin im dortigen Thermalbad arbeitete. Inzwischen hatte er aber noch einen anderen Grund, nach Graubünden zu fahren. Im Hotel würde er Karla treffen.

»Ich komme nach!«, hatte sie zu ihm gesagt.

»Und, was sagt dein Mann dazu?«

»Nichts. Der erfährt auch davon nichts.«

»Hier ist der Drahtlose Dienst. Wir geben Nachricht. Zunächst die Zeit, mit dem Gongschlag 12 Uhr und 34 Minuten. Achtung. 12 Uhr 34. Nachrichten des Drahtlosen Dienstes. Die Nachricht von dem Sprengstoffattentat, das gestern Abend in München im Bürgerbräukeller kurz nach der Abfahrt des Führers verübt wurde und bei dem sechs alte Kämpfer der Bewegung getötet, 29 schwer verletzt und eine Reihe weiterer Parteigenossen leicht verletzt wurden, hat im ganzen deutschen Volk Empörung und tiefsten Abscheu ausgelöst. In den Stunden, als das Attentat bekannt wurde …« – Ein Grenzbeamter stellt den Volksempfänger im Grenzkommissariat Konstanz leiser, wohin Elser von den Zollbeamten gebracht worden war.

Er tritt neben den Stuhl, auf dem Elser ruhig und aufrecht sitzt, und greift nach der Postkarte, die auf dem Tisch liegt.

»Ich werd' verrückt, das hier ist doch der Bürgerbräukeller!«

Er zeigt auf das Postkartenmotiv.

»Tatsächlich!«, bestätigt ein weiterer Grenzbeamter, der jetzt auf der anderen Seite von Elsers Stuhl auftaucht, und kratzt sich dabei nachdenklich am Backenbart.

»Warst du da schon mal?«

Elser schüttelt den Kopf. »Die habe ich geschenkt gekriegt.«

»So, so, geschenkt?«

Elser nickt, ohne auch nur einen Blick auf die Postkarte zu werfen.

»Sag' einmal, du lügst uns doch nicht an, oder?!«

»Und die Sachen hier, hast du die auch geschenkt gekriegt, was?«, bohrt der Kommissar und zeigt auf die Spiralfedern, Bolzen und Schrauben.

»Die gehören zu einer Uhr!«, versucht Elser den aufkommenden Verdacht der Kriminalbeamten zu zerstreuen.

Der mit dem Backenbart feixt. Der andere sagt: »Wie wär's, wenn du mal zur Abwechslung die Wahrheit sagen würdest?«

»Das hier sind eindeutig Teile eines Aufschlagzünders!«

Die Kriminalbeamten stellen jetzt eindringliche, unangenehme Fragen.

»Und was wolltest du mit der Beißzange?«, fragt einer der Beamten und klopft dabei auf die kleine, schwarze Beißzange, die auf dem Tisch vor Elser liegt. Damit wollte ich bei Bedarf den Grenzzaun aufschneiden, denkt Elser und sagt geknickt: »Ich habe gar nicht gewusst, dass ich die überhaupt in der Jackentasche habe.«

»Der lügt doch wie ein Anfänger!«, stößt der mit dem Backenbart aus und geht zur Tür. »Ich melde jetzt das Ganze der Staatspolizeileitstelle in Karlsruhe. Da wird sich dann schon zeigen, was Sache ist!«

»Abführen!«, brüllt der andere Beamte und schlägt Elser auf die Schulter.

Karla kam nicht. Um 15 Uhr hätte sie im Hotel eintreffen sollen. So hatten sie es ausgemacht.

»Verlass dich auf mich«, hatte sie gesagt und ihn angelächelt.

Faller wartete den ganzen Nachmittag auf sie. Sie rief nicht an und meldete sich auch nicht im Hotel. Mehrmals suchte er die Rezeption auf und erkundigte sich, ob eine Nachricht für ihn vorlag. Jedesmal sah der Hotelangestellte nach; jedesmal verneinte er. Zuerst machte sich Faller Sorgen. Vielleicht war ihr etwas passiert, dachte er. Ein Unfall. Oder etwas war dazwischengekommen. Vielleicht ihr Mann. Dann wurde er ärgerlich. Zuerst ärgerte er sich über Karla – ihre Unzuverlässigkeit, ihre Sprunghaftigkeit. Ihre Undurchschaubarkeit. Dann über sich selbst. Er nahm sich vor, sich von ihr nicht mehr an der Nase herumführen zu lassen. Er verbot sich jeden Gedanken an sie.

Schließlich ging er in die Therme und schwamm einige Bahnen im warmen Thermalwasser. Dann buchte er 50 Minuten Massage und bat darum, von Frau Held massiert zu werden.

Er lag nackt auf einer Lederliege, mit dem Gesicht nach unten. Überall schimmerte schwarz silberner Quarzitstein. Über seinem Po lag ein Handtuch. Eine kleine Frau mit großen Händen und kräftigen Oberarmen trat neben ihn. Bevor sie anfangen konnte, drehte sich Faller eilig zu ihr um. »Verzeihen Sie, Frau Held, aber ich bin nicht nur zu Ihnen gekommen, um mich massieren zu lassen.«

Die Frau, die gerade ihre Hände mit einem Massageöl einrieb, schaute etwas erstaunt, als ob sie überlegte, ob Faller ihr gerade ein unmoralisches Angebot gemacht hatte.

»Nein, verzeihen Sie, also nicht was sie jetzt vielleicht denken. Es geht um ihren Bruder.«

»Um Daniel?«

Faller schwieg.

»Der ist tot.«

»Ich weiß. Deswegen bin ich ja hier.«

Faller drehte sich wieder auf den Bauch. Frau Held fing an, mit ihren glitschigen Händen fest über seinen Körper zu streichen. Faller versuchte, derweil zu reden.

»Ich bin durch meine wissenschaftliche Tätigkeit auf Ihren Bruder aufmerksam geworden. Es hat sich herausgestellt, dass Ihr Bruder sich mit dem gleichen Thema beschäftigt …«

Er stockte kurz, dann fuhr er fort: »… beschäftigt hat, wie ich.«

Die Hände von Frau Held klatschten laut auf seinen Rücken.

»Ich war in Marburg, bei Professor Mühlbauer, den Sie ja auch kennen. Er sagte mir, Sie würden die Aufzeichnungen von ihrem Bruder aufbewahren.«

»Was?!« Frau Held unterbrach die Behandlung.

»Nein, die habe ich doch dem Herrn Professor zugeschickt!«

»Was?!« – Faller wollte sich wieder umdrehen. Frau Held hinderte ihn daran, drückte ihn zurück auf die Liege und massierte weiter. Ihre Hände kneteten jetzt kräftig die Muskeln am Hals und den Schultern.

»Ein paar Tage bevor Daniel ums Leben gekommen ist, fand ich in meinem Briefkasten ein Kuvert von ihm, mit vier eng beschriebenen Seiten.«

Sie griff ihm immer kräftiger ins Fleisch. Faller schwitzte. Die Haut im Gesicht brannte, die Muskeln schmerzten.

»Auf einem kleinen Zettel stand, ich solle diese Aufzeichnungen aufbewahren und im Falle, dass ihm etwas passieren sollte, an die beiliegende Adresse schicken. Als ich dann, ein paar Tage nach seinem Unfall, benachrichtigt wurde, habe ich die Seiten an den Professor geschickt. Dazu ein paar Zeilen, wie ich dazu gekommen war und wer ich bin.«

»Sie haben nicht mit ihm telefoniert?«, presste Faller unter dem Druck ihrer Bewegungen hervor.

»Nein, warum?«

»Seltsam.«

»Umdrehen!«

Frau Held hob das Handtuch an und blickte demonstrativ in die Ecke. Faller drehte sich mit einiger Mühe um. Als er auf dem Rücken lag, ließ Frau Held das Handtuch über seine Lenden sinken, schmierte sich wieder die Hände mit Massageöl ein und strich über seine Oberschenkel.

»Was auf den Seiten draufgestanden hat, können Sie nicht mehr sagen?«

»Ich habe es natürlich gelesen, das schon. Aber, ehrlich gesagt, habe ich es nicht richtig verstanden.«

Sie massierte seine Füße, auch die Zehen. Es kitzelte.

»Es war etwas ganz Wirres, mit vielen Zahlen und Namen. Es ging um rechtsextremistische Verbindungen, um Netzwerke, Skinheads, die sich heimlich trafen und Aktionen planten. Es waren Termine vermerkt, Internet-Adressen und Codewörter.«

Sie widmete sich jetzt Fallers Brustmuskulatur.

»Schließen Sie die Augen! Das lenkt sonst nur ab!«

Faller schloß die Augen und dachte, wovon? Wovon soll es ablenken?

»Daniel hatte sich schon immer für den Nationalsozialismus interessiert. Von Kindesbeinen an. Oder vielleicht auch eher für den Krieg, je nachdem. Früher hat er Miniatur-Panzer, Kampfflugzeuge, Messerschmitts und so'n Zeug gesammelt. Hat damit als Kind im Sand gespielt, wenn wir am Strand waren. Irgendwann hat sich seine Begeisterung dann in Ablehnung verwandelt. Vielleicht war das die Auflehnung gegen den Vater und vor allem den Großvater. Der war ein Nazi, wie er im Buche stand. Zuerst Gauleiter, dann SS-Sturmbannführer. Wir Kinder standen ziemlich unter seinem Einfluss, bis zu seinem Tod. Ich als Mädchen weniger, er aber mehr. Und unser Vater war nicht viel besser. Da musste sich Daniel einfach irgendwie von freimachen. Und da hat er sich plötzlich mehr für den Widerstand interessiert, den damaligen und den heutigen. Wehrdienstverweigerung, Antifa und all das.«

Sie massierte Fallers Schultern, dann die Halsmuskulatur und schließlich ganz zart, nur mit den Fingerkuppen, die Stirn. Faller konnte ihren warmen Atem in seinem Gesicht spüren.

»Wann haben Sie Ihren Bruder denn das letzte Mal gesehen?«, fragte er vorsichtig.

»Lassen Sie mich überlegen«, sagte sie und unterbrach die Massage. Faller öffnete die Augen.

»Das muss vor drei oder vier Jahren gewesen sein, bevor er nach Marburg ging. Er hat mich damals mit seiner Freundin besucht.«

»Mit seiner Freundin?«

»Sie waren zwei Wochen hier, in Vals, es war kurz nach der Eröffnung der Therme.«

Sie nahm ein Handtuch und wischte ihre Hände daran ab.

»So fertig, das war's!«

Sie reichte Faller den Bademantel.

»Herrlich. Herzlichen Dank. Sie haben mich nicht nur ausgezeichnet massiert, sondern mir auch sehr geholfen.«

Faller schlüpfte in die Badelatschen. Er stand ihr genau gegenüber. Erst jetzt fiel ihm auf, dass er überhaupt nicht wusste, wie Daniel Held eigentlich ausgesehen hatte. Vielleicht so ähnlich wie seine Schwester, dachte er und versuchte, in ihr einen toten Politikstudenten aus Marburg zu erkennen. Frau Held schien Fallers neugierige Blicke zu spüren und wendete sich ab.

Beim Hinausgehen fragte Faller noch: »Hat es ihm eigentlich in Marburg gefallen?«

»Nein. Aber, das ist ja nicht verwunderlich. Wer an der See groß geworden ist, tut sich schwer mit Berg und Tal.«

»Sie auch?«

»Ich auch. Aber, Sie wissen ja, wo die Liebe eben hinfällt ...«

Er lag auf dem Bett. Im Fernseher lief eine Trauersendung für die Opfer eines terroristischen Anschlags. Faller döste vor sich hin, sein Handy lag auf dem Nachttisch.

Es klopfte. Er zog den Bademantel an und öffnete. Karla stand vor der Tür. Auf den ersten Blick hätte er sie beinahe nicht erkannt. Sie hatte jetzt blonde Haare und trug einen weißen Hotel-Bademantel. Sie ähnelte der jungen Grace Kelly auf dem Foto aus dem 100-Jahre-Buch, auf dem diese im schwarzen Kleid und mit doppelter Perlenkette um den Hals in Cannes abgelichtet worden war.

»Komm mit, wir gehen schwimmen!«, sagte sie.

»Karla, wo, wo …«

Sie legte ihren Zeigefinger auf seinen Mund.

»Pscht! Ich bin ja da.«

»Aber …«

Sie küsste ihn.

»Gehen wir.«

»Jetzt? Es ist kurz vor zwölf.«

»Na und, für Hotelgäste ist es erlaubt.«

Sie hatte Recht. Dennoch war im Schwimmbecken niemand zu sehen. Karla legte ihren Bademantel ab. Sie trug einen weißen Bikini mit einem knappen Oberteil, das ihre großen Brüste kaum verdeckte. Sie quollen rechts und links aus den viel zu kleinen Körbchen. Dazu trug sie ein winziges Höschen. Karla tauchte in das 35 Grad warme und nur ein Meter fünfzig tiefe Wasserbecken ein. Faller stand am Beckenrand, noch immer im Bademantel, und sah ihr fasziniert zu. Karla bewegte sich traumwandlerisch im Wasser. Es hatte etwas von einem verführerischen Tanz.

»Komm rein!«

Faller legte seinen Bademantel zu ihrem und sprang ins Wasser. Sie schwamm auf ihn zu, presste ihren Mund auf seinen und ließ ihre Finger an seinem Bauch entlang bis zum Bund der Badehose gleiten. Sie hob den Bund an und schob die Hand in seine Hose.

»Karla, nicht!«

Er hielt sich am Beckenrand fest und blickte sich um. Niemand war zu sehen. Die Beleuchtung der Therme war abgedimmt.

»Karla, nicht!«

Karla spreizte ihre Schenkel, nahm seinen erigierten Schwanz aus der Hose und steckte ihn, an ihrem Höschenstoff vorbei, in ihre Möse. Sie bewegte sich langsam vor und zurück. Das Wasser schwappte über den Beckenrand.

»Kar…!«

Sie küsste ihn so, dass ihr Name nicht aus Fallers Mund entweichen konnte. Dann stöhnte sie leise in sein Ohr.

»Würdest du alles für mich tun? Würdest du auch töten, für mich?«

Als Faller anfing, heftiger zu atmen, glitt sie von ihm weg.

»Liebst du mich?«

»Ja«, log er, ohne zu zögern.

Er wusste es nicht. Vielleicht liebte er sie. Aber was hatte das schon zu bedeuten. Er konnte es nicht einordnen. Es war etwas ganz anderes als bei Annkathrin. Anders als bei allen anderen Frauen zuvor. Er war fasziniert von Karla, die ihm gleichzeitig vertraut und doch so fremd erschien. Es war eine ungekannte Gier, die Lust und das Verlangen nach ihrem Körper, das ihn an sie band. Und er war von ihrer Bedingungslosigkeit fasziniert.

»Du lügst!«, sagte sie.

»Und du?«

Hitler hat überlebt, denkt Elser, als er, die Hände und Füße in Fesseln gelegt, im Auto sitzt und noch in der Nacht nach München gebracht wird. Das Attentat ist gescheitert. Alle Anstrengung war umsonst. Er guckt aus den verdunkelten Fenstern des Wagens und sieht Scheinwerfer als Lichtschlitze verzerrt auf der Straße vorbeiziehen. Seine Bombe hätte so vieles verhindern können. Er denkt aber auch an Gott und an seine Gebete, die er vor ein paar Tagen im

Alten Peter gesprochen hat. Hat der Allmächtige sich jetzt bei meiner Tat auch dreingemischt, überlegt Elser, und den Führer früher weggehen lassen?

Seine Knie schmerzen, in seinem Kopf tönt noch immer der Rhythmus des Meißels im Takt der Vergeblichkeit. Der grauenvolle Ausblick auf das, was ihm jetzt bevorsteht, treibt ihm die Tränen in die Augen. Er denkt an Elsa, an seine Familie, an Josef Schurr und Eugen Rau, daran, dass sie jetzt bestimmt auch von den Nazis vernommen werden.

Noch hat er nichts zugegeben. Wenn es sich vermeiden lässt, wird er nicht gestehen. Er schwört sich jetzt, im dunklen Auto, mit dem Blick auf der nassen, spiegelnden Straße, niemanden mit in den Schlamassel hineinzuziehen.

Das bade ich allein aus, denkt er. Dass sein perfekter Plan gescheitert ist, obwohl er sich keine einzige noch so winzige Nachlässigkeit vorwerfen kann, ist niederschmetternd.

»Hitler lebt, und ich bin verhaftet ...« murmelt er ungläubig.

Faller schwamm noch ein paar Bahnen, während Karla schon ihren Bademantel anzog und die Schwimmhalle verließ. Von da an blieb sie verschwunden. Nachdem auch Faller das Becken verlassen hatte, suchte er sie in der ganzen Therme. Er ging zur Rezeption und fragte nach ihrer Zimmernummer.

»Rettich, Karla Rettich.«

»Frau Rettich ist noch nicht angekommen«, sagte der Hotelangestellte.

»Was?!«

»Ich habe hier keinen Eintrag. Sehen Sie.«

Faller riß ihm das Zimmerbelegungsbuch aus der Hand. Das Hotel war voll.

»Dann ist sie unter einem anderen Namen hier.«

Er fing an, wild darin herumzublättern.

Der Hotelangestellte entwand ihm das Buch wieder und klappte es zu.

»Verdammte Scheiße!«

Er ging zurück auf sein Zimmer.

Er war außer sich vor Wut. Diese Spielerei hatte er endgültig satt.

»Jetzt reicht's!«, zischte er immer wieder vor sich hin. »Ich lasse mich von der doch nicht verarschen!«

Er schaltete den Fernsehapparat an, trank die Minibar leer und zappte durch die Kanäle. Er konnte sich auf nichts mehr konzentrieren, nur noch auf sie. Auf allen Programmen wurde eine Gedenkfeier für die Opfer einer Katastrophe gebracht. Er schaltete aus. Sein Handy klingelte.

Er wollte nicht hingehen, er wollte es läuten lassen, so lange, bis sie aufgab. Nach dem zweiten Klingeln nahm er ab.

»Gute Nacht, mein Liebling.«

»Karla, was soll das?!«, schrie Faller ins Telefon.

Er merkte, wie seine Zunge Schwierigkeiten mit der Artikulation hatte.

»Was soll was?«

»Du spielst mit mir, verdammt noch mal!!!«

»Nein, mein Schatz, ich spiele gegen mich.«

Er war verunsichert. Er wusste nicht, was er darauf sagen sollte. Er rang nach Worten – es fiel ihm nichts ein.

»Sei nicht böse auf mich«, sagte sie. »Ich begehre dich so sehr.«

»Es ist aus, Karla!«, schrie er in den Hörer.

Er war von seinen Worten selbst überrascht.

Karla aber lachte nur und sagte: »Wir sehen uns morgen. Ich freue mich. Träum schön!«

Er träumte furchtbar. Von Flugzeugen, die in Hochhäuser flogen, mit lauter verhungerten, toten Kindern als Passagieren. Von den Piloten Daniel Held und Klaus-Peter Rettich. Und von Schwarz, der so laut »Nimm dich in acht!« schrie, dass er davon aufwachte. Er ging zur Toilette, wusch sich das Gesicht mit kaltem Wasser, rauchte eine Zigarette im dunklen Zimmer und schlief wieder ein.

Zusammengesunken, mit hängenden Schultern, fahl im Gesicht, sitzt Elser fahrig auf einem Stuhl in München, Wittelsbacher Palais. Sein Kopf ist geschoren. Das rechte Auge angeschwollen. Die Lippen rissig; im Mund hat er den Geschmack von Blut. Das Licht der Schreibtischlampe leuchtet ihm direkt ins Gesicht. Er ist geblendet, jeder Blick ein Lichtblitz, auf der Netzhaut nur noch weiße Flecken. Drumherum dagegen ist alles dunkel. Nichts ist zu erkennen, keine Personen, keine Gegenstände – als wäre da nur er allein. Wenn da nicht die Stimmen wären. Laut, zeternd, gefährlich. Stimmen, die bellen, wie Hunde, die nur darauf warten, ihn auseinanderzureißen.

»Was glaubst du, wer du bist?!«

Elser zuckt mit den Schultern.

»Der Attentäter bist du!«

Elser schüttelt den Kopf.

»Du hast die 50 Kilogramm Sprengstoff in der Säule versteckt! Gib's endlich zu! Du wolltest den Führer umbringen!«

Wieder schüttelt Elser den Kopf. Dann ist plötzlich ein Flüstern zu hören, Unverständliches wird gesprochen. Dann ein zaghaftes »Was?« Dann wieder Flüstern.

»Krempel' mal die Hosenbeine hoch!«

Elser reagiert nicht.

»Bist du taub! Ich hab' gesagt, du sollst die Hosenbeine hochkrempeln!«

»Ich?«

Die Stimme spöttelt. »Ja, wer denn sonst, Sakrament?!«

Elser zögert noch immer.

»Der Mann, der im Bürgerbräukeller die Säule ausgehöhlt und dann die Höllenmaschine installiert hat, Elser – der muß gekniet haben, verstehst du?!«

Elser schüttelt wieder den Kopf.

»Nächtelang muß der gekniet haben, über Wochen, verstehst du?!«

»Was kriegt einer, der so etwas gemacht hat?«, fragt Elser zaghaft ins grelle Licht hinein.

Die Stimme wird leiser, weicher: »Was gemacht hat, Elser?«

»Ein Attentat auf den Obersten.«

»Du meinst auf die ganze Führung. Hitler, Göring, Goebbels, Himmler, hä?«

»Ja.«

»Das kommt darauf an, Elser.«

Dann wird die Stimme wieder lauter, bellender: »Und jetzt die Hosenbeine hoch!«

Elser krempelt seine Hosenbeine langsam nach oben. Die Knie sind rot entzündet und eitern. Die Stimme lacht. Dann ist sie wieder weicher, fast vertraulich; von hinten legt sich eine Hand auf Elsers Schulter. »Also, was ist, Elser? Ist es nicht an der Zeit auszupacken?!«

Unschlüssig schüttelt Elser den Kopf.

»Und, Elser, was ist jetzt? Warst du's oder warst du's nicht?«

Er nickt.

Über eine Woche war Faller nicht mehr in die Gedenkstätte gegangen. So lange war er auch Schwarz schon nicht mehr begegnet. Das letzte Mal hatte er ihn gesehen, bevor er für ihn als Gedenkstättenführer eingesprungen war. Noch bevor Faller nach Marburg gereist war.

Als ob sich nichts getan hätte, führte Schwarz gerade wie eh und je eine Handvoll Studenten aus Ulm und ein paar Japaner durch die Gedenkstätte. Von einer zurückliegenden Depression war ihm nichts anzumerken. Geradezu heiter und mit dem bewährten Engagement erzählte er Elsers Geschichte, gestikulierte wie immer mit den Armen in der Luft herum. Faller gesellte sich zu den Besuchern und hörte zu. Er war immer wieder fasziniert von der Plastizität, die Schwarz in seiner Erzählung erzielte, von dem kraftvollen Vortrag seiner Worte. Faller hing an seinen Lippen.

»Stahlträger liegen am Boden, herabgestürzte Balken, überall ist Schutt, Dreck, Staub, Asche. Die Decke liegt auf zusammengekrachten Tischen und Stühlen. Steinbrocken, Mauerwerk, Ziegel. Zertrümmertes Mobiliar. Abgestürzte Kronleuchter, die wie riesige Insekten aussehen. Ein einziger Maßkrug liegt unbeschädigt inmitten der Trümmer.

Hitler lebt; Elser ist verhaftet. 13 Minuten zu früh hat Hitler um 21 Uhr 07 den Saal verlassen. 13 Minuten zu spät ist die Bombe detoniert. Schuld ist der Nebel, der einen Start des Flugzeugs unmöglich macht. Der Ersatzzug nach Berlin fährt um 21 Uhr 31 und wartet abfahrtbereit am Bahnhof. Bei der Explosion sitzt Hitler schon im Zug. Das Attentat ist gescheitert. Elser kommt zuerst nach München. Er wird verhört, geschlagen, gefoltert. Er streitet alles ab, sagt, er habe nichts damit zu tun. Den Nazis wäre damit fast gedient. Sie würden ihm gern glauben, wenn da nicht die Zeugen wären, die den kleinen Mann mit den schwarzen Haaren und dem schwäbischen Dialekt öfters im Bürgerbräukeller gesehen haben. Wenn da nicht die Postkarte, die Schrauben und Federn wären. Ein Einzeltäter kann dieser Elser nicht sein, glauben sie. Zu kompliziert muss der Mechanismus gewesen sein, zu perfekt war der Anschlag, um ihn einem einfachen Schreiner von der Schwäbischen Alb zuzutrauen.«

Die Studenten standen um die Schautafeln herum und staunten. Die Japaner fotografierten.

»Warum hat er eigentlich zwei Uhrwerke verwendet?«, fragte eine Studentin.

»Er hat einem allein nicht getraut!«

Faller saß schon im Kabuff, als Schwarz mit der Führung fertig war. Schwarz schwitzte, sein Hemd klebte und unter seinen Achseln waren tellergroße Schweißflecken zu sehen.

»In Ochsenfurt sollte eine Straße nach Elser benannt werden«, sagte Faller, »und jetzt heißt die Straße nach Rommel.«

»Richtig.«

Schwarz holte ein Handtuch aus der Schreibtischschublade. Er legte seine Brille auf den Tisch und wischte sich das Gesicht ab.

»Und, du kannst mir bestimmt sagen, warum.«

Schwarz setzte seine Brille wieder auf. Er öffnete eine andere Schublade und holte die Flasche und die zwei Gläser heraus. Faller winkte ab. Schwarz schenkte nur ein Glas voll.

»Ja. Ich war nicht nur bei der Veranstaltung für Elser, sondern auch bei der für Rommel – zusammen mit Held. Der Ochsen war voll, der Saal ist beinahe aus allen Nähten geplatzt. Es gab doch in der Tat Freibier …«

Schwarz nippte am Zwetschgenschnaps.

»Wer hatte zu der Veranstaltung aufgerufen?«

»Die Gemeinde, der Ortsvorsteher. Und geladen war der Bottich.«

»Hermann Bottich?«

»Ja, der Ehemann von der Tetzlaff. Dein alter Freund hat es nämlich bis zu den Christdemokraten gebracht. Der Senkrechtstarter im Landkreis. Der Hansdampf der Stammtische. Ganz markige Sprüche hat der drauf, unser Kommunalpolitiker!«

Faller verstand nicht.

»Ein glühender Erwin-Rommel-Verehrer. Ein Wertekonservativer, wie er in jedes Mikrofon gerne hineinrülpst.«

»Und der hat im Ochsen für die Rommel-Straße geworben?«

»Na ja, werben musste er gar nicht mehr so sehr. Er hatte gewisse Angebote gemacht. Man kann auch sagen, er hat die Ochsenfurter gekauft«, erklärte Schwarz.

»Mit Freibier?!«

Schwarz lachte und nippte wieder am Glas.

»Nein, er hat den Ochsenfurtern allerhand versprochen. Als einflußreicher Landkreispolitiker hat der nicht nur fabelhafte Verbindungen, sondern sitzt auch noch an allen Geldtöpfen. Zuerst hat er gar nicht über den Rommel und die Straße geredet. Nein, er hat vom Ochsenfurter Sportplatz erzählt, wie schief und krumm der wäre und dass es kein Fußballplatz, sondern eine Maulwurfsammelhalde sei. Da gab's natürlich Zustimmung. Der ganze Sportplatz müsste ganz neu gebaut werden, und er wollte sich drum kümmern. Dann kam die neue Feuerwehrspritzpumpe dran. Danach die Instrumente für die Blaskapelle und zuletzt das schon ewig lang geplante Gemeindezentrum. Der Bottich sagte: ›Alles ist finanzierbar, meine Damen und Herren, liebe Ochsenfurter! Alles, wenn die Voraussetzungen stimmen. Wenn man zum Eindruck gelangt, es lohnt sich, in ein Dorf, das die Zeichen der Zeit erkannt hat, zu investieren.‹ Dann erst kam der auf den Rommel zu sprechen, ganz am Ende der Veranstaltung. Und wie der über den geredet hat! Wie bei der Laudatio für den Friedensnobelpreis. Dieser militante Wüstenfuchs war plötzlich ein Held, ein Pionier für Werte und Moral, ein leuchtendes Beispiel für unsere rechtstaatliche, freie Zukunft und bla, bla, bla. Am liebsten würde der ganz Ochsenfurt in Rommelfurt umbenennen. Dafür hätten die Ochsenfurter bestimmt auch noch gestimmt. Aber während der Bottich sich am glorreichen Rommel abarbeitete, war plötzlich ein Zwischenruf zu hören. ›Faschist!!!‹ hat Held auf einmal neben mir geschrien, und zwar laut. Es wurde ganz still. Ob er den Rommel meinte, oder Bottich, war nicht ganz klar. Auf jeden Fall wurde er aus dem Saal entfernt.«

»Von wem?«

»Keine Ahnung. Da waren zwei Gorillas in schwarzen Anzügen, die zu Bottich gehörten.«

»Und dann?«

»Erzählte Bottich weiter, als ob nichts gewesen wäre«, sagte Schwarz und schenkte wieder sein Glas voll.

»Am nächsten Tag war eine ganze Seite in der HNP – von Rettich. Es war die schriftliche Entsprechung von Bottichs Rede. Übrigens kein Wort über den Zwischenfall und kein Wort über Elser.«

»Rettich?«

»Ja, der Duzfreund von Bottich.«

Faller starrte vor sich hin. Wie gelähmt saß er auf dem Sessel. Dann stand er langsam auf, wie in Zeitlupe, als wollte er sich das Gesagte noch einmal vergegenwärtigen und schlug plötzlich, ganz schnell, mit der flachen Hand auf den Tisch, dass das Schnapsglas überschwappte. Er rief:

»Dann hat Bottich Held auf dem Gewissen!!! Ist doch klar, der hat ihn beseitigt!«

So erregt war Faller das letzte Mal gewesen, als er vier Gläser Zwetschgenschnaps im Körper gehabt hatte. Jetzt war er nüchtern.

»Oder beseitigen lassen!«

Er knallte die Hand noch einmal auf den Tisch. Das Glas war jetzt fast leer.

»Und Rettich, dieses Schwein, hat ihm geholfen. Ja, klar, weil er herausgefunden hat, dass Held mit seiner Frau herumvögelt.«

»Jetzt beruhig' dich mal!«

Er ging im Kabuff hektisch auf und ab.

»Rettich und Bottich!!!«

»Beruhige dich. Ob da was Wahres dran ist, weiß man nicht. Und vor allem, beweisen kannst du's nicht.«

»Das wirst du schon sehen!«

Er rannte zur Tür.

»Die mache ich fertig, diese Schweine!«

»Nimm dich in acht!«

Als Faller vor der Gedenkstätte war, schrie ihm Schwarz, von oben aus dem Fenster: »Sei vorsichtig!« hinterher.

Sie hatte die Haare diesmal hochgesteckt. Ihr Gesicht war fast weiß geschminkt, die Augen schwarz umrandet. Karla ging rauchend vor der Parkbank auf und ab. Nicht aus Nervosität, eher wie auf einem Laufsteg; langsam, gleichmäßig, sich jeden Schrittes bewusst. Es fing an zu schneien. Faller saß auf der Bank und sah Karla zu. Er sah die langen Beine mit den schwarzen Nylonstrümpfen, den schwarze Minirock, die hohen Wildlederstiefel und den wehenden Mantel. Sie sah aus wie in einem Film, an dessen Titel er sich nicht mehr erinnern konnte. Ein schlechter Film, aber mit einer bezaubernden Hauptdarstellerin, deren Namen Faller jetzt ebenfalls nicht mehr einfallen wollte. Karla ging in die Knie, küsste ihn.

»Na, was heckst du wieder aus?«

Faller schüttelte den Kopf.

»Verschwiegen, verschlossen – wie Elser, was?«

Faller tippte sich an die Stirn.

»Sich bloß nicht in die Karten gucken lassen, was?«

Karla strich über seine Wangen.

»Du hast viel von ihm!«

»Und von Held wohl auch?«, sagte Faller.

»Ach, hör mir doch auf mit diesem Held!«, zischte Karla und erhob sich wieder.

»Was hast du plötzlich gegen Held?«, fragte Faller herausfordernd.

»Das bringt doch alles nichts! Es geht doch hier nicht um Held«

Sie gab sich jetzt wieder streitsüchtig. Das kannte Faller schon. Aus heiterem Himmel konnte sich ihr Ton verschärfen, die Züge um ihren Mund wurden ernster, ihre Worte lauter, fordernder.

»Um wen dann?«, fragte Faller. »Um dich, um mich, um Elser?«

»Ach, komm, das hat doch keinen Sinn!«

»Ich weiß«, sagte Faller. »Da ein popliger Platz, dort …«

»Hör endlich auf!«

Karla drehte ihm den Rücken zu. Sie stand einen halben Meter von ihm entfernt. Er schob seinen rechten Fuß von hinten zwischen ihre Beine.

Sie verharrte. Ganz leise sagte sie, wie zu sich selbst: »Man muß radikaler sein, viel radikaler, und entschlossener …« Dabei fing sie an, sich aus der Hüfte heraus nur ein ganz klein wenig vor und zurück zu bewegen

»Das sagst gerade du, die im gemachten Nest sitzt«, ging Faller dazwischen, ebenso leise, fast flüsternd, zärtlich. »Die Champagner säuft und sich den ganzen Tag den Kopf drüber zerbricht, ob sie die Fingernägel rot oder schwarz lackiert.«

Karla kicherte leise: »Das Chamäleon ist auf der Wiese grün!«

»Und die Wiese ein Sammelplatz von Schafen, dummen Schafen!«

»Und du?«, fragte Karla fast zärtlich. »Du bist der Schäferhund mit den gefletschten Zähnen – brrrrrrrrr!!! –, der die Schäflein reißt!«

Sie drehte sich im Zeitlupentempo um und griff Faller in den Schritt.

»Ich laß' dich nicht mehr los, Faller!«

Sie sagte das erste Mal, seit sie sich kannten, nicht Johannes oder Hannes zu ihm. Faller schloß seine Hand um eine ihrer Brüste und drückte langsam zu. »Und ich halt' mich an dir fest!«

»Bis wir beide abstürzen – mit der Hand am anderen.«

»Im Kopf voller Liebe ...«

»... Lust ...«

Noch ehe sie weitersprechen konnte, küsste Faller die Worte zurück in ihren Mund.

Elser ist hartnäckig. Er gibt immer nur so viel preis, wie er gerade nicht mehr leugnen kann. Er beschuldigt niemanden, nennt keine Namen. Nachdem die sanften Methoden der Kriminalpolizei keinen rechten Erfolg zeigen, und keine Hintermänner und Auftraggeber auftauchen, dürfen die Schergen ran. Die Gestapo knöpft sich Elser jetzt mit brutalsten Mitteln vor. Sie schlagen ihm solange ins Gesicht, bis die Zähne herausfallen, peitschen ihn aus und lassen Holzlatten auf seinen Rücken niederkrachen. Sie legen ihm enge Fesseln an, die an den Gelenken scheuernde Wunden hinterlassen. In stundenlangen Verhören wird er immer wieder befragt, angeschrien, geschlagen. Dennoch lässt sich Elser nicht einschüchtern. Er trotzt den Peinigern mit einer ganz eigenen Verteidigungsstrategie, indem er Unwesentliches aufbauscht, von Wichtigem ablenkt, plötzlich neue, unbedeutende Aspekte ins Spiel bringt, sich dabei selbst immer wieder korrigiert, verbessert, berichtigt, verwirft und heillose Verwirrung stiftet. Wenn nichts mehr hilft, schweigt er einfach.

»Wie hast du dir damals die Auswirkungen des Anschlags vorgestellt?«, fragen die Gestapoleute.

Elser gibt sich bedeckt, zurückhaltend, verschwiegen. »Das hatte ich mir schon vorher einige Male überlegt!«

»Hast du daran gedacht, dass eine ganze Reihe von Personen getötet werden könnte?«

Kurz und bündig, nach langer Überlegung: »Ja.«

»Wolltest du das?«

Elser schweigt.

»Und wen wolltest du treffen?«

»Die Führung!«

Elser bleibt sich treu. Die von den Nazis verlangte Reue lehnt er ab. Er steht zu dem, was er getan hat.

Das beeindruckt nicht nur die Nazi-Schergen, sondern auch die gleichgeschaltete Presse. Ein Journalist berichtet: »Wir haben diesen Mann gesehen. Das ist der Mörder der Opfer jenes furchtbaren Planes, das ist der Mann, der den Führer und mit ihm die Führerschaft des Reichs treffen wollte. Man muss sich das alles immer wieder vor Augen halten, denn dieser Mann dort hat keine auffällige Verbrecherphysiognomie, sondern intelligente Augen, leise, vorsichtig abwägende Ausdrücke, die Vernehmungen dehnen sich endlos, jedes Wort überlegt er lange und genau, bis er Antwort gibt, und wenn man ihn dabei beobachten kann, vergisst man im Augenblick, vor welchem satanischen Untier man steht, welche Schuld, welche grausige Last dieses Gewissen dort scheinbar so leicht zu ertragen imstande ist.«

Faller saß mal wieder am Schreibtisch in der Gedenkstätte und zermarterte sich sein Hirn. Er kritzelte dabei mit einem Bleistift auf der Schreibunterlage herum. Es war ein schreibtischgroßer Block mit weißen Seiten, von der Heidenheimer Neuen Presse. Oben rechts im Eck stand das Logo und *Zeitung für Heidenheim und das Brenz-Tal.* Auf der linken Seite war die Jahresübersicht abgedruckt. Die Schreibunterlage stammte aus dem letzten Jahr. Faller kritzelte auf dem Block herum. Es entstanden Ornamente, Rauten, Karos und Flächen. Das untere Drittel der Seite hatte er bereits mit Zeichnungen übersät, als Schwarz ins Zimmer kam.

»Was machst du denn da?«

»Nichts!«

Erst jetzt fiel ihm sein Gekritzel auf.

»Du hast ja richtig Talent.«

Das Telefon klingelte.

»Für dich!«, sagte Schwarz und reichte Faller den Hörer.

Es war Karla.

Er hatte jetzt keine Lust, mit ihr zu reden, und legte kurze Zeit später wieder auf.

»Hat sie dich jetzt auch um den Finger gewickelt?«, fragte Schwarz.

»Was soll das?«

»Na ja, ich mein' ja nur.«

»Was heißt hier auch und um den Finger gewickelt!«

»Auch ist Held. Und um den Finger wickeln ist …«

Er schlug mit der flachen Hand mehrmals auf die Faust und lächelte.

»Du spinnst doch!«

Faller lachte schadenfroh.

»Das ist doch nur Eifersucht. Du bist doch nur eifersüchtig, weil du bei ihr nicht landen konntest. Ja, genau, du bist eifersüchtig, Mann!«

»Und wie!«

Faller war irritiert. Er wusste nicht, ob Schwarz das nun ernst meinte oder, wie fast alles nur spöttisch.

»Genauso hat sie es bei Held auch gemacht.«

»Schwachsinn! Sie hatte mit Held nichts!«

»Das glaubst du ihr?!«

»Ja.«

»Die lügt wie gedruckt!«

»Und du? Lügst du nicht?«

Schwarz schüttelte den Kopf.

»Oder gab es Eindeutiges von deinen nächtlichen Ausflügen zu berichten?«

»Was soll das?«

»Ein hoffnungsloser Säufer und ein Spanner!«

»Was?«

»Heißt es.«

»Wo?«

»In Königsbronn – über dich!«

Schwarz lachte, er lachte so laut, dass sein Gesicht ganz rot wurde und er die Brille abnehmen musste, um sich die Tränen aus den Augen zu wischen.

»Sehr gut, sehr gut!«, sagte er immer wieder in das Lachen hinein. »Stimmt. Aber du wirst es nicht glauben, es gibt welche, die geilen sich daran auf, wenn sie wissen, dass ein einsamer Wanderer des Nachts an ihrem Fenster hält. Die warten sehnsüchtig auf seine Blicke, um das Gefühl zu bekommen, endlich einmal wahrgenommen zu werden. Ich muss erst gar nicht durch die Vorhangspalten und Rolladenschlitze gucken. Die Fenster sind offen – hell erleuchtet und offen! Es ist wie Kino. Sie sind die Hauptdarsteller und ich ihr Zuschauer in diesem traurigen Streifen, der Eheglück heißt.«

Er lachte wieder, nur ganz kurz, dann sagte er: »Es dürstet sie danach, dass ein Einsamer ihnen das Gefühl gibt, nicht allein zu sein.«

»Ich glaub's dir ja!«

Wieder prustete Schwarz los.

»Und Karla Rettich gehört auch dazu.«

»Das glaube ich dir nicht.«

»Ich habe gesehen, wie sie Held ...«

»Hör auf!«

»Also ist doch was dran, an ihr, mit dir«, sagte Schwarz und holte die Flasche.

Als Schwarz kurz hinter dem Tisch verschwand, entdeckte Faller unter seinen Bleistiftschraffuren auf der Schreibunterlage eine weiße Schrift, eine Vertiefung im Papier, die erst durch das Blei drumherum sichtbar wurde.

›Albzorn‹ stand da und ›Bottich ist ein Mörder!‹

Elser schwitzt. Der Schweiß läuft ihm in Strömen am Körper entlang. Die Heizung ist voll aufgedreht in der Zelle des Reichssicherheitshauptamtes, in der Prinz-Albrechtstraße in Berlin. Vierzig, Fünfzig Grad. Zu essen gibt es nur stark gesalzene Heringe. Zu trinken nichts. Das Licht brennt in dieser Zelle Tag und Nacht. Wenn er trotzdem ein Auge zubringt, stürmt einer der Wärter herein und weckt ihn unerbittlich auf. Elsers Mund ist trocken wie Sägemehl, die Haut juckt. Er könnte ständig kratzen. Sein Durst ist unermeßlich. Der Körper ist mit blauen, roten, grünen, gelben Flecken übersät. Die Augen fallen ihm zu, er phantasiert. Denkt an Elsa, macht sich Sorgen um sie. Sicher hat die Gestapo sie schon vernommen, vielleicht auch gefoltert. Bloß gut, dass er ihr nichts erzählt hat, niemandem etwas erzählt hat. Wer nichts weiß, ist sicher, denkt er. Dann an den Itzelbergersee, an die Tanzabende, die Konzerte, die Ausflüge mit dem Fahrrad, freihändig im Wind…

»He, aufwachen!«

Elser schreckt hoch.

»Los, mitkommen!«

Immer wieder wird er zu Verhören gezerrt. Die immer selben Fragen werden gestellt. »Einzeltäter? Hintermänner? Anstifter?«

Elsers nahezu identische Antworten. »Ich war es allein. Nein, keine Hintermänner. Keine Anstifter.«

Die Gestapo schüttelt den Kopf, schreit: »Das gibt's doch nicht! Der lügt!«

Vier Hypnotiseure knöpfen sich Elser vor. Nur einer schafft es, ihn in Trance zu versetzen.

»Wer hat das Attentat verübt?«

»Ich.«

»Wer hat dich angestiftet?«

»Niemand.«

»Wer sind die Hintermänner?«

»Keiner.«

Die Gestapo ist am Verzweifeln. »Das ist unmöglich!«. Die Hypnotiseure befinden hilflos: »Das ist ein sektiererischer Einzelgänger! Ein Fanatiker mit starkem Geltungskomplex!« Insgeheim wissen sie auch, dass sie an an diesem schwäbischen Kunstschreiner gescheitert sind.

Elser ist all das egal, er bleibt bei seiner Aussage. Trotz Folter, trotz Qualen, trotz den scheußlichsten Drohungen.

Faller versuchte Karla aus dem Weg zu gehen. Doch eines Abends wartete sie neben seinem Auto an der Gedenkstätte.

»Was ist los, Johannes?«

»Nichts.«

»Du hast doch was?«

»Nein.«

»Sag schon!«

»Schwarz hat euch gesehen.«

»Wen?«

»Dich und Held!«

»Fängst du schon wieder damit an?!«

»Er hat euch gesehen, durchs Fenster!«

Sie kreischte hysterisch.

»Das sind Alkoholikerträume, Johannes! – Und selbst wenn es so wäre, was willst du machen? Hm? – Nichts, gar nichts kannst du machen. Du bist doch unfähig, etwas zu tun. Du bist doch ein Feigling.«

Faller zuckte mit den Achseln.

»Schwarz ist eifersüchtig. Krankhaft eifersüchtig. Das war er schon immer. Als er bei mir abgeblitzt ist, hat er das einfach nicht verkraftet. Seine Eifersucht macht ihn kaputt. Er ist ein alter, verzweifelter Krüppel. Ich nehme ihm das nicht übel. Er kann nichts dafür. Er kann nicht anders. Aber du, du kannst anders, wenn du nur willst!«

»Ich weiß nicht.«

»Interessierst du dich eigentlich für irgendetwas? Hör zu, ich liebe dich! Und, ich lasse mir das von diesem alten Spinner nicht kaputt machen! Du hast die Wahl, entweder du glaubst ihm. Dann wirst du mich verlieren. Oder du glaubst mir, dann …«

Sie küsste ihn.

»Lass das.«

»Nein, nie!«, sagte sie.

Lieber Johannes! *Es ist viel passiert in der letzten Zeit. Der unrühmliche Höhepunkt, bevor du abgehauen bist, war nur die traurige Folge unserer auseinanderbrechenden Beziehung. Davon mal abgesehen, ich lasse mich von niemandem schlagen. Auch nicht von dir.*

Faller las die Stelle ungläubig noch einmal.

… ich lasse mich von niemandem schlagen. Auch nicht von dir. Ich lasse mir nicht wehtun. Ich habe viel, in letzter Zeit, über uns nachgedacht. Wir wissen beide, dass wir uns auseinandergelebt haben. Es läuft schon seit über einem Jahr nicht mehr so zwischen uns wie davor. Ist das noch Liebe? Das habe ich mich in der letzten Zeit oft gefragt. Jetzt weiß ich es. Es ist keine Liebe. Es ist Bequemlichkeit mit Sympathie. Mehr nicht. Und das möchte ich nicht. Ich liebe dich nicht mehr. Ich möchte auch nicht mehr mit dir zusammensein. Wir hatten schöne Zeiten zusammen. Ich möchte vieles davon nicht missen. Zuletzt war es aber grauenvoll. Du brauchst nicht versuchen, mich anzurufen. Oder vorbeizukommen. Du kannst mich nicht umstimmen. Mein Entschluss steht fest. Ich verlasse dich. Ich packe gerade meine Koffer und ziehe zu einem Freund.

Machs gut und leb wohl.

Annkathrin.

P.S. Ab nächsten Monat musst du die Miete alleine bezahlen. Den Schlüssel schmeiße ich in den Briefkasten.

Faller warf den Brief auf den Tisch, griff zum Handy und wählte Annkathrins Nummer. Der Anrufbeantworter sprang an, dann piepste es.

»Verdammte Scheiße, was soll das, Annkathrin, das, das kannst du doch nicht machen! Du kannst mich doch nicht einfach so, so wegschmeißen, Annkathrin! Wir müssen darüber reden, geh ran – Annkathrin?!«

Im Hörer war nur Stille. Faller schrie, so laut er konnte, mit Zornesröte im Gesicht: »Verdammte Scheiße!!! Geh ran!!! Du sollst ans Telefon gehen, du blöde –«

Die Leitung wurde unterbrochen. Faller blickte völlig entgeistert auf den Hörer. Er konnte sich nicht mehr bewegen. Seine Haut im Gesicht kribbelte wie verrückt, er spürte die Knöllchen wachsen.

»Scheiße, was habe ich gemacht?!«, fluchte er vor sich hin. »Es ist auf dem Anrufbeantworter drauf. Wenn ich das nur rückgängig – Was mach' ich jetzt bloß?! Scheiße!«

Er wählte erneut. Es tutete, der Anrufbeantworter sprang wieder an. Es piepste.

»Es tut mir leid, Karla, es ist mir …«, er stockte – hatte er Karla gesagt? Ich habe Karla gesagt, dachte er, verdammt!

»Annkathrin, gib uns noch eine Chance, bitte, ich flehe dich an, du musst uns noch eine Chance …«

»LASS MICH IN RUHE!«, brüllte es plötzlich aus dem Hörer. »ES IST AUS!«

Dann tutete es wieder.

Faller erschrak. Sein Ohr schmerzte, und er spürte, wie seine Haut juckte.

»Was isch denn?« Seine Mutter stand in der Tür.

»Nichts«, sagte Faller. »Laß mich allein.«

Er fuhr zum Penny-Markt nach Königsbronn und holte sich einen Karton Wodka, eine Stange Zigaretten und ein paar Tafeln Nußschokolade. Er klemmte sich den Karton unter den Arm und suchte Schwarz auf. Es war das erste Mal, dass er bei ihm zu Hause war. Er klingelte. Schwarz stand, in langen Unterhosen, in der Tür und überlegte, was er sagen sollte. Faller ging an ihm vorbei in seine Wohnung. Die Wohnung sah aus wie eine bis zur Decke vollgestellte Garage, mit einem schmalen, begehbaren Streifen. Soviel Müll auf einem Haufen hatte Faller noch nie gesehen. Die Vorhänge waren zugezogen, der Fernseher lief. Koalitionsverhandlungen in Berlin. Faller kippte einen mit Zeitschriften vollgestellten Sessel zur Seite, setzte sich und öffnete eine Flasche Wodka. Er trank und reichte sie Schwarz. Schwarz holte zwei Wassergläser und schenkte sie voll.

»Was ist los?«

»Alles Scheiße!«

»Verstehe«, sagte Schwarz und schwieg.

Faller schwieg auch. Sie guckten den Koalitionsverhandlungen zu und tranken Schnaps. Bis die Ruf-mich-an-Nummern schrill auf dem Bildschirm blinkten.

Als Schwarz bereits auf dem Sofa eingeschlafen war, ging Faller zurück zu seinem Wagen. Auf dem Weg zum Parkplatz kam er an Evis Wohnung vorbei. Es brannte noch Licht. Er klingelte. Zuerst öffnete sie nicht. Als sich Faller schließlich gegen die Klingel lehnte, kam sie doch noch. Sie trug einen Morgenmantel, war barfuß und wollte etwas sagen. Faller ging an ihr vorbei in die Wohnung. Im Wohnzimmer saß Ansgar Klein auf der Couch. Für Faller waren es sogar zwei Ansgar Kleins. Beide waren nackt und hatten sich ein Sofakissen auf den Schoß gelegt. Faller blieb stehen, nuschelte: »Guten Abend, die Herren«, drehte wieder um und stieß dabei eine Vase von der Kommode. Er sagte: »Verzeihen Sie die Störung!« und verschwand an Evi vorbei durch die noch immer offene Tür nach draußen.

Drei Tage war er nicht mehr ansprechbar. Drei Tage lag er auf dem Bett und starrte an die Decke. Trank Wodka. Oder rauchte. Oder beides. Die Schokoladentafeln rührte er nicht an. Er dachte sich zuerst durch die vergangenen Tage, dann durch die letzten Wochen. Zuletzt ließ er seine fast fünfjährige Beziehung zu Annkathrin Revue passieren. Vieles fiel ihm nicht mehr ein. Anderes, fast schon in die Vergessenheit Abgesunkenes, kam ihm wieder in den Sinn. Ein Nachtspaziergang auf dem Dorotheenstädtischen Friedhof mit wilder Knutscherei am Grab von Heiner Müller. Wilde Knutscherei auf der Siegessäule. Fiakerfahrt in Wien, Faller mit vor Peinlichkeit hinter den Händen verborgenem Gesicht, sodass er nichts von der Stadt gesehen hatte.

Faller wachte auf. Sein Kopf schmerzte. Er lag angezogen auf dem Bett. Es klopfte. Er hörte eine Stimme.

»Machsch du endlich auf! Johannes!«

Es war seine Mutter.

»Johannes, was soll denn des?«

Er hielt sich die Ohren zu, bis es nicht mehr klopfte. Seit drei Tagen hatte er sein Zimmer nur einmal verlassen.

Es riecht nach Holz, Leim, nach Sägemehl. Eine Werkbank, Stechbeitel, Hobel, Säge, Schraubenzieher, Uhren, Schrauben, Federn – alles da. Es ist eine komplett eingerichtete Werkstatt, in die Georg Elser von drei Aufsehern und dem Gestapo-Chef geführt wird. Eine Werkstatt, wie er sie immer gerne gehabt hätte. Seine, zu Hause in Königsbronn im Keller, war nicht annähernd so gut ausgestattet gewesen. Elser staunt. Was soll das?, denkt er. Was haben die mit mir vor?

Der Gestapomann lacht.

»Na, da guckst du, Elser, was?«

Er klopft Elser freundschaftlich auf die Schulter. Elser zuckt ein wenig zusammen. Die Aufseher feixen.

»Ein Paradies für dich, den Bastler, den Tüftler, den Kunstschreiner!«

Das Wort Kunstschreiner dehnt er so lange, bis es völlig verzerrt klingt. Die Aufseher lachen jetzt.

»Na dann, Elser, zeig mal, was du kannst!«

Elser versteht nicht.

»Was soll ich machen?«

Die Aufseher kommen aus dem Grinsen gar nicht mehr heraus. Der Gestapo-Chef lacht.

»Eine Schatulle vielleicht? Mit Intarsien, vielleicht? Oder doch eher einen Geigenkoffer?«

Bei jeder Frage lachen die Aufseher im Gleichklang, wie einstudiert.

»Nein, Elser!«, sagt der Gestapo-Chef und klopft ihm wieder auf die Schulter.

»Nein. Wenn du der Attentäter bist, ganz allein der Attentäter gewesen sein willst, dann bau uns die Höllenmaschine.«

Auch dieses Wort dehnt er. Die drei Aufseher in Uniform feixen wieder. Elser macht sich an die Arbeit.

Die Aufseher lassen ihn nicht aus den Augen, beobachten jede seiner Handbewegungen. Sie sind jederzeit bereit einzugreifen – damit sich der kleine Mann nicht noch selbst richtet. Sie brauchen ihn noch, ihren schwäbischen Attentäter. Sie brauchen ihn für einen Schauprozess nach dem Krieg, so Hitlers Weisung.

Elser lässt sich Zeit. Selbst jetzt ist er noch ein Pedant. Alles muss sorgsam nachgebaut werden. Jeden Tag kommt der Gestapo-Chef und überprüft, wie weit er ist, fragt nach dem fünften Mal: »Geht's nicht auch ein bisschen schneller?« Elser brummt: »Bloß keine Eile!«

Der Gestapo-Chef zieht ab, die Aufseher kämpfen mit der Müdigkeit. Nur Elser ist hellwach. Er ist in seinem Element.

»Fertig!«

Dem Gestapo-Chef ist das Lachen vergangen. Die Aufseher gucken, als ob das Ding, das jetzt da vor ihnen auf dem Tisch steht, gleich hochgeht. Die Höllenmaschine, die Elser aus dem Kopf exakt nachgebaut hat, funktioniert tatsächlich. Die Nazis sind enttäuscht. Elser ist der alleinige Attentäter. Keine Engländer, kein Geheimdienst, nichts und niemand sonst. Der schwäbische Bastler, Tüftler und Kunstschreiner ist es gewesen, ganz alleine.

Am vierten Tag war Faller wieder halbwegs nüchtern. Er hatte zehn Stunden geschlafen.

Er duschte, rasierte sich und zog die Vorhänge auf.

Die Mutter erschrak: »Wie siehsch du denn aus?«

Faller zuckte mit den Schultern.

»Du bisch ja wie der Vater!«

Das saß.

»Den ganzen Tag im Bett liega und saufa!«

Er schlug die Tür hinter sich zu. Die Mutter stand am Fenster und zog die Vorhänge zur Seite. Ohne in den Rückspiegel zu schauen, verließ Faller in seinem Golf den Hof. Er fuhr in die Gedenkstätte. Schwarz war nicht da. Faller setzte sich an den Schreibtisch und malte die komplette Schreibunterlage mit dem Bleistift aus.

Deutsche Stimme, White Noise, 232323Albzorn45, Emmenting, Nur das Wasser höhlt den Stein, Karla lügt!, 1412091514112 – 2561859205 – 2615145

National Befreite Zone, Königsbronn hat 11,23 % bei der, Wahnsinn!, NEK,

88=HH=Heil Hitler, Weißer Arischer Widerstand, verschworene Gemeinschaft selbstloser Feuergeister, 28. Januar, Ich hab's! TD! 1889! Diese Schweine sind fällig!, 1=A, 2=B, 3=C usw., 18=AH=Adolf Hitler, Nationalistische Front (NF), Blood and Honour, DA Deutsche Alternative, 14words, »We must secure the existence of our people and the future of white children« NAZISCHWEINE! Die weißeste Seite Süddeutschlands, www.blitzkrieg.de, Das darf doch alles gar nicht wahr sein! Überall Faschos! Bottich ist ein Mörder! 13=M, 14=N, 204=?Kraft durch Froide. Ich werd verrückt!!! Das ist es!!!

Er stöpselte seinen Laptop ein und surfte im Internet. Zwei ganze Tage lang. Er wusste nicht genau, wonach er suchen sollte. Er wusste nur, dass er im Netz etwas finden konnte, was auch Held gefunden haben musste. Die Durchschläge auf der Schreibunterlage deuteten auf rechtsextremistische Internetseiten hin. Er gab zunächst alle Begriffe in die Suchmaschine ein. Er ging jedem Link nach und stieß dabei auf ganz übles Zeug. Aber nichts, was auf Held, Bottich, Rettich hinwies. Auf einer der Nazi-Seiten fand er schließlich einen Verweis auf *Die weißeste Seite Süddeutschlands*. Über einen Link gelangte er dorthin. *»Judenschweine«* stand da und *»man muß alle Linken vergasen«* – was sich nicht wesentlich von den anderen Homepages unterschied. Immer wieder tauchte aber der Begriff *Albzorn* auf. *»Der Albzorn204 wird's diesen Kommunistenschweinen zeigen«*. Oder *»Der Albzorn204 macht kurzen Prozess«*. Auch auf

Helds Schreibunterlage stand mehrmals der Begriff *Albzorn*. In die Suchmaschine eingegeben, ergab es keine *Einträge*. Er klickte das Gästebuch der *weißesten Seiten Süddeutschlands* an und fand einige seltsame Eintragungen.

»Heil euch, Kameraden, die Juden bei AOL haben unsere Albzorn Seite gesperrt. Aber, so schnell kriegt man einen deutschen Krieger nicht unter. Wir melden uns, unter neuer Adresse wieder: Heil DonnergottMeck88.« Dann: *»Heil Kamerad DonnergottMeck88! Lasst euch durch die Sperrung nicht einmachen. Denkt immer daran, einmal kommt der Tag und dann haben wir das Sagen, wenn viele Rechnungen beglichen werden müssen. Halt den rechten Arm steif. Mf GrüSSe Holly Skin.«* Und: *»Heil Kamerad! Deine Seite ist echt klasse! Schon Scheiße, das mit der Beschlagnahmung. Aber es wird die Zeit kommen, da werden diese Scheiß-Juden-Schweine dafür bezahlen! Und diesmal brauchen wir wirklich Gas! Zyklon B wird euch da wie Atemluft vorkommen!!!! Sieg Heil! 88 Grüße an alle Kameraden, die die Bewegung aufrechterhalten! Stinger88«* Und zuletzt: *»Heil Kameraden, freut Euch! Das ist wie die Kristallnacht! Die Albzorn204 Seite kann wieder angezeigt werden. Also, ab jetzt gibt's wieder alles, was das 88Herz eines aufrechten, deutschen Kämpfers begehrt. (CDs, T-Shirts, Aufkleber, MP3z etc.) Schaut einfach vorbei, ein weißer Kämpfer weiß, wie man's macht! Mit steifem rechten Arm 14/88 Donnergott alias Meck88«*

Was bedeutet 204, überlegte Faller. Die rechtsradikalen Sympathisanten arbeiteten meistens mit einfachen Zahlencodes. Zahlen standen für Buchstaben. 88 für HH, also Heil Hitler. 18 für A und H, also Adolf Hitler. Aber 204? Es gibt nur 26 Buchstaben. 20 und 4, dachte Faller. 20.4.!!! – Hitlers Geburtstag. 20 stand für T und 4 für D.

Er gab www.TD.de als Adresse ein. *Diese Seite wird nicht*

gefunden. Auf der Schreibunterlage stand 1889! Hitlers Geburtsjahr. 18 ist R, 8 ist H und 9, I.

Er gab www.TDRHI.de ein. *Website gefunden. Warten auf Antwort.* Der Bildschirm wurde zuerst schwarz und dann leuchtete *ALBZORN* in bildfüllenden Großbuchstaben, von Blitzen durchzackt, auf. Nachdem er auf *weiter* geklickt hatte, verschwand der Albzorn-Schriftzug wieder und in weißer Schrift auf schwarzem Grund war zu lesen:

Zutritt: nur der weißen Rasse gestattet, andere sonstige Spezien – Juden, Nigger etc. – verlassen bitte sofort diese Hausseite. Bereit den Weißen Weg zu gehen? Juden raus! Hier bestätigen.

24. November, Samstag. Faller war seit sechs Wochen in Königsbronn, als er, unrasiert und völlig übermüdet, Schwarz von seinen Albzorn204-Entdeckungen erzählte. Schwarz saß auf seinem Sofa und hörte geduldig zu.

»Die Treffen finden regelmäßig statt. Alle zwei Monate, immer am Wochenende. Immer am Samstag. Also im Januar, März, Mai, Juli, September und November. Vom 27. auf den 28. Januar diesen Jahres war ein Wochenende und ein solches Treffen. Vom 27. auf den 28. ist auch Held umgekommen. Held wollte zu diesem Albzorn-Treffen im Steinbruch, im Forstenrieder Wald, zwischen Emmenting und Ochsenfurt – weit ab vom Schuß.«

»Held war doch kein Nazi!«

»Nein, im Gegenteil, Held wollte ihnen Feuer unterm Arsch machen. Aber dazu ist er nicht mehr gekommen. Irgendwie müssen die Schweine Wind davon gekriegt haben.«

»Vielleicht«, sagte Schwarz. »Vielleicht war es aber auch ein ganz banaler Unfall.«

»Quatsch! Held wollte diese Albzorn-Nazis und ihre

National-Befreite-Zone in die Luft jagen! Mit dem Sprengstoff, den er im Auto hatte.«

»Held kommt von der Fahrbahn ab, fährt den Hang hinunter, Erschütterung, das Zeug geht hoch …«

»Blödsinn!«, unterbrach Faller ihn. »Du redest ja wie Rettich! Das war kein Unfall, die haben ihn eliminiert!«

Schwarz schwieg.

»Stell dir vor, diese Wichser wollen aus der Ostalb eine National-Befreite-Zone machen.«

Schwarz schüttelte den Kopf und tippte sich mit dem Finger an die Stirn.

»Weißt du, was heute für ein Tag ist?«, fragte Faller und beantwortete die Frage gleich selbst: »Samstag!«

Schwarz holte tief Luft und ließ einen langen Pfiff in seine Wohnung entweichen.

»Das ist gefährlich.«

Faller nickte.

»Bist du dabei?«

Es knackte. Schwarz kam mit seinem Holzbein nur langsam voran.

»Pscht!«

Sie hatten Fallers Wagen im Forstenrieder Wald auf einem Waldweg abgestellt und schlichen jetzt durchs Unterholz, Richtung Steinbruch. Es war kurz nach zwei Uhr in der Nacht. Ein Sichel-Mond hing am Himmel und es schneite schwach.

»Nicht so schnell!«, sagte Schwarz.

Faller ging voraus, Schwarz humpelte hinterher.

»Wenn wir Pech haben, ist alles schon gelaufen.«

»Ach was! Deine Schwarzmalerei geht mir langsam auf die Ketten!«

Schwarz blieb stehen.

»Paß lieber auf, wo du hinläufst!«

»Hier kenne ich mich aus wie in meiner Hosentasche«, sagte Faller. »Komm schon!«

»Wie weit ist es denn noch?«, fragte Schwarz.

»Gleich hinter dem Hügel muss es schon sein.«

Schwarz schnaufte so laut, dass Faller entnervt zischte: »Geht es nicht etwas leiser!«

»Nein!«

Faller wartete auf Schwarz, nahm ihn bei der Hand und zog ihn hinter sich her.

Als sie oben, auf dem von Mischwald bewachsenen Hügel ankamen, konnten sie schwach reflektierendes Licht an den Felswänden des Steinbruchs erkennen. Sie legten sich auf den schneenassen Boden und sahen über die Felskuppe hinweg nach unten.

»Schau dir das an!«

»Schlecht zu sehen!«

»Pscht!«

Mitten im Forstenrieder Wald, am stillgelegten Steinbruch, saßen einige Gestalten um ein Lagerfeuer herum. Es mussten etwa zehn bis zwanzig Personen sein. Aus der Ferne und in der nur schwach erhellten Nacht war das nur schwer zu erkennen.

»Die haben Uniformen an!«, sagte Faller.

»Wo?«

»Wo, wo, wo?«, äffte Faller Schwarz nach. »Da unten natürlich!«

»Ich sehe nichts!«

Kein Wunder, dachte Faller, bei den dicken Brillengläsern.

»Und da schau, da auf dem Boden, das ist doch ’ne Fahne!«

»Kann sein, ja, glaub' schon.«

»Hör zu! Die singen doch, oder?!«

»Ich weiß nicht ...«

»Pscht! – Klar singen die! Verdammt noch mal, was singen die da?«

»Keine Ahnung, ich hör' nichts, aber ...«

»Sei ruhig!«, zischte Faller.

Melodiöses Gemurmel, mehr Gegröhle als Gesang, war zu hören. »Irgendwas von Vaterland, Ehre, Blut.«

»Hm.«

»Alles Nazis!«

»Glaubst du?«

»Was denn sonst! Guck dich doch um!«

Faller zeigte wieder nach unten auf die schemenhaft zu erkennende Gruppe.

»Aber der Bottich ist nicht dabei!«, sagte Schwarz.

»Wie willst du das wissen? Du siehst doch nichts!«, entgegnete Faller boshaft.

»Der ganz rechts außen vielleicht!«

Er zeigte nach unten.

»Von der Größe her könnte er es sein.«

»Hm.«

»Glaub nicht!«

»Glaub nicht, glaub nicht! Mann, das hat nichts mit glauben zu tun – schau dich doch um!«

»Ich mein ja nur – der Bottich ist eigentlich viel zu clever, als dass er hier sich lächerlich macht und mit solchen Milchgesichtern rumsitzt. Der ebnet den Weg auf anderem Territorium. Zwischen Stammtisch und Wahlurne«, sagte Schwarz. »Mit Freibier und markigen Sprüchen! So einer geht nicht zum Steinbruch. Der holt den Steinbruch zu sich. Das ist lukrativer. Der schmiedet die Pläne und lässt die grobe Arbeit andere machen.«

Schwarz zeigte nach unten zum Lagerfeuer.
»Hm«. Faller spürte auf einmal die Nässe auf der Haut.

Er liegt auf einer Pritsche. Einen Arm behält er über den Augen wegen des Lichts, das auch hier in der Nacht nicht ausgeschaltet wird. Er ist dünn, isst kaum, auch wenn das Essen hier wider Erwarten ganz gut schmeckt. Er wiegt nur noch 55 Kilo; dafür raucht er umso mehr. 120 Zigaretten die Woche. Er denkt an Elsa. Wie gern würde ich sie jetzt sehen, denkt Elser einen Brief von ihr erhalten, mit ihr reden, egal was. Post und Besuch bekommt er nie. Seine selbstgebaute Zither liegt auf dem selbstgeschreinerten Pult. Er hat Vergünstigungen im KZ Sachsenhausen, ja. Warum? Darüber spekulieren alle Gefangenen, auch die Wärter.
»Der steckt doch mit den Nazis unter einer Decke!«, wird getuschelt.
»Im Auftrag von Hitler und Himmler hat der den Anschlag ausgeführt, um dem deutschen Volk zu zeigen, dass Hitler auserwählt ist und ihm nicht mal eine Bombe etwas anhaben kann.«
»Dann wäre dieser Hitler aber ganz schön mutig.«
»Warum?«
»Würdest du dich unter eine Säule stellen, wenn du wüsstest, über dir geht gleich eine Bombe hoch?«
»Spinnst du?«

Elser weiß selbst nicht, warum ihm in der Haft eine Sonderbehandlung eingeräumt wird, er ahnt nur, dass die Nazis noch etwas mit ihm vorhaben. Die anderen Gefangenen beobachten ihn mit Argwohn. Wenn sie ihn überhaupt zu Gesicht bekommen. Elser wird als Sonderhäftling unter den politischen Häftlingen im KZ Sachsenhausen völlig isoliert gefangengehalten. Drei Zellen werden für ihn zusammengelegt. In der einen steht eine Hobelbank. In der anderen schlafen zwei SS-Wärter auf Feldbetten. Und in der dritten liegt Elser auf seiner Pritsche und wird rund um die Uhr bewacht.

Bei Fliegeralarm weigert er sich, in den Bunker zu gehen.

»Wenn's mich trifft, trifft's mich«, sagt er fatalistisch und will in seiner Zelle bleiben. Er sitzt dann an seiner Zither und spielt oder stellt sich ans Gitter und guckt hinaus. Alles ist schwarz; nichts zu sehen. Er zündet sich eine Zigarette an und bläst den Rauch an den Gittern vorbei in die Nacht. Es riecht nach Schnee, denkt Elser. Morgen wird es bestimmt schneien.

»Ich kann nicht mehr«, sagte Schwarz.

»Verdammt!«

»Ich habe gedacht, du kennst dich hier aus.«

Es war kurz vor vier. Es schneite noch immer und der Sichel-Mond tauchte den Forstenrieder Wald in ein unheimliches Licht.

»Halt endlich dein Maul!«

Faller drehte sich ruckartig zu Schwarz um, der zwei Meter hinter ihm herhinkte. Die am Gürtel einklemmte P08 fiel Schwarz vor die Füße, auf den Waldboden. Schwarz blieb stehen.

»Das ist ja 'ne Knarre!«, sagte er, als ob die Waffe vom Himmel gefallen wäre.

»Was machst du mit dem Ding?!«

»Nichts!«

»Was hast du mit der Knarre vor?«

»Nichts!«

Faller steckte die Waffe wieder zurück in die Hose, zwischen Gürtel und Rücken.

»Wo hast du die überhaupt her?«

Faller lachte.

»Scheiße!«

Sie schwiegen so lange, bis sie Fallers Golf doch noch am Waldweg entdeckten. Faller startete, der Motor puffte und ging wieder aus. Das wiederholte sich mehrmals. Schwarz zog einen Flachmann aus der Tasche und nahm einen Schluck.

»Prost!«

Faller trank ebenfalls. Dann schob er den Golf an, während Schwarz bei »Jetzt!« den Gang einlegte und die Kupplung kommen ließ. Als sie fast in Ochsenfurt waren, sprang der Wagen endlich an. In Königsbronn fragte Schwarz, ob Faller noch mit zu ihm reinkommen wolle.

»Nein, hab noch was zu erledigen.«

»Gib mir die Waffe!«

»Die brauche ich vielleicht noch.«

»Mach doch keinen Quatsch!«

»Quatsch?«

Faller lächelte seltsam entrückt.

»Das ist todernst. Einigen wird dabei das Lachen vergehen.«

»Was hast du vor?«

»Manchmal glaubt man alles zu wissen und dann stellt man fest, dass es noch viel mehr gibt, an das man nicht einmal gewagt hat zu glauben«, sagte Faller und fuhr davon.

Sie wartete schon seit zehn Minuten. Es schneite. Sie hatte eine schwarze Jeanshose angezogen, darunter eine Strumpfhose, einen dicken Wollpullover und den Nerzmantel. Trotzdem fror sie, und sie war zornig. Unmittelbar nachdem ihr Mann das Haus verlassen hatte, war sie losgelaufen. ›Wir treffen uns an der Skiflugschanze um 7 Uhr 30. Bitte komm. Es ist wichtig. Johannes‹ stand auf dem Zettel, den Karla am Abend am Fenster der Kellerwohnung gefunden hatte. Sie hatte Faller seit Tagen nicht mehr gesehen. Er war verschwunden und sie wusste nicht, wo er steckte.

Sie stand am Turm der Schanze, trat von einem Bein auf das andere und sah nervös in alle Richtungen. Faller war nirgends zu sehen.

»Komm!«

Sie erschrak, blickte wieder um sich und sah noch immer niemanden.

»Komm hoch!«

Die Stimme kam von oben, über ihr, vom Schanzenturm. Sie stieg die Holztreppe hinauf. Als sie oben ankam, war sie außer Atem. Faller saß auf der Holzbank, auf der normalerweise die Skispringer auf ihren Start warteten. Er war unrasiert und sah müde aus.

»Was soll das, Johannes?«

Faller rauchte. Vor ihm lagen eine Menge ausgedrückter Zigarettenkippen. Er sagte, ohne sie anzusehen: »Setz dich!«

Karla setzte sich neben ihn auf die Bank und war inzwischen eher schon wieder besorgt als ärgerlich: »Was ist los?«

Er warf die Zigarette zu den Kippen, nahm ihre Hände und legte sie in seinen Schoß. Seine Hände waren eiskalt.

»Hör zu.«

Es klang gefasst und ruhig, als ob er viel geredet hätte und jetzt nur noch leise und kraftlos sprechen konnte.

»Ich weiß jetzt alles. Helds Tod war kein Unfall. Held ist ermordet worden.«

Er machte eine Pause und sah zum verschneiten Schanzentisch. Er hielt ihre Hände fest, die jetzt fast so kalt waren wie seine. Karla schwieg.

»Sie haben herausgefunden, was er vorhatte.«

Er sah sie an. Ihre Augen waren glasig, ihre Nase rot von der Kälte – an ihrer Nasenspitze hing ein Tropfen und schien jeden Moment abfallen zu wollen. Ihr Mund, der Faller von Anfang an am meisten fasziniert hatte und den er immer wieder anstarren musste, war ein wenig geöffnet. Es kam ihm vor, als bewegten sich ihre Lippen ein ganz klein wenig. Annkathrin schmatzt im Schlaf, dachte er. Und dann: es ist Annkathrin, an die mich der Mund von Karla erinnert. Er ließ ihre Hände los und guckte wieder zum Schanzentisch.

»Er war ihnen im Weg. Deshalb musste er sterben. Sie haben ihn umgebracht.«

»Wer?«

Karla nahm ihre Hände aus seinem Schoß und verbarg sie in ihren Manteltaschen. Faller sah sie erstaunt an.

»Dein Mann und Bottich. Sie haben Held auf dem Gewissen. Bottich hat Verbindungen zum Albzorn, und dein Mann gehört auch dazu.«

»Albzorn?«

»Ja, Albzorn, eine rechtsextremistische Vereinigung, die die Ostalb zur National-Befreiten-Zone erklärt hat.«

Karla lachte.

»Das ist doch …«

Faller legte seine Hand auf ihren Mund.

»Wirklichkeit! Karla, ich schwör's dir. Ich habe den Code geknackt – wie Held damals auch. Held hatte herausgefunden, was sich hinter Albzorn verbirgt, wie die Gruppe funktioniert und kommuniziert. Er hatte ihren Code entschlüsselt und konnte deshalb ihre geheimen Informationen im Netz lesen. Er wusste über die Termine ihrer Treffen Bescheid und kannte den Ort. Im Steinbruch, zwischen Emmenting und Ochsenfurt. Sie haben sich auch in den frühen Morgenstunden des 28. Januar getroffen.«

Faller machte wieder eine Pause.

»Na und?«

Karla stand auf.

»Was heißt hier, na und. Denk nach!«

Faller erhob sich ebenfalls.

»Am 28. Januar ist Held umgekommen.«

Er sah ihr wieder ins Gesicht. Der Tropfen war verschwunden. Ihre Lippen waren fest aufeinandergepresst.

»Es war kein Unfall, sie haben ihn aus dem Weg geräumt. Er wusste zuviel. Und deshalb musste er sterben. Auch ich weiß Bescheid. Ich habe ihren Code ebenfalls entschlüsselt. Ich habe ein Treffen von ihnen beobachtet. Gestern Nacht, im Steinbruch bei Emmenting.«

»Was? Du?«

»Ja, ich. Ich weiß, dass dein Mann und Bottich, dass der Albzorn Held auf dem Gewissen hat. Vielleicht sogar auch Schwarz.«

»Schwarz? Was hat das mit Schwarz zu tun?« – Sie klang jetzt ärgerlich.

Faller dachte nach. Eine Pause entstand.

»Das finde ich heraus.«

»Aber, Johannes, das ist doch gefährlich.«

Karla war ganz ruhig, überhaupt nicht aufgeregt. Sie stand ihm genau gegenüber und hielt ihn an den Schultern fest.

»Warst du da alleine? Warst du alleine im Steinbruch?«

»Ja.«

»Johannes, das ist …«

Wieder hielt Faller ihr den Mund zu.

»Unglaublich! Ich weiß, Karla. Ich weiß. Aber, ich habe es gesehen. Mit eigenen Augen gesehen. Bottich! Deinen Mann! – Du mußt es mir glauben. Ich habe es gesehen und ich werde sie ans Messer liefern. Deinen Mann, Bottich und den Albzorn.«

»Aber, aber …«

Sie versuchte durch seine Hand hindurch zu sprechen.

»Pscht!«

Er nahm sie in die Arme.

»Und wir hauen ab, du und ich, nur wir zwei. Ich werde dich in Sicherheit bringen !«

Er drückte ihren Kopf an seine Schulter. Er flüsterte ihr ins Ohr: »Heute Abend. Ich hole dich ab. Wenn dein Mann da sein sollte, dann lass das Gartenlicht brennen, dann treffen wir uns draußen, auf der Terrasse vor der Kellerwohnung. Ist er nicht da, dann mach das Gartenlicht aus, dann komme ich zu dir. Einverstanden?«

Karla nickte. Er küsste sie auf die Stirn.

»Ich liebe dich. Hab keine Angst. Die kriegen uns nicht!«

Er küsste sie auf den Mund, dann hastete er die Stufen des Schanzenturms hinunter.

»Johannes!«

Johannes mit Papa stand auf der Rückseite. Auf der Vorderseite sah Faller einen Mc Cormick-Traktor. Auf dem Fahrersitz saß ein ungefähr 50jähriger Mann. Er trug eine Schiebermütze, eine Kniebundhose und eine Strickjacke. Auf seinem Schoß saß ein kleines Kind in einem weißen Strampelanzug. Der Mann hielt das Kind wie eine Bierkiste, oder wie einen toten Hasen nach der Jagd und guckte in die Kamera. Das Kind schaute auf den Boden. Seit Blick ließ an volle Windeln denken. Es war ein Schwarzweißbild. Faller nahm sein Feuerzeug und hielt die Flamme unter das Foto. Das Papier wölbte sich, der Strampelanzug wurde gelb. Unter dem Kind fraß sich die Flamme durch das Bild. Ein Loch entstand. Das Loch breitete sich aus, verschlang das Kind, den Mann und dann den ganzen Mc

Cormick. Faller ließ das Foto los. Es fiel auf den Boden und brannte weiter vor sich hin, bis nur noch schwarze Asche übrig blieb.

Johannes an Weihnachten '75. Ein Kind in einem Strickpullover kniete vor einem Weihnachtsbaum. Vor ihm ein Fischer-Baukasten und ein Lederfußball. Neben ihm die Krippe, mit Ochse und Esel, Maria und Josef und dem nackten Jesuskind. Am Weihnachtsbaum hingen Kugeln und Lametta. Die Kerzen brannten. Der Junge sah in die Kamera, so als ob es ihm jemand befohlen hätte. Faller hielt das Bild an einer Ecke fest und zündete es am anderen Ende an. Die Flamme war zuerst ganz klein, dann wurde sie größer und verschlang den Weihnachtsbaum, den Fischer-Baukasten, den Fußball und das Kind.

Johannes mit Dreirad '69. Ein Kind mit kurzen Hosen auf einem Dreirad vor der Haustüre. Sandalen, Kniestrümpfe, ein Pullunder. Hosenträger. Die Haare kurz geschnitten und gescheitelt. Das Gesicht pausbackig, der Mund ein Strich. Das Dreirad war neu, am Lenker hing noch ein Zettel. Beide Beine waren angehoben, hingen zwischen dem Boden und den Pedalen. Links, neben dem Jungen, stand ein Schäferhund. Rolf. Die Zunge hing ihm aus dem Maul. Der Schwanz war nicht mehr auf dem Bild. Ein Schwarzweißfoto mit zackigem Rand. Der Hund blickte in die Kamera. Das Kind auf die Pedale – seine Augen waren verdeckt. Das Bild war ein wenig verwackelt. Unscharf. Dann brannte es. Faller hielt das Foto hochkant. Die Flamme wurde immer größer, blauer und kletterte an Haustüre, Dreirad und Kind entlang bis zum Hund. Beim Anblick des brennenden Fotos fiel Faller Marius van der Lubbe ein. Vielmehr sein Bild im 100-Jahre-Buch. Eines seiner Lieblingsbilder. Schwarzweiß. Lubbe, der angebliche Brandstifter, der am 27. Februar 1933 den Berliner Reichstag angezündet haben soll, saß in sich zusammengesunken in Anstaltskleidung im Bildvordergrund. Im Hintergrund, mit spöttischem Blick und Grinsen, ein Unbekannter. Lubbe stand kurz vor der Hinrichtung. Die Augen fast geschlossen, den Kopf leicht nach vorn geneigt, machte er einen hoffnungslosen Eindruck. Er wusste, was kam und hatte sich damit abgefunden. Der geistig zurückgebliebene junge Niederländer wurde als ein Häufchen Elend vorgeführt. Er wurde präsentiert – der Kamera, den Augen, den Deutschen.

Faller schrie vor Schmerz auf und schmiß das brennende Foto zu Boden.

Er saß auf einer Parkbank an der Burgruine Herwartstein. Immer wieder schüttelte er die Schneekugel, rauchte und wartete, dass es dunkel wurde. Hinter dem Glas schneite es. Eine Gestalt ganz in Weiß kam näher. Es war Schwester Monika auf einem Fahrrad, in ihrer Tracht mit Haube. Sie hielt an.

»Wohin?«, fragte Faller.

»Nach Hause – und Sie?«

»Weg.«

Sie dachte kurz nach und sagte dann: »Was ist passiert, dass Ihre Mutter Sie nicht mehr sehen möchte?«

»Ich weiß zuviel.«

Bevor sie etwas erwidern konnte, fragte Faller: »Wissen Sie vielleicht, was mit dem Schulhaus in Ochsenfurt passiert ist?«

»Abgebrannt.«

»Und die Schüler?«

»Es gab da schon lange keine Schüler mehr. Zuletzt haben Asylbewerber drin gewohnt. Aber verletzt wurde niemand, keine Sorge.«

Beide schwiegen, dann stieg sie wieder aufs Rad.

»Alles Gute.«

»Ihnen auch.«

Dann sah Faller sie, durch den Schnee der Kugel, wie einen Engel davon schweben.

Elser, der Sonderhäftling, poliert mit einem Tuch die Intarsien einer Schatulle, die er in den letzten zwei Wochen geschreinert hat. In seiner Zelle in Sachsenhausen liegt ein Hobel und eine Säge; daneben ist eine kleine Werkbank aufgebaut. Zwei SS-Männer, seine Sonderbewacher, stehen dabei, die Hände in den Hosentaschen und beobachten ihn aufmerksam.

»Sag mal, uns kannst du's ja sagen«, sagt einer der Wärter in einer Mischung aus Überheblichkeit und Neugierde, während er seine Stiefelspitze an der Hose abwischt.

»Hm«, macht Elser.

»Hattest du nie Zweifel?«

»Weiß nicht. Ich glaube nicht.«

Elser ist ganz mit seiner Schatulle beschäftigt und beachtet die beiden kaum.

»Und wie stehst du heute dazu, nachdem dein Plan fehlgeschlagen ist?«

»Ich würde das nie wieder tun«, sagt Elser, fast nebenbei.

»Das ist doch keine Antwort«, empört sich einer der Wärter, wobei sich sein Gesicht schlagartig rot verfärbt. Die Adern an den Schläfen schwellen an.

»Was erwartest du denn für Antworten von dem?«, wirft der zweite SS-Mann ein und zeigt auf Elser, der noch immer penibel an seiner Schatulle herumpoliert, in der man sich schon fast wie in einem Spiegel betrachten kann.

»Der hat doch nichts mehr zu verlieren.«

»Der Zweck ist nicht erreicht«, sagt Elser leise zum Spiegelbild seiner Schatulle.

»Ist es dir denn egal, dass du acht Menschen getötet hast?«

Elser hält kurz inne. Nach langer Überlegung antwortet er: »Nein, das ist mir nicht gleichgültig.«

Dann poliert er weiter.

»Sag mal, was würdest du machen, wenn man dich heute freilassen würde?«, fragt der SS-Mann, während er die andere verstaubte Stiefelspitze an seiner Hose abwischt.

»Ich würde versuchen wieder gutzumachen, was ich Schlechtes getan hab.«

»Wie das denn?«

»Indem ich mich bemühen würde, mich in die äh … Volksgemeinschaft äh … zu finden und mitzuarbeiten.« – Elsers Mund verzieht sich, als müsste er sich am Lachen hindern.

»Sag mal, merkst du nicht, dass der uns verarscht?!« Einer der SS-Männer verlässt wütend die Zelle. »Der verscheißert uns doch; das hör' ich mir nicht länger mit an.«

Die Stahltür kracht ins Schloß. Der andere SS-Mann wartet, bis der metallische Klang der zugeschlagenen Tür verhallt ist und kommt dann ein wenig näher. Er flüstert verschwörerisch: »Du, sag mal, unter uns. Nicht wahr, die Briten stecken doch hinter dem Attentat, was?«

»Ja«, sagt Elser trocken.

»Was? Ja? Und dieser Strasser, du weißt schon, Otto Strasser, der auch?«

»Ja.«

»Sag mal, du verarschst mich doch nicht, oder?«

Elser grinst.

»Und die jüdisch-bolschewistische Weltverschwörung, steckt die auch …«

»Klar!«

Elser lacht. Draußen vor den Gittern fallen jetzt dicke Schneeflocken vom Himmel.

Die Gartenbeleuchtung war ausgeschaltet. Faller schlich über den Rasen, an den Statuen vorbei, zur Kellertür. Die Kellertür war nur angelehnt, der Flur spärlich beleuchtet. Er ging durch die Kellerwohnung ins Treppenhaus.

»Karla?«

Alles blieb still. Er ging die Kellertreppe hoch, hielt sich am Treppengeländer fest. Er wagte es nicht, Licht anzumachen. Oben angekommen, ging er weiter, die Treppe hinauf in den ersten Stock.

»Karla?«

Am Ende der Treppe standen den Flur entlang im Abstand von etwa einem Meter brennende Teelichter. Faller folgte ihnen bis vor Karlas Schlafzimmer. Die Tür war offen. Die Lichterlinie löste sich in einem Lichtermeer auf. Karlas Zimmer loderte hell. Sie hatte Hunderte von Kerzen angezündet, die dicht beieinander an der Wand standen und das Zimmer in ein flackerndes Feuerspektakel verwandelten. Es war heiß. Auf dem Bett lag, mit dem Gesicht zur Decke, Karla. Sie trug nur ein weißes, fast durchsichtiges Nachthemd. Ihre Augen waren geschlossen.

»Karla, was machst du da?«

»Ich warte auf dich«, sagte sie, öffnete ihre Augen und griff nach seiner Hand.

»Wo ist der Nazi?«

»Verreist, er ist die ganze Nacht weg. Er kommt erst morgen abend wieder zurück.«

Sie zog ihn zu sich aufs Bett.

»Wir haben keine Zeit, wir müssen weg.«

Faller versuchte sich loszumachen. Sie hielt ihn fest. Ihr Griff war kräftig. Sein Handgelenk schmerzte.

»He, die Nacht gehört uns.«

Sie nuschelte betrunken. Sie kicherte und schlang sich

mit einem Arm um seinen Hals. Mit der anderen Hand versuchte sie, seinen Gürtel zu öffnen.

»Ich kann nicht. Wir müssen gehen.«

»Bitte, bitte, bitte, bitte, morgen früh gehen wir, ich schwör's dir. Jetzt nicht.«

Sie zog und zerrte an seiner Hose herum.

»Zieh dich aus!«

Sein Gürtel war offen, der Reißverschluß seiner Hose und der oberster Knopf ebenfalls. Sie kicherte wieder.

»Hör zu. Wir machen jetzt, was ich sage«, schrie Faller und packte sie an den Händen. »Einmal das, was ich sage, klar?! Also, zieh dich an, wir gehen.«

Er ließ sie los, nahm ihre Kleider vom Sessel und warf sie aufs Bett.

»Lass mich!«

Sie sprang vom Bett auf.

»Karla, bitte.«

»Bitte, bitte, bitte, Karla, bitte, bitte!!!«, äffte sie ihn nach, griff nach seinem Arm und zog ihn aufs Bett.

»Fick mich!«

»Hör auf!«

Sie klammerte sich an ihm fest.

»Du sollst mich ficken, du Schlappschwanz!«, schrie sie.

»Hör auf!!!«

Um loszukommen, schlug er um sich. »Du kommst jetzt mit!«

Er packte sie wieder an der Hand, zerrte sie vom Bett hoch und zog sie hinter sich zur Tür.

Sie biß ihn in die Hand. Er schrie. Sie kauerte am Boden und lachte noch immer kreischend.

»Ich werd' verrückt! Das kann doch nicht wahr sein! Der kleine Johannes macht Bäuerchen. Der kleine Johannes lehnt sich auf. Nimmt seine Rassel und schmeißt sie aus dem Kinderwagen.«

»Karla, was soll das?«

Sie fauchte wie eine Katze und schlug mit den Händen nach ihm. Dazwischen brach das Lachen aus ihr heraus.

Er hielt inne. »Karla?«

»Weggehen, abhauen, Hilfe, die Nazis kommen!«

»Karla!«

»Mein Gott, dass du so ein Idiot bist!« Sie lachte dieses hysterische Lachen, das Faller so hasste.

»Ja, hast du denn gar nichts kapiert? Bist du so blöd?!«

Faller schwitzte. Das Hemd klebte auf seiner Haut, die Schweißtropfen suchten sich einen Weg über seinen Körper. Sie fauchte und schlug auf ihn ein. Ihre Hand traf seine Brust.

»Nein!«, stammelte er.

»Doch! Doch, doch, doch! Alles nur gespielt, verstehst du? – Nix Liebe – Sex, Geilheit, Lust!«

Sie lachte dreckig.

Faller stand inmitten des Lichtermeers und starrte vor sich hin. Die Zeit stand still, der Augenblick gefror. Die Lichter verschwammen.

»Sag, dass das nicht wahr ist!«

»Doch, doch, doch! – Da war nichts, gar nichts – nichts außer einem kleinen Spaß, einem kleinen Spiel!«

»Das ist doch wieder so eine …«

»Alles ist wahr.« Kalt lächelnd kauerte Karla auf dem Boden.

Er kniete sich zu ihr nieder, griff nach ihren Schultern und schüttelte sie. Zuerst langsam und vorsichtig, als ob er ein Kind schüttelte, das schlecht träumte und aufwachen sollte.

»Sag, dass das nicht stimmt, komm, sag es!«

Er rüttelte sie heftiger. Er tätschelte sie. Auf die Wangen. Zuerst sanft, fast wie eine Liebkosung, dann fester. Sie lachte kreischend.

Da schlug er zu. Nicht nur auf die Wangen, er schlug auf ihren ganzen Körper ein. Sie kreischte immer lauter.

»Halt's Maul, halt endlich dein Maul!«

Er legte seine Hände um ihren Hals. Sie röchelte. Er würgte sie. Sie röchelte stärker. Er drückte noch kräftiger zu.

»Hilfe!«

Der Schrei verstummte zwischen seinen Händen. Faller hörte Schritte auf der Treppe. Unvermittelt ließ er von Karla ab und drehte sich, noch auf dem Boden kniend, um. Rettich, Bottich und zwei gorillaähnliche Männer stürmten in das Schlafzimmer. Die zwei Gorillas stürzten sich auf Faller und zogen ihn von Karla weg. Faller schrie: »Mörder, Mörder, ihr seid alle Mörder, Faschisten!«

Vor dem Haus hielten Autos. Blaulicht flackerte an den Fenstern, im Garten, vor dem Haus. Martinshörner waren zu hören und noch einmal schnelle Schritte auf der Treppe. Faller hörte nichts mehr, er schlug nur noch um sich.

»Mörder, Mörder, ihr seid alle Mörder, Faschisten! Alles Faschisten! Ich spreng euch alle in die Luft!«

Faller lag auf dem Rücken am Boden. Auf seinen Oberarmen knieten die Gorillas. Er bemerkte einen stechenden Schmerz am Oberschenkel. Eine Spritze drang in sein Fleisch ein. Sein ganzer Körper brannte. Schlagartig wurde er müde, seine Kraft ließ nach. Er schlief ein und murmelte: »Faschisten, alles Faschisten!«, vor sich hin.

Dann, so leise, dass es kaum mehr zu verstehen war: »Karla, ich liebe dich.«

Der Himmel war hellblau und Schneeflocken wirbelten in der Luft herum. Es war früh am Morgen. Faller saß auf einer Pritsche und blickte an einem Gitter vorbei nach draußen. Er versuchte sich zu erinnern. Er konnte sich nicht entsinnen, wie lange er schon hier in diesem Raum lag. Es war eine Zelle – zweifellos. Faller stand auf und drehte sich um sich selbst. Er trug nur eine Unterhose, ein T-Shirt und schwarze Socken. Es schwindelte ihn ein wenig. Bei jedem kleinen Schritt drohten seine Beine einzuknicken. Er fühlte sich schwach und ihm war schlecht. Er sah eine Wand, darauf Bleistiftgekritzel. Eine Kloschüssel mit schwarzem Deckel. Eine schwere Eisentür, ohne Türklinke und Knauf. In der Mitte der Tür ein kleines Abstellbord und eine Schiebeklappe. Seine Schuhe ohne Schnürsenkel. Seine Hose ohne Gürtel. Die Pritsche, eine graue Wolldecke. Der lindgrüne PVC-Boden. Ein Waschbecken, ein kleiner Spiegel. Ein Gesichtsausschnitt; er sah sich selbst. Er sah furchtbar aus. Schwarze Ringe um die Augen, zerstrubbelte, verklebte Haare. An den Wangen eitrige, rot entzündete Knöllchen. Ansonsten war er ganz bleich im Gesicht. Er sah ein Gitter, dahinter ein Stück Himmel, an der rechten Seite den Teil einer Dachrinne. Eine Krähe saß darauf. Er dachte an Annkathrin. Er legte sich zurück auf die Pritsche. Es fror ihn ein wenig. Er legte die Decke über sich und zog sie hoch bis über die Brust. Die Decke kratzte. Zuerst schoben sich eingefrorene Szenen wie Polaroids vor seine Augen. Zum Teil unscharf, mit verlaufenden Konturen und Farben, die verblichen waren. Dennoch erkannte er auf allen sich selbst. In einem brennenden Raum, vor einem blutenden Korpus. Hinter einer Steinstatue, mit erigiertem Glied. In einem Auto vor einem blutroten Sonnenaufgang. Vor wehenden Fahnen und Männern in Uniformen. Es fielen ihm bruchstückhaft einige Details ein. Die Kerzen, das Gelächter Karlas, die Polizisten, Blut. Dann das Holzbein von Schwarz, das explodierende Auto von Held. Er konnte es sich nicht erklären, wie das alles zusammengehörte. Er wusste nicht, warum er eigentlich hier saß. Sein Kopf schmerzte. Sein Herz raste. Er schrie. Er sprang auf und trommelte gegen die Tür. Alles drehte sich rasend um ihn. Er stützte sich an der Wand ab und ließ sich wieder auf die Pritsche fallen.

Mit dem Blick an der Decke bemühte er sich, seine zerfasernden Gedanken in eine andere Richtung zu lenken. Er wollte an etwas Schönes denken, sich ablenken von der Ungewissheit, von dem Zweifel und den Mutmaßungen. Er dachte an Berlin, an Annkathrin. Wie sie bis spät in der Nacht bei Kerzenlicht in Straßencafés in Prenzlauer Berg gesessen hatten und dann Arm in Arm, vom Rotwein beschwipst, nach Hause geschwankt waren. Wie sie in dunklen Hauseingängen verschwanden und sich stürmisch küßten, bis sie von einer plötzlich angeknipsten Flurlampe gestört wurden, oder sich durch näherkommende Stimmen vertreiben lassen mussten. Faller ertappte sich dabei, wie er die Decke anlächelte. Seine Augenlider wurden immer schwerer. Er versuchte, sich am Einschlafen zu hindern, wollte die Kontrolle über die nächsten Stunden behalten. Er wollte das, was kommen würde, auf keinen Fall verschlafen. In Gedanken blätterte er durch das 100-Jahre-Buch mit den 1000 Fotos. Er blieb an denselben Bildern hängen wie früher. Es waren die Bilder, die er immer etwas länger betrachtet hatte als die anderen. Augenblicke menschlicher Verzweiflung und Hoffnungslosigkeit. Schnappschüsse menschlichen Leids und innerer Leere. Menschen, die für Momente abgetaucht waren in sich selbst. Vom Leben, der Situation, in der sie gefangen waren, gezeichnet – auf der Suche nach dem letzten Halt, der fragwürdigen Gewissheit, dem Anker, an dem sie sich haltend wieder aufrichten könnten. Aber nichts, nichts war da zu finden. Nichts, was den Moment der Niederlage erträglich und die Ausweglosigkeit erklärlich machen konnte. Sie waren alleine, alleingelassen – zwei Augen, die ins Schwarze sahen und nichts erkannten außer der Dunkelheit. Sie waren enttäuscht, verbittert, ausgebrannt, leer. Winston Churchill im Auto, vor seinem letzten Auftritt im englischen Unterhaus 1964, durch ein verregnetes Seitenfenster betrachtet, war so ein Bild. Er saß auf der Rückbank, den Kragen des Mantels hochgeschlagen, den Hut auf dem Kopf, die dicke Zigarre wie einen Pfropfen im Mund, und blickte, an den rechten Bildrand gedrängt, mit vorquellenden Augen vor sich hin. Ein alter Mann am Ende seiner Laufbahn. Ein Mann, der bald aus dem Bild verschwunden sein würde und ahnte, dass nichts bleibt als ein kalter Platz auf dem Rücksitz eines Autos, der Regen und eine ausgegangene Zigarre.

Oder Bobby Fischer, der Schachweltmeister, 1972 im isländischen Reykjavik. Das grobkörnige Bild zeigte ihn, unbemerkt aufgenommen, von weit weg, vor einem quer durch das Bild verlaufenden Vorhang an einem Tisch sitzend. Der Stuhl ihm gegenüber war leer. Sein Gegner war verschwunden. Er war alleine. Mit sich, den Figuren und der scheinbar unlösbaren Aufgabe. Niemand konnte ihm jetzt noch helfen. Niemand, außer er selbst. Den Kopf auf den Arm gestützt, den Arm auf den Tisch, das Gesicht verdeckt, starrte er auf die Figuren vor sich. Er verharrte. Er suchte eine Lösung.

Anfang Februar 1945 kommt Elser ins Konzentrationslager Dachau. Über dem Lager liegt ein bestialischer Verwesungsgeruch. Elser ist ein menschliches Wrack; abgemergelt, heruntergekommen, teilnahmslos.

Er isst kaum noch. Wieder wird er völlig isoliert und Tag und Nacht bewacht. Meistens liegt er apathisch auf dem Bett, raucht täglich 40 Zigaretten und starrt Löcher in die Luft.

»Meine Tage sind gezählt«, sagt er und fragt den Wärter einmal: »Was ist eigentlich schöner, s' Vergasen, s' Aufhängen oder der Genickschuß?«

Der schüttelt nur unwirsch den Kopf.

»Ich weiß es, ich lebe nicht mehr lange«, sagt Elser, als spräche er nur mit sich selbst. »Und dennoch, ich bereue nicht, was ich getan habe, es nützt mir ja auch nichts mehr. Ich habe geglaubt, ein gutes Werk zu vollbringen. Das ist mir nicht gelungen, und jetzt muss ich die Konsequenzen ziehen, und ich fürchte diese Konsequenzen, und Tag und Nacht denke ich daran, was für einen Tod ich erleiden werde.«

Dann spielt er auf der Zither und singt mit brüchiger Stimme dazu.

»Es scheinen drei Stern so hell
Dort über Marienkapell
Da knüpft uns ein rosenrot Band
Und ein Hauskreuz ist auch bei der Hand
Und ein Hauskreuz ist auch bei der Hand…«

Es schneite noch immer. Faller war mehrfach eingeschlafen und wieder aufgewacht. Es war dunkel, hell, dann wieder dunkel gewesen. Wie viel Zeit vergangen war, seitdem er hier auf der Pritsche lag, konnte er nicht sagen. Ein Tag, drei Tage, vielleicht nur ein halber Tag. Sein Zustand blieb immer derselbe. Manchmal fror er weniger, dann wieder mehr. Es roch nach kaltem Rauch und Essen. Er hatte keinen Hunger. Sein Magen schmerzte; sein Kopf auch. Er sah zum Gitter hoch. Die Krähe war verschwunden. *Krähen bei*

Sonnenaufgang fiel ihm ein. Annkathrin hatte das Gedicht, während der Proben, immer wieder zu Hause rezitiert. Bis auch er es auswendig konnte.

Er ging zum Waschbecken, wusch sein Gesicht mit kaltem Wasser. Trank am Hahn. Das Wasser schmeckte chlorhaltig. Er verspürte das Bedürfnis zu duschen. Oder noch besser, in einer heißen Badewanne unterzutauchen und die Haut langsam aufweichen zu lassen. Die Gedanken an Karla fingen ihn plötzlich wieder ein, es tauchten Bruchstücke auf, Details gerieten durcheinander, die sich zu keinem aufschlußreichen Bild zusammenpuzzeln ließen. Beim Blick ins Keramikwaschbecken blitzten Augenblicke wie Schnappschüsse auf. Karla im Wasser. Karla im Lichtermeer. Karla blutend. Und Schwarz, blutend, von Stiefeltritten malträtiert. Held, durch die Luft fliegend. *Vaterlandsverräter*. Blaue Flecken. Blut. Überall Blut. Der dampfende Brenztopf.

Faller ließ das Wasser aus dem Hahn über seinen Kopf strömen. Die Schläfen kühlten rasch ab. Das Wasser rann am Hals entlang, unter das T-Shirt und über den Rücken. Er zog den Kopf unter dem Hahn hervor, wollte vermeiden, dabei in den Spiegel zu schauen und stieß mit dem Hinterkopf gegen den Wasserhahn. Er schrie, hielt sich den Kopf und ging zurück zum Fenster. Er sah wieder, am Gitter vorbei, nach draußen. Er versuchte, an Elser zu denken. An seine Arbeit. Es fiel im schwer. Alles, was damit zu tun hatte, sah er jetzt nur noch wie durch Milchglas – unscharf, trüb und verzögert. Eine Stimme sagte plötzlich: »Sie bluten ja!«

Er sitzt in seiner Zelle. Draußen hängt die schwarze Nacht zwischen den Baracken. Drinnen das immergleiche schmutzige Licht. Nebelschleier ziehen am Gitter vorbei. Eine Krähe schreit. Elser zündet sich eine Zigarette an; er hustet, raucht. Die Zigarettenspitze glüht. Es ist kalt in der Zelle, klamm; die Kleidung, die Haut, alles. Er reibt die Hände aneinander. Er friert.

Es ist der 9. April 1945, gegen 22 Uhr. Die Krähe schreit ein zweites Mal.

»Elser, kommst du!« – Der SS-Oberscharfführer Theodor Heinrich Bongartz steht in der offenen Tür.

Elser steht auf. Wieder kreischt die Krähe.

Nicht viel später fällt ein Schuss.

Die Eisentür war aufgegangen, ohne das Faller es bemerkt hatte. Zwei Männer standen in der Zelle, dahinter an der Tür ein Polizist. Einer der Männer trug einen dunklen Anzug und ein blaues Hemd. Der andere eine weiße Hose, einen weißen Pullover und eine schwarze Lederjacke. Der Polizist seine Uniform. Der Mann mit dem Anzug stellte sich als Rechtsanwalt vor. Faller drehte sich um und seufzte erleichtert, woraufhin der Rechtsanwalt lächelte und sagte: »Nicht Ihrer, Herr Faller, sondern der Anwalt der Familie Rettich!«

Faller setzte sich auf die Pritsche und wischte sich die Hand am T-Shirt ab.

Der andere Mann in der weißen Hose behauptete ein Arzt zu sein. Der Anwalt erzählte ihm, was vorgefallen war. Faller schüttelte immer wieder den Kopf.

»Das glaube ich nicht.«

»Fragen sie den Kriminalbeamten,« sagte der Anwalt. »Fragen Sie den Arzt.«

Faller fragte nicht.

»Zigarette?«

Er griff in die Schachtel und zündete sich eine an. Der Anwalt setzte sich rauchend neben Faller. Der Arzt und der Kriminalbeamte blieben stehen.

»Es gibt zwei Möglichkeiten für Sie, Herr Faller«, sagte er und blies den Rauch zum Gitter hoch. »Eigentlich, wenn man es genau betrachtet, nur eine.«

»Wenn zwei miteinander dasselbe tun, war es doch nicht dasselbe«, entgegnete Faller und dachte an die Bilder in der Rettich-Villa.

»Erste Variante«, sagte der Anwalt und ließ dabei den Daumen aus der Faust schnalzen: »Es wird Ihnen der Prozess gemacht. Die Anklagepunkte werden lauten, Vergewaltigung, schwere Körperverletzung, sexuelle Nötigung, Mordversuch, unerlaubter Waffen- und Drogenbesitz.«

»Blödsinn!«

»Bitte halten Sie sich zurück!«, sagte der Kriminalbeamte und machte einen Schritt auf Faller zu.

»Das ist schon in Ordnung«, beschwichtigte der Anwalt und wandte sich wieder zu Faller. »Ich fürchte, Sie haben vergessen, dass in ihren Taschen ein halbes Kilogramm Kokain und eine Po8 mit scharfer Munition gefunden wurde.«

»Was?!«

»Aber das ist noch das Wenigste«, sagte der Kriminalbeamte.

»Das ist doch alles erlogen!«

Faller lachte. Es klang gekünstelt. Er zog an seiner Zigarette und schnippte die Asche auf den Boden. Der Anwalt sah zum Kriminalbeamten, dann zum Arzt und dann wieder zu Faller.

»Es gibt genug Zeugen und die Aussage des Opfers, Frau Karla Rettich.«

»Karla?«

»Ja«, sagte der Kriminalbeamte. »Frau Karla Rettich gab zu Protokoll, dass Sie in ihr Schlafzimmer eindrangen und sie vergewaltigten. Darüber hinaus verletzten Sie Frau Rettich schwer, würgten sie und versuchten sie umzubringen.«

»Das hat sie gesagt?«

»Hier, schwarz auf weiß!«, sagte der Anwalt und öffnete eine Mappe. »Ich werde als Anwalt meiner Mandantin auf Sicherheitsverwahrung plädieren. Und ich garantiere Ihnen, Herr Faller, die Chancen stehen sehr gut, dass dem auch entsprochen wird. Was das bedeutet, wissen Sie hoffentlich.«

Der Anwalt nahm einen kräftigen Zug von seiner Zigarette und blies den Rauch erneut in Richtung Gitter.

»Die zweite Variante«, sagte er und ließ den Zeigefinger dem Daumen folgen, »läuft auf dasselbe hinaus, nur ist sie wesentlich abgeschwächter. Der Unterschied, Sie unterschreiben, dass Sie sich freiwillig in Behandlung in die Schweiz begeben und versichern, dass Sie über die Vorfälle schweigen werden. Nach ein paar Jahren sind Sie dann zurück.«

Er guckte wieder den Kriminalbeamten an, dann den Arzt und zuletzt wandte er sich an Faller.

»Warum in die Schweiz?«

»Da gibt es eine ausgezeichnete Klinik«, sagte der Arzt. Faller fiel erst jetzt auf, dass er die ganze Zeit über geschwiegen hatte.

»Sie haben keine andere Wahl«, sagte der Anwalt und legte ihm zwei Schriftstücke neben den Aschenbecher auf die Pritsche. Er zog einen Kugelschreiber aus seinem Jackett und reichte ihn Faller.

»Hier, unterschreiben Sie.«

»Ich möchte mit Karla sprechen.«

Faller drückte die Zigarette aus.

»Das können Sie, wenn Sie unterschrieben haben.«

Faller legte sich auf die Pritsche und drehte den Männern den Rücken zu. Er sah wieder am Gitter vorbei, in den jetzt dunkel werdenden Flecken Himmel. Krähen saßen auf der Dachrinne und pickten aufeinander ein.

»Hier, unterschreiben Sie.«

Fast wäre der *Zweite Weltkrieg – 55 Millionen Tote und ein verwüstetes Europa, sowie der Massenmord an den europäischen Juden, zu verhindern gewesen. Elsers Zeitbombe ging pünktlich hoch: um 21.20 Uhr. Doch Hitler hatte an diesem Abend des 8. November eine halbe Stunde früher als erwartet mit seiner Rede begonnen, er sprach eine Stunde kürzer und verließ den Saal um 21.07 Uhr. Der wegen illegalen Grenzübertritts festgenommene Georg Elser erregte aufgrund einzelner mitgeführter Gegenstände Verdacht und wurde vom Zollassistenten Waldemar Zipperer der Münchner Gestapo überstellt. Zipperer wurde noch im Dezember 1939 befördert und erhielt 1978 als Unternehmer das Verdienstkreuz am Bande des Verdienstordens der Bundesrepublik Deutschland. Elsers genaues Todesdatum blieb bis in die sechziger Jahre hinein unbekannt. Elsers Name ist es den meisten bis zum heutigen Tage. Bereits fünf Tage nach dem Attentat, am 14. November 1939, war die Gestapo, und mit ihr der Leiter der Täterkommission, Franz Josef Huber, seit 1933 enger Mitarbeiter des Gestapo-Chefs Heydrich, davon überzeugt, dass der verdächtige Schreiner Johann Georg Elser in eigener Verantwortung gehandelt hatte. Elser legte nach tagelanger Folter in der Nacht vom 13. auf den 14. November sein erstes Geständnis ab. Elser hatte die Ausweitung des am 1. September 1939 von Deutschland begonnenen Krieges verhindern wollen und war mit dieser selbstgestellten Aufgabe allein, wurde also zwangsläufig zum Einzeltäter. Einen gefährlicheren Gegner hätte Hitler nicht haben können; er war der erste, und neben Stauffenberg der einzige Deutsche, der versucht hat, Hitler umzubringen. Einer unter Millionen Deutschen, der frühzeitig und viel hellsichtiger als seine Zeitgenossen erkannte, dass die NS-Führung beseitigt werden müsse, einer, der zudem lange vor Stauffenberg aktiv wurde. Elser selbst hob in sei-*

nen Verhören immer wieder hervor, dass er seine Tat alleine geplant und durchgeführt hatte. Als Sonderhäftling wurde Elser im KZ Sachsenhausen, später in Dachau gefangengehalten. Erst seit Februar 2000 ist die Zelle Georg Elsers im Konzentrationslager Dachau für die Öffentlichkeit zugänglich.

Elser verfiel weder dem kollektivem Selbstbetrug noch dem Autoritätsglauben, er blieb Individualist und nahm sich die Freiheit zu handeln. Dass die Opposition dieses Georg Elser nach 1933 nicht aus ideologischen Quellen, sondern lediglich aus der Beobachtung seiner unmittelbaren Umwelt und der politischen Vorgänge erwachsen war, dass er seinen Entschluss aus dem eigenen Gewissen heraus und im Alleingang gefasst hatte, durfte nicht sein. Die von NS-Propagandaminister Joseph Goebbels ausgerufene These, Elser sei ein Werkzeug des britischen Geheimdienstes gewesen, diente der innenpolitischen Vorbereitung auf den geplanten Angriffskrieg gegen England. Elser sollte für einen Schauprozeß gegen die Engländer, im Falle des Endsieges, aufbewahrt werden. Der volksdeutsche Attentäter wurde auf diese Weise nach Nazistrategie zum englischen Spion. Auch ausländische Regierungen, die deutsche Emigration und manche Regimegegner der inneren Front zweifelten an der Alleintäterschaft Elsers. Sie gingen von der Vermutung aus, die Nationalsozialisten selbst hätten den Anschlag durchgeführt. Man wollte nicht glauben, dass der Gelegenheitsarbeiter aus Königsbronn, ein Angehöriger des breiten Volkes und zudem ein isoliert handelnder Mann, derartig gezielt und beharrlich den Anschlag vorbereiten und seinem Ziel so denkbar nahe kommen sollte. Der evangelische Theologe Martin Niemöller, Mithäftling Elsers im KZ Dachau, sagte dem Schwaben 1946 SS-Mitgliedschaft nach, eine Annahme, die sich weit in der wissenschaftlichen Nachkriegsliteratur niederschlug und für Historiker wie Gerhard Ritter, Hans Rothfels, Alan Bullok und andere maßgeblich wurde. Die Militäropposition und der nationalkonservative Widerstand erfuhren in den sechziger Jahren nach der Wiederbewaffnung der Bundesrepublik Deutschland eine Rehabilitation. Elsers Tat dagegen konnte nicht als Akt des Widerstands gegen den Nationalsozialismus akzeptiert werden.

Die wahre Motivation Georg Elsers wurde zu seinen Lebzeiten totgeschwiegen. Am 9. April 1945 wurde Elser auf Weisung von höchster Stelle im KZ Dachau erschossen. Am selben Tag wurden Bonhoeffer, Canaris, von Donhnanyi und andere Widerstandskämpfer ermordet. An diesem einen Tag, wurde Georg Elser auf tragische Weise richtig eingeordnet: in die Reihe des deutschen Widerstands. Eine erstmals 1971 in Schnaitheim errichtete Gedenktafel nannte, nach dem Wissensstand der sechziger Jahre, ein falsches Todesdatum. Für die deutsche Nachkriegsgesellschaft war ein Widerstandskämpfer wie Georg Elser nicht tragbar. Der Einzeltäter und überzeugte Kriegsgegner passte nicht ins Bild. Von den Nazis ermordet, starb Elser einen zweiten, geistigen Tod, sowohl in der Bundesrepublik Deutschland, als auch im Arbeiter- und Bauernstaat der DDR. Die Deutsche Öffentlichkeit schreckte vor Elsers Tat zurück. Elser hatte gezeigt, dass Widerstand möglich war, als Mann ohne gesellschaftliche und politische Legitimation.

Diese extreme Form der Zivilcourage wurde zum Stigma – Elsers Entschlossenheit, seine Tat, kommt einer Anklage an Millionen von Deutschen gleich, die genauso frühzeitig wie er hätten wissen müssen, wohin der Nationalsozialismus führt, es aber nicht haben wissen wollen. Der Widerstand eines ganzen Volkes gegen den Nationalsozialismus war ungleich geringer als der Widerstand eines zivilen Rechtsstaates gegen Elser. In den sechziger Jahren kamen erneut

Spekulationen auf. Ein ehemaliger Wächter Elsers und ein SS-Mann aus Dachau untermauerten mit haltlosen Aussagen die Nazilegende, Elser hätte im Auftrag Hitlers gehandelt. Auch als Anton Hoch und Lothar Gruchmann Mitte der sechziger Jahre, durch die Aufdeckung aller bekannten Quellen zum Anschlag, Elsers Alleintäterschaft und dessen Motivation belegen konnten, fand die Person und die Tat Elsers keine nachhaltige Anerkennung.

Am 9. November 1989 wurde in München an jener Stelle, an der sich die Säule mit dem Sprengstoff befunden hatte, eine Elser-Gedenktafel eingeweiht. 1999 erfolgte nach Überwindung vieler Widerstände die Benennung eines zuvor namenlosen Platzes in der Türkenstraße nach Georg Elser. Bis zum heutigen Tag sind von den 400 Kasernen der deutschen Bundeswehr 37 nach Helden der Wehrmacht, vor allem Ritterkreuzträgern benannt. 40 weitere tragen die Namen Wilhelminischer Krieger, andere heißen nach ausländischen Gebieten, wie z.B. Pommern oder Ostpreußenkaserne. Elser, als einer der konsequentesten Gegner der NS- Diktatur, wollte nicht glauben, dass Recht bleiben muss, was Recht war.

Der als gesellig beschriebene Königsbronner Zitherspieler verfolgte unbeirrbar seinen Weg, er wollte Hitler beseitigen, um größeres Blutvergießen zu verhindern. Georg Elser – und das unterschied ihn tatsächlich, damals wie heute, von der Allgemeinheit – war Individualist, sah sich zu Selbstständigkeit, Verantwortung und Freiheitsdrang hingezogen und besaß als Durchschnittsdeutscher außergewöhnliche Klarsicht. Bis heute wird Elser, wenn überhaupt, in der Geschichtsrezeption des deutschen Widerstandes als Sonderling ausgestellt, seine Tat moralisch entwertet, ihm die längst fällige Ehrung verwehrt. Auch ein wiedererfachter Historikerstreit um die Umbewertungsversuche deutscher Zeitge-

schichte wird nicht umhinkommen, Elsers Tat anzuerkennen. Er reagierte auf das Unrecht einer Diktatur, er tat dies aus seinem Gewissen heraus und wurde so zum schlechten Gewissen der deutschen Nachkriegsgesellschaft. Nicht Elser war der Extremist, extremistisch und terroristisch war das Regime. Georg Elser war weder besessen, noch sonderbar, er war auch kein Attentäter, Elser leistete

Mit diesen Zeilen brach Fallers Doktorarbeit abrupt ab. Es waren 17 Kapitel, auf genau 500 Seiten. Das *18. Kapitel: Keine Annerkennung! Unvermeidliche Nachbetrachtungen* fehlte. Die Doktorarbeit wurde nie fertiggestellt.

Zitate von Georg Elser aus den Vernehmungsprotokollen zum Sprengstoffanschlag im Bürgerbräukeller, München am 8. November 1939 – von Johannes Faller für seine Promotionsarbeit herausgeschrieben

»Liebe Schwester, Karl, Franzle! Wie geht es Euch. Ich werde Euch wahrscheinlich anfangs November einen Besuch abstatten …«

»Es ist nicht so, daß ich der Mädchen wegen dem Trachtenverein beigetreten wäre. Mädels kann man ja auch irgendwo anders finden. Irgendein engeres Verhältnis mit Mädchen aus dem Verein hatte ich nicht. Es kam natürlich vor, daß man auf dem Heimweg die eine oder die andere küßte.«

»Nach Heidenheim zur Arbeitsstelle bin ich täglich bei schönem Wetter mit dem Fahrrad und bei schlechtem Wetter mit dem Zug gefahren. Abends auf dieselbe Weise zurück. Wenn ich mit dem Fahrrad fuhr, war ich allein. Wenn ich mit dem Zug fuhr, sah man allerdings im Eisenbahnwagen täglich fast die gleichen Gesichter, aber besonders angeschlossen habe ich mich an keinen dieser Leute. Auch in der Fabrik habe ich mich in diesem ganzen Jahr an keinen Arbeitskollegen näher angeschlossen. Ich war allgemein als ruhig bekannt.«

»Meine Freizeit verbrachte ich teils dadurch, daß ich nach wie vor musizierte. Der Zitherverein bestand immer noch. Teils war ich auch damit beschäftigt, in der Werkstätte zu Hause eine Schatulle, die viel Arbeit machte, anzufertigen.«

»Den Entschluß zu meiner Tat faßte ich im Herbst 1938.«

»Während meines ganzen Lebens habe ich nicht viel gelesen. Romane, sogen. Heftchen mit Jugenderzählungen und andere Bücher habe ich überhaupt noch nicht gelesen. Einmal habe ich einen Zeitungsroman halb gelesen. Dann wurde es mir zu dumm. An technischer Literatur habe ich nur die Bau- und Möbelschreinerzeitung gelesen.«

»Außerdem war ich als Kind, soviel ich weiß, öfter krank. Ich hatte hauptsächlich und häufig unter Fiebererkrankungen und gelegentlich Hautausschlägen zu leiden … Ich weiß nicht, um was es sich hierbei gehandelt hat, ich kann mich nur erinnern, auch häufig Kopfschmerzen gehabt zu haben … Auch in der späteren Zeit bis heute hatte ich häufiger als andere mit Fiebererkrankungen, die mit Kopfschmerzen verbunden waren, zu tun. Eine ernstliche Erkrankung habe ich jedoch nie durchgemacht.«

»Vielleicht mit 24 Jahren habe angefangen zu rauchen. Nach 2 Jahren wurde ich aber wieder Nichtraucher. In dieser Zeit habe ich etwa in der Woche 20 Zigaretten geraucht.«

»Bis zu meinem 22. Lebensjahr hatte ich aber keinerlei geschlechtliches Verhältnis. Der Begriff Onanie ist mir nur in der Theorie bekannt. Irgendwelche Versuche geschlechtlicher Art habe ich nie unternommen.«

»Irgendwelche perverse Formen des Geschlechtsverkehrs sind mir nicht einmal theoretisch bekannt.«

»Persönlich d.h. aus freiem Herzen und in selbstgewählten Worten habe ich nie zu Gott gebetet. Meine Tat bezw.

den Wunsch eines Gelingens derselben habe ich nie mit in mein Gebet aufgenommen. Als Kind wurde ich von meinen Eltern gelegentlich sonntags mit in die Kirche genommen, später bin ich manches Mal allein gegangen, aber schließlich immer seltener.«

»Wenn ich gefragt werde, ob ich die von mir begangene Tat als Sünde im Sinne der protestantischen Lehre betrachte, so möchte ich sagen, »im tieferen Sinne, nein!« Ich glaube an ein Weiterleben der Seele nach dem Tode und ich glaubte auch, daß ich einmal in den Himmel kommen würde, wenn ich noch Gelegenheit gehabt hätte, durch mein ferneres Leben zu beweisen, daß ich Gutes wollte. Ich wollte ja auch durch meine Tat ein noch größeres Blutvergießen verhindern.«

»Persönlich bin ich nie politisch hervorgetreten. Nach Erreichen des wahlberechtigten Alters habe ich immer die Liste der KPD gewählt, weil ich dachte, das ist eine Arbeiterpartei, die sich sicher für die Arbeiter einsetzt. Mitglied dieser Partei bin ich jedoch nie gewesen.«

»Vorbestraft bin ich nicht. Ein Strafverfahren war gegen mich noch nie anhängig.«

»Ferner steht die Arbeiterschaft nach meiner Ansicht seit der nationalen Revolution unter einem gewissen Zwang. Der Arbeiter kann z.B. seinen Arbeitsplatz nicht mehr wechseln wie er will, er ist heute durch die HJ nicht mehr Herr seiner Kinder und auch in religiöser Hinsicht kann er sich nicht mehr so frei betätigen … Diese Feststellungen und Beobachtungen habe ich bis zum Jahre 1938 und auch in der Folgezeit gemacht … Diese Feststellungen habe ich in den Betrieben, wo ich gearbeitet habe, in Wirtschaften und während der Bahnfahrt gemacht ... Bei den Unterhaltungen über die angeblich schlechten sozialen Verhältnisse habe auch ich mich beteiligt und die Ansicht meiner Kameraden hierüber geteilt. Darüber wie man diese Verhältnisse beseitigen kann, ist nie gesprochen worden. Im Herbst 1938 wurde nach meinen Feststellungen in der Arbeiterschaft allgemein mit einem Krieg gerechnet.«

»Ich selbst habe außer der bereits erwähnten Möbel- und Bauschreinerzeitung bis jetzt noch nicht eine Zeitung regelmäßig gelesen. Überall, wo ich gerade hinkam, in Gasthäusern usw. habe ich eben das gelesen, was gerade da war.«

»Ich war bereits voriges Jahr um diese Zeit der Überzeugung, daß es bei dem Münchner Abkommen nicht bleibt, daß Deutschland andere Länder gegenüber noch weitere Forderungen stellen und sich andere Länder einverleiben wird und daß deshalb ein Krieg unvermeidlich ist ...«

»... Ich gebe allerdings zu, daß ich in dieser Zeit ausländische Radiosendungen gehört habe ...«

»Die seit 1933 in der Arbeiterschaft von mir beobachtete Unzufriedenheit und der von mir seit Herbst 1938 vermutete unvermeidbare Krieg beschäftigten stets meine Gedankengänge. Ich stellte allein Betrachtungen an, wie man die Verhältnisse der Arbeiterschaft bessern und einen Krieg vermeiden könnte. Hierzu wurde ich von niemandem angeregt, auch wurde ich von niemandem in diesem Sinne beeinflußt ... Die von mir angestellten Betrachtungen zeitigten das Ergebnis, daß die Verhältnisse in Deutschland nur durch eine Beseitigung der augenblicklichen Führung geändert werden könnten. Unter der Führung verstand ich die »Obersten«, ich meine damit Hitler, Göring und Goebbels. Durch meine Überlegungen kam ich zu der Überzeugung, daß durch die Beseitigung dieser drei Männer andere Männer an die Regierung kommen, die an das Ausland keine untragbaren Forderungen stellen, »die kein fremdes Land einbeziehen wollen« und die für eine Besserung der sozialen Verhältnisse der Arbeiterschaft Sorge tragen werden ... Der Gedanke der Beseitigung der Führung ließ mich damals nicht mehr zur Ruhe kommen und bereits im Herbst 1938 – es war dies vor dem November 1938 – hatte ich auf Grund der immer angestellten Betrachtungen den Entschluß gefaßt, die Beseitigung der Führung selbst vorzunehmen ...«

»C) Einstellung zur Tat

Frage: »Was haben Sie gedacht, als Sie in der Nacht vom 7. auf 8. November zum letztenmal ihr Werk in Augenschein genommen und die Türen verschlossen haben?«
Antwort: »Da kann ich mich nicht mehr daran erinnern.«
Frage: »Wie hatten Sie sich damals die Auswirkungen des Anschlags vorgestellt?«
Antwort: »Das hatte ich mir schon vorher einige Male überlegt.«
Frage: »Dachten Sie daran, daß eine Reihe von Personen getötet werden könnten?«
Antwort: »Ja.«
Frage: »Wollten Sie das? Und wen wollten Sie treffen?«
Antwort: »Ja. Ich wollte die Führung treffen.«
Frage: »Blieb in Ihnen dieser Wille während der ganzen Ausführung bzw. Vorbereitung der Tat bestehen, oder

kamen Ihnen zwischendurch auch Zweifel über Ihre Handlungsweise?«
Antwort (Nach langem Überlegen): »Das weiß ich nicht mehr, ob mir einmal Zweifel kamen oder nicht. Ich glaube aber, es kamen mir keine.«
Frage: »Wie stellen Sie sich heute zu dem, was Sie getan haben, nachdem Sie, obwohl ihr Plan fehlschlug, 8 Menschen getötet haben?«
Antwort: »Ich würde das nie mehr tun.«
Frage: »Das ist keine Antwort auf meine Frage.«
Antwort: »Der Zweck ist nicht erreicht.««

NACHBEMERKUNG DES AUTORS

Die Arbeit an dem Buch wurde freundlicherweise unterstützt durch ein Stipendium des Schriftstellerhauses Stuttgart.

Danken möchte ich auch allen, die sich über die Jahrzehnte für Georg Elser engagiert haben.

Die Aussagen von Frau Lehmann im Buch sind einem Interview von H. Schlummberger entnommen.

Auch wenn der historischen Figur Ähnliches widerfuhr wie dem Georg Elser dieses Romans, ist dieser doch zum großen Teil ein Werk der Erfindung und Fiktion. Wie auch alle anderen Figuren, Personen und Handlungen in diesem Roman Erfindung und Fiktion des Autors sind.

Doch braucht nicht die Fiktion den Blick auf die Wirklichkeit? Und ist nicht selten die Wirklichkeit der letzte Ratgeber der Fiktion?

Das Buch ist Thomas W. gewidmet – auf dass sie ihn nie kriegen werden!

THOMAS ERLE
Höllsteig

978-3-8392-1748-1 (Paperback)
978-3-8392-4759-4 (pdf)
978-3-8392-4758-7 (epub)

»Lothar Kaltenbach ermittelt in seinem dritten Fall.«

Im Weinberg von Weinhändler Lothar Kaltenbachs Onkel am Kaiserstuhl wird ein unbekannter Toter gefunden. Am Tag darauf verschwindet Kaltenbachs Freund Walter spurlos. Als er erfährt, dass ein vor Kurzem entlassenes ehemaliges RAF-Mitglied und Freund von Walter wieder zurückgekehrt ist, macht sich Kaltenbach an die Ermittlungen. Die Spuren führen ihn weit in seine eigene Vergangenheit der Siebzigerjahre zurück. Haben die Verwicklungen von damals auch mit den Morden von heute zu tun?

Das Neueste aus der Gmeiner-Bibliothek

Unsere Lesermagazine

Bestellen Sie das kostenlose KrimiJournal in Ihrer Buchhandlung oder unter www.gmeiner-verlag.de

Informieren Sie sich ...

www ... auf unserer Homepage:
www.gmeiner-verlag.de

@ ... über unseren Newsletter:
Melden Sie sich für unseren Newsletter an unter www.gmeiner-verlag.de/newsletter

f ... werden Sie Fan auf Facebook:
www.facebook.com/gmeiner.verlag

Mitmachen und gewinnen!

Schicken Sie uns Ihre Meinung zu unseren Büchern per Mail an gewinnspiel@gmeiner-verlag.de und nehmen Sie automatisch an unserem Jahresgewinnspiel mit »mörderisch guten« Preisen teil!

GMEINER SPANNUNG

WWW.GMEINER-VERLAG.D
Wir machen's spannen